U0935260

心光

——老一辈盲人的那些事

张子堂◎著

团结出版社

图书在版编目（CIP）数据
心光 / 张子堂著. -- 北京 : 团结出版社，2016.9
ISBN 978-7-5126-4463-2

Ⅰ. ①心… Ⅱ. ①张… Ⅲ. ①长篇小说－中国－当代
Ⅳ. ① I247.5
中国版本图书馆 CIP 数据核字 (2016) 第 226831 号

心 光

张子堂　著

出版：团结出版社　北京市东城区东皇城根南街 84 号
邮政编码：100006　电话：（010）65228880　65244790
网址：http://www.tjpress.com　E-mail：65244790@163.com
经销：全国新华书店
印刷：河北省欣航测绘院印刷厂
装订：河北省欣航测绘院印刷厂
开本：787mm×1092mm　1/16　印张：20　字数：326 千字
版次：2016 年 9 月第 1 版　印次：2016 年 9 月第 1 次印刷
书号：978-7-5126-4463-2
定价：48.00 元

内容简介

小说描述了旧社会出生的盲人们悲苦、奋争、奇特的人生境遇。通过鲜活的事实，揭示了当时大多数盲人为什么以算命说书为职业？他们是怎样自爱、自尊、自立、自强的？算命盲人常用哪些知识和迷信手法？以及今后算命行业为何日益衰亡的发展趋势等一系列问题。小说时间上纵横自民国至今上百年，空间上驰骋京津冀晋蒙五省市，人物涉及盲艺人和工农商学兵仕各界，向人们呈现了一个陌生新奇的世界。

小说结构独具匠心，言语顺畅如水，叙事客观朴实。对于广大读者了解算命真相、破除迷信思想、激励向上斗志，具有一定的教益。

目　录

序曲　光明不再

一

正午的太阳迸射着炽热刺目的光芒。冀东宝坻县金银窝家家房上的炊烟在袅袅散去，蝉嘶鸟叫，天蓝似海，空气中飘荡着淡淡的饭菜香味。在女儿金翠的帮助下，金王氏做好午饭后，便轻轻移动三寸金莲从正房堂屋来到了西厢房——次子金玉的卧室。

二的，起来吧；二的，该起床了。金王氏低声唤着，瞧见金玉仍没动弹，又轻轻地拨拉了一下他的脑袋，略往上提了提声调说，二的，起来吃饭啦。

这才几点呀？金玉在母亲的呼唤下终于醒了。他慢慢坐起身子，小心翼翼地揉了揉双眼，看到屋内昏黑一片，喃喃道：怎么这么早啊，天还没亮就吃饭？

啊？天咋会不亮呀，早饭我们早就吃过了，看你睡得挺香的没叫醒你，现在都该吃午饭了！

金王氏的回答，声音仍然不高，却似晴天霹雳咔啦啦地惊得金玉心头震颤，五脏六腑一下子被揪到了嗓子眼，宽厚的胸膛瞬间空空如也，丰盈的脑海亦如白纸一张。怎么？天已过午了吗？难道我的双眼什么也看不见了吗？难道……金玉大声呼叫着，不，这不可能，这不可能、这绝对不可能！他清清楚楚地记得，昨天晚上临睡时还能看到灯窨中红黄色的烛光，墙壁上挂着的春夏秋冬四条屏，蓝花碗里黑褐色的药汤，自己身上盖的紫地白花夹被，更有母亲那慈祥的面容……金玉于心不甘地再次用力睁了睁眼睛，面前仍然是漆黑一团，如同没有月光星光灯光的三更半夜。一丝白色，哪怕是黄色、灰色的光亮；一个物件，哪怕是屋内摆设的模糊影子，他全都见不到。金玉焦急地吵闹着。金王氏耐心劝解他，别急，过一会儿就会好的。这时，金玉的嫂子柯英和妹妹金翠闻声而至。柯英把手中握着的线轴举到金玉眼前，让他辨认：你瞧这是什么？金玉无奈地摇摇头。柯英仍不甘心，大声说，他叔，你再仔细瞧瞧，这是啥东西？

别试了，这回完了，我的两眼什么也看不见了！

金玉话音刚落，金王氏和金翠顿时哇哇地哭出了声，惊惧、悲痛、疼爱、无望的心情，一股脑儿地融在了越来越高的号啕声中。金王氏原以为儿子瞧不见东西是因为突然见到光亮眼前发黑，这么长时间过去了仍然没有恢复视力，看来是凶多吉少了。金玉的五脏六腑此时已经复归原位，大脑又开始了正常运转，心绪也很快稳定下来。每临大事需静心。从前常以此激励规范自己，今天怎么变得这么不冷静了呢？甚至连累母亲和家人为自己担惊受怕。金玉劝导母亲和妹妹不要哭了，竭力而且耐心。他说，好好的一双眼睛咋会服药就弄瞎了？常言讲是福跑不了，是祸躲不过，世间一切都是有定数的，怕也没有用！金王氏听儿子如此说，便想起了今年正月为他算命的事来，立时心宽了许多。城北算命先生尚辰剖析儿子命中几层金、几层土、几层水，她已记不得了。但是，尚先生评判儿子的那四句话，却如刻石镂铁般地印在了她的脑海中：

此命生来福不轻，田园财帛样样丰。
父母得倚享洪福，一路荣华万事通。

这么好的命相，金王氏以前没有听说过。天佑我儿啊，她想，眼下这种状况，可能正如儿子所言，再找昨天看病的大夫问问情况，兴许这是治疗中的一种生理反应呢。

金玉的卧室又恢复了安静。这时，金玉才听到街前巷后树上的鸟儿叽叽喳喳的吵闹声，听到蝉儿热伊、热伊的嘶叫声，也仿佛听到了自己怦怦的心跳声。他这一觉睡了足足十五个小时，太香了，太沉了，太不可思议了。或许是因为从天津返回宝坻这长途奔波的劳累？或许是昨晚那服药的作用？或许如同暴雨前的狂风雷电——这，就是双眼彻底失明前的征兆？

金玉出了一身冷汗，待在又闷又热的厢房里却觉得后背凉飕飕、湿漉漉的。他不敢想了。黑黝黝的天，朝他慢慢压来；平坦坦的地，裂开了横七竖八的口子。他实在不敢往下想了。

二

金玉今年刚好虚岁二十，长得身材魁梧，面目俊朗，皮肤白净。特别是一对剑眉下面的那双眼睛，不仅外形十分受看，而且内质极佳。站在金银窝村头，金玉能辨清两里地之外南河岸上行人的衣服颜色；上公立学堂时，教室后排的一位同学视力不好，坐在前排的他主动与其调换了座位；读私塾时，金玉曾用蝇头小楷在一张16开的白纸上抄录了999字的《千字文》，老师赞曰，凭你的视力，长大后开飞机亦绰绰有余。伙伴们戏谑，甭说看人瞅字，就是一对蚊子从金玉眼前飞过，他也能分辨出公母来！什么明眸、什么水汪汪、什么炯炯有神、什么目光如炬……这些赞美眼睛的惯用字眼儿，用在金玉的双目上均不为过。且不论相貌才华，单就金玉的眼睛便足以令家人骄傲、女人们倾慕、男人们嫉妒。

金玉的眼睛如皇冠上的明珠，其观赏性、象征性已大于其使用价值。相当一部分人有着如此认识。倘若不是生长在民国时期的中国，凭此明眸，完全可以成为明星。世界有些人仅靠自己的手、脚、眼或胸，甚至于臀部，就能成为商品的形象代言人，逐渐地跻身于巨星行列，成了腰缠万贯的富翁富婆。四十多年之后的中华大地，改革春潮涌，广告遍神州。——“火眼金睛是假，点明目液是真”“一明惊人”“还您一个清凉世界”“眼是心灵的窗口，我保您窗口长明”……可他们哪一双眼睛可与金玉的相比？如果时光倒流，又有哪一位广告商人不希望拥有金玉这样的形象大使呢？百万身价，亿万身价，谁能说得准？

宝坻城内隆德粮行的掌柜，就是因为相中了金玉这对较之常人更大更亮更有神的眼睛，把自己的外甥女敬芳介绍给了他。敬芳及其家人相看金玉后十分满意，就冲小伙子这双眼睛即可看出其诚实而不木讷，聪慧而不狡诈，善良而不迂腐。

银四奶奶说，金玉的眼睛好像是遗传，他家往上数五辈也没有过闹眼疾的。金玉老太太八十五岁了，还能做针线活。

贺二婶讲，金玉眼睛好、身体棒，是因为家里富裕，自小就不缺吃的喝的和营养。

这个时候，金玉全家八口人，父亲金泽中在隆德粮行当账房先生；哥哥金宝给县城中的财茂商号做伙计；柯英已生育一对儿女，平时由姑姑金翠看带，她自己则凭织布的手艺为家里经营着这摊副业；家中尚有38亩耕地，常年雇着两三位长工来打理。在金银窝乃至宝坻城南一带，金家虽称不上豪门大户，可也属于衣丰食足的小康家庭了。凭此，金玉是完全可以待在家中养尊处优的，而没有必要四处奔波，像大多数农家子弟那样。如果不是因为出外闯荡，他又怎会患此重疾前程难卜呢？

但是，在这“男儿立志出乡关，学不成名誓不还”成为众多青年座右铭的年代，熟读“四书五经”且深谙“三民主义”的金玉，早已被诸如“自强不息，刚健有为”“修身、齐家、治国、平天下”“鸿鹄高飞，一举千里”，以及“此中何处无人世，只恐难酬烈士心”搅得雄心大振，豪情万丈。鹰击长空，倚仗苍天高广；金玉展志，料定不会囿于家中那一亩三分地。父亲为他谋得个商行伙计的差事，没能吸引他；家里为他定了终身大事，也没能拴住他。而且女方很快同他坐在了一条板凳上，全力支持未来的丈夫外出闯荡，开拓自己的那片新天地。

这年正月十六，当金银窝的年味随着元宵节晚上稀稀拉拉的鞭炮声消散后，金玉和两位同样不甘寂寞的同学徒步南下，经过两天的急行军到了天津。傍晚的津城垢面蓬头，大街小巷嘈杂混乱。但是，金玉瞧见了它背后掩盖着的繁华，悟出了乱世塑英雄的真谛。天津的任何一街一巷，金银窝都不能与之同日而语。这，正是他所企望和需要的。

经同乡介绍，金玉一行三人很快在马场道的玉记营造厂找到了一份工作。虽非生于寒门，但金玉绝不是纨绔子弟。在父亲的严格管教下，他一边读书，一边劳作，拾柴、打草、捡粪、耪地，样样活计都干过。近几年的“三夏”和“三秋”时节，又与长工们一道起居劳作，拔麦子、砍高粱、扶耠子、打场，哪里需要哪里上，样样活计全精通。在玉记营造厂，先是在英租界大业邨15号搞建筑，后又到河东颐中卷烟厂施工。推砖、拎泥、拌沙，艰苦乏味的劳作，金玉却干得津津有味，风生水起。如同久傍枥边的战马，好不容易盼来了驰骋疆场、施展才华的机会。由于金玉肯吃苦耐劳，工余时间还读些书籍报刊，尤其是那出神的眼睛会说话，很快引起了工头和经理的重视，安排他每周两天到总务科工作，协助科长汇总账目、平衡收支、制订生产计划。多少劳工干了一辈子也没能半脱产，他仅仅半年就做到了，而且厂里科里的头头们对他十分关照，前景正如初升的太阳，越来越炽亮辉煌。将来弄个产业巨头和管理精英干干，也未尝不可。

金玉去了哪里呢？他的突然“失踪”，肯定是遇到了特殊情况。一个猎人刚刚出门就打伤了一头肥硕的马鹿，再补上一枪即可得手。这样到嘴的肥肉，谁肯放过呀？金玉就如同这位幸运的猎人，他怎么会在这种时候无缘离去啊？

三

进入盛夏，气温骤升；再加之劳累过度，睡眠不足，金玉的眼睛忽然红肿起来。开始他并没在意，这类头痛脑热的小病，对于一位农村小伙子来说，算个啥呀？可是两天过去了不见好转；三天来临了，仍然没有好转的迹象。这天中午，金玉趁着吃饭的时候到街上找到一个摆地摊卖药的。此人了瞅了瞅金玉的眼睛，随后递给他一小盒避瘟散，郑重其事、蛮有把握地对金玉说，八个大钱一盒，回家抹一抹就好。谁想不抹不要紧，这一抹，金玉的眼泪便如涓涓细泉，不停地往外流。想止止不住，擦又擦不迭。双眼里像进了粗糙的砂粒，疼得更加厉害了。由于赶上活计忙需要加班，金玉仍旧白天劳作在工地，夜里到总务科拢账，又拼尽全力干了三个“白加黑”。

到了第四天，实在坚持不住了，金玉方告知经理，独自来到附近的一家医院。值班的是一位三十多岁的男大夫，圆乎乎的脸庞泛着油光，两只眼比席片割得还要细，说话声音如同妇人。他扒开金玉的眼皮看了看，轻声说，先住院吧。金玉急切地问，碍事吧？大夫仍旧用不大的声音说，先住院，治几天再看。

随后，一位满脸雀斑的年轻女护士将金玉领到一间病房，吩咐他躺下后，把一对鸡蛋大小的玻璃瓶扣在了金玉的眼上。瓶子里的药水即随着眼部的微动，像打点滴那样滴答、滴答地流进眼中，直到流尽为止。这样的治疗每天上下午各进行一次，每次持续两个多小时。时间在不停地向前推移，眼病却不见好转，金玉日夜惦记着自己的那摊工作，心里都快急出病来了。虽然每天躺在病床上休息，却比在工厂起早贪黑劳作还要难熬。挨到第七天，他实在忍不住了，径直闯进治疗室想找大夫问个究竟。进屋后，瞧见雀斑满面的女护士也在场。金玉压着满腔的怨气，向那位给自己看病的男大夫介绍了他的治疗感受，询问什么时候能够治好。男大夫听了之后，仍然不紧不慢地说，再治几天看看。

金玉一听更加着急，质问他说，你们这里还叫医院吗？我们乡下人暴起火眼，村中的老太太用不了三四天准能治好。

这句话没有激怒男大夫，却惹烦了女护士。只见她“叭”地一拍桌子，操着浓重的天津口音朝金玉喝道，你说嘛呢？谁请你来着，谁不让你回家找老太太去呀？你现在就走哇，这就走，看谁留你！

这个小母老虎，屁也不懂，还抖威风。一怒之下，金玉立即到收款处结了账，每天3.5元，住这一周医院整整花掉了他三个半月的薪水。金玉这时不仅疼惜如此昂贵的医疗费，最让他不舍的是自己那份工作——已经有了良好开端和美好前景的工作。后来的发展轨迹显示，金玉这一别是其人生的一个根本转折点。且不论他能否成为实业家，亦不谈回家医病就能胜过天津，只讲在眼下这个岗位干下去，凭他的抱负、正直和坚韧，日后成为一名生活无虑的天津市民还是满有把握的。机遇，就这样与金玉失之交臂。

人的命，真的不是自己能够左右的吗？

四

离开医院的第二天中午，金玉从天津市乘坐长途公共汽车回到了宝坻。由于连日的耽搁与颠簸，他的双眼已肿得像红透了的桃子。金王氏和金翠瞧见后惊讶得脸色煞白。村中会治暴起火眼的银四奶奶仔细瞅了瞅金玉的眼睛，连连摆手说，掩的时候太长了，凭我这两下子恐怕治不了。告诉金王氏赶紧找大夫吧，别把孩子耽搁了。

金玉之所以敢与天津市内那位眼科大夫叫板，之所以一怒之下回家治疗，皆因银四奶奶这张底牌。银四奶奶是银普的老婆，因其丈夫专家族同辈人中排行老四，年岁和辈份均比较高，人们便习惯称她为四奶奶了，而且不论男女老幼。金玉记得，在他六岁那年的春夏之交，对门的贺全闹眼病，一双眼睛红得像对白兔眼。银四奶奶给他点了两天自治的药水就痊愈了；在他八岁那年的晚春，哥哥金宝脖子生疮，痛得他一天到晚哎哟哎哟地叫，银四奶奶为他贴了一贴膏药、画了两回魔符就好了；在他十岁那年的初冬，银德患上了一种被称之为“凡症”的疾病，肛门肿得拉不出屎来，银四奶奶只用一根普通的缝衣针在他肛周处放了点血，转天病症就完全消失了；在他十二岁那年的盛夏，银生头不慎落入村西的水塘，待人们把他捞上来已经没气了，也是这位银四奶奶指挥大伙儿倒架着他拍胸呕水，终于使其逃出了阎王殿。在村民眼里，银四奶奶就是妙手回春、能医百病的孙思邈。听说银四奶奶治不了儿子的眼病，金王氏立马毛了手脚，两手抖个不停。她是个非常善良的女人，脸庞生得十分白净，光亮的乌发中夹杂着一些银丝，一双弯弯的眉毛下镶着两只笑眼，鼻子圆润挺直，嘴角自然而然地往上翘着。自从二十岁嫁到金家，至今已有二十六年，邻里乡亲没人不夸她朴实厚道的。金王氏定了定神，连忙打发一位长工到县城去找金泽中。

金泽中长金王氏五岁，身材高矮适中，面相十分威严，在家里拥有说一不二的权力。这日他头戴一顶灰色礼帽，身穿浅蓝色长衫，右手握着一把绢布折扇，举手投足皆显示着一副富绅的派头。他听完长工的汇报后，也觉察到了事态的严重性。自己的这个二儿子生性刚强胆大，遇事不到万不得已时，从不麻烦家中大人；有病只要扛得住，就不会去看医生。八岁那年，金玉到南洼去打草，不慎左腿被镰刀划了一道两寸来长、半寸多深的口子，鲜血立时汩汩而出。他悄悄用布条扎紧止血后又继续干活，好像什么事儿也没发生似的。直到后来伤口感染化脓，才找到银四奶奶进行了简单处治；去年夏天，日本鬼子侵占宝坻县城，南关一户人家因鬼子兵叫门未开被活活刺死，从此县城笼罩在一片恐惧中。光天化日之下，人们都像逃避魔窟那样远远躲着它。恰恰这时金王氏患上了急性肠胃炎，上吐下泻几近虚脱。银四奶奶看后说此病虽然好治，可手头上没药。金玉要过银四奶奶的药方，连夜跑到城内为母亲取回了药，同样没有把那帮东洋恶鬼当回事。金泽中料定，将来支撑他家基业的非次子金玉莫属。儿子突然从天津返家看病，银四奶奶又无能为力，肯定病得不轻。眼睛不同于身体其他地方，娇嫩得很。一旦此处出了问题，这辈子就不会再是家里的劳力、帮手、支柱，只能成为全家的累赘。金泽中想着后怕，心口怦怦地跳个不停。他马上把县城内康善堂的胡大夫请到家中，传闻这位大夫医术较高，在县城及周边地区素有华佗之称，治疗这类疾患手到病除。当然，出诊费也高得吓人，一次5块现大洋，处方钱另计。胡大夫认真看了看金玉的双眼，又简单询问了得病及治疗过程，然后开了药方，让金宝跟他到店铺把药取了回来。

胡大夫讲，这服药煎好后先喝两例，然后把药渣捞出晒干碾碎，再用小米汤和拌做成药丸，每天吃两粒，七日之内保证孩子的眼病彻底好转，言语间透着傲气和自负。金玉的父母听后长长舒了一口气。金玉更是暗自庆幸回家医治是打对了主意：虽然银四奶奶没能指望上，可是面前的这位华佗还是可以信赖的。哈哈，再过一周我又能回津上班了。

下午三点来钟，金泽中和金宝爷俩从城内带来的消息，再次使全家坠入悲痛的深渊。金王氏和金翠哭得比中午那阵儿还要伤心，金宝也扶着门框吧嗒吧嗒地掉着眼泪。胡大夫吓得不敢再来，他说自己从医这么多年，从来没有遇到过如此情况。这病哪有越治越重的？他告诉金泽中，我已无能为力，你们赶快另请高明吧！这无疑否定了人们所企盼的“治疗过程中必然现象”的推断，给金玉的双眼判了死刑。

天真的塌了，地在轰然下陷。金家的哭声惊动了左邻右舍，迅速传遍了半个金银窝。大伙儿虽然尚不清楚金泽中家发生了什么，但都能猜得到，这场祸事肯定小不了。前来探问的人越来越多。

金银窝既不生金，亦不产银，仅仅是坐落于宝坻县城附近的一个普普通通的小村。一如华北平原多数村庄，绿荫掩映中，小河绕村流，几条轧着车辙的土路连接着四面八方。金银窝之所以得3个如此富态的名字，原因只有一个：这个村的村民由两大姓氏构成，一者为金，二者为银。至于贺、文、穆、马、吕五姓捆在一块，也顶不上金银二姓的一条胳膊粗。金银窝南北两条街，南边这条街人们习惯叫它前街，其中砖瓦房居多，住户基本姓金。金泽福家雕龙刻凤的大门楼、金泽郡家果树簇拥的深宅大院、金泽中家宽敞气派的车门道，无不彰显着热腾腾的阔气；北面那条街人们平日称它为后街，其中砖瓦房与土坯房各占一半，住户几乎全姓银。银润家用茅草苫盖的屋顶、银君家以木桩支撑着已然歪斜的房屋、银洪等户用秫秸搭成象征性院门，透着冷飕飕的穷气；其余小姓则散居于金银两大家族之间，有贫也有富。居住在前街的文得福家青砖蓝瓦固若碉楼的四合院、贺全家带着果园菜圃的宽宅；居住在后街的马安和穆光两家用泥巴堆成的两间半厢房，同样向人们倾诉着世道的沧桑、复杂和无奈。

村中消息传得快，人们很快弄清了金泽中家的不幸。几位上了年岁的妇女走进屋子，劝说金王氏和金玉千万想开些，有病慢慢医治。银四奶奶和马二奶奶分别坐在金玉的两侧，一个挽着他的胳膊，一个攥着他的手，呜呜地哭泣着：老天爷呀，你快行行好，让孩子睁开眼吧！在场的多数村民都对金玉的失明露出了惋惜之情。这时，金泽中的堂弟金泽郡闯进金玉的住屋，拽着金王氏说，嫂子，咱们找那个姓胡的去，不能就这样便宜了他！金泽郡今年三十出头，在金氏家族“泽”字辈中年岁最小，父亲在天津一家商号任账房先生，家中十分富裕。他从小到大与爷爷奶奶在金银窝生活，几乎没受过苦累。虽说已过而立之年，他却依然皮肤白嫩，眉清目秀，直言快语，像个二十来岁的毛头小伙儿。

望着金泽郡马车的背影，金泽梦幸灾乐祸地冷笑着。他虽姓金，同样与金泽中是堂兄弟，却长得贼眉鼠眼，扁鼻凸嘴，黑红的肤色与蒸熟了的红高粱窝头没啥两样。遇到金氏家族有事，他从来是不帮忙，只使坏。站在金泽梦不远处的是冬瓜脸上镶了个酒糟鼻子的银德和一张驴脸倒挂、身长腿短的银生头。金泽梦与他俩如苍蝇逐臭般往一块凑了凑，便指指点点地议论开了，得意之情溢满颜面。银德说，这下够金泽中喝一壶的了，看他以后还咋美！银生头说，你老金家不是有钱吗？嘿嘿，这回咱们就瞧着他们往里填吧！那可是个无底洞哟。金泽梦竟哈哈地笑出了声。

村里人都明白，这三个坏种凑到一块，从来就没谈过好事，没出过好主意。金泽中厌恶地瞟了他们一眼，气呼呼地骂道，妈了个×的，想看老子的笑话，没门！就是卖房子卖地，我也要把儿子的眼睛治好！

五

先于金玉三年，宝坻县西南地区的华虎在秋末的一天午后，突然出现阵发性失明，一头栽倒在自家的大门外。待他爬起之后，昏黑黑的天地又现出一片光明。他本人及其父母均未在意，不想五天后他的双眼由阵发性转为长期性丧失视力，再也瞧不见人世间的万事万物。华家是这一带屈指可数的财主，华虎又是他家唯一的儿子，其父发誓：倾家荡产也要治好孩子的眼睛。祖辈们积攒的这份家业，得靠小辈人继承发展壮大呀。华虎的父亲带着儿子由近及远，先后拜访了宝坻、武清、蓟县、香河四县的六位老中医，吃了一年零八个月的药，竟把华虎滋润得红光满面；只是黑暗如魔影一样，紧紧贴着他的眼球，无论如何也挥之不去。

就在华虎父子对这帮土大夫丧失信心、准备到北平、天津去寻洋医生之际，一个令人振奋的消息灌进了华虎父亲的耳朵。宝坻城西有位姓娄的大夫，刚刚从北平一家大医院告老还乡。此人科班出身，医术高明，有比较丰富的从医经验，许多疑难杂症在他手中都如同头痛脑热那般平常。只是他自恃经历特别，架子大了些。华虎父子认为，这可是个难得的机会，架子大怕啥？学问高就免不了有派头，周文王拜姜尚、萧何追韩信、刘备请孔明，哪个顺当过？周围这些土大夫倒是没架子，可他们医不好病管屌用啊！

皇城里的大夫在乡下是轻易碰不到的。既然洋大夫就在家门口，何必舍近求远脱了裤子放屁呢？华虎的父亲深谙世故人情，他觉得，架子大之背后无非是身价高。有钱能使鬼推磨，只要酬金到位，就不愁他姓娄的不专心为儿子医治眼疾。于是，华虎父亲首次拜会他即带上了50块现大洋、200斤小麦。这位老先生果然十分爽快，当日即随华虎的父亲来到华家，精心照料华虎服了一个半月的药，按了45天的穴，用尽了自己的看家本领。直到医患双方都感到没了意思，娄大夫才悻悻离去。

经过多方打探，金泽中也得知了宝坻城西这位从京城告老还乡的娄大夫。同华虎父子心情一样，金玉及其家人仿佛于危难关头遇到了大救星，立即来了精神。金王氏想，莫非真如算命尚先生所言，金玉乃子孙满堂、衣食无忧之命，八字里面写着呢！那天，金泽郡拉着金王氏去县城找胡大夫，没有寻到他的身影，便从善康堂直接去了城北尚先生家。问清金玉的生辰之后，这位先生再次唠叨了一遍正月为金玉算命的那套理论及四句口诀。当得知金玉的现状后,又反复强调江山易改、命运难移,人的一生福祸早在落生时就定下了,怎么会因为一场疾病就可改变呢?如今遇到了从京城归来的老大夫,这回儿子的眼病有治了。

鉴于娄大夫的大架子,也为了表示自家的诚意,金泽中精心准备了四斤高级点心、两盒明前茶叶、一匹深蓝色洋布作为见面礼,让金泽郡套上他家那辆搭着布篷的马车,信心满怀地来到娄大夫家中。金泽中瞧见他头戴棕色春秋帽,身穿浅灰色洋布长衫,手中摇着一把大号的扇子,黄白光亮的面庞蓄着长长的银须,风度果然非同一般。娄大夫的卧室兼诊所也与土大夫们有所区别,墙上贴着人体穴位和人体解剖两张图,衣架上挂着他应诊时穿的白大褂,八仙桌子上摆着听诊器、消毒盒和手电筒。听明金泽中和金泽郡兄弟二人的来意,这位老大夫起初说啥也不肯出诊,后在金泽中兄弟俩的再三央求下,才走出他家院子,坐上了金泽郡的马车,忸忸怩怩地像个新媳妇。娄大夫的出诊费,当然也提高到了乡下医生的两倍以上。他们哪里知道,这些在平常人看来十分丰厚的财礼,比华虎家的酬金差得远哩。

时间拖得长了些,不好治了。娄大夫扒开金玉的眼睛看了看,边说着边站起身子,准备离开。金泽中再次恳求道,娄老先生,反正孩子的眼睛啥都瞧不见了,您就死马当活马医吧!

您老行行好,这孩子实在太年轻了。金泽郡也竭力劝说着。

金王氏说,午饭都做好了,您怎么也得吃完饭再走哇!

在众人的一再请求下,娄大夫终于放下架子,答应为金玉治疗一段时间。下定首例中药后,他每隔三天来金玉家一次,根据病情适当调剂一下药物。无论粮行业务忙闲,每次娄大夫来时金泽中都陪着他饮酒用餐,而且顿顿是四荤两素六个菜,主食多为烙饼和水饺。这对于一般家庭而言怎能花费得起?即使京城来的大夫,对于金家如此招待也露出了满意的笑容。春节前夕,金泽中为表谢意,还给娄大夫送去了一石小麦、六斗小米、两个猪头,外带一副上下水。这样的诊治持续了五个多月,金家的银钱像夏季的潮白河水,哗哗不停地往外流。只是金玉的眼病仍然没有任何好转的迹象。由于每天重复喝的都是那服又苦又涩的中草药,以至于金玉闻到这药味就想吐。后来,竟搞得他饭咽不下去,觉睡不安稳,身子越来越虚弱。再后来,这位娄大夫的架子又端了起来,没同金家说声再见,没向患者道个缘由,便继续恪守他“概不出诊”的规矩了。

十一年之后,金玉同华虎聊起往事,方知这位娄大夫架子大的原因并不是阅历丰富，医术高明；恰恰相反，是他对自己的技术并无信心，害怕丢了面子，又不敢明说而已。就好比算命先生，无论艺高艺低，无论他人求测何事，谁好意思公开表白自己算不了算不准呀？

六

娄大夫不辞而别，对于金家的打击是十分沉重的。特别是金泽中对于花在这位医生身上的大把银钱非常痛惜，每每想起来就剜心割肉般的难受，眉宇间拧成一个肉疙瘩。原本就不苟言笑的他，面容更加冷酷，自此不再张罗找大夫为儿子治病的事情。金玉对于医治自己眼疾的信心也如秋后的天气，一天冷过一天，直到寒风凛冽，冰冻三尺，没了半丝热气。只是金王氏、金翠和金宝夫妇仍不死心，四处寻找着一些不用花钱或成本十分低廉的民间药方。

1941年初夏的一天黄昏，血红的夕阳把半边天烧得色彩绚丽斑斓，田野、河流、房屋、树木，统统罩上了一层令人如醉如痴的面纱。这时，金玉正在菜园里摸索着从井中汲水浇菜。他想象得出如此天气晚霞的美妙之处，可叹自己这一生对它只有回忆的份儿了。对于重见光明，金玉已不敢奢望。就在这时，他舅父王居野急火火地来到了金银窝。进屋后，他向金泽中说明了自己的来意。原来经熟人介绍，他终于找到了一位善医眼疾的史大夫。此人年轻时在上海一家医院学习西医，据说是德国医生的入室弟子，回乡后曾治愈了许多疑难病症。这西医本是外国传入的，在治病方面有其独到之处，或许能够给外甥带来转机。只是史大夫家距金银窝三十余华里，需要金玉到他家去“住院”。今天午后他已与史大夫讲好，每月食宿费和护理费10块现大洋，药费另计。

斜倚在八仙桌旁椅子上的金泽中用右手捂着脑门，好久没有吱声。

金泽中自从聘用娄大夫伤了元气后，就下定了不再为二儿子治眼投资的决心。妻子儿女、亲朋好友谁愿意帮忙给金玉弄个偏方都可以，只要不从他金泽中口袋里掏钱就行。人们都说，偏方治大病，他却不信瞎猫能撞上死耗子。去年农历四月初，柯英的弟弟柯勇曾拿来一张不知从哪里寻来的偏方：砂锅白水炖黄毛公鸡。操作的具体要求，一是选用的这只鸡必须颜色纯正，浑身不得有半根杂毛；二是屠宰时要采取用手揪断鸡脖子的原始方式，不得碰到刀剪之类的铁器；三是食用这只公鸡后的一百天之内,严禁沾荤腥油盐和酱醋;四是每天所食用的东西必须用砂锅煮沸。如此偏方,乍听起来除了神秘没什么不好,可是用起来却是活受罪!在这三个月零十天之中,金玉每天吃的除了砂锅熬小米饭,就是砂锅煮高粱粥,比出家人的斋饭还要难咽得多!

晚于金玉两年,海龙也使用了这个令人烦腻的处方。海龙家住宝坻县城北部,祖孙三代七口人房无一间,地无一垄,仅凭给财主家扛长活、打短工度日。这一年的冬季,刚满十八岁的海龙由于患流行性感冒,引发急性视神经炎。家中连吃饭穿衣都困难,哪里有闲钱为他治病呀?他爷爷讨到这个砂锅白水炖公鸡的偏方后如获至宝,因为家里再穷,买只公鸡的钱还是有的。海龙一边治病,一边继续随他父亲为人家推碾子磨面;如遇哪天没活儿,他父亲就带着他到田间搂柴火。一只整鸡都吃了,怎么也得多干些活把它赚回来吧?在无滋无味的高粱粥喝到第六十五天时,海龙终于忍耐不住:这眼病说啥也不想再治了。海龙的父亲见状火冒三丈,赏了他一顿耳光:难道顿顿喝粥比讨饭挨饿还痛苦吗?

常言道,有病乱投医。之后,金王氏和金翠用自己的私房钱,又接二连三地为金玉请了几位乡村医生、用了一些神秘色彩更加浓厚的偏方。每位大夫都有各自的痛苦疗法,每张偏方均有每张的难受之处。金玉耐心地忍受着。海龙则比他幸运多了,除了砂锅白水炖公鸡的方子外,家里便没再让他尝试别的医治之法。后来金玉同海龙成为亲密朋友后,曾戏谑说,苦不苦,想想红军两万五;累不累,想想革命老前辈;腻不腻,想想白水炖公鸡;烦不烦,想想百日无盐饭。可见,二人对此偏方深有同感。

金泽中断言,自己的妻子儿女和亲朋们在乱折腾。连京城来的名医都束手无策的病,几个土大夫和几张偏方怎能治得好?还是趁早死了这份心吧!

王居野瞧着姐夫满脸愁容、一言不发的样子,焦急地说,您倒是给个话呀,总不能眼瞅着外甥……

嗐,金泽中把右手从脑门撂到膝盖处,无力地哀叹道,这事倒是个好事,可医疗费用也不低呀!你姐夫口袋里现在已没几个大钱了。金泽中讲的是实情。眼下,他家的确没了积蓄,这倒不仅仅是因为给金玉看病所致,而是前些年他刚刚翻盖了正房,紧接着又置了八亩耕地。

正在堂屋做饭的金王氏和金翠闯进了屋子。尽管金泽中哥俩的声音不高,但是他们娘俩还是听到了。眼泪在金王氏的眼窝中打着转转。她呜咽着对金泽中说,孩子他爸,没钱咱们可以想法子,二头的病是容不得时候的。

有啥法子可想？除非卖房子卖地！

我看这个办法也未必不能用。王居野高声道，房屋土地再好，也没有孩子的眼睛珍贵。何况金玉自幼聪明好学，胆识过人，早晚会有大出息的。将来无论当官还是做实业，还愁这么一丁点儿钱吗？

金泽中仍旧顾虑重重：以前看了几位大夫都没管用，我担心这钱再打水漂哇！

这位史大夫同以往那些人不同，他学的是西医，听说在上海大医院里还给病人开刀切过肠胃呢！那可比治眼病难度大多了。王居野进一步解释道。

唉，这房屋土地是咱们祖传的家业几代人的血汗，哪能到我这辈儿就、就……

金翠见父亲仍没有为哥哥继续治病的意思，叭地跪在了金泽中的膝下，呜呜地哭泣着：爸、爸，我求求您了！

金翠虽然相貌上与母亲非常相似，弯眉笑眼，皮肤白净，身材苗条；可为人却敢言敢为，十分任性，与其母大相径庭。平日里，金泽中对自己的这位老闺女比较娇惯，凡是她求办的事，很少驳回，可是，今天金泽中没有答应她，绷着脸叫她哪凉快哪待着去。

日常在丈夫面前从来不敢大声出气的金王氏，盯住金泽中质问说，你当初不是许诺卖房子卖地也要给孩子治病吗？这不到一年半怎么就给忘掉了？

妻子的话如利刃直刺金泽中的内心，那日银德、银生头、金泽梦几人幸灾乐祸的表情，又一次浮现在他的眼前。金泽中唰地站起身子，狠劲儿拍了一下八仙桌子，咬着牙道：卖地！

七

金玉尚在诵读“人之初”的1925年7月，北京大学学生林松在攀登长城时突然觉得眼前发黑，远处的山峦、村庄瞬间被淹没于浓浓的雾气之中，身穿破旧红衣的孟姜女哭闹着向秦始皇索要丈夫。身在北平又颇有现代科技知识的他，首先进的是一家西医诊所。只是他的视网膜中央动脉出血，竟被庸医当瘟病医治了多日。直到半个月后，才转到北平一家著名的教会医院。门诊大夫扒开林松的眼睛仔细检查了一番，告诉他来得迟了，如果两周前到此诊治肯定能够痊愈，而今只能听从上帝的安排了。

林松心里怒道，如果是三周前，我的双眼还没得病呢，来到这里找你们干甚？

在同学们的帮助下，林松住进这家医院，开始接受正规的西医治疗。每日除了打针吃药外，也采用了后来金玉在天津医院的那种治疗方法——定时往眼中滴注药水，每日再吃些洋药片。一周之后，在山西经商的父亲赶回家中，见到儿子的眼疾治疗效果不大，遂与大夫们协商，能否采用更加积极的治疗方式。林松的父亲是个见过大世面的开明人，他说，反正孩子的眼睛已经失明，如果能够治愈更好；如果不能治愈，只当为医院提供一次实验的机会。这家医院深受感动，又从其他医院招来眼科专家进行会诊，最终确定为林松实施手术治疗，修复眼部血管。虽说医生们尽了最大努力，林松的双眼还是没能复明。

半年之后，林松的父亲在外地经商途中被土匪劫杀，家中立时断了财路。身为长子，林松不得不担起抚养母亲和弟弟的重担，迅即从新文化运动中退了出来，由“德先生”和“赛先生”的崇拜者变成了一名地道的算命先生。

林松的眼疾，可是经过了正规西医治疗的；但愿金玉这位风华正茂的小伙子，不再重蹈他这位病友的覆辙。

金泽中一家人对于王居野推荐的西医，是抱着很大希望的。经过紧张的卖地筹款等准备工作，充满信心的王居野赶着毛驴车，把外甥送进了史大夫的家中诊所。这一路，走的多是乡间林荫土道，树影斑驳，鸟唱蛙鸣，天气凉爽宜人，爷俩在晃晃荡荡的毛驴车上有说有笑。从金玉小时起，王居野就十分疼爱这个外甥，觉得他聪明伶俐，手勤嘴甜，非一般农户的孩子可比。后来金玉在舅舅家读私塾时，王居野几乎每天都考他几个问题，有课本里的，也有闲书中的。而金玉的回答往往令王居野心悦诚服，对这个外甥更加另眼相看了。记得有一次，王居野让金玉谈谈对《孟子·告子下》的看法。金玉择其中一段名言道，故天将降大任于斯人也，必先苦其心志，劳其筋骨，饿其体肤，空乏其身。否则，就不能生存，更何况担当养家糊口之责。王居野听后先是一怔，而后即拍掌称赞，言之有理，言之有理。须知此时的金玉，刚刚过了十二岁生日。金玉患眼病后，王居野的焦虑程度甚至不亚于金泽中。莫非是老天有意给外甥出难题，让他在磨难中磨炼意志锻造品性？王居野料定待史大夫把他的眼病治好，外甥的境界和能力肯定会再上一个台阶，不愁干不出一番大的事业。到那时，他这位当舅舅的也算尽到了自己的职责。

走进史大夫的屋子，一股来苏水味扑面而来，这是中医大夫的房间所没有的。王居野瞧见史大夫头戴白帽子，身穿白大褂，脖子上还吊着一副白口罩，连他使用的桌椅板凳也漆成了白色，确实比乡村土生土长的大夫们正规多了。因而，王居野也更加坚信，这位与大鼻子同过窗的洋大夫，肯定能够治好外甥的病。史大夫让金玉坐在了椅子上。同前边几位大夫一样，他仍旧先扒开金玉的双眼看看，简单询问了一下金玉的病情和治疗过程。只是他的信心比先前的那些大夫足多了，连声说着能治，能治！

王居野高兴地问，真的？

史大夫再次蛮有把握地回答说，没问题。这西医不同于中医，药力大，见效快，保证能够让小伙子重见光明。

史大夫的手法的确有别于中医，也不同于天津的那家医院。他采取的是内治与外敷相结合的办法——每天喝三回洋药水，每三天换一次外敷的眼药。开初几天，金玉感觉眼睛有了知觉，是热，那种又闷又燥的热。一团热气在眼球，不，又好像在眼睑处悄然生出，而后慢慢地往外延伸扩散。然而，包裹他双眼的药布牢牢地防御着这团热气的外溢。金玉在仔细地品味着，如同欣赏一支情意绵绵的乐章。他确信，眼睛终于有了感觉。这在以往医治时可是不曾遇到的。甭说热，就是麻、就是酸、就是疼痛，他都没能盼到。史大夫的手法足以说明，药力能够抵达眼部，治疗有了效果，起码见到了一缕重见光亮的希望。就在金玉兴奋得心几乎蹦出来的时候，这种热却渐渐消失了。金玉天天盼啊，盼啊，却怎么也没能把这种感觉盼回来。后来他才意识到，这不是药力的作用，更不是眼睛有了生理反应。只是药布紧紧包捂的结果。在这个穷乡僻壤的小诊所里，史大夫为金玉从夏治到秋，又从秋医到冬，金钱花掉不少，病情仍旧未见丝毫起色。与先前的胡、娄等大夫不同，史大夫对于医治金玉的眼病始终没有丧失信心，始终没有更改他的治疗方法，始终也没有露出让病人另寻高明的意思，只是金玉父子的信心与日俱减。

春节过后，金玉便不去找这位史大夫，也停止了任何寻医讨药的活动。金王氏仍在劝说丈夫，再给孩子治疗一段时间，什么事情都有可能出现个“万一”。金玉欲哭无泪。他跪在地上恳请母亲，不要再麻烦父亲了，不要再浪费家中钱财了，不要再为他的事情操心用力了。死生有命，富贵在天。这一辈子见不到东西，他认了；今生今世饱尝人间艰辛，他认了；即使打一辈子光棍儿,他也认了。

这天深夜,金玉咬破手指给未婚妻写了一封血书:

敬芳吾妹,我眼彻底没了复明的希望,咱俩结婚已不般配。而且今后自己尚难生存,怎能再娶妻生子持家立业?我与你之间的关系就此结束,请你尽快寻个好人家吧!切切。

金玉

此时是1942年3月2日,农历壬午年正月十六日。

八

中华民国成立以来,有多少位眼病患者经医治痊愈,金玉并不清楚;但是,对于四面八方的盲人及其具体情况,金玉在日后的交往中却是十分熟悉的:

1911年6月3日,宝坻县北高庄私塾先生景坤,突然右侧头部剧痛,茶饭不思且呕吐不止,连续两天三夜未眠后失明,后经多方医治未愈。原以为自此告别三尺讲台,没想到天生我材必有用。孔孟的天命论经他手传播得处处开花。曾任冀东盲人协会会长,是平津唐子平术研究会主要创始人之一。在他八十八岁仙逝时,前来送别的徒子徒孙足足排了半里多地。

1913年8月5日,唐山市东兴商行的少东家季炎两眼患急性内睑腺炎,疼痛伴之瘙痒。因市内一家医院对肿块实施穿刺的不当疗法,两只眼睛迅速变成了一对烂杏,十日后光明不复。在本地久疗不愈后转至北京同仁堂诊治,无奈已错失治疗时机。曾任冀东盲人协会财务委员,平津唐子平术研究会首任会长。

1914年9月28日,郑卯生于宝坻县城南的一个财主家庭,幼年时因患严重内障眼病突然丧失视力。其父和雇工背着他上京下卫,在多家中西医院诊治均未奏效。尽管家中经济实力雄厚,但终归无力回天,将他永远留在了茫茫暗夜之中。曾任冀东盲人协会副会长,平津唐子平术研究会理事。

1919年10月10日,三河先天性盲人何牛出生。

1921年5月26日,宝坻县的范玉林在与仇人格斗时将对方杀死,自己头部受伤后只身逃往承德地区，更名为田塬。由于伤及视神经，此后不足两年的时间，视力渐渐消失。他在学习唐子平术的基础上，又拜一寺院住持为师，刻苦研学测字真经，成为算命行道中身怀绝技的佼佼者。后任承德地区盲人协会会长，平津唐子平术研究会特邀顾问。

1924年11月6日，平谷县人兰云出生。落地后她即不辨黑夜白天、赤橙蓝绿。虽然长得五官俊秀，身材婀娜，也不得不与那帮算命说书的汉子为伍，最终成为盲人之妻。曾任冀东盲人协会妇女委员。

1925年8月9日，古寅生于宝坻县东南部的庄户人家。不到一周岁时两只眼睛光感全无，从此不辨黑夜白天。年近四十时娶得一位聋哑妻子，凭自身聪慧，与媳妇编得一套哑盲皆宜的肢体语言，演绎了一系列令人捧腹的笑话。长篇小说《光棍窝的故事》中的算命先生刘赛仙，就是以他为原型塑造的。古寅曾任冀东盲人协会理事，平津唐子平术研究会会员，金玉心理咨询研究院首席专家。

1926年6月17日，洪江降生在天津东北角附近的无业游民之家，五岁时在马路上玩耍被三轮车撞翻，由于伤及视神经，瞬间失明。三年后又在大街上被电车挂倒，造成左臂骨折，右耳失聪，成为多重残疾。由于贪吃贪睡，人送绰号猪八戒。后加入冀东盲人协会。

1927年6月24日，鲁乾出生于蓟县城南部一个农民家庭，十三岁时的个头已赶上成年小伙儿。如此茁壮的苗子，却连遭狂风暴雨的袭击。先是出天花，黝黑的面孔落得满脸麻子；后是两眼突然疼痛难忍，视力急剧下降。开初是近在数里的盘山只能瞧见个灰蒙蒙的影子，之后是一丈以外的东西已分辨不清。由于没钱医治，眼巴巴地等来了彻底失明。三年后开始拜师学习算命占卦。只是许多儿童见到鲁乾这位又高又黑又瞎又麻的算命先生望而生畏，甚至东躲西逃，着实耽搁了不少买卖。曾任冀东盲人协会常务理事，平津唐子平术研究会会员。

1930年8月11日，武清人管亥因天气燥热，脖子突然肿胀，经过半个月的调理虽然炎症消退，两眼视力即因此日渐衰弱。后来虽说能够辨别白天晚上和东南西北，但是，世间所有的物体都如同蒙上了一层灰蒙蒙的面纱，而且这层纱还呈现出日益增厚的趋势，他也因之被人们称为“半睁眼”。为了生计，自愿加入盲人队列，成为一位算命先生。曾任冀东盲人协会会员，平津唐子平术研究会理事。

1933年1月15日，国民革命军第十七军排长吴未在长城抗战中被炮弹炸瞎双眼，转眼间由一位堂堂军人沦为一等残疾。曾任冀东盲人协会会员，平津唐子平术研究会理事。

1936年3月2日，薛巳生于宝坻县城附近的医生家庭。由于在其娘腹中已因视神经发育不全致盲，其爷其父虽医术高超也没有对应之策。长大后既学医术又学算命占卦，只是两行均未精通，难以养家糊口。新中国成立后，大力倡导移风易俗破除迷信，他试图以说书唱戏取代算命占卦这传统的谋生工具，逐渐成了算命先生们的冤家对头。曾任冀东盲人协会宣传委员。

1939年5月15日，兴隆县六岁儿童马腾突然出现阵发性失明，一头栽在山坡上，爬起之后昏黑的天地又现一片光明。由于家人没有在意，痛失治疗时机，五天后两眼由阵发性转为长期性丧失视力。经其表兄云海介绍，成为冀东盲人协会和平津唐子平术研究会的成员。

1943年3月28日，蓟县儿童团团员陈森与伙伴们拆卸一颗冀东抗日游击队与日寇作战时未引爆的手榴弹，不慎当场被炸瞎双眼。曾任冀东盲人协会和平津唐子平术研究会会员。特殊的致残经历，使其长期罩着"抗战英雄"的光环。除了算命先生们不买他的账，走到哪里都硬实得很。即使"文革"时期，陌生人也不敢小瞧他。在一些交通不发达的地方，他还多次应邀为中小学生们讲述他的战斗故事，混了无数顿的好吃好喝。

1945年9月27日，遵化县杨青在参加村中婚宴回家后呕吐不止，接连三日头昏脑涨粒米未进。附近一位大夫按急性胃炎为其疗治，随之视力急剧下降，两周后视觉消失殆尽。曾任冀东盲人协会和平津唐子平术研究会副秘书长、财务委员等职。

1946年4月21日，先天盲人马来福落生于宝坻县金银窝，成为金玉最后的一位师弟。曾任冀东盲人协会会员、金玉心理咨询院副院长，是金玉心理咨询院的发起人之一。马来福虽然斗大的字不识半升，但是头脑灵活，记忆力甚好，在村里村外打草、拾柴、挑水、抬筐，从来不拿马竿不用人领，即便赶集上店也将马竿夹在腋下，他脑子里仿佛印着一张地图或装有一台导航仪。

1951年11月25日，黄润生于宝坻县北部地区一个农民家庭。由于视觉器官发育不全，一周岁后失明，致使其一生中没有任何视觉想象力，甚至其父母的形象也在他的记忆中消失。二十世纪九十年代中期，黄润发起成立金玉心理咨询院，并当选首任院长。

…………

上部　生路弯弯

一

金玉与敬芳的结婚典礼仪式于1942年5月2日在金家院内举行。除了大门口两侧的一对喜字和一副对联之外，金家里里外外几乎见不到一点儿喜庆气儿。薄云遮日，冷风飕飕。尽管已进入农历三月，天气仍满是寒意。按照宝坻县寻常庄户人家迎娶新人的规矩，典礼仪式的头天晚上，男方要隆重宴请亲朋好友、街坊邻居，饭后新郎官要逐一向来宾表示感谢并讨要礼钱，俗称“掩礼”；头天夜间，男方要挑选两位童男子“压炕头”，也就是与新郎一起住在已经布置一新的洞房内，图的是以正祛邪，早生贵子；当天晚上，村中的一些青壮年会自发地到新人房中“闹洞房”，进而把婚礼的欢庆气氛推向高潮；转天是“回姑爷”的日子，一大早新郎新娘到女方家中省亲，让娘家亲朋好友认识一下这位“高门贵客”；第三天上午，新郎要率领新娘“拜三”，即到本族各家逐户叩谢，长辈们再给新娘一份相认的礼金……然而，到了金玉和敬芳这里，这些程序统统省略了，比后来“文革”时期的新式婚礼还简单。原因在于金泽中没有这份心情，金玉更没有这般兴致。唯一没有省略的，就是典礼仪式。

这天傍午，在本家一位叔叔的主持下，两位新人静悄悄地拜了天地和父母，而且，金玉这天所戴的这顶黑色毡帽、所穿的这身天蓝色长袍马褂，也是金宝结婚时用过的旧货。金王氏曾恳求丈夫为二儿子置办一身新衣，但是金泽中没答应，说穿着新旧他都瞧不见，花那钱有啥用？相比之下，敬芳的衣着打扮较金玉要鲜亮得多。前些天，在母亲的张罗下，她专门为婚礼定做了大红洋布嫁衣、紫底粉花绣鞋和黄蕊水红色头花。崭新得体的服饰，将她苗条匀称的身材和白皙娇好的面相扮得更加楚楚动人。

瞧着金玉的神情，敬芳知道他心里的烦苦和自卑。敬芳不再顾及陈规陋习，金玉想去哪里，她都搀扶着他。

比起金玉的穿戴，新人的洞房要破旧得多。它就是此前金玉的西厢房卧室。里面十分简陋，油渍斑斑的窗户、高低不平的地面、黑黄色的泥墙，无不向人们诉说着寒酸。屋内唯一时髦的那盆盆景，还是女方陪送的。其余摆设的两个躺柜、一对瓷瓶和瓷罐，在这房子里已沉睡多年。金泽梦的媳妇金马氏撇着嘴说，这哪里像洞房呀？连套喝水的茶具都没置备。一向要脸要面的金泽中，此时却任凭旁人议论，始终无动于衷。对于这一切的一切,敬芳给予了极大的理解和宽容。出来进去喜盈盈的,见到家人和街坊四邻皆笑脸相迎。早在五天前,媒人曾委派自己的媳妇、也就是敬芳的舅妈到金玉家考察了一番,对于金家如此轻视自己的外甥女,表示非常不满。当信息反馈给敬芳家后,敬芳说这算不得什么,金玉治病肯定花掉了家里不少钱,哪还有财力再办那些虚荣的事呀?

春季的潮白河水平静、清澈、纯洁,就像敬芳的心。典礼之后,许多上了年纪的妇女到洞房中来看新娘子。马二奶奶拉着敬芳的手左瞧瞧,右瞅瞅,夸赞她长得受看,越细端详越漂亮;银四奶奶把敬芳搂在怀里,对金王氏和金玉说,瞧瞧,这是多么好的闺女啊,她嫁到你们金家不是欠你们的,是在给后辈人积德修福呢。我年岁大了,不一定能看得到。相信老天早晚会睁眼的,你们大伙就等着跟她借光享福吧!是的,敬芳嫁给金玉是自愿的,是真心的,是力排众议的结果;她嫁给金玉原本就不是来享福的。她要为他生儿育女,为他孝敬公婆,为他持家理业。她要用自己的全部精力搀扶他走完这一生。

敬芳生于宝坻南部地区的大户人家,祖上有多人在京城或外地为官,她的老太爷曾官居四品,达到了敬家子弟仕途的巅峰。到了她父亲这辈,便走南闯北由仕入商了,吃不愁,穿不愁,生活十分富足。敬芳在家中排行老大,下面还有两个妹妹一个弟弟。弟弟敬山被父亲安排在北平读书,闲居在家的爷爷就当起了三个孙女的老师。从《三字经》《百家姓》《弟子规》往上教,此时姐妹中年岁稍大的敬芳已开始读《论语》了。周边十里八村的人们,都知道敬家乃正经八百的书香门第。聪慧的敬芳不仅知书达理,而且人也漂亮,白白的面皮衬托得那对又黑又亮的眼睛像金玉失明前那般出神。当初订婚时,双方的亲朋好友无不赞叹金玉与敬芳的结合正可谓才貌相合,门当户对。两个年轻人对此同样心满意足,喜上眉梢。原先金泽中已经和敬芳家中商定好,在大前年的春节前就给二人完婚,后考虑柯英怀孕在身,一年不可进"二喜",就把这件事拖了下来。谁想对于这对未婚夫妇而言,竟拖出一个天大的坎坷,拖出一场人性的考量,拖出一次不亚于生死的抉择。

二

那是一个闲坐庭中亦出汗的季节。即使敬芳家院落深深,槐柳遮日,仍然难挡盛夏的闷热。这天，敬芳正在屋中纳着鞋底，准备将鞋做好后托人捎给金玉。自从敬芳与金玉初次见面后，她就把他放在了心上，多么英俊聪明的小伙子呀！后来金玉向她亮明自己外出闯荡的打算时，敬芳对他更加倾心，多么有理想、有抱负的年轻人呀！怪不得邻村的算命先生夸她有旺夫相，将来一定会享受夫荣子贵之福呢。嫁给金玉这样才貌双全、志存高远的郎君，能没有好日子过吗？哪里是我旺夫，分明是夫在旺我啊！在外面做工，肯定有许多的不易吧？金玉自然不缺钱买双布鞋，但这是她的一片真心呀！树上的鸟儿在欢快地唱着，敬芳开心地笑了。就在这时，媒人派人送来了金玉失明的消息。轰的一声，敬芳家里瞬间炸了窝，她惊得失去了知觉，即将纳好的鞋底连带针线吧嗒落在了炕上。待敬芳回过神来，母亲刘秀明已紧紧地把她抱在怀中，娘俩放声痛哭了一场。刘秀明问敬芳，丫头，这可咋办啊？

敬芳没吱声。

刘秀明又说，丫头认命吧！这人一辈子和谁结婚，都是由上天排定的。你上辈子欠他的，去照顾他吧！

敬芳用力点点头。

这么办不行，您这不是把我大姐往火坑里推吗？母亲的决定立即遭到了敬芳两个妹妹的极力反对：咱家与他一不沾亲，二不带故，三不欠银两，怎么就得去伺候他呢？二妹敬华绷着脸讲，甭说他金家没有多大的本事，就是本事再大，能给咱们老敬家搬座金山来，这亲也不能做！三妹敬丽面带怒气说，钱不钱的都是小事，我可不想找个瞎子当姐夫，让村里人在背后指指点点！

火坑，一个冒着烈火浓烟的巨大火坑横亘在敬芳面前。

刘秀明把公公请了过来，让他老给拿个主意。这位熟读经书、十分崇尚传统道德的老人，如果从内心讲，是支持敬芳母女的；但是，这毕竟关系大孙女一生的命运。这步如何迈？何止是吃苦与享福之分，更有着社会舆论、身家地位、个人前程等诸多无形且又无时无处不在的东西啊！这个主意拿不好，会让人埋怨一辈子的，恐怕自己死后都不得安宁。思前虑后，老人给远在济南的儿子写了一封信，儿女之事本应由父母定夺。

接下来的几天中，敬芳母女耳边就没断过嗡嗡之声。天生任性的敬华、敬丽不仅继续陈述着她们的理由，还请来本族的叔伯大娘婶婶们，共同做母亲和姐姐的思想工作。一拨接一拨的说客源源不断，轰也轰不走。痛不欲生的敬芳承受着巨大的压力。人，眼瞅着瘦了一圈；心理，几乎到了崩溃的边缘。她不像母亲那般信命，她只是深知己所不欲勿施于人的道理,坚守着与人为善、诚信至上的信条。失明一定已使金玉非常痛苦。眼下他最需要的是同情和安慰,今后他最需要的是尊重和照顾。如果这时自己毁婚，那肯定会比往他伤口上撒盐还要令他痛苦，说不定会把他逼上绝路。这样无情无义无教养的事情,她做不出;她们老敬家也不应该做得出。从女娲补天之日起,这人世间就有付出,有赢得;有吃亏,有便宜;有失利,有成功;有牺牲,有存活。谁都希望自己拥有“好”,可是终归得有人去挑战“坏”。为了他能得好,这种挑战值得。

敬芳相信母亲和自己的选择,父亲会支持的。

敬芳未婚夫失明的消息，如无形无影的电波，静悄悄地向四周传导着、扩散着。东村一位倾慕敬芳已久的陈姓人家,闻讯后觉得机会难得,当即找到媒婆胡大牙,求她帮忙把敬芳说给他家长子,酬金和聘礼当然不会少的。弄清胡大牙的来意,一向文静的敬芳哭闹着把她轰出门外,没容得这个媒婆甩开大牙信口雌黄。敬华、敬丽对此颇为不解,以为姐姐的神经出了问题。要清楚,这胡大牙可是为你好哇,陈家小伙子虽然在才貌上比不过金玉,可那是以前呀！文化再高,长相再威武,志向再宏伟,如今两眼什么都瞧不见了,还有个啥用?敬芳紧紧搂着敬华、敬丽哭了:我知道你们这样做是为我好,你们以为我乐意往火坑里跳吗?只是这个火炕你姐姐如果不去跳,你那未来的姐夫就会被活活烧死啊!

胡大牙登门提亲的第二天,一辆装饰豪华的马车驶到敬家的大门外,城内隆德粮行的刘掌柜来看外甥女了。这位宝坻县城屈指可数的富豪长得肥头大耳,腰圆膀阔,一年四季身穿绸缎绫罗,路途再近也要马车伺候,讲究的是个派儿。他此行一者是劝慰,虽然金玉失明属于偶然,但是他仍然觉得有些对不住敬芳。要知道,当初他可是相中了小伙子那双出众的眼睛,才把外甥女介绍给他的。现在,他最有本钱的东西丢了,甭说外甥女不可能同意这门亲事,就是他这位做舅舅的也觉得亏得慌。二者是探风,眼下他手头儿还有一位配得上敬芳的小伙子，乃县城内洪源客栈老板的次子,家境富裕不说,本人现在北平读书,前途自然不可估量。如果敬芳已决定断掉同金玉的关系,他马上可以把这位洪源客栈的公子介绍给她。刘掌柜听罢敬芳的情况后,自己纠结的心终于解开了,连连称赞她有修养,有骨气,不愧为大家闺秀。稍后,敬华向姐姐透露了舅舅此行的真实目的。敬芳咬了咬嘴唇说,本人决心早已定下,此生非金玉不嫁,就是潘安再现、李杜重生,与我也没有任何关系。今后谁再跟我谈找婆家的事,我就和谁急!

十多天后，敬芳的父亲回信了。信中讲道，闺女大了，自己的事情应该由自己做主。如果此时与金玉解除婚约，算不上失信，也与不道德挨不上边，男女双方的亲戚朋友都会理解的；如果闺女愿意与金玉结婚，他表示支持，并且在财力上会给予些帮助。敬芳的眼泪洇湿了父亲的来信，这泪中有感动、有高兴，还有绵绵不尽的委屈。

三

在敬芳等待父亲回信的十多天内，金玉正经历着从正常人到残疾人的嬗变。吃穿住行，这些在以往十分平常自然的生活行为，在此时都感到万分的别扭，干啥事都像一个初生婴儿或痴呆老人。吃饭，碗筷常常掉在地上；穿衣，十有八九拿反面当正面；斟茶倒水，烫伤了他的左手；虽然出来进去没离开自家宅院这块巴掌大的地方，金玉浑身上下还是被撞得青一处紫一块。一次，金玉自己摸索着上厕所，尽管非常小心，还是掉进了粪坑，弄得满院子臭烘烘的不说，还连累母亲帮着拆洗晒晾，忙活了多半天。金玉感到，原本非常熟悉的一切的一切，这时都不认识了。

相比生活之不习惯，坏眼开初更让金玉难以忍受的是郁闷。除了自家院子，没人领着他哪里也去不了。为此他憋得口舌生疮，满嘴燎泡。这时金玉尚用不惯马竿，也没有用马竿探路的意识。一天，他实在憋不住了，自己悄悄摸出了村子，准备到稍远处转转。不料误入村东南的芦苇地，弄得他满腿泥水不说，还摸不着回返的路。金玉苦恼极了。这人一旦坏了眼，怎么比丢掉胳膊腿儿还难受啊！像自己这样的累赘再娶媳妇，不是明摆着把人家往火坑里推吗？如果说，此前男女双方条件相当，现在男的成了残疾，人家好端端的大姑娘怎肯再嫁给一个瞎子？世间哪个女人不想把自己的一生托付给能够撑起门户的汉子呢？

小瞎子，打这个小瞎子！东庄三四位十来岁的孩子一边呼喊，一边追逐着一位十三四岁的盲小伙。有个孩子还捡起路边的土块朝前边的盲小伙砸去，慌不择路的盲小伙一头栽在了村东的河坡上……金玉惊得从炕上坐了起来，摸了摸盖在身上的夹被，知道自己是在做梦。可是，梦中的事情却是他亲眼所见，此时无非是旧景回闪而已。这件事发生在金玉八岁那年的春天，他放学后随正从城里出来的金泽郡回家，在金银窝村东头碰到了上述那一幕。金泽郡认识这位遭受追打的盲小伙，是金泽厚的妻弟，姓郑名卯,近几天正随母亲来姐姐家探亲。郑卯生得面黑体胖。这日他苹果似的脑袋上戴了顶瓜皮帽,木桶似的身子罩着马褂长袍,满脸堆积着笑容,如小熊猫那般憨态可掬。他在姐姐家闲得难受,便独自出来散散心,谁想平白无故遭此灾祸。见到东庄的几个嘎小子就要对郑卯施以拳脚,金泽郡急吼一声:住手,看你们谁敢欺负人?! 当即三步并作两步冲到跟前,喝走了东庄的嘎小子,而后将郑卯扶起领进了村子。盲人时常平白无故遭受一些孩子的追逐辱骂,如果还嘴就会饱尝砖头土块的袭击,好像他们是害虫一般。不知这世界为何对没眼人如此不公?金玉觉得,自己今后在生活上吃些苦、肉体上受些罪只是小事,更令人伤心悲哀的是社会地位的骤然下降,是世人的轻视甚至厌恶。他想,敬芳及其家人肯定也会意识到这一点的。即使她本人不言退婚,家中父母也会替她着想的,周围的兄弟姐妹、亲朋好友也免不了要说三道四。谁家放着乘龙快婿不找,而让女儿跟着他这样的累赘呀?天意难违啊!这门婚事吹定了。彷徨、焦虑、担忧、等待……复杂之情绪七缠八绕地捆扎着金玉,整得他茶饭不思,噩梦不断,甚至喘气都没有先前顺畅。短短半个月的时间,金玉也如敬芳那般消瘦了许多,别人这样讲,他自己也摸得出来。

这一天的黎明,金玉终于做了一个似乎比较好的梦。他梦见了村庄北面的荷塘,甚至还闻到了从那飘来的阵阵荷香。这片荷塘呈葫芦状,中间的细腰处架着一座石桥,北面植了些芦苇,南面栽满了莲藕。这里是金玉小时候上学的必经之路,从春季小荷才露尖尖角,到冬天残荷败叶镶冰中,他都仔细观赏过。金玉尤喜夏季雨后的荷塘,那肥大的荷叶上盛着珍珠般的雨滴,晶莹剔透;红白粉各样荷花胜于刚刚涂过脂粉,色彩俏丽;一群群蜻蜓围着荷花或舞或憩,悠然自得;至于荷塘四周的空气,也较平日清凉甘甜了许多。天空中下着小雨,金玉撑着伞兴致勃勃地观赏着面前的美景,他又回到了快乐的童年。忽然,公鸡的鸣叫声将他惊醒。金玉悲从中来:从今以后,再好的景色也瞧不见了,唉!

金玉懵懵懂懂地穿衣下炕,他不得不面对清醒后的残酷现实。吃过早饭不多时,敬芳家专门派人给金玉家送来一封信和20块现大洋。信的大致内容,一是不同意退婚;二是什么时候迎娶新人由男方决定。这20块银元是敬芳母女的私房钱,捎来帮衬金玉治病的。如此结果,金玉没想到,金玉家里其他人当然也没有想到。最高兴的是金王氏,她喜极而泣,搂着金玉不停地念叨,二的,知足吧,这样的好媳妇你哪里去找?这样好心眼儿的媳妇你哪里去找?!

四

金玉的那封血书,在敬芳家里再掀波澜。敬华、敬丽认为,这是一个“顺坡下”的绝好机会,既然你不要我了,娶到家里也养不活我了,我干吗非得使劲往前凑。这种时候再主动给金家当媳妇,那不是扳着脖子够鼻涕吃吗?我们老敬家贱啊?敬氏家族的一些长者此时也晃晃荡荡地站了出来,劝说敬芳,天底下健全的男人多的是,何不趁此机会远离那个瞎小子!敬芳母亲对她说,大伙讲得没错,眼下的确是你与金玉解除婚姻的机会。我虽然以前支持你,现在仍然支持你与金玉结婚,但是你个人一定得拿定主意,你爸来信不是也让你自作主张吗?我只是想提醒你,这世上啥药都有卖的,可唯独没有卖后悔药的。你一旦嫁过去,就得为他生儿育女,替他孝敬爹妈,与他生活一辈子。

敬芳轻轻笑了笑说,妈,您说的我都懂。有句话叫开弓没有回头箭,咱家既然早给人家回了信,怎么能再改变主意呢?

敬芳的爷爷看了金玉的血书,着实感叹了一番:这是个有志气、有责任感的男子汉啊!虽只寥寥数语,却可观其品、可察其德、可鉴其心呀。孙膑受膑刑后助齐灭魏;司马迁致残后著《史记》奇书;听你舅舅讲,现任美国大总统就是个瘸子。古今中外身残志坚、大有作为的人不在少数。金玉将来未必不能干出一番事业来,到时候我们就等着借光吧!老人慷慨激昂,话越说越多,好像金玉日后必定能够青史留名似的,惹得敬芳的两个妹妹十分不耐烦。敬丽伸手捂住爷爷的嘴,不让他再往下说了;敬华不以为然道,一个瞎子还指望有啥大出息吗?

敬芳再次动了肝火,白净的脸庞涨得通红。她十分严肃地说,我嫁给金玉是出于诚信和仁义,除了吃苦受累别的什么也没有企盼过。以后我不想借你们的光,我的光更没有一丝能让你们借。但是有一点,我要郑重告诉大家,从今往后咱们家中谁也不许再提那个“瞎”字。否则,别怪我翻脸不认人!敬丽朝着敬华做个鬼脸,而后溜出了屋子。大姐的脾气,妹妹再清楚不过了,敬芳翻脸也只不过自己生生闷气而已,不会对她俩动拳脚,也不会记仇的。

五

仲春的午夜，正是昼夜温差悬殊的季节，仍然穿着白日单衣的金玉，由屋子出来时不由得打了个寒战。他用力搓了搓手，之后像往常那样，蹑手蹑脚地来到正房窗外的牲口棚给牲口们添料。自从他告别了史大夫，家里就将雇用的长工改作了短工，白天黑夜饲养牲口的活计，全由金玉包了下来。金泽中时时打着他的“小九九”，能省一分是一分。就在五天前，金玉和敬芳的大女儿降生了。他俩为女儿取名叫金辉华。金玉和妻子有了自己的后代，有了爱情的结晶。添丁增口，原本是一件喜事，可是，小两口却怎么也高兴不起来。日本鬼子统治下的宝坻，生意萧条，民不聊生，家里参股的粮行和织布的营生，越来越难以做下去。金泽中常常为此唉声叹气。现在，看到家里又添了一个吃闲饭的，更加心烦，时不时地朝金玉发一顿无名火。好像金玉和敬芳的女儿不是他的亲孙女，而是个害人精。今天黄昏，金泽中竟在大街上对众乡亲们嚷嚷说，我们这一家人多是废物，如果没有大儿媳织布卖些钱，全得去喝西北风了。金玉听得出，父亲是在指责他们夫妻俩没本事，却没敢吱声。这几年，父母为了给自己治眼，花了多少冤枉钱呀！自己来到这世上，除了糟践钱，还没为家里效过力，现在只能摸索着干些杂活，别无所长啊！金玉估摸着，这时怎么也得过夜间十二点了。可是，他听到父亲和母亲还在交谈着。金泽中心里着急，嗓门儿比白日一点儿不小。他质问金王氏，你说老二两口子都养活不了自己，如今又添了一个累赘，以后咋办啊?!

金王氏劝他道，你甭总把事情想得那么坏，人活在世上，总得有口饭吃。

这年头儿，许多壮小伙子都难养活一家人，何况他这样的！只怨我当初听了你们大伙的，根本就不应当给他娶媳妇。

老天爷饿不死瞎家雀，何况是人呢。金王氏继续劝解着，再说了，老二他们以后还有老大两口子帮衬着呢。

咱俩活着行，离开咱们，谁会管他们啊?早晚还不得分家单过！金泽中愈加气愤地强调着自己叙述无数遍的理由，都怪我当初心不够狠，让他成的什么家啊?!

金玉觉得，父亲讲的并非没有道理，但仍然像挖心掏肝一样难受，委屈和痛苦的泪水不由自主地涌了出来。为防止父母听到响动，金玉急忙用手紧紧捂住嘴巴，悄悄地摸到了院子外的柴火园，放声痛哭了一场。老天爷啊老天爷，我哪辈子没做好事让我受此磨难呀？你对我这个年轻人，为何如此不公啊！悲愤之下，金玉苦苦思索着解决困难的办法。想过来想过去，他觉得只有一死了之，让敬芳带着女儿寻一个好人家，父母才不会再为他操心受累；哥嫂才不至于多份累赘；妻子女儿才能永远逃脱这个由他一手挖掘的火坑。只要自己不死，敬芳就肯定不走，全家人都难以彻底解脱，恐怕父母死后都不会瞑目的。他甚至以为，这样的选择，是对父母最大的孝，是对妻子女儿最深沉的爱，因而也是自己最无私的表白。

金玉用衣袖擦干脸上的泪水，义无反顾地朝柴火园外的水井摸去。

六

古往今来，有多少盲人选择自我了断无人统计，但是，有一条规律：这些盲人中较少天生失明者；而且多数情况是在生计问题的背后，有着更为深刻复杂的原因。

马来福生于炮火纷飞的内战年代，成长于新中国成立之初的困难时期。他以为人与猪所吃的东西并无两样，除了糠菜就是菜糠。家里人有时扔给他一块白薯半个窝头，都让他乐不可支。因为他根本就不知道这世界上还有鸡鸭鱼肉、山珍海味、瓜果梨桃那样的佳肴；更没有瞧见过那灯红酒绿、香车美女、一掷千金的奢华。后来五官健全的弟弟妹妹出生后，他在家中的地位每次况下，脏活累活得他干，好衣好饭他得让。可是，他仍旧没有感到痛苦或稍许不快。在他的脑袋里，世间就应这样，天理本该如此啊！有什么可烦恼的呢？1960年春，金银窝一半以上人家由于青黄不接断了炊烟，马来福连续饿了三天肚子，仍然有气无力地哼哼着“洪湖水呀浪呀么浪打浪”。像马来福这样从小在人们白眼中长起来的盲人，活得肯定比《红楼梦》中的贾宝玉、林黛玉还要幸福快乐得多，他们哪会轻易结束自己的生命呢？

与马来福不同，金玉这些后天失明者自我感觉在生活上要艰难得多，在思想和视野上要宽阔得多，因而在前途命运的选择上也形式丰富、态度坚定得多。吴未因受伤失明退出战场后，先在军营住了一段时间，后又搬到了战友们为他租借的两间民房中。一日三餐和洗换衣服，都由战友们轮番伺候。每逢伙房改善生活时,战友们都买上一两瓶散装白酒,到他的房间内小酌一把,让他宽宽心、解解闷。但是,吴未感到的是生活极为不便,特别是一天到晚无所事事,令他忍无可忍;以往练就的一身钢筋铁骨,撑涨得他心烦意乱。就像一头关在笼子里的猛兽,吴未没有一天不在狂叫,没有一刻不企盼着重返大自然。他时不时地踢桌子踹板凳自掴耳光,发泄着无名火。后来部队准备开拔南下,战友们让他自己选择今后的生活之路:一是继续将他带在身边,到新的驻地后再为他租房居住;二是把他送回宝坻老家,让父母兄弟们伺候他的生活。吴未觉得,哪一条路对他而言都是死胡同。前者拖累战友,抗日战争的烽火熊熊,自己不但不能冲锋陷阵打鬼子,还得分散战友们的精力;后者拖累家庭,父母把自己抚养成人送入军营,原本盼儿子能够建功立业、衣锦还乡,如今以此残疾之身回家,不但没能为家族增光反而给祖上抹了黑。既然为国尽忠无门,为家尽孝无力,活在这世上还有何用?万念俱灰之下,他用力朝着墙壁撞去。当他苏醒过来时,发现自己已经躺在医院的急救室内。

相比之下,鲁乾却没有吴未这般幸运。自从父母逝世后,作为长子的他,就承担起了抚养照顾弟弟的重任。凭借自己算命占卦的手艺,他先是为家中盖了三间房,后又帮助弟弟娶上了媳妇。鲁乾深知自己成家困难,就把振兴鲁家、延续香火的希望,全部寄托在了弟弟身上。弟媳果然争气,头一胎就生了个大胖小子。一家人正在其乐融融的时候,弟弟少时所患的痨病却复发了,而且来势凶猛,不到两个月便不治身亡。临终前,弟弟将媳妇和儿子托付给他,让鲁乾照顾这娘俩一辈子。这一年是1965年,国家已基本禁止算命占卦了。鲁乾因此陷入了迷茫之中,现在家里尚有一千八百元存款,如果今后真的不许算命先生重操旧业了,他活着只能是坐吃山空,给弟媳增添负担;倘若自己不在了,这些钱足够弟媳供侄子上学成家了,将来侄子讨媳妇,也免得有他这位瞎大伯挡道。权衡再三,鲁乾选择了后面这条路。他原打算这天深夜把自己吊死在后院的柳树上,转而一想万万不可,一是害怕脏了自家的宅院,吓坏弟媳和侄子;二是担心这样做辱没弟媳的名声,让外人以为她容不下这位瞎大哥。最终,鲁乾选择了坠桥——在去集市打酒时不小心落在了镇西头的石桥下,随即被湍急的河水冲走了。逝者去得自然而然,生者叹惜议论了一阵子,此事即告终结。

古人讲,人固有一死,或重于泰山,或轻于鸿毛。鲁乾这些盲人的死,于家于国于社会应该归于哪类呢?

七

正当金玉迈出柴火园，决意赴死之际，敬芳见他长时间未回屋子，出来寻找他了。每天夜里金玉起来喂牲口，敬芳也不敢合眼。没眼人比不得有眼人，金玉独自外出，她的心就放不下。金玉所做的所有活计，表面上是一个人干，实际是两个人在操心受累。听了金玉的哭诉，敬芳低声抽泣说，你走了，我们娘俩咋办呀？你有这种想法，是不是太自私、太不负责了。

你说什么？你死后让我再改嫁，亏你想得出。敬芳委屈得大声哭闹着，告诉你金玉，我活着是你金家的人，死了是你金家的鬼。我从打算嫁给你那个时辰起，就是来跟你受罪的，压根就没企望过享什么福！如果要享福，图安逸，我能跟你吗？

金玉将妻子紧紧地拥在怀里，眼泪又止不住地涌了出来。古人讲，但行善事，莫问前程。村里许多人也说敬芳如此修好，肯定要得到善报。可是，她自从嫁到金家，好心并没有换来好报。作为一个残疾人的妻子，一个曾经的大家闺秀，一个只想着丈夫而不考虑自己的女人，甚至连家族和亲属起码的怜悯之心也未赢得，更谈不上对她的尊重与照顾。好像她嫁给金玉是高攀了一样。古来夫贵妻荣，金玉原本以为，那应当是在外人眼里，没想到在家中也会这般势利。结婚第二天，敬芳就担起了家务的沉重负担，每天为全家人洗衣、做饭、磨面、打扫卫生。这些粗活，她在家里可没怎么干过；这么多的活，她一个大家闺秀怎么能吃得消？不仅如此，稍有些空闲，敬芳还得陪同丈夫到田间做些农活。自从进了金家门，她一天从早到晚忙得脚不沾地。这时的金泽中，眼里除了钱还是钱。敬芳家务活干得虽然不少，可是给家中赚不来现钱，因而她在金泽中跟前始终不吃香，没地位。金王氏很疼爱金玉他俩，但在这封建意识非常强的家庭里，她什么事情都做不了主，就连自己原来的名字王居阁，都被丈夫给改掉了，理由是夫为妻纲嘛！依照农村的习惯，女人生完孩子需要“坐月子”——由婆婆或其他人照顾着，卧床静养一个月。可是，轮到敬芳时，这种好处同样被取消了。她生完女儿第二天就下床做饭、洗衣、打扫卫生，今日又与金玉推了一天的石磨。敬芳越来越瘦了，婚前从娘家带来的几件十分合身的衣服，如今穿在身上犹如孩子错穿了大人的服装，显得又肥又长。虽说她那美丽娇嫩的面庞如石雕般不易为风雨所蚀，但是两手却变得日益粗糙坚硬了。金玉尚不清楚,自己妻子这双手不仅结了茧,而且由于长时间浸泡在冰冷的凉水中,到了冬季还会出现裂痕,以至于从此落了病根。实在太难为她了。敬芳并没有表露出半点不满，金玉却感到愧对她，也愧对她的父母和家人。早知这样,就应该下决心逃掉这场婚姻,打一辈子光棍儿,再苦再难,尽着自己糟蹋就是了。

对！我不能死,金玉在心里大声呼叫着,对于一个人而言,死,有时是件容易的事情;对于需要你活着的人来说,的确又是件非常自私的事情。为了善良的妻子,为了刚刚出生的女儿,为了疼我爱我的母亲,我也要鼓起勇气活下去,而且要活出个样儿来给人们看看。

这一夜,金玉和敬芳夫妻俩谁都没有睡觉。虽说天无绝人之路,可是一个盲人,又怎么能养家糊口、活出个样儿来呢？靠种地,肯定不行,好劳力都赚不来钱;靠打工,肯定也不行,许多年轻力壮的小伙子都找不到活;靠做买卖,弄好了可以赚些钱,但自己干不了,又没有那么多的本钱雇人,这条道同样走不通。这可如何是好呢?听着金玉的唠叨,敬芳试探着说,学门手艺吧,我看有些盲人就是靠治病或算命谋生的。

对!学手艺,就学算命。众里寻他千百度,蓦然回首,那人却在灯火阑珊处。妻子的话像寒夜里的一把火,一下子让金玉眼前亮堂起来,周身也暖和了许多。金玉对敬芳说,咱们一个叔伯老舅叫郑卯,比我年龄稍大些,落生不久就失明了,就靠算命这门手艺养家,前些年我瞧见他穿戴还挺讲究的。

我看你有文化,脑筋又好,学习算命挺合适的。敬芳说,咱们留神盯着点,哪天老舅来了当面问问他。于金玉而言,算命是什么样的学问?学习的难度有多大?这门手艺是否适合自己?需要多长时间才能搞懂它?学会后到底能不能靠它养家糊口？所有这些,他此前均没有接触过,这时恨不得立即弄明白。

八

金玉在热切期盼中熬过了半个多月。这一天上午,终于见到了来姐姐家串亲戚的郑卯。金玉当然瞧不见,郑卯今日依然穿戴不俗,上身着乳白色绸料短褂,下身是棕色缎面筒裤,就连脚上那双布鞋也产于天津鞋店。自打那年金泽郡和金玉出手相助后,郑卯一直对金家这对叔侄心存感激,尽管金玉当时还是个八岁儿童。对于金玉今天提出的各种问题,他不遮不掩，倾其所知一一作了详细解答。郑卯十分肯定地对金玉讲，算命这门手艺学会了养家没问题，如果弄得好，比你到天津打工都强！

那得多长时间能够学会呢？对于金玉提出的这一问题，郑卯琢磨了一会儿说，多长时间能学会算命，这个问题可不好回答。因为人与人不一样，有的人聪明伶俐，一年两载就能出道；有的人脑袋瓜子不好使，可能三四年也弄不通。金玉觉得郑卯讲得很有道理，十个手指有长有短，学任何知识都是因人而异的。此时，他最想知道的是，凭自己的状况得学习多久？

我不是已经说了吗，这个问题我实在不好给你一个准确答案。郑卯见金玉如此着急，想了想说，要不然这样吧，我教你一段测试记忆力的顺口溜，你背背看。金玉连声称好。他自幼记忆力就强过一般人，上学后，背诵课文是他的强项。《三字经》《百家姓》《论语》《大学》《中庸》这些自不必说；就是小时候他所学的自然知识，如：物有黏液汁，而重量轻于水，汁点疏于水，曰油。约分三路，曰植物油、动物油、矿物油。植物油有菜、豆、花生油等，可为食品；桐油可以涂器，柏油可为烛，动物油可食……至今仍然能够背得一字不差。

郑卯像老师领着学生们朗诵课文那样，带着金玉不紧不慢地念了一段顺口溜：

学生四柱带三合，生辰八字福不薄。
本生在西门陪圣驾，侍奉圣母娘娘一尊佛。
只因惊散了鸳鸯鸟，将他贬在凡间受折磨。
水陆行了三千里，旱道走了一万多。
多亏土地城隍把他送，一送送到大门阁。
他一看嫌此院落小，就在门口转磨磨。
谁知门神管闲事，伸手将他往里拖。
神童一块来了俩，前后左右伺候着。
流星闪闪划天际，你们家中落一个。
看来贵人有贵福，才得瑰宝奇珍珠一颗。

郑卯念完后在一旁与姐姐唠话，金玉又趁热打铁在心中默读了两遍。无论周边环境多么嘈杂，他全能静下心来，这是多年养成的习惯，也是一种学习本事。二十分钟后，郑卯问金玉，背得怎么样了？

背下来了。金玉紧接着将刚才那段顺口溜朗诵了一遍，如私塾先生念诗那样，抑扬顿挫，一气呵成，中间没打半个奔儿。

哎呀，只这么一袋烟的功夫就学会了。真的了不起！要知道，当初我们师兄弟几个学习这段话，整整用了两天多啊！金玉后来方知，郑卯所教的这段顺口溜是学习算命占卦的初试诗。每位老师在招收徒弟时，大都以此测试弟子的智力。如同小学生报名上学，老师先让他数数自己的手指头一样。郑卯信心十足地对金玉讲，就凭你这本事，将来肯定能成为一位有名的算命大师。金玉婶子在旁边夸奖说，咱家这侄子，从小脑子就灵。如果眼不坏，是指定要当大官的。对于这类赞誉，金玉早已不感兴趣。现在他最关心的是，最快得多长时间能掌握这门手艺，用它赚到钱。

这个问题我仍然没法肯定地回答你。郑卯依旧不紧不慢地说，虽然你记忆力超群，可是算命这门学问大了，有子平，有占卦，有相面，有后棚，还有择日子抽帖等等，而且每一门学问也有深有浅、有实有虚。别看老百姓平时见到我们这些算命先生都以为水平差不多，实际上，每个人的本事可大不一样的。

噢，这里面还这么多的事呢！郑卯如果不说，自己还真不了解。金玉想，即使这样，也得问个究竟。老舅，就学习到您老这水平，能够独自四处闯荡，大致需要多长时间？

依你的能力，少则半年，顶多八九个月，而且学得恐怕比我还要深一些。郑卯非常肯定地说，我从小失明，没读过书，学习啥知识都是死记硬背。你是识文断字的人，记忆力又好，学习算命占卦肯定比我要理解得快，运用得好。

敬芳见金玉拜会郑卯迟迟不归，心里又咚咚地敲起了小鼓。别再是因为算命这门手艺过于复杂，难住丈夫吧？要不就是由于学费太贵，让丈夫无能为力？不！一个为了家人连生死都置之度外的人，还惧怕什么困难吗？敬芳虽这么想，但那面小鼓却怎么也停不下来。她把全家人的午饭做好后，抱着女儿急急忙忙来到金泽厚家。瞧见郑卯和金玉爷俩高兴地聊着，她感到自己丈夫的心中肯定有底了。敬芳心里的小鼓敲得更急更响了，但这时已不是担忧，而是为丈夫、为她和女儿终于寻到了生活出路而兴奋。敬芳慢慢按捺住自己激动的心情，客气地向郑卯和金泽厚家人问过好后，又抱着女儿急急忙忙往回返，因为家人还在等着她放桌子盛饭呢。

金玉当即提出要拜郑卯为师。对方连声回道，使不得，使不得，凭你这么高的文化，这么好的记性，我脑袋瓜子里的这么点儿东西怎能教得了你？

那我去城北找尚先生。金玉记得，以前这位先生曾多次为自己和家人算过命。虽说他穿戴不如郑卯，可是生活肯定也难不了。就在坏眼那会儿，金泽郡还拉着母亲去求过他呢。

你说的是尚辰吧？此人手艺虽然在我之上，但他同样不配做你的师父。但他尽管他曾向北平城西的一位老先生学了两年，不过据我观察，尚辰头脑有些僵化，不善思辨，结合实际运用命理差了些。郑卯用手指轻轻地叩了几下椅子扶手，慢条斯理地说，往远处讲，我们这行业中道行大的有北平的林松、唐山的季炎、承德的田塬。凡找他们算命的，聊不上三五句话即能摸透对方的心。这三位先生不仅命算得好，而且还各有各的绝活，在平津唐及山西、热河、辽宁都名望不小，带出了许多高徒呢！不过，拜他们为师得有厚实家底，依你们金家的财力当然是不成问题的。

金玉笑了笑，没置可否。他心里清楚，自家的财力只是隔着门缝吹喇叭，名声在外而已。尤其这几年为了给自己治眼，已到了变卖土地的份儿，父亲是绝不会再出大价钱让他学习一门手艺的。金玉问，那我们金银窝附近可有比较合适的先生？

至于近处嘛，郑卯嘀嘀咕咕地掰了一会儿手指说，恐怕最合适的就是咱们冀东盲人协会会长、北高庄的景坤先生了。这个人算命、抽帖、摸骨、瞅阴阳宅，样样都比较精通。对了，还有师傅们不愿教、一般人轻易学不到的后棚，他也能够拿得上来。同林松、季炎、田塬相比，道行虽然略逊一筹，但也可以编入大师的行列了，而且大树底下好乘凉，以他景会长的身份，今后在生意方面可以罩着你，即使遇到些麻烦事，也能够帮你解决好。

金玉这时才了解到，原来算命行道有着一片神奇的天地。他这时喜出望外，仿佛一道金光射入他的眼帘，迅速向四处蔓延着，黑漆漆的暗夜现出了明亮亮的前景，一下子又拾回了失明前的勃勃雄心。

骄阳当空，前景广阔，大有可为。金玉对于学艺已然有些迫不及待了。

九

农历四月初十，当太阳愉快地挣脱红霞的拥抱升入蓝天时，金宝领着金玉，赶着驮粮的毛驴，朝北高庄奔去。田间的小道上风儿轻，鸟儿唱，草儿香。金玉的心情像这春景一般美好。经过十余日的紧张筹划准备，他终于做通了父亲的思想工作，凑齐了一百六十斤小米和二百块钱的学费。当然，这一大笔现钱是母亲、妹妹和妻子的私房钱。金玉没想到她们手头儿会攒这么多,也没敢向父亲透露学费这么高。父亲对金玉讲,只要不用他出钱,你愿意学就去学吧,反正在家也干不了多少活。三天前,金玉委托的中间人捎过话来,景坤让金玉于这一两天内去他家拜师学艺。

哥俩到达县城西北的核桃园村时,一支长长的队伍正从北高庄往这拥来,清一色的盲人,后面的人用左手搭在前前面的人右肩上,气势磅礴的。金宝数了数,足有一百多位哟!这是干什么去呀?原来,前天宝坻算命先生尚辰和海龙到邻县去盘买卖,行至东部的临宝村时被领进一户人家,里里外外乱哄哄的。这户女主人报上丈夫的生辰,叫尚辰和海龙给算一下命运如何,是不是有啥灾祸?两人分别掐算了一遍,却怎么也说不准。海龙这时的视觉尚未完全消失,他影影绰绰地瞥见坐在炕上穿着孝衣的几位妇女,心里顿时明白了:这是死人卦!怪不得算他日后有福,家人否定;讲他六十岁后苦尽甘来,家人仍不认可;预测他儿女双全、老年得倚,又引来了屋中一些妇女的低声嘲笑……原来如此。海龙当即用盲人的行话,把这一情况告诉了尚辰。在海、尚二人的再三追问下,这家女主人终于承认丈夫已故,刚刚办完丧事。两位算命先生听后又恼又气,按照行道上的说法,为死人算命是要倒霉的,一年都不吉利,弄不好会坠落井中。寻常情况下,这种活儿是不能接的;如果接了,死者家人必须付给算命先生一笔免灾钱。为此,双方争吵起来,针尖对麦芒地谁也不肯服软。脾气一向暴躁的海龙被激得怒火烧胸,抡起马竿噼里啪啦地打碎了柜子上的一对瓶罐。在这人生地不熟的地方闹事,哪有你外人的便宜,何况又是俩没眼人?只听得这家女主人大吼一声,屋外的几位男子一拥而上,把尚辰、海龙掀翻在地,你一巴掌他一脚,直打得他俩鼻青脸肿,嘴角流血。尚辰所穿的半新长衫,还被扯了一条尺半长的口子。景坤在昨天傍午听到他俩诉说后,立即通知冀东盲人协会的宝坻会员,于今天上午集体到临宝庄去兴师问罪。金玉了解到这一情况,便让哥哥先回家,他也加入了这支为盲人申冤壮威的队列中。这倒不是由于今日拜师不成的缘故,金玉觉得自己本来就属于其中一员。如同各类政党的党员入党、各种教派的信徒入教,他从此以后也是有组织、有倚靠的人了。

一种自豪感在金玉胸中升腾着,犹如天上那轮白花花的太阳越来越热乎。

正午时分,已得到消息的临宝庄村长带领部分村民手持锄镐木棒,把宝坻县盲人拦在了村东的桥头上。在景坤的指挥下,一百多位盲人迅速变更队形,由单列改为八人一排,把原本不宽的土路挤得满满当当,与村民们形成了互不相让的对峙阵容。带队者景坤身材高大，面色黝黑，双眉微蹙，一副咄咄逼人的气势。众盲人紧握自己的马竿，互相搀着胳膊，像一面厚厚的铜墙矗立在石桥的东侧。临宝庄的村民们哪里见过如此场面，先在心头怵了五分。村长鼓足勇气喊道，前天你们那两个算命的在我村里骗人、闹事，我们还没找你们算账，你们反倒送上门来了！一会儿打起来，可别怪我们有眼人欺负你们没眼人！一位比村长年轻些的汉子却没有将这队盲人放在眼里，他对村长说，跟这帮瞎子啰嗦什么？然后，面朝众盲人厉声叫道，我在这里警告你们，谁胆敢迈过这石桥半步，我们就把他扔到河里去喂王八！

乱糟糟的现场顿时沉静下来，双方没有哪个人再朝前迈步。众盲人清楚，对面汉子的威胁并非危言耸听。早在景坤接掌盲人协会之前，曾经发生过算命先生与一批村民交手打架事件，真的有两位算命先生被抛到了河里，一位被桥下的石头硌成重伤，另一位因打捞不及时毙命。后来经过盲人协会的力争和县府调解，伤亡者家属虽然获得了丰厚赔偿，盲人协会也得到了一大笔捐款，可毕竟伤者丧失了活动能力，逝者不能生还。如今这年月，世道早已乱成了一锅粥。死个人与死个蚂蚁没多大区别，谁有心思管这种打架的事呀？

空气凝固了，时钟停了摆。站在前排的景坤朝一旁扭了扭身子，高声问，弟兄们，谁上？

我！已经抢到前排的金玉，边大声应着边大步跨上了石桥。

这是谁呀？听声音，众盲人都觉得陌生。郑卯告诉景坤，此人就是前些日子谈到的金玉。景坤感慨道，果然是金银窝老金家的作派，胆量过人啊！

十

第二天上午，金宝领着金玉再次来到北高庄。进了景坤家的屋子，金玉听声音知道屋内坐着四五个人，其中包括他所委托的中间人。金玉首先向老师行礼问好。景坤听到金玉的声音，立即从座位上站了起来，主动当上了介绍人。金玉又忙着向师娘、师奶和客人们鞠躬问好。一位身材微胖、五十岁上下的男人对旁边人嘀咕道，这位新来的徒弟与众不同，相貌出众不说，还挺讲究礼节的。景坤此时仍然沉浸在昨日众盲人班师凯旋的喜悦中，他十分自豪地说，我新来的这个徒弟何止讲究礼节呀，胆量也是超群的。

昨天,在众盲人与临宝庄村民相持之时,那些站在石桥西侧的村民本以为对方两眼一抹黑,没谁胆敢出这个头。枪打出头鸟,真的被扔到河里,不被摔伤也得让河水灌个饱。不想景坤一声喝喊,金玉挺身而出,立即打破了僵局。村民们瞧见走过来的这位年轻小伙子身材魁梧,面色从容,一副凛然难犯的架势,一时竟没了主意。就在此刻,盲人们已随着金玉齐刷刷地拥上了石桥。两位上些年纪的村民急忙把村长叫到路边,建议他与盲人的头头谈判,自古光脚的不怕穿鞋的,这些盲人大都没家没业,生计艰难,早就不把生死当回事了。咱们不能和他们硬拼;更何况这帮人还有组织,假如此番吃了亏,他们还要再来上几回;宝坻县的盲人不够用,他们就有可能招来蓟县的、玉田的、唐山的、北平的。天底下盲人不计其数,咱们哪里惹得起?宝坻盲人最终取得了胜利,不仅临宝村向尚辰、海龙赔了不是并付了药费,盲人协会还得了一笔数目可观的赞助费。金玉也因为在关键时刻的出色表现,给景坤留下了深刻印象,在全县盲人中迅速有了名气。这,可以称得上是他加入算命行列的投名状。

听了景坤的介绍,方才夸金玉懂礼节的那位客人又连声称赞金玉文武兼备,胆识过人。虽然坏了双眼,将来未必不能干成大事,从古至今行行出状元。后来时间长了,金玉了解到,此人是宝坻城西有名的财主,人称四先生,平日里喜欢吹拉弹唱,对阴阳八卦也略知一二,经常到景坤家里串门聊天。在双方打过招呼、点清学费后,中间人问景坤,还拜拜像吧?景坤说,免了吧,昨日一聚我们就是自家人了,弄那些玄乎套干什么?金玉知道,所谓的拜像,就是给三皇和老师行跪拜磕头之礼。至于背诵初试诗的事情,景坤可能听郑卯谈过,便未再提。金玉心想,老师果然是个爽快人。

这天夜深人静后,景坤正式为金玉授课。自此金玉与老师同吃同住,开始了艰苦的学艺过程。原来这教学算命都在夜里进行,为的是防止外人听到,将天机泄露出去。白天则留给徒弟记忆消化夜间所学的内容,或教些曲艺小段。与学校教授各门课程一样,景坤首先向金玉介绍了算命这门生意的历史沿革和概况。这时,金玉才清楚,他向老师学的这套东西,源于西周,兴于汉代,到五代时徐子平将其进一步发展完善,因而又称为子平术。景坤介绍了算命概况后,金玉壮着胆子插了一句话:老师,我有个请求,您得抓紧把这套知识传给我,最好在今年春节时能让我靠它赚到钱。

景坤先是一愣,这个徒弟怎么张口就给老师下指示了?转而一想,这正是胆量大的表现啊。便平静地对金玉说,这不是我一个人能够左右的事情,从来都是教学相长。其中关键还在于你自己的悟性，我教得再好，如果你记不住或者理解不了，也是白搭。景坤还告诉金玉，去年他教过一个姓何的徒弟，脑袋瓜子比木头疙瘩还呆，天天挨他棍子抽，至今仍没有学会。为了不影响金玉学习，他昨天让这位徒弟回家了。过一段时间，他还得来补习的。

老师，您放心，我的记性比较好，您就本着年前让我出师的目标来安排课程吧！金玉由于此前经过郑卯的测试，心里有些谱。现在最害怕的，就是老师把课程拉得过长。景坤听后，哈哈笑了，愈越发觉得面前的这位徒弟非同寻常。以往的徒弟都求他讲课慢一些，唯恐学得多了吃不消，他却恨不得张口吞成个胖子。为了争取老师的同情，金玉还撒谎说，他交的那些学费全是借来的，讲好明年开春要还的。景坤对此当然不会相信，你老金家的底细谁不清楚呀？

我尽力而为吧！景坤终于撂下了这句活话。因为内心里他还是喜欢金玉这样不惧艰难、追求上进的徒弟的。

十一

这天晚上，景坤教授的是子平术中最基础的理论——天干地支。天干有甲、乙、丙、丁、戊、已、庚、辛、壬、癸；地支有子、丑、寅、卯、辰、巳、午、未、申、酉、戌、亥。其中阳干为甲、丙、戊、庚、壬；阴干是乙、丁、已、辛、癸。在五行分配中，甲、乙属木，丙、丁属火，戊、已属土……金玉一边听老师讲，一边用右手食指在左手心上写画；在老师喝水抽烟的空隙，自己赶紧在心里默读一遍。夜间十二点过后，老师开始睡觉，他再次背诵了两遍，然后才迷迷糊糊地进入了浅眠状态。鸡叫两遍后，金玉又赶紧下炕，为老师一家及自己打水做饭。这是多年来形成的规矩，当徒弟的每天除了学习算命说书，还得负责师父全家的一日三餐和打扫卫生等活计。此前，金玉只是见过家里人做饭，从没实践过。在这里，他凭失明前的记忆，抱柴点火，熬菜煮粥，贴饽饽焖米饭，都逐一拾起来；每次做饭锅里添多少水，放多少米，大约烧多长时间火能把饭做熟，这些操作程序也一一记在心中，居然没有吃过一次生煳饭。师娘夸他做的饭比自己做的饭都好吃！遇到老师家种的菜不够吃时，金玉就往返十多里地，到自己家中去取。他在生活上已经与老师全家融为了一体，从“志在千里”的青年变成了一位“小厨娘”；从抱守“修身、齐家、治国、平天下”，甚至于“先天下之忧而忧，后天下之乐而乐”的宏大理想，到为了生存不得不跻身于算命先生的行列。多么悬殊，多么无奈，多么惨痛的跌落啊！金玉痛苦地笑了。每当想到这些，他都会苦笑几声。

这天上午，老师仍然如往常那样，与前来串门的人们聊天儿，金玉则踱到前院继续温习功课。他知道时间于他的重要性，自己必须这样做。一会儿，四先生走了过来，拍拍金玉的肩头说，小伙子，别累坏了，先到堂屋歇息一会儿吧。我们这里又说又唱，你竟能安稳地在这里背书。真乃静听不闻雷霆之声，熟视不睹泰山之形啊！

金玉听出，这四先生是文墨人。他连忙答道，谢谢您老的关爱，我因为年纪轻而不觉累，也没有感到乱。您听过有句话叫"目不能二视，耳不能二听，手不能二事"吗？我从小就养成了这样的习惯，什么样的环境下都能读得进书。

如此这般刻苦，难道你不觉得烦累吗？

孔子曰，学而时习之，不亦说乎。我觉得，能够记住老师所讲，不仅不累不烦，反而快活着呢。

四先生听后甚感兴趣，又详细询问了金玉一些情况，乃知他出身富户，饱读诗书，只因天降灾祸才走上此道的。之后，四先生对景坤说，你此次收的这个徒弟非同小可，有文化，懂哲理，见过世面，你得好好教哇，将来还得凭他给你壮门面呢！景坤妻子接着四先生的话茬儿说，我看这小伙子也够精明的，你把他教好了，咱们老了干不了活的时候，还得指望他孝敬咱们呢！正是因为师娘这句话，金玉很长时间内都以为师父两口子没有孩子。直到数年后，方知他二老不仅有孩子，而且是一位正在干大事的男子汉。

到了晚上，景坤首先问了一遍原来所讲的功课，验证金玉确实熟记并理解后，一拍大腿说，行！没想到你的记性这么好，悟性这么高，理解能力这么强。此时此刻，师父显得比徒弟还要兴奋。他燃着一袋烟，用力吸了两口，对金玉说，你是我这么多年来所收的素质最好的一个徒弟，年底前保证让你能独自出门算命。

这以后，金玉又先后学习了左右人之秉性的"五行"，推算四柱的"排八字"，预测人与人相生相克的"口"，判定命相的"纳音"，排定流年大运的"挑线"等一系列命理知识。四先生和师娘对金玉的学业十分关注，隔三岔五地向景坤询问一下他的学习状况。有时，景坤想睡觉了，他妻子却不依：大长的夜睡觉忙啥，再教几句。进入盛夏，景坤想歇伏，待天气凉爽了再教，金玉不干，急得直给景坤作揖。景坤说这是规矩，如同学校给学生们放暑假一样。即使老师忍耐得住，学生们的身体也吃不消哇！金玉反复强调自己身体棒得很。景坤只是以笑作答，执意不应他的请求。见说老师不动，金玉急忙搬来师娘和四先生，最终迫使景坤开了暑期授课的先河。嘴里嘀咕道，我从来没有见过世上还有你这样不怕苦读的人。金玉心里说，谁不晓得待着好呀？可我一天不出师就一天内心不踏实，且不讲君子以自强不息那一套，只道将来我那一家老小还得靠我养活呢！进入学期的后半段，四先生经常找景坤打听还有哪些东西未教，曾半开玩笑地对他讲，告诉你景坤，教徒弟可不能藏着掖着。如果你那样做，日后我知道了可要找你算账的。

景坤破例伏天授课，金玉深受感动，在学习上更加刻苦，干家务活时更加勤快，回家背菜的次数也明显增多。他觉得，唯有如此，才对得起老师夫妇和四先生。这天中午，他趁着景坤一家午休，又回了一次金银窝，装好满满的一口袋豆角、黄瓜、土豆后，就急匆匆地往北高庄赶。刚刚绕到城北关，远处就传来了小磨雷鼓咚咚的闷响，一股凉风迅即由弱变强。金玉赶紧加快步伐，他听出雷声在赵各庄一带，距此不过二十多里。雷生风，风驰雨，瞬间就会滚到自己的身旁。果然，不到半袋烟的工夫，小磨雷就挟着阴风在金玉头上生成了霹雷，咔啦啦地把天河撕开了一条口子，暴雨似瓢泼一般倾泻下来，一阵紧过一阵，急速向县城推进，仿佛要淹没整个宝坻。金玉没处避雨，只得加快了脚步。在经过北台村东的石桥时，一下子坠落桥下，幸亏没有摔坏筋骨。金玉高兴得朝老天爷作揖道谢，如果被摔得不死不活的，不单自己受罪，还要拖累家人。苍天怜我啊！

学徒期间，金玉不仅上课时认真听、用力记，就连挑水、做饭、吃饭、解手、走路时，他的脑袋也从未停止过转动。在这二百多个日日夜夜里，他每天都是和衣而卧，几乎没有睡过一宿好觉。在四先生和师娘的督促下，景坤不仅教授的速度快，而且在内容上也倾其所有：算命，抽帖，占卦，吹笛，弹弦，包括这个行道秘不示人的技术——后棚，全部毫无保留地传授给了金玉。此外，金玉还利用白天的一些空隙，学会了《草船借箭》《空城计》《王二姐思夫》《瓦岗寨》等十余个鼓书小段。他想，艺不压身，多掌握一些本领总不会有亏吃。二十多年后，说书这门手艺果然有了它的用场，一段时期内甚至替代了算命占卦的主业。

十二

金玉最终实现了自己的既定目标，在这一年的腊月二十三学成回家，由一个普普通通的盲人，历练成一位掌握十八般武艺的全能型算命先生，与老师一道创造了冀东地区算命术教学史上的最优成绩。引用景坤的话讲，你金玉用八个月的时间，学会了旁人三至五年方能学到的知识。金玉在成为此道上的大师级人物后常说，他能有今日之成就，景坤夫妇和四先生功不可没。

1945年农历正月初二，西风正烈，年味仍浓。金玉早早起床，摸索着对自己进行了一番精心打扮，穿上了平日舍不得穿的棉袍马褂和妻子为他准备的新袜新鞋。听着窗外呜呜的风吼，敬芳劝金玉今天就甭出门了。金玉说，那不行，老师讲正月初这几天买卖最好，在家里待着心里不踏实。早饭桌上，金王氏又一次劝说金玉改日再外出，这两天正是串亲戚的日子，哪会有人算命呀？金玉仍旧没改变他的主意。母亲见说不动儿子，又给他盛了一碗小米稀饭，让他多喝些，免得途中口渴。金玉口中答应着，却没端碗。

吃过早饭，金玉即拿起马竿，戴上舅舅节前赠给他的春秋帽，将粗布缝制的褡裢放在肩上出了门。对于金玉而言，这一天，是他算命生涯的开始。如同赴京赶考的书生、初上沙场的将士，他的心情既兴奋又紧张：兴奋在于自己利剑在手，现在终于有了用武之地；紧张在于以前所学毕竟是书本知识，能否取胜还得凭实战检验。老师曾讲，他有一位师兄算命占卦的那套理论能倒背如流，就是不会实际操作，后来只得跟随着乡下的戏班子唱些小段。林松所教的一位徒弟，天生胆小怕事，每遇到客户就浑身发抖，甭说养家，自己糊口已如登天，最后不得不遁入空门。光有理论而不会运用，金玉记得此方面最典型的事例莫过于“纸上谈兵”和“失街亭”的典故。前者发生在战国后期，秦赵两军对峙于长平。由于赵王不满廉颇失利不战，又听信秦人离间，便令赵括代廉颇为将。秦主将白起利用赵括只善于纸上谈兵而缺乏实战经验和骄傲轻敌的弱点，将赵军分割包围，断其粮道，最终导致赵括被秦军射死，四十多万赵军在投降后惨遭坑杀。后者是《三国演义》中的一个故事，讲的是公元228年春诸葛亮率兵伐魏，派马谡镇守军事要地街亭。马谡自诩熟读兵书、深知兵法的精妙，同样骄傲自大，不听副将王平劝阻，死搬书中教条，将大队人马驻扎在山上，结果被魏将司马懿所困,断其饮水,放火烧山,致使蜀军不战自乱,丢失街亭。蜀汉从此元气大伤,失去了奇袭魏地的机会。金玉想,他是决然不能到戏班子跑龙套或出家当和尚的,更不会步赵括、马谡的后尘。此时此刻,他的兴奋居于上峰,凭老师的名气,凭自己的胆量,凭学业的扎实,金玉对初战取胜充满了信心。

出了金银窝，金玉沿着被狂风打扫得光溜溜的乡间土路朝大马庄走去。旷野荒凉,天气寒冷,越来越大的北风携带着尘沙枯叶,抽在脸上生疼。金王氏对儿子首次外出算命放心不下,吃力地迈动小脚,在后面紧紧跟随着他。金玉几次劝说母亲回去,也无济于事。到了大马庄东头,金玉将马竿夹在右臂腋下，从褡裢中抽出横笛，边走边吹奏起民间小调“老八板”:光头和尚泪汪汪,上殿去烧香,钟鼓齐鸣响叮当……轻快活泼的乐曲立刻传遍了半条街。不知起源于什么时候,算命的靠吹笛来吸引客人,就如同货郎们用拨浪鼓、理发的用唤头、杂耍的敲铜锣一样。人们听到笛声,便知道街上来了算命先生。村里静悄悄的,除了呼呼的风响,听不到其他声音。今天是春节后人们走亲访友的第一天,又是新老姑爷给岳父岳母拜年的日子,怎么会没有人呢？金王氏也感到奇怪,告诉儿子街面上见不到人。金玉压住内心的烦躁说,没关系,待我吹一阵笛子,想那要算命的就会出来的。没想到,事情并没有按他的意愿发展。金玉从前街的东头吹到西头,又从后街西头吹到东头,仍然没有一个人出来瞧瞧他,更别提把他领进屋子算命了。

这是怎么回事呢？难道这几百口人的村子,就没有一人信命吗？这百余户人家,就没有哪家要问问新一年的吉凶祸福吗?不,这不可能。天底下没有不开张的油盐店。金玉以为,最有可能的是自己来得太早,人们还没有吃完早饭呢。于是,他喘息了一会儿,再次拿起笛子,放慢步伐,从前街到后街又吹了一个来回。这时倒是听到了几声狗叫,仍然没人与他搭腔。金王氏沉不住气了,拎起金玉的马竿说,这大街小巷连个人影都见不到,哪会有人算命啊？咱们娘俩一块回家吧。

不行,老师讲每年这几天买卖最好,这个机会咱们不能错过。

现在人们还没有过完节,谁有闲空儿算命呀？等过了“破五(正月初五)”再来。金王氏见儿子仍然不为所动,有些急了。她说,二头,咱家再穷也能养活你们三口,甭啥事都听你爸爸的。

妈,您老先回去吧,我再到北面的田场村转转,不然到了家也是闲着。金玉尽量掩饰着内心的急躁情绪，平静地对母亲说，到那村兴许会开张的,如果挣不到钱只当出来散散心。

嗯,金王氏的嗓子忽然紧巴得说不出话来,眼泪在眼眶中打着转转。儿子哪有心思散心呀?他是挣不到钱就这样空手回去于心不甘啊!金王氏极不情愿地回家了。

猎猎北风仍扯着嗓子吼着,金玉继续迎着它朝田场村走去。昨天夜里,他又仔细复习了一遍算命的基本程序。

第一步:询问客户的出生年月时,排出他的四柱(八字),确定其命属;

第二步:根据四柱剖析对方的五行和四时五方,找出寄生十二宫的各种状态;

第三步:依据客户八字中五行蕴含情况,阐述对方的性格秉性;

第四步:推算大运、小运、流年和命宫,详批其一生命运的吉凶荣枯及其各个阶段的顺逆利害;

第五步:试探性询问婚姻早晚、生育和夫妻生克情况,据情解释其好中差的现状和今后发展趋势;

第六步:从八字中推论其六亲、重点是父母情况,多以用神术语和对方回答作为根据;

第七步:按月份讲述本年度客户的行运情况,根据其年龄职业提出应重点防范的问题;

第八步:略述对方来年交运的时间、方向和注意事项。

以上程序,前四步的关键是阐述命理知识要准,尤其是排定的八字、命属、五行不能错;后四步的要诀在于随机应变,灵活机动。

金玉自信对此已了然于心,无论是命理知识的运用,还是随机应变的法则,都不会出现大的纰漏。可眼下的问题是,没人给你施展的机会呀!你手艺学得再好,还不是等于零。进了田场村,金玉一面继续吹着老八板,一面竖起耳朵听着周围的声音,希望有人把他领进家,哪怕少给些卦礼也行啊。可是,没有人。金玉在街上来来往往转了整整两遭儿,也没有碰到一个人与他打招呼——男女老少,一个人都没有。至此,金玉的信心如同一团燃烧的烈火横遭迎头泼来的一盆冷水,迅速灭掉了一多半。沮丧,失望,烦躁,疲惫,口干,一股脑儿地朝他袭来。兵未排,阵未布,就这样甘当败将,两手空空地回家吗?金玉蹲下身子苦苦思索了一阵。不,不能回去,起码不能现在就回去!父亲在观察着我,母亲和妻子在期待着我,花掉那么多的学费要赚回来,更主要的是自己也想进行一番自我测试。没有驰骋沙场,怎么能自认为是赵括、马谡之辈呢?现在离天黑还远着呢,哪怕有一丝希望，我也要坚持下去，决不轻言放弃。金玉再次打起精神，甩开步子，朝正东的县城走去。城里人有钱，情景可能比乡村好一些。由于心急步子快，虽在这天寒地冻之时，他已是汗流浃背了。

但愿宝坻县城是博望坡，而非长平和街亭。

十三

在金玉由田场村赶往县城之时，敬芳已为全家人做好了午饭。初一的饺子初二的面，初三的合子往家转。面对饭桌上摆放的乳白色过水面条、香气四溢的鸡蛋木耳黄花卤和肉炸酱，敬芳却没有一点儿食欲。自从听了婆婆介绍，她一上午都在为金玉揪着心，生怕他因揽不到生意急出病来。同样食欲不振的还有金王氏，她仅仅吃了半碗面条就撂下了碗筷。柯英猜出了她们娘俩的心事，劝她们大可不必如此小心眼儿。这钱票子又不像树叶那么容易捡，今天挣不来就等明天，明天仍然找不到就等后天，以后实在挣不来就让弟妹跟我学织布，好歹都能填饱肚子。柯英身材居中，面色红润，细眉肉眼，虽说比敬芳大不过八九岁，却缠着婆婆一样的金莲。由于有织布的手艺，她在家中地位相当高。金泽中非常赞成大儿媳的看法，说天底下没有比挣钱再难的事情，我压根就没指望金玉能给家里赚多少钱。在外边转悠一天，还得多浪费两块棒子饽饽。

金玉这时早已把吃午饭的事情忘得一干二净。他上了西护城河埝后，即沿着河堤绕到了南关。自从日寇侵占宝坻县城后，他们害怕有部队攻城，东西南北四座城门只开南门，即使家住城北的人进城，也得绕到城南来，不管你方便不方便。进城后，金玉首先往西拐到白布市，然后由此处转到了宽街。因为失明前常来城里，对于城中的大街小巷，他都十分熟悉。这一带是居民相对集中的地方，而且住户大都家境宽裕，料想对于算命生意非常有利。果然，金玉的一曲“老八板”响过，一对穿着一新的中年夫妇来到他身旁，女的头上还戴了一朵绒布绢花。他俩问金玉是哪村的，金玉答道，是金银窝的。妇女说，离得这么近，以前怎么没有见过面啊？金玉如实回答说，前年因眼病失明才拜师学习算命，春节前刚刚——

中年男子没等金玉把话讲完，就忙着对他妻子说，别算了，一个刚刚出师的小伙子，奶毛还没褪净呢，能有多高的手艺啊？还是等等老先生吧。

是呀，姜是老的辣，起码多数人这样认为。同样是花钱，谁不找久经实践、经验丰富的先生呀?金玉没有与之争辩,即使那位男子出言不逊。吃一堑长一智,谁再问我可不能如实相告了。诚信也好,说谎也罢,现在盼的就是立马开张。否则,自己的信心真可能会随着徒劳的奔波消失殆尽的。

金玉再次掏出了笛子。这时,他听到一位三十多岁的男子边与他打着招呼,边来到他身旁,同样问的是方才那位妇女的问题。金玉忙告诉对方他是金银窝的,从小在天津学习算命占卦,年前方回家过节,今日顺便到县城里转转。

噢,怪不得看你眼生呢!多少钱一卦呀?

这位男子对金玉所报每卦两块钱的价格,还是满意的,边说着随我来吧,边拎起金玉的马竿将其领进他家院子。进屋后,金玉被安排在炕梢处坐下。炕上铺着厚厚的毛毯,炉子上的铁壶正哗哗作响,空气温暖且湿润。金玉心想,果然不同于乡村的普通人家。光毛毯和炉子,一般农户就用不起。坐定后,这位男子吩咐他妻子倒了一杯茶水,递给金玉。金玉连声道谢,却不敢喝。从早晨到现在,怎么也得五六个小时水米未进了,哪能不渴呢?在田场村那会儿,自己还口干得很。但是从事算命这行业的没眼人,非到万不得已,是不能在客户家喝水的,怕的是没处方便。这也是早晨母亲为他盛第二碗稀饭,他不敢端的原因。没眼人,处处不易啊!听得出,屋内除了他们夫妻俩,还有一位说话柔声细语的老太太,金玉猜测可能是他们的母亲吧。他瞧不见,这娘仨的衣着打扮亦非普通农民可比,男的头戴狐皮棉帽,身穿洋布棉长袍,脚蹬一双翻毛皮鞋;婆媳俩的上衣均为缎子所做,棉裤也用的是上等洋布,色调搭配得艳而不俗。金玉这时凭他的感觉已基本判定此户生活富裕,夫妻和睦,孝敬老人,待人热情,堪称文明和谐之家,现在和将来的日子都不会错的。金玉对此卦的基调已心中有数。他还想到,在这新年伊始,谁不愿多听些吉利话呀?

未等金玉开口,老太太即报出了儿子的生时年月,让金玉先为他算一卦。金玉十分谨慎地为他排过八字,对这位先生说,您本是钗钏金命,命相中两层金、三层木、四层水、一层火、两层土,称得上是五行俱全,命主吉祥。

老太太满意地插话说,没错,我儿子是这样的命。

这家人看来以前常请人算命,不然老太太怎么清楚儿子的命相?金玉心里踏实些了,自己所迈的第一步总算没有错。

按照卦书所说,金多耿直,木多刚强,水多聪明,土多实诚,火多性暴。如此看来您天生聪慧,从小就学习好,成绩优,令家长和老师都放心;长大后学习手艺也比别人快得多。金玉进一步剖析道,甲乙巳午报君知,丙戌申官丁己鸡，庚猪辛鼠壬逢虎……哎呀，先生出生日子也非常好，正应上文昌星照命。

什么是文昌星呀？老太太不禁问道。

文昌星是人生命运中的八大吉星之一。凡是一个人八字中见到此星的，非但聪明过人，才华出众，而且还有着逢凶化吉的妙处。金玉觉察到，自己所学的命理知识是比较扎实的，以前为他家算命的先生们可能没有为他们解说过这些内容。于是，金玉深入解释道，在一个人的八字中，日干的地位最为重要，因为它代表的是一个人的本身。看一个人的命运，首先就要判定他自身日干的衰旺强弱，既然这位先生吉星高照，想必自幼深得父母呵护，衣食无忧，成人后又有贵人相助，求职求财都一帆风顺，心想事成。

金玉听到小两口在低声嘀咕着，心中有些犯疑，莫非自己讲得不对。进而说道，当然，人生在世，谁都会遇到些艰难坎坷，但是命好的人就化解得快一些，顺一些。因为除了有贵人帮忙，他们自身的能力也比普通人强得多。

可不是嘛，我儿子当初找工作时就费了些周折。去年由于商家不景气差点被解职，这两次都亏了他舅舅出面找人。

这就对了。金玉想，生活在县城这条街上的人家，哪有几个没有门路的？金玉又询问了这位男子的婚姻情况。他说，从命相来看，您应该婚姻迟啊，哪年结的婚呀？老太太代其回答说，二十二岁那年，媳妇比他小三岁。

哦，这个岁数对您老这样的家庭也不算早了。金玉说，这位大嫂是沙金土命，正好生着先生的钗钏金命。两人婚后必然恩爱互敬，尤其是男人知道心疼女人，儿媳孝顺婆婆，一家子和睦相处，今后的日子会越过越兴旺。

接下来，金玉按照老师所教，又为这家男人掐算了大运和流年的吉凶荣枯。由于比以往算命先生们说得细致深刻，全家人十分满意。老太太又张罗着让金玉为儿媳妇算了一卦命，抽了一份帖。

这家媳妇说，没想到这位先生小小年纪，能算得这么好，比城北的尚先生准多了！男人感慨道，自古少年成才者多矣，周瑜十三岁当水军都督；岳飞统领岳家军英勇抗金时尚不足三十岁，那首著名的《咏鹅》是骆宾王七岁写成的，哪行哪业都如此啊！

十四

洞房花烛夜，金榜题名时。此乃一生中的两件大喜事。但是，对于金玉而言，他这一辈子最兴奋、最难忘的事情却是刚才所算的这卦命。从这户人家出来后，金玉神清气爽，压在心里的一块石头总算落了地。掠过耳边的北风，也好像在为他的成功高声欢呼着。初战告捷，说明算命这碗饭他是能端的，甚至可以像正常人那样，让一家人吃饱吃好，昂首挺胸地活着。金玉边琢磨边顺着宽街往北拐到了宣化牌街，正要掏出笛子招揽生意，听到前边传来了嗒嗒的马竿敲击地面的声响，这是我们盲人同行。遵照老师教的规矩，他上前高声说道，辛苦！

是金玉吧？开张了吗？

是老师！这声音太熟悉了。老师，是我！您过年好吧，师娘、师奶过年好吧？金玉忙着问候，之后向他汇报了刚才算命抽帖的情况，并代父亲请老师正月十五元宵节时到他家里做客。

景坤很高兴，在鼓励徒弟一番后，告诉金玉市面各种东西的价钱都在飞涨，咱们的卦礼钱也从原来的每卦命两元提高到五元、每份帖再涨一块钱。金玉听罢心内一惊，怎么一下子提得这么多？如此高价人们不买账咋办?但是，他没好意思向老师说出自己的疑虑。老师久经沙场了，这样的决策必定有他的道理。

与老师分手后，金玉从宣化牌街来到南街，估摸着老师走远了，这才又吹响了笛子，为的是别让旁人疑为徒弟在与老师争买卖。这一幕恰好被刚刚从茶馆出来的德隆商行刘掌柜撞见。他悄悄地跟在金玉后面走了一段，待他弄明白金玉的用意后，不由赞叹道:金玉，仁义啊！心想自己为外甥女选的这位郎君看来没有错。由于自己口袋里有了垫底钱，金玉感觉比之前轻松多了，脚步也放缓了许多，悠扬的笛声中又多了几分欢快。当金玉经南街、东街绕回南关时，已是黄昏时分。正打算回家，他又被一户人家领进屋里算了一卦、抽了一份帖，赚了8块钱。客户果然没嫌卦礼贵。

到家后，金玉将当天所赚十三块钱如数交给了父亲，自己一分钱也没留。因为算命这行业只要把手艺学到手，就不再需要本钱，只带着一张嘴和抽帖占卦的工具就行了。金泽中大喜过望，让敬芳又给他添了一个下酒菜。当时，金宝每月的薪水仅二十元，柯英织半个月布还挣不到十块钱。金玉一天就赚了哥嫂半个月的工钱，完全超出了全家人的预料。自此，金玉及家人又听到了金泽中久违的笑声。坠在敬芳和金王氏心头的那块石头，总算落了地。金泽中算了一笔账，按每天十元计算，金玉这一个月下来就是三百元，一年三百六十五天就是三千六百五十元。用不了两年，就能把治病学艺的钱全部赚回来。这时，银德、银生头、金泽梦那伙人幸灾乐祸的嘴脸又闪现在他的眼前。

妈的，想看老子的笑话，没门！

十五

正月十九日这天夜间，宝坻县境内悄无声息地降了一场大雪。街道、房屋、田野、河流，全都被皑皑白雪覆盖了，足足有一尺厚。吃完早饭，金玉照旧拎起自己的那套家什出了门。到村东头时，正碰上准备到地里打野兔的金泽郡。他瞧见金玉，着实吃了一惊：怎么雪下得这么大，你还要出门呀？我们有眼人出了庄都辨不清哪是田间，哪是河沟，哪是道路，何况你们没眼人！家里又不等着你挣钱买米下锅，赶快回去吧，等到雪化净了再出去。金玉想想也是这个理儿，如此天气，县城的街上也不一定有人。便随口应道，对，听您的，回家。

进了屋子，金玉心里像有好多小虫在抓挠着，坐不稳，站不安，躺不下，觉得这样百无聊赖地待着，还不如到城内转转，那里人多，或许能赚上几块钱。即便赚不到钱，也没啥可赔的。于是，他再次迈出家门，改由西头出了村子。金银窝东西两头，都有通往县城的土路。

渐渐猛烈的西北风，搅动着雪粉四处冲撞，天地间混浊一片。走在村外的路上，犹如掉进了冰凉刺骨的冰窟窿，没人声也没鸟鸣，空气仿佛凝固了一般，越发显得阴森恐怖。金玉走了一会儿，浑身便冷得打战，尤其握着马竿的右手，几乎麻木了。县城内同样寂静无声，这里居住的人不少，可是遇到这样的天气，没有几位出屋的。金玉蹚着雪转到东街时，忽然听到不远处传来“老八板”的笛子声，调子亲切又有些陌生，肯定不是老师。这是谁呢？真没想到，如此大的雪，还有与我一样耐不住寂寞的人呢。我得和他好好攀攀。金玉边想边循着笛声走了过去。吹笛者中等个头，面庞清瘦，一双眼睛自然地闭着，眼角处结着青灰色糊痂。他上身着粗布深蓝色棉袄，下身穿肥厚的黑色缅裆棉裤，头发和肩背处堆积着一指厚的积雪。与众多算命先生不同的是，他的肩头除了褡裢，还挎着一把三弦。金玉经与其交谈，得知此人叫古寅，小他四岁，家住城东南三十多里外的一个村子。由于昨夜住在了城北的干妈家，今日一大早就出来招揽生意了。虽说干妈家里人不嫌，自己也不能总在那里白吃白喝吧？后来金玉了解到，认干亲在算命先生中十分普遍。一方面，老百姓愿意为儿女找个“吃百家饭”的做干爹，如果在命上相生相扶更好，图的是好养活；另一方面，算命先生也乐意应承此事，图的是在这个地区活动时有个可以信赖的靠山。此种现象在冀东、冀北地区尤为流行，以至于一些名气大、活动领域广的算命先生拥有多少个干儿子干闺女，他自己都记不清。一次，金玉的干女儿请他吃饭时，曾十分自豪地说，今天这酒桌上就有我三个爹：亲爹、公爹和干爹，你们三位都十分疼爱我，太幸福了！

去年春季宝坻盲人结队到临宝庄论理那天，古寅就对金玉有了较深印象。现在得知金玉春节前刚从景坤处学徒期满，便有意与他结伴算卦。古寅虽然也是冀东盲人协会会员，可与景坤接触并不多。好比许多部下认识大领导，大领导未必熟悉他。古寅说，早闻景会长算命占卦手艺好得很，有机会您也引荐我认识认识。金玉顺口应道，没问题。古寅接下来说，从过了年到现在，城里集中了太多的算命先生。他推测这买卖也淘得差不离了，提议两人合伙到乡下去试试。

你讲的是联学联储吧？金玉是在元宵节那天宴请老师时，听到这个词的。当时，金泽中恳请景坤今后对儿子多加关照。景坤满口答应。他还讲道，我的徒弟就是我的孩子，谁欺侮他我也不干！金玉这孩子头脑灵活，又有股闯劲儿，今后在道上混不会有啥问题的。他们刚开始盘买卖时，多数人不敢“单挑”，而是三四个人一起干，最后平分卦礼。这种方法在算命圈内称为联学联储。现在一些人还在用呢。金玉当时就琢磨，这个方法不错，遇到事情既可以互相照应，平时还可以相互学些东西，取长补短，共同提高。哪天碰到合适的同行，不妨试一试。

对，是联学联储。古寅说，咱俩结伴可以往远处够够，这兵荒马乱的，免得单独出门心里不踏实。

从这天开始，金玉就与古寅合作了。两人每天提前定好次日早晨的集合地点，然后一块儿行动。你给客户算命时他听，他给客户算命时你听，路上再相互评判点拨一番。虽说钱比单干时挣得少了些，倒也壮了胆子、长了知识、多了情趣。金玉还发现，尽管古寅在子平术这门学问上不如他学得深入扎实，尤其对于后棚、占卦等一窍不通。但是，他也有自己的拿手戏——弹算。就是边弹奏着乐曲,边唱着鼓词给人家算命。无论走到哪里,肩上总背着个三弦,不明白者还以为他是个街头卖唱的。在此之前,金玉从来没有听说还有这般算命法。

这天早晨,金玉、古寅二人在县城南关见面后,直接来到城东南的张庄。吹了一阵笛子,一位个头不高的男子来到他们面前。见到古寅肩上背着三弦觉得新鲜,嘿嘿笑了两声,问古寅怎么还带着弦子,是算命的呢,还是说书的呀?

是算命的,只是我的算法与众不同,一边唱一边算,合辙押韵,既准确又好听。

这种算命法新鲜,给我算一卦。

古寅介绍说,他的这种方法宝坻县没有几个人会,卦钱当然也比普通算法要贵些。他们算普通卦是五块钱,我的弹算得涨一倍。这位男子嫌贵,有些犹豫。古寅说,您要是算普通卦,我的这位师兄比我灵验,可以让他给您算。你古弟已经唠叨四五天了,也该让我学习一番你的手艺了吧?金玉赶紧打圆场:要说这十块钱细想起来也不贵,既听了唱曲,又预知了未来,一举两得,轻易碰不到。既然这位大哥有心思算,干脆就给八块钱吧。你们二人看怎么样?

对于金玉提出的卦礼钱双方均无异议。小伙子把金玉和古寅领到他家东屋,让古寅坐在了炕下的凳子上,金玉和屋内其他人都坐在了炕上。古寅先拨了两下三弦定了音调,之后问,你们哪位算啊?小伙子说,就我本人算。古寅问他是属啥的,小伙子说自己是属蛇的。

古寅唱道,属蛇的,论生辰,年庚不拘,老幼不同,不知你算多大的?

算二十九岁的。

丁巳生人,沙中土命。那年闰二月,您是几月的?古寅继续唱着问。

十一月。

初几十几二十几?又在那天何时里?

十一日申时。

申时讲卦申时分,算命本是壮男人。古寅唱到此处停止了弹奏,白话说,一个时辰分为三刻,上三刻哥们多,下三刻常自己,中三刻哥两个。您是哥几个?小伙子告诉他,是独苗。那就是下三刻没啥问题了。人逢此命上不招兄下不领弟,有兄弟哥们也得没。

古寅再次拨动三弦唱道,这位先生听我讲,您的八字超中常,两层火,三层水,两层金,一层土,唯独缺少木一行……

算完后，小伙子果然十分高兴，又问了些诸如自己交运的方位、交运时应注意什么等细小问题，便按约定付给了古寅八块钱。

从这户人家出来，古寅问金玉，您看我算得咋样？

不错，弹算这种方式挺新颖，有它的吸引力。金玉直言不讳道，不过，你方才对这位小伙子命运的预测，与我所学的卦理知识有些出入。就他这个日子出生的人，以甲乙木为财，丁木火为正官，丙火为偏官。如果在年、月、时干支透出甲乙丁等财官的，要生在春夏火木局中，这财官方有用。可是那位小伙子生在秋冬金水之中，虽有财官也没了生气。你说他待到中年衣食旺，定有财源如水流，不知哪来的依据？

您所解释的太深了，我们老师没有教过我们这些东西。我只是顺水推舟，多拣些好听的唱罢了。

怪不得人们说咱们算命未来好呢，原来许多人都是你这种算法。

金玉告诉古寅，自己在那么短时间，也学不了这么多东西。关于方才他所讲的“十干坐支”“兼得月时”和“行运吉凶”的理论，是他在列席平津唐子平术研究会例会听到的。那次会议正巧在景坤家举行，季炎、云海、华虎、鲁乾等许多有些名望的先生都参加了，主要讨论的就是人的日柱与年、月、时柱的相互影响配合关系。金玉说自己虽然用心记了，但仍然不全面。尤其不知是否与实践相符？是为了详细命理还是故弄玄虚？还需要今后认真体验研究。不过，有一点可以肯定，你方才所讲的那位先生中年后财源滚滚、命运大变，明显是不易实现的。在这穷乡僻壤，他此前又没捞到上学的机会，怎么能在人生中有那么大的起伏？

古寅十分诚恳地说，我当初学艺时比较仓促，有些知识自己也把握不准、理解不透。通过这几天听您的生意，感到比我掌握的知识多出了许多。特别是您解命有文有俗，有详有略，又善于应变，见啥人说啥话。这方面甭说我比不了，就是我们老师也不行。

这可能是我坏眼之前读过几年书的原因，对于社会历史方面的事情了解得多一些。金玉解释说，像你们这样落生就失明的人，能学会这些文绉绉的卦理已很不容易了。

对，就是这个缘故。古寅接过话茬儿说，不知您是否听过，北平的林松先生、承德的田塬先生都是半路坏的眼。由于他们识文断字，学习子平术后很快就打出了名气，不仅在他们家乡附近，而且在天津、唐山、沈阳、太原等许多地区都很吃香。

是吗？我也听说这两位先生在算命占卦上有许多过人之处，待有机会，咱们得好好会会二老。金玉想，这几天与古寅联学联储就学到了一些新知识，还知道了给人家算命可以连说带唱；如果能与林松、田塬这些大师们搭帮，那得多长学问多增见识呀！

十六

林松长得身材魁梧，面色枣红，虽是知识分子出身，却有着惊人的胆量和义气。即使眼睛失明了，为人处世仍有些关云长的风度。江山易改，禀性难移，何况疾患乎。只是自从在家中挑起大梁后，他即从探讨救国救民的“主义”转向研究能够养家糊口的算命占卦“问题”了。民国初年的大学生是那么好当的吗？除了家中有一定的经济实力，个人还得有相当高的禀赋，二者缺谁都不行。林松果然不凡，被师父领上道儿后不足两年，便在同行中打出了声威，在北平及其周边地区闯出了一片广阔无地。盲人的耳朵比正常人的耳朵灵，因为辨人识物往往靠的就是听力，常用则兴嘛。金玉听四先生讲，林松耳朵的灵敏度又超出了一般盲人许多倍。他在学习算命占卦理论的基础上，自己还刻苦研究了人的语音与性格、心理、欲望、命运的关系。两只耳朵长在他的脑袋上，已不单单是听声识物，而是变成了算命占卦的得力工具。两人交往多了，四先生与林松就成了无话不谈的朋友。

一天，四先生瞧见林松进了景坤家的院子，便带上棋友王发福跟了进去。二人一边下着围棋，一边与两位算命先生聊着天。突然，一位小伙子气喘吁吁地闯进屋子，像是家里着了火似的。四先生向林松介绍说，来人叫王生财，是王发福的亲弟弟。王生财顾不上与林松打招呼，拽着王发福的衣裳，焦急且悲痛地说，哥哥呀，快回家吧，咱爸的老胃病又犯了，正在炕上打滚呢！见王发福行动迟缓，王生财急得呜呜地哭出了声。景坤在一旁也督促王发福赶快去请医生。

林松觉得不对劲儿，面向四先生正色道，你这是捣得什么鬼？刚才进来这位小伙子与王发福根本就不是亲哥俩，他二人的爹也没犯啥大毛病。

四先生忍不住拍手大笑，问林先生如此讲有何凭据？林松说他的耳朵就是铁证。这王发福与王生财发音虽然均属木声，但是前者为松树之木，后者乃柳树之木，一刚一柔，差得远哩。如果是亲生兄弟姐妹，即使有的说话声音随爹，有的说话声调随母，但是共同的声之基因还会有所显示的。至于王生财焦急和悲痛的声音背后，则隐藏着兴奋和戏谑。他爹如果真病得在炕上打滚,怎么会如此的不孝哇?

四先生精心导演的这场闹剧,就这么轻而易举地被林松揭穿了。不服不行啊!

景坤曾告诉金玉,林松不止语音象学研究得深,在算命占卦方面也是胆大心细。一次,他们二人在北平城外盘买卖,被一位年近半百的孤寡男人领进家中。进门后,知道屋里坐着的还有三四位串门的,正值严冬腊月,人们在围着火盆诿"冬"呢。请求算命的这位男子姓李名财,报过自己生辰和和基本情况,林松对李财说,不对!冲你这八字应是儿女双全之命,怎么会单身一人呢?旁人听到林松如此判断,七嘴八舌地低声议论着。李财叹了一口气,向林松和景坤二位先生道了实情。从前他确实有妻子儿女,只是六年前自己到邻县的一个财主家扛活时,妻子带着闺女儿子去找他,害怕东家怪罪没敢招待。这娘仨便一气之下别他而去,后来听说自己的媳妇又找了个男人。李财愤愤地骂道,这个浪玩艺!你远走高飞也就罢了,怎么还把我的两个孩子都拐走哇?不知这辈子还能不能与孩子们见面?

林松又问了一遍李财儿女的出生年月日时,说你是木命,你的儿女均是水命。按照水生木的原则,你不仅能与儿女们见面,将来还得他们的孝顺呢!

景坤着实为林松捏了一把汗,如果李财是个老光棍儿呢?如果结过婚而没有儿女呢?即使有儿女但不来相认呢?那样,岂不影响咱俩声誉事,把今后的道路堵死了?就在景坤忧心、众人半信半疑之时,李财的儿子突然闯进屋子。他告诉他爹,如果不是途中在姐姐家中住了两天早就到家了。瞧见面前的儿子,又知道了女儿的下落,李财大喜过望,当即拿出准备过年用的钱派人去集市买肉打酒。他要好好答谢一番两位算命先生,庆贺儿子归来。事后景坤悄悄问林松方才这卦怎么算得这么准?林松笑着说,凭两只耳朵听出来的!

金玉早想会会这些大师。现在古寅提及此事,他的愿望愈加强烈了。其程度堪比学艺前夕期盼郑卯,学艺之中期盼毕业。

转眼出了正月。金玉和古寅没能盼来松林、田塬,却在这天上午遇到了郑卯。这时,金玉和古寅刚刚在郭庄算了一卦,正打算去南边的王、龚、姜三个村子。忽然听到后街西头飘来笛声,曲调板眼分明,柔中带刚,悲怆中又透着不可压制的激昂。甭问,准是一位行道中的老手。莫非林松、田塬先生来了宝坻?他们二位虽然居住在城市,但平时大部分时间是在乡下活动的。林松先生更是宝坻的常客。金玉、古寅赶紧调转方向往北走,到了近前才知是郑卯。盲人见盲人亲啊！三人相互介绍了这一段的生意情况，郑卯立即要求加入金、古的联学联储。他猜测金玉已经学业期满，定非常人可比，早就想见识一番他的手艺了。要知道，当初可是他郑卯最早发现金玉这个人才的！

近些日子买卖越来越不好做，现在又多了一位入伙的，收入肯定还会减少。可是，郑卯相求，二人不好推辞，只得高高兴兴地表示欢迎。尤其金玉还小他一辈，哪有长辈说话晚辈不听的？郑卯不无得意地说，他从小就喜欢吹拉弹奏，甭看算命水平一般，可吹笛的技艺甚高。从今往后，这吆喝买卖的活计由他包了。郑卯对自己的评价并非言过其实。十几年后，瞎子阿炳的《二泉映月》响遍大江南北，郑卯在一次盲人小聚时也找把二胡给大伙儿拉了一遍。其声其韵其情其势，竟然不在阿炳之下。只可惜，算命先生的职业加上地主崽子的头衔，使得他只得沉寂此生了。

连续六天生意一般。到了第七日，三人的买卖如疯狂的牛市一路飙升，仅一天的收入就占了前六天的五分之三。这天晚上回家，金玉心情甚好，正在与饮酒的父亲和哥哥聊天，县城兴德茶庄的张老板带着一位个儿头高大的伙计气呼呼地找上门来。张老板中等个儿，圆乎脸，细眼重眉，说话犹如铜锣般响亮。虽然刚刚四十岁出头，身子已明显发福，肚子肥得像个大月份的孕妇。进屋后，张老板伸手就要夺下金泽中手中的酒壶，他大声嚷嚷道，你好好教育教育你这个没眼的儿子，想装神弄鬼到远处去，哪有在家门口骗人的?!

十七

昨天，金玉与郑卯、古寅商定：他首次使用后棚所赚，连同三人近三天的全部收入，一并捐给何牛。自从金玉与郑、古二人实行“联学联储”后，郑、古二人一遇机会，便撺掇金玉运用后棚，一来为了增加三人的储蓄，二来为了学习掌握诈钱这一绝活。他俩并不讳言此种企图。郑卯甚至以长辈的身份，诱导和逼迫金玉出招。然而，金玉始终不为所动。他说，学习后棚的前提在于有德，运用后棚的规矩在于有节。老师在传授我时曾讲，这个技艺能够赚大钱乃至一夜致富，但是，君子爱财，取之有道，除非需要劫富济贫或本人难以生存时绝不可使用。我不能辜负老师对我的信任，做那种违背行业道德的事情。后棚好比深藏瓮中而又触手可及的瑰宝，在强劲诱惑着古寅和郑卯。金玉捂得越严,他们二位的好奇心越强烈。古寅几乎与他急了,说没想到世上还有您这么抠门的人。金玉仍不为所动,笑着为他念了一段同行之间交往的顺口溜:

宁舍一锭金,不舍一句春。
宁管两顿饭,不把买卖散。
宁帮几块钱,不把生意传。

古寅和郑卯都明白,听他的后棚没戏了。

事情的转机出现在前天晚上。海龙向金玉、古寅和郑卯介绍了何牛的情况,古郑二人认为,这回听金玉使用后棚的机会终于来了,谅他也不会再推三阻四。

金玉出师后,何牛又断断续续地向景坤学习了半年多,前后总共用了三年零七个月,总算学会了排八字,弄清了天干地支和阴阳五行的含义,掌握了算命占卦和抽帖的基本方法。景坤认为,何牛虽记住了理论,但不善于结合实际随机应变,只能算是"肄业",至于能否拿到毕业的本子,就看他在实践中如何打拼了。今年春节后,何牛硬着头皮上阵了,如同丑媳妇终得见公婆,算命先生迟早需要面对客户。本来就不善应变的他,在陌生人的再三追问下,越发木讷了,接连三天,没有开张,整个正月,只赚了十多块钱,而且大都是抽帖所得。出了正月,周边的人们对何牛了解得越来越深,几乎没有人再往家里领他了。

钱,越来越不好赚,上门催债者却一天多过一天。这三年多,何牛的学费曾被景坤免去了一半,但仍然有300块钱之多。须知何牛当初的这些学费,可都是他父亲给挚亲好友磕头作揖借来的啊!何牛父亲早听说算命占卦这门手艺能赚大钱,原打算待儿子出师后,一年半载就能还上这些债务,没想到最终却水中捞月一场空。种下了一颗龙种,收获的仅是一只跳蚤。上门讨债者来一次,何牛的父亲便痛骂儿子一回。早知儿子如此废物,就应该叫他跟着自己去给人家推碾子犁地扛长活,花那么多钱去学什么手艺?前几天,他家变卖了所有值点儿钱的东西,仍然抵不上所欠债务的三分之一。何牛家已到了揭不开锅的地步。他父亲嫌骂他不解气,已改为动手掴他动脚踹他了。金玉与郑卯、古寅议定,如果何牛乐意,就叫他加入咱们的"联学联储",在实战中好好地带带他。否则,靠捐赠的这百八十块钱,也绝非长久之计。

上午10点来钟，金玉和郑卯、古寅在县城东关算了两卦，之后来到了景南庄。郑卯的笛子吹过几分钟，一位面容姣好的中年妇女将他们三人领进院子。跨过宽大的门楼高高的门槛，又走了十多丈的砖砌甬路，方来到正房的廊下。这时，三人听到前廊中的八哥在朝他们问好，另有几只叫不出名的鸟儿在欢快地唱着。女主人将金玉等让到西屋的待客室，围着一张大号的八仙桌子坐下了，而后招呼一位叫秀儿的姑娘给客人们上茶。屋内十分暖和，郑卯抻了抻金玉的棉袍；古寅用行话提醒金玉，这户是个大财主，该出招了。金玉当然早已闻到了此家的阔气味。莫非这就是城内兴德茶庄张老板的宅院？如果是，那可真正碰到了富户。他家不仅宝坻城内开有商号，而且在唐山、廊坊还设有分店。只是金银窝与景南庄相距不远，东西二庄的使用后棚合适吗？万一被她家里人识破真相，那多么难为情呀？金玉在认真思忖着。听到金玉没有动静，古寅已开始为这位女主人排开八字，论起了命运。这时，金玉等三人方知女主人算命的真实意图：预测一下她此生是否有生儿子的命。她与丈夫结婚十三载，以前只生了一个女孩，二胎却迟迟怀不上。张老板盼子心切，言称如果她年内再怀不上孩子，就得娶位二太太了。

这位大嫂，今天能遇到我们三位您算是走好运了。我看您心地善良，家境富裕，如果再抱个儿子，那就更加圆满了。古寅见金玉不应声，继续白话着。

是啊，我们两口子什么事都遂心，就是缺个儿子。这位妇女唉声叹气说，唉，也不知这辈子有没有生儿子的命？

我们这位姓金的哥哥是跟名师学的艺，不仅算命准，还会驱邪破灾，送喜迎财。您可以让他给掐算一下，瞅瞅是哪的毛病在影响您家生儿子。

那太好了，求求这位小兄弟，不，是金先生行行善，帮我破破灾吧！

破灾比算命贵，得多花三四倍的钱啊！

花多少钱我不在乎，只要能保证年内怀上儿子就行。金玉被古寅一掌推到了阵前，感到或退或躲都不可能了，便想用高价压她一下，让这位女主人知难而退。谁想这位大嫂对于破灾这套深信不疑。而金玉总不能告诉她，这套东西是假的，自己砸自己的饭碗吧？如果那样做，行规不允许，老师和同行们也肯定要兴师问罪的。

听到金玉仍在犹豫，郑卯再次捅了捅他，说，你这个人怎这么没情面呢？如果我有你那套本事，早就帮大嫂破破灾了。人家这么大的家产，还在乎那几十块钱？

经古寅、郑卯这样一煽呼，这位大嫂对金玉驱邪破灾的本事更加信任。仿佛他一出招,自己立马就能身怀贵子。她咬着牙说,别人破灾给金先生三四倍的算命钱,我今天图个吉利,再翻上一番!就是花掉一半家产,我也乐意,省得留给哪个小妖精去糟蹋。

金玉没有理由再推辞了。他正了正衣襟,煞有介事地说,从大嫂的八字看,应该福寿双全,子孙满堂,不单有儿子的命,而且还能得孙子的济呢!我们平日所说的绝户,有真有假,是真的假不了,是假的也真不了,您就属于那类假绝户。那么,谁想把您弄假成真呢?是五鬼。只因为您冲撞了它,所以迟迟怀不上儿子。待我帮您把它赶走吧。金玉说着,从褡裢中掏出一个比茶碗口稍细些的竹筒。每位算命先生外出盘买卖,都要带齐自己的家什,以备适当情况下使用。竹筒里面装着三根特制的竹签,每根都塞有重量不同的铅块并刻着记号,想让哪根竹签蹦出来,全凭算命先生的技巧,外人并不晓得。这种方法在后棚中称为"跟头停子",运用起来较"掀盘子"复杂,又比设坛请仙简便得多,因而所讨价钱也在两者之间。金玉正襟危坐于屋子中央,让女主人静下心来到他跟前抽签,同时吩咐屋内其他人不得言语走动。

天灵灵,地灵灵,水火灵灵。金玉口含热豆腐似的念着咒语,一请张道灵,二请毛老公,三请火地君……

女主人虔诚地抽出一根竹签。

不是。金玉高声说过,继续念咒。女主人又抽出竹签一根,仍然不是他所要的那根。金玉轻声说,这位大嫂心尚不诚啊。

金玉再次念起他那旁人听着含糊不清的咒语:五请青龙与白虎,六丁六甲逞威风,吉凶破八卦,八卦破九宫,十城埋伏十万勇天兵……

在金玉的努力下,这家女主人的诚意终于感动了神灵,得到那根吉祥签。主客双方都十分高兴,金玉找她要了卦钱和香火钱,叮嘱她要吃三天斋饭,之后即可静候佳音了。

一家人对于张老板这位不速之客,全都蒙了。只有金玉心里清楚怎么回事。他慢慢站起身子,平和地对张老板说,我为嫂夫人驱邪迎福怎么不管用了?您老清楚,这怀孕生子比不得穿衣吃饭那样立见成效,起码得容个一年半载的。到年底嫂夫人如不能遂愿,我理当退钱;如果怀上了贵子,您还得再添些喜钱。

你们金家也是金银窝数得上的富裕户,难道还缺这百八十块钱花?张老板指着金泽中,不无讽刺地说,对了,在金银窝富了那是算不得什么,您生了这么个有能耐的儿子,恐怕将来天津、北平的大买卖家都比不上你们家阔了。

金玉正色道，张老板，这话让您说着了。我们家的确不缺这点儿钱花，今天我与同伴赚的您家那笔钱，是为了捐助一位穷朋友。

十八

转天一大早，金玉、古寅、郑卯三人便心急火燎地朝何牛家奔去。虽然问路时没有探得什么消息，走进何家院子也未听到哭声，可是一股令人毛骨悚然的阴气已朝他们袭来。金玉立即感到了不祥之兆：何牛出事了！进了屋子，果然得知何牛已死。他母亲和妹妹趴在何牛的身边低声抽泣着，何牛的父亲蹲在墙角一言不发。

昨天，就在金玉为景南庄那位大嫂抽签时，何牛被一位身材消瘦的妇女领进家中。屋内此时还坐着两人，一位是这位妇女的丈夫，另一位是来此串门的客人，年龄都已四十岁出头了。当这户男人报上出生年月日时后，何牛就为他排开了八字：丁巳、癸酉、乙亥……

你说啥？我的四柱明明是丁未、癸酉、乙亥……

对，是丁未，我、我可能记混了。

什么？沙中土命？来来往往这么多算命先生都说我是沙中金命，你怎么算得我是沙中土命？这金和土的好歹贵贱差哪去了？在这一年之计的大春天，我看你是在给我添堵！

这么简单的东西还能弄混？恐怕稍深些的知识你更记不清了。此时客人搭了腔，小先生，我问你，就他这个八字而言，其中五行生克情况怎样？年柱上应有几个用神？

何牛听出，此人比刚才让他算命的男人岁数要大些，听他这问话，即使没有进过子平术的科班，也私下研究过算命这套理论，心里越发犯怵了。这，这，就是……何牛忽然变成了结巴，粉红的脸蛋憋成了酱紫色，额头渗出了一层密密的汗珠。渐渐地，他那淡黄的柔发也被汗水洇湿了。

我看你从来就没有拜过师，只图哄人骗钱！

你以为这天底下的人都和你一样，啥知识也不懂、啥东西也瞧不见啊？

我，我是拜了师的，就跟啊、跟离您这不远的景、啊景坤先生学习三年多呢。不信，您老可以去问问。何牛喃喃着，声音小得像蚊子。

就凭景坤那样的名师能教出你这号学生？还学习了三年多？我看他景

坤也是白白英明一世了。

这事也不能全赖老师,俗话说得好,哪锅不煳白薯呀?依我看,你还是赶快回家吧,让你爹再给你回回炉!

屋内三人的言语句句都似浸过毒汁的利剑,毫不留情地朝何牛刺来,他觉得比挨他们的拳打脚踢还难受。他毕竟还是个孩子啊!何牛哭哭啼啼地出了屋子,跌跌撞撞离开了这个村庄。一分钱没得到,还挨了一顿嘲讽辱骂。让爹回炉不可能,那顿打肯定逃不脱;都是没眼人,师兄们学习一年半载就能赚钱养家,自己怎么糊口都这么艰难?何牛越琢磨越堵心,越琢磨越害怕,越琢磨越没有活路。太阳已经升到正南,大地越来越暖和,何牛看不见也觉察不到。他这时只听到了武河的流水声——大多数有眼人都会忽略的声音,轻飘飘、凉飕飕的。何牛仿佛找到了自己的归宿。他毫不犹豫地越过河堤,将两只鞋脱下放在水边,右手用力将马竿朝河心扔去,随后一头扎进尚余存冰碴的河中。

见到三位盲人,村里负责操持何牛丧事的把头以为是前来吊唁的,告诉他们行完礼后就回吧,因为何牛家里穷,中午没给客人们预备饭。古寅随口问道,那当家子和亲戚们也没吗?把头答,都没有,就连我们忙活人也得各自回家去吃。午饭后就用苇席卷着把死者埋了。

那怎么行?郑卯急着说,何牛好歹也是个成年人啊!

不行咋办?二八吹、十六大杠好看,可谁出这笔钱呀?

我们出!金玉声音不高却十分坚定地说,烦劳您算算,就按二八吹十六杠,连带今明两天四顿宴席和棺材钱,统共需要多少?古寅用行话提醒金玉,那得多少钱呀?千万别陷进去。金玉没动声色,他入此行道时间短,对于行话没有古寅、郑卯懂得多,但是他能猜透古寅的心理。不足一袋烟工夫,操持人又走过来向金玉报告,按照刚才说的规格办,总共需要54块钱。

金玉请他把何牛父亲唤来,当场掏出100元钱,告诉何父和把头,这操办丧礼后剩余的46元钱,就算他们三位盲人给何牛随礼了。

何牛投河自尽,对金玉的触动很大。回家路上,金玉又想到了一位盲人。那是1939年正月十七日的晚上,他和伙伴们一路奔波,到了天津市区的东北角。他觉得肚饿难忍,便在一个卖馒头的地摊上买了四个馒头。金玉坐在木桌旁刚刚张口吃,一位十五六岁的盲人不知什么时候已悄悄跪在他的身后,央求他给口吃的。金玉见他小小年纪就坏了眼睛,十分怜悯,便把另外三个馒头全部塞在了他的怀中。金玉还了解到,此位少年姓洪,父母三年前双双得暴病身亡，孤身一人的他只得靠乞讨度日。金玉当时告诉他，等到自己找到工作攒了钱，就来帮助他。谁想钱没挣到，自己也加入了他们的行列。何牛有父母可倚仗，尚且如此，那位无依无靠的瞎小伙子又如何生活呀？他肯定会骂我言而无信的。

金玉把自己准备接洪姓小伙子到宝坻学徒的想法告诉了古寅、郑卯。他们二人以为，天底下比这小子可怜的人多了，你怎么帮得过来？金玉说，别人我不了解，谁让我们之间有一面之缘呢！

十九

金泽中的暴富梦，终归成了水中月。

清明节过后，寒去暑来，农事繁忙，算命这行生意瞬间便一落千丈了。原因是想预测未来命运的，大多已在正、二月农闲时搞掂；不信命的或没钱算的，这时更没有了闲暇。此时与算命先生打交道的，只有遇到紧急情况或既有闲钱又有闲空儿者。这些天，金玉等三人每天往返六七十里路，转悠七八个村子，却算不上两卦。金玉提出，再杀他个回马枪，返回县城试试。那里是不分农忙农闲的。到了县城西街，一位六十多岁的老太太循着笛声，来到他们面前，打听三位先生中是否有金银窝的金先生。

您认得他吗？找他有什么事呀？古寅反问道。

我不认识他，听说他算命挺准，我想请他给我算算命。

哈哈！古寅和郑卯弄清老太太的心思后先笑了起来，又问，您怎么知道金先生算命准呢？

听秋实商行郭掌柜的家人讲的。金玉知道，城内富裕人家的太太们常聚在一起打牌；男人们也经常凑到一块儿喝茶聊天。面前的这位老太太，十有八九是位阔主。金玉这时想亮明自己的身份。古寅又抢在了前头，根本容不得他插话。古寅指指郑卯说，这位先生干这行十来年了，可比您要找的金先生算命经验多得多，让他给您算算吧！

不了，你们三人中既然没有金银窝的金先生，我就不算了。一听老太太要走，金玉连忙说，你们俩别与这位大婶儿开玩笑了，我就是金银窝的，姓金。

哎哟，果然是个俊小伙儿。这时金玉的面相同失明前比，并没有发生多大变化。两只眼睛黑白分明，依旧像健康人那样忽闪着，准确传递着主人的喜怒哀乐及心绪的微妙变化，完全不同于那些眼球萎缩、眼窝深陷的先天致盲或失明时间较长的人。老太太嗔怪道，你这位小先生怎么不早应声呢？说着，拎起金玉的马竿朝她家走去。古寅紧紧跟在后面，却被老太太轰了回去，让他别跟进院子，说他油腔滑调的，她不喜欢。再者，她算命也不乐意让别人听。

金玉是在正月十七日那天给郭老板算的命。他清清楚楚记得，那天上午，从南关进城转到宽街时间不长，一位四十岁左右的妇女领着他进了一座有着宽大门楼的院子，绕过道影壁碑和花池，又经过五六丈长的砖墁甬路方进得正房。这位妇女安排金玉在紧靠八仙桌的太师椅坐下后，倒了一杯散发着清香的茶水递到他手中，而后就出了屋子。金玉品了品茶水，醇厚爽口，回味甘甜，果然不同于寻常人家的粗茶。这时，屋内的座钟当当地敲了十下，金玉方知现在已是上午十点了。深宅大院，摆设讲究，上好茶叶，莫非这是郭老板的住宅？金玉小时候常到城里玩耍，知道郭老板在这一带有处房产。他家在南街开着一处名气较大的商店和贸易货栈，生意红火得很。直到新中国成立后商店归了公，字号在相当长时间内仍没更改。凭什么？凭的是货真价实，历史悠久，人们认可呀！金玉还听人们讲，郭老板大他一轮，也是属鸡的，先前娶的大媳妇与他生有一子，后来又娶了一位比他年轻十多岁的小媳妇。如果不是高门大户，谁能够娶得起两房媳妇呀？

过了半袋烟的工夫，一位中年男子进了屋子，边与金玉打着招呼边坐在了金玉北侧的太师椅上。金玉听出来人与自己个头相仿，态度和蔼，气质不俗，想必是这家主人。

先生，是您算命吗？金玉试探着问。

是呀。没容金玉再问，这位男子便主动报了自己的生日时辰。甭问就知是经常求人算命的。1909年出生，属鸡的。果然是郭老板！金玉暗想，今天算是逮着了，你不认识我，我可了解你，无论你家老小的八字如何，我都能将各位的吉凶祸福断个八九不离十。于是，自己先夸下海口，说他在天津市面上混了多年，讲究的就是一个信字。如果此卦算得不准，只当我白费口舌，分文不取。

郭老板听后哈哈大笑，说小先生，你就这么有把握？好！别看我长期待在宝坻，较少到外面闯荡，最崇尚的也是个信字。既然命算不准你分文不要，那么，我也在此下个注，如果你算得准，我再给你添一份卦礼钱。

金玉先是扳着手指掐算了一遍，而后又故意轻声嘀咕了一番，这才开口道，敢问先生贵姓啊？您老这八字可是了得呀！

我姓郭。中年男子答后忙问，你是说我的八字好的得了得？还是坏得了得呀？

当然是好得了不得。从您老这八字来看，首先，日干所生的月份处于最佳的得令生旺状态；其次，日干在四柱中得到的生助甚多，可称为旺而得势；其三，您的日干与四柱的地支相遇，撞上的有长生、沐浴和墓库，得地得气也自然不少。这样的八字往往富贵多福，大吉大利。有诗云：

此命推来事事通，兴家立业显门庭。
平生原有滔滔福，不尽财源稳而丰。

郭老板十分高兴，张罗着家人给金玉续水，让金玉尝尝茶叶咋样。金玉回答说，方才已经尝了，味道极佳，算得上茶中上品。他接下来为郭老板分析道，从您的命相看，婚姻宜早不宜迟啊。不知贵夫人年庚多少？

属羊，丁未年生人。

金玉随口道，哦，是天河水命。只是此命与您老相克呀！

没有哇。

如果没克，那您就是双妻压命，不知您是否娶了二太太？

郭老板闻言甚惊，这位先生怎么算得这般准啊？看来是艺高不在年少哇。随即问道，那我要只娶一位呢？

就您这八字而言，日干处于极旺，用神得力。倘若只娶一位太太唯恐克泄不足，反倒于您有些不利。

这事还真让你说着了，我的小媳妇是五年前进的门，年龄整整差我一轮。

金玉再次扳着手指掐算了一遍，简单阐述了郭老板的大运流年，以及与两位夫人命运的生克关系。对于这些基本命理知识，他已背得烂熟，自然不会出啥纰漏。最后，金玉告诉郭老板本年是水星照命，清明压运，大嚎串宅，青龙保本；如有年岁大的老人，明后年要多加些小心；在以后的四十至四十五岁这步运中，要遇到劫财，做事应当收些心；至于您家的日子，倒不会出啥大的坎坷。您老可能早就听到过这句话：青龙见青龙，喜事两三层，如果不见喜，事事得太平。虽然难免有些灾祸找上门来，但是您的命运十分好，又有青龙解困，料定一生财源不断，晚年更加幸福。

小先生，果然不简单，我这么多年来找那么多算命先生掐算，还没有你算得这么细这么准的呢！

之后，郭老板让金玉为两位夫人分别算了一卦命、抽了一副帖。金玉临离开时,郭老板又询问了他的姓名和住址,由衷地感叹道,小先生,果然不简单,算命抽帖都很准。常言道,自古英雄出少年,哪行哪业都如此呀!以后抽空常来我这儿转转,碰到什么难题,我还得求你帮我解解呢。

名人就是广告。在郭老板及其家人的宣传下,金玉的名气在宝坻城内迅速传开了,生意比其他先生红火许多。为西街的这位老太太算过命,金玉、古寅、郑卯三人又在城里活动了十来天,每日都能算上四五卦,而且大都是点名要金玉算,古寅、郑卯成了他的跟班。但是,宝坻城内毕竟人口不多,这拨专等金玉算命的人了却心愿之后,几乎再无买卖可做。古寅、郑卯便依照惯例,回家休息了。金玉在家中只待了一天,就感到百爪挠心,每日里依然在县城四周活动,尽管所赚无几。治国、平天下虽然他金玉贴不上边了,可是修身、齐家还是应刻意追求的。直到进入雨季,金银窝成了茫茫汪洋中的一座孤岛,他才彻底塌下心来。这期间,金泽中瞧见金玉交到他手中的钱一日少于一日,以为儿子长了心眼儿,终于忍耐不住闹了一场。经过金玉解释,他才记起,这么多年来只有正月、二月能听到“老八板”的笛声。其余几个月,这些算命先生仿佛都转入了地下,城里乡村很少再瞧见他们的影子。以前家里没有干这行的,谁注意这些呀?

金泽中又在心里打起了小九九:这物价越来越高,自己的那份买卖也不好做,尤其是二儿子的生意还得“歇伏”“窝冬”,看来赚回那些地产还得些时日啊!

二十

小孩小孩你别哭,过了腊八就宰猪;老婆老婆你别馋,过了腊八就过年。这个时期,农村许多人都热切地盼着春节的到来,为的是能够吃上几顿好饭。金玉也盼着过年,而且比一般人还要着急。只是他盼过年的原因并非图的饱饱口福,而是为了算命赚钱。这样一天到晚地闷在家里,甭说实现自己的抱负,养家糊口都难。

1946年的春节终于在人们的企盼中到来了。算命这门行业又进入了一年一度的黄金时期。金玉和古寅、郑卯继续联学联储,整个正月和二月,买卖仍如往常那样红红火火。甭看国共争斗,烽烟四起,时局动荡,却没有影响他们算命的生意。因为越是这种时候,人们心里越不踏实,越是不踏实,越需要心理慰藉。钱多的钱少的,都想找算命先生预测一下自己的未来。只是时光不等人。出了二月，算命的行情又如秋后的潮白河水，一天冷过一天。

这一日，金玉、古寅、郑卯一行三人在县城南关聚齐后，往东朝城南角的东苑庄走去，入村后郑卯掏出笛子吹了一阵，没人吱声；三人继续东行，进了龙潭村，郑卯又吹了一阵笛子，仍然无人理睬；在金玉的建议下，三人越过芮家楼、前后五里铺，向宝坻东部较大的村子霍各庄奔去。此时大路两侧的苍黄已被嫩绿所取代，杨树吐尽毛绒布满了新叶，榆树紫色的蓓蕾变成了串串榆钱，柳树褐色的枝条上更是嫩芽点点。风在舞，鸟欢叫，景色新。不同于落生即瞧不见东西的古寅，金玉和郑卯此时都能想象得出这美好的春光。可是，他俩谁也没有提起这个话题。游春踏青，对他们恍如隔世。什么绿呀、暖呀、新呀，在大多数算命先生看来，反倒不如冬末春初那北风劲吹、万物未醒的萧瑟光景。眼睛瞎了，难道就得逃避明媚的阳光吗？尽管郑卯悠扬的笛声前街后巷地飘荡了两个来回，还是没人上前与他们仨搭话。这时天已过午，古寅张罗着回返；金玉说还是再往远处够一够吧，以前咱们这一带来得少，说不定就能撞见两三份买卖。郑卯对金玉说，往前走行，若是再遇到客户，你可得使用后棚。我们现在已经到了挣不出吃喝的地步，符合你老师定的规矩了。

金玉三人又走进一个村子不久，一位中年妇女把他们领到家中。刚刚坐定，她的丈夫即从后门进了院子，告诉他媳妇不要算了，上午孩子他奶奶刚刚让城北的尚先生算过，说孩子的病没啥大事。郑卯连忙对他说，我们这位金先生甭看年龄不大，可自幼在天津学习算命，手艺比那个尚辰强多了。古寅接下来劝道，这算命就像治病一样，不同的先生开不同的药，艺高才能对症下药，药到病除。尚辰怎么比得上我们这位金先生啊！而且，金先生不光命算得准，还会驱邪迎福呢。如果你家孩子有毛病，正好请他给破破灾。不相信，你们可以到县城去打听打听，哪个不夸金银窝的金先生算命准哟！

我说你这个人还有没有完？你们就是说下大天来，可我手头没钱也没办法。

这位大哥，不然我再给您家孩子算一卦，不要钱。金玉诚心实意地对这户男主人说。

不光没钱也没空儿！这位男人显得十分不耐烦，吩咐他媳妇赶紧刷锅洗碗，收拾好后跟他下地干活去。

从这个村子出来后，郑卯气得立即朝家中走去，告诉金玉、古寅他俩明年正月再见吧,反正他不再受这个气了。

金玉、古寅一路无话。近些天来,金玉的愁绪渐渐多了起来。古寅当然知道他的心事。临近县城时,古寅建议金玉走出宝坻往远处去。古寅介绍说,他以前伙同别的先生曾到过北面的蓟县、玉田和遵化。不知什么原因,那几个县与宝坻的习惯不同,一年四季都有人算命占卦,凭金玉这套功底,到那里肯定吃得开。

好!这个主意不错,你怎么不早说呀?金玉听完古寅的介绍十分兴奋。这时,他又记起老师与林松先生那年冬季不是在北平的近郊联学联储过吗?他说,这阵子自己一直琢磨着往远处去闯闯,只是担心别处也同宝坻一样。古寅提醒金玉,外出可比不得在家里,啥难事都可能遇到,啥苦都得吃。

那怕啥!男子汉大夫正当志在四方。从记事那天到现在,我就没有把吃苦受累当回事过,更没打算做一个死在炕头埋在炕脚的人。我之所以十九岁就去天津打工,图的就是拼个前程,混出个人样儿来。如今咱们眼没了,还图享什么清福吗?金玉越说话越多,越说越激动。他告诉古寅,自己眼一瞎就认命了,这辈子老天爷可能就是让咱们这种人到世上吃苦受罪来的。能给家里多赚些钱就尽量多赚些,别让父母白养活咱一场,别让孩子老婆跟着咱们遭罪。甭说苦,就是死他都不在乎!金玉还劝古寅多攒些钱,将来娶个媳妇,混个样出来。金玉颇不服气地说,咱们盲人不就看不见东西吗?别的比谁差?!古寅十分赞成金玉的观点。他说,穿衣吃饭盖房娶媳妇,哪样都得靠钱。对咱们没眼人来讲,手里没钱啥事也办不成。如果窝在宝坻,每年只靠正、二月赚些钱,永远也富不了。

咱们到外面去闯荡,其实也不只是为了赚钱。

不图赚钱,还能有啥呀?古寅疑惑不解地问。

经风雨,见世面,广交朋友。你听过古书吧?瞧那里的武林好汉们都讲究云游四海,遍访天下名师,吸纳各派武术精华。这样,方能把自己的武艺练得炉火纯青,打遍天下无敌手。干咱们这行的同样需要走出去,结识各路算命先生,经历各种复杂场合,那样我们的手艺才能有所长进,有所拓展,有所创新。不然,咱俩就只能是目前这个水平。古人讲的见贤思齐焉,见不贤而内省也,其实也是说的这码事。金玉觉得,这一点比赚钱也次要不到哪去。古寅再次提醒道,咱们这一走就得几个月才能回家。我光棍儿一条无所谓,你有媳妇孩子,不知嫂子是不是同意你往远处去?还是回家商量好了再定吧。金玉告诉古寅尽管放心,他想做的事谁也拦不住。两人当场拍板，说走就走，今天提早回去准备，明日吃完早饭就出发。金玉还提议，顺便带上洪江，自从去年春天把他从天津接来，在景坤老师那儿已学习一年多了，该到实践中去锻炼一番了。

金玉带洪江外出的决定，受到了景坤的热情称赞和支持，他说，如果这个社会大多数人都有你这样一颗善心，咱们残疾人就有救了。只是相对于那么多需要救助的人而言，你我的力量又显得过于单薄，能尽一份力就尽一份力吧！景坤让洪江在北高庄再住一宿，有些知识和注意事项需要向他说说。明天一早就把洪江送到金玉、古寅的集合地，顺带为他们三人送行。

正如古寅、郑卯所言，天底下生活特别艰难的人多的是，你金玉帮得过来吗？也正如景坤所讲，即使帮不过来，他金玉也要尽自己的一份力量。此刻，就在此刻，一位金玉认为更需要救助的婴儿正在金银窝等着他呢！

二十一

金玉刚刚跨过正房堂屋的门槛，金翠便迎了上来，告诉他马安的媳妇生了个双目失明的儿子。

金玉问妹妹，这是什么时候发生的事情？

就在两个小时前。一家人为此现在还吵吵呢。

金玉让妹妹把他的褡裢放到厢房，自己急忙奔马家走去。马安一家此时仍在吵闹，依马安之意这残废的孩子不能留，养大了也是家中的累赘，到那时想甩可就甩不掉了。马安的媳妇和母亲却死活不同意：怎么说孩子也是咱家的亲骨肉。马安骂他媳妇生出如此现眼的儿子，是个妨人精；这位身体极其虚弱的产妇委屈得两眼一直没断眼泪，几次险些背过气去。见到金玉，马安仍然没有好脸儿，质问他：你到我家干啥来了？瞧见一个小的就够堵心了，怎么又来……金玉知道他心情不好，并未在意，转身问马安母亲，您看我现在生活怎么样？远的甭说，就在咱们金银窝村吃的穿的比谁差吗？马老太太忙着应答，说金玉生活得一点儿也不差，她觉得比马家哪个男人都要强。金玉说，没眼人学会算命占卦这门手艺，同样能够自食其力，兴家立业。马安此时已听明白金玉此行的目的，说兄弟你识文断字，这天生就瞎眼的人怎么比得了？金玉掰着手指给他数了一遍，说干我们这行的许多都是一出生就坏了眼，可是照旧不少挣钱，照旧像正常人那样娶妻生子、孝敬老人。金玉强调说,马大哥这孩子就是我的孩子,今后学习算命占卦这件事就交给我了,如果我教授得不好,还有我的老师呢。天下名师有的是,不愁他学不到赚钱的本事。学成之后我就带他外出去闯荡,有我吃的花的就有我这位小侄的。

马安一家终于不再为新生儿的事情吵闹了。马老太太让金玉给小孩起个名字。金玉琢磨了一会儿说,他刚才为孩子掐了掐八字,命相还是挺好的,就叫马来福吧,取日后给咱大家带来福气之意。临出屋时,金玉又把衣兜中仅有的15元钱掏给了马安,算是给来福的"压岁钱"。

走在大街上,金玉刚刚轻松的心情又坠着些许的沉重。他为自己方才的善行感到愉快,也为马来福的未来担忧。但愿他长大后能够学有所成,千万别像何牛那么笨。

在全家人吃完晚饭后,金玉将自己出外闯荡的想法一公布,不单妻子不同意,父母和妹妹也持反对态度。父亲不想让他远走的原因不清楚,母亲、妻子和妹妹只是担心他外出遇到危险。金王氏为他分析说,这年月兵荒马乱的,啥军队都有,不知什么时候就打上一仗。遇到这种事你们人生地不熟的,眼又瞧不见,往哪躲呀?在家附近转,虽然挣钱少些,可是安全有保障啊!

敬芳呜咽着说,眼下健康人都很少外出,你们眼不济,又一走这么长时间,哪能让人放心啊?真要遇到些麻烦可咋办?

金翠在一旁也哭出了声。

哭什么呀?这不是添乱吗?金玉本想斥责妻子和妹妹几句,但转念一想,她们可都是为了我好哇!关键是应该让大家消除疑虑。尤其自己出门在外,怎么能让母亲过分担忧呢?金泽中吃完饭到金泽郡家串门去了。金玉把母亲、妻子和妹妹召集到一块,从三个方面为她们论证了此次外出的安全性:一是这次外出并非他单独行动,除了古寅、洪江之外,那个地区还有宝坻的其他盲人,大伙肯定会相互照应;二是所到之处对他而言虽然陌生,但古寅已去过不止一回,有他领着就迷不了路;三是虽说眼下不太平,可是哪路军队都不会为难没眼人,拉夫抓兵全轮不到他们头上。更重要的是,自己外出还可以见见世面,增长些见识。有这样的好事,哪能错过呀?经过上述分析,金王氏和敬芳、金翠的思想工作总算做通了。晚上,金玉又向父亲说明了情况,反复强调那些地方生意好,许多盲人在那里都赚了钱,咱家也不能放着明摆着的钱不去拿。金泽中听后没再说什么。家有百口,主事一人。金玉想,只要父亲不再阻拦,别人说什么也不管用。如果父亲再持反对意见，他就把老师搬来。反正到宝坻之外闯荡一场的决心，他已下定了。

这天夜间，敬芳仔细为丈夫打点着外出行李，逐件检查了明日穿的和需要携带的内外衣、鞋袜、被褥，凡有破损的地方，都进行了缝补。然后又将帖、笛子和签筒等家什，装进了新缝制的褡裢里。直到金玉迷迷糊糊地睡着了，她还在忙乎着。

第二天清晨，金玉刚刚起床，金王氏便来到他的房间，再次哭着劝他别出远门了，原因是她夜里做了一个梦，自己越琢磨越感觉不吉利。

嗐，我当是咋回事呢！您老讲给我听听，看我能不能解。

不行，日头还没有出来，说梦有妨碍。

没事的。我本身就学会了破解各种不吉利的事情。在金玉的催促下，金王氏讲，她夜里梦见两支部队打仗，死了好多好多人，把旁边的河水都染红了。你和古寅正巧盘买卖从那里路过，浑身上下也沾满了血。金王氏的话音刚落，敬芳便说，这梦是不怎么好，再次劝说丈夫还是别走了为好。

哈哈，这是好梦呀！卦书上讲，梦见血流成河，预示着财源滚滚，我和古寅这次外出，买卖肯定少不了。

金王氏对金玉的解释仍有怀疑，嘀咕说，这个梦怎么会是这个意思？

敬芳这时又倒向了丈夫一边，说，辉华他爸讲得没错。您没听人们常讲，做梦所遇到事情都与现实相反吗？

金玉见母亲不再说什么，心里乐了。这夜里做梦本来就是人们白天思想的反映，心有所忧往往就会做些令人害怕的噩梦。这与人的吉凶福祸有什么关系呀？他方才的解释只是信手拈来，让母亲和家人别再挂念罢了。

吃完早饭，金玉头戴春秋帽，身着蓝色长袍上罩古铜色短褂，脚腕处打着绑腿，左肩挎着褡裢，后背背着行李卷和说书用的三弦，一副云游者的打扮。到了县城南关，古寅已在此等他。又过了一会儿，景坤带着洪江也赶了过来。景坤说了些祝他们一路顺风、买卖红火的吉利话，金玉、古寅和洪江齐声向老师道谢后，便快步朝县城东方奔去。

旭日初升，朝霞似锦。金玉觉得，前景无限美妙。

二十二

当天下午，金玉、古寅和洪江三人从宝坻县新安镇码头乘船渡过蓟运河，傍晚到达玉田县的林南仓镇，住进了位于街中心的刘家店。古寅以前来过，便为大家相互引见。洪江原本没有大名，小时候邻居们见他长得脑袋偏大，就叫他洪大头，成年后也没更改。景坤收他为徒时，见其八字中火气太盛，唯独少水，就为他起了现在这个名字。洪江虽然一只胳膊有点儿残疾，但由于年轻力壮，又感念金玉之恩，一路上不单一直在前面蹚道，还帮助金玉背着行李。他小时候在天津蹭过戏听，此时便把金玉比做去西天取经的唐僧，自己甘当他的徒弟孙悟空，今后要专心致志地保护和伺候师父。古寅没听过《西游记》，对剧中情节和人物一无所知，就问他自己应当是什么角色。洪江想了想，告诉他就当猪八戒吧。金玉想到古寅好吃贪玩，又爱占些小便宜，不禁大笑道，这个角色适合他。只是我们三人是师兄弟，而非师徒关系，差着辈分呢。后来金玉又发觉，古寅还有亲近女色的嗜好，这猪八戒更非他莫属了。洪江果不食言，住下后抢着给金玉和古寅打开水、铺被窝、倒便盆，大小杂活全都由他包了。洪江虽说勤快能干，可是饭量也着实了得。金玉、古寅二人每餐只需两个馒头一碗粥，洪江一人吃了六个馒头两碗粥，竟还欲罢不能。金玉这时又想起了猪八戒在高老庄打工的那段故事。他不禁感叹道，这个人哪像孙悟空呀，纯粹一个猪悟能。

店主将他们三人安排在了正房西屋，里面是一通能睡十五六位客人的大炕。两侧已被先来的客人们占据，他们只得睡在中间了。洪江告诉金玉、古寅，他睡觉打呼噜，等到他俩睡沉后自己再躺下。金玉讲，没关系，又不是咱们三个人一屋，谁知道这么多人有哪位与你犯同一毛病呀？果不其然，待先前来的客人们陆续躺下后，时间不长屋子里就乱起来。不单有打呼噜的，还有说梦话的、咬牙的、起夜的。子时刚过，有人就起来到院子外面转悠了。这些人的动静实在比洪江的呼噜声大多了，金玉躺在炕上很长时间没能入睡。在外生活之艰苦，金玉虽说早有准备，但是住宿的艰难，他却没有料到。后来出远门多了，金玉方知今夜的情形再平常不过了，比此更加艰苦、烦恼，甚至令人气愤的事情还有许多。不然，从古至今，人们怎么会把“住”与“吃穿行”排在了同等重要的地位呢？

那是在1950年春节之后，金玉、古寅、郑卯、洪江四人由于宝坻上年夏季发大水，家门口附近没有生意可做，正月初十就来到了玉田县。后来，又到丰润、遵化、迁西一带活动。一天下午，四人住进了丰润县城的一家客店，此前屋子里已住下了九位客人。傍晚，这些外出盘买卖的客人如鸟儿归林般三三两两返回客店，金玉等人才知这间房子里还住着一对壮年夫妻，是外地来此耍黄鸟抽帖手艺的。小两口紧挨着炕脚的墙壁，与其他客人之间挂了一块布帘。年轻媳妇声若翠鸟，十分健谈。屋内的客人们对此都感到十分别扭，睡前醒后的说笑打逗统统取消了。平时夜里大伙撒尿就用屋内的尿罐，这天寒地冻的，谁愿意往外跑啊？可是由于屋里有了异性，没人再好意思掏出家伙就哗哗了。隔三岔五，这对夫妇夜间还弄出些异样的声响，搞得年轻小伙子们翻来覆去地睡不着。古寅的脑子一直在想五想六，猜左测右，直到第二天算命时还犯着迷糊。古来男女有别，店家哪有如此安排客人住宿的？

1957年春天，金玉、古寅、洪江、郑卯、华虎从宝坻出发，经香河、通州两县到了北京郊区。寻了几家客店，不是嫌价格过高，就是没有了床位。这时天色已晚，郑卯记起附近有座旧庙可供住宿，他以前途经此地曾在里面歇过脚。待五人赶到这里时，发现庙里各个房间都住满了过往的客人。而且大都拉家带口，想往屋子里挤挤都没了可能。无奈之下，金玉等五人只得在大殿的前廊下摊开行李，躺了下来。初春的砖石地面寒似冰雪，夜半的阴风更是刮得人浑身打战，一层普通被褥根本难抵如此风寒。这种冷，是钻心透骨的。五人之中，除了洪江睡了一两个小时外，其余人均蜷缩在被窝中哆嗦了多半宿。转天到达京西门头沟，客店中仍然没有床位，金玉等人只得挤在一间牲畜草料棚中。寒风刮不进，身下有稻草，可比昨晚的旧庙好多了。郑卯、古寅却不满足，气得纷纷朝棚中的草料撒尿。金玉说，你们这不是自己熏自己吗？这一夜，五人倒是都睡着了，只是总觉得身旁伴随着一股浓浓的臊味。你越刻意琢磨，它越嗖嗖地往鼻孔里钻。

又一年的深秋，金玉一行继续西行，到河北宣化一带开辟新的算命根据地。这天傍晚，五人住进了庞家堡镇的一家旅店。房间内南北设炕，中间是过道，可供二十多人住宿。进屋后，金玉将被褥打开铺在了北炕上。紧挨他的左边是郑卯；右边是一位姓刘的焗锅匠，长得如麻秆，年龄不到四十岁。临睡时，焗锅匠嫌金玉衣裳太多，让他把衣服挂在了头上方的竹竿上。清晨醒来时，焗锅匠不知何时已挪到了南炕上，理由是金玉身上有虱子。金玉骂他在装王八蛋，如果有虱子自己还不觉得痒？转天见到一位宝坻城北来此做活的剃头师傅。他打算近日回家，问金玉有啥事情需要帮助。金玉说，正好帮我给家里捎些钱和粮票去，免得再到邮局寄送了。他边说边掏出了褂子兜口里的笔记本，发现此物虽在，可是夹在其间的20块钱和50斤粮票却不翼而飞。这个杂种操的，金玉这时才明白，昨晚焗锅匠先是让他搭衣服、后又换炕的真实企图。但是，焗锅匠却死活不承认他的偷盗行为。旅店服务员让金玉去派出所告他。派出所的民警问金玉，你怎么知道是焗锅匠偷的？金玉将前后经过又叙述了一遍，十分肯定地说，除了这位焗锅匠，没别人。民警不耐烦地说，不能光听你的一面之词，我们得了解一下情况再说。金玉就这样被他们打发了。其感觉，比听异声、挨寒冻、闻臊味，又多了一份心疼。

然而，上述这些在金玉“住”的历史中，还仅仅是苦或恼而已，比它更糟的是危是险。1953年冬天，金玉和林松在兴隆县南部山区活动，由于这地方很少见到客店，到了晚上就住在群众家里。这天黄昏，二人被一位中年妇女领到家中算命抽帖。完事后，金玉觉得天色已晚，提出今夜住在她家，晚饭和住宿费用就以方才算命抽帖的卦礼抵。中年妇女算了算觉得合适，就点头同意了。吃过晚饭，金玉、林松又为她家孩子讲了两段故事，破了一会儿谜语，专等她丈夫归来后再躺下休息。谁知这家男人回家后却不许二位盲人在此居住，态度生硬得如山上的顽石。金玉笑着问他，这三更半夜的你叫我们住哪去？去哪咱不管，反正我家不留你们。这位男人说着连拉带推地把金玉、林松撵出门外，随后咣当一声拴上了堂屋门。村外，山路崎岖，北风呼啸，滴水成冰。甭说没眼人，即使正常人在这样恶劣的天气也不易出门呀！金玉和林松商量，到距离此处六里地的一位朋友家去住，不然这么晚敲谁家的门都难保不被拒之门外。呜呜地西北风吹得山林鬼哭狼嚎，两人突然害怕起野兽来了。就在三天前，他们还在一位朋友家吃过新捕获的豹肉呢。如此季节，可正是虎豹豺狼出没之时。金玉和林松壮着胆子往前摸着走，一个小时过去了，两个小时过去了……却迟迟碰不到任何村庄。随后，迎接他俩的是一场纷纷扬扬的大雪。狂风裹着雪片令金玉和林松辨不清方向，摸不着道。这时，他俩均已意识到，走错路了。两颗心几乎提到了嗓子眼儿，即使撞不见野兽，滑进山崖深谷，也得脑袋开花腿折胳膊烂啊！

面前这家客店还算温馨，店主及其家人对待盲人也像对待其他客人那样热情周到。吃完早饭，店主看到金玉等三人要出门，便把他们唤到一旁，悄悄问金玉和洪江二人是否会后棚？金玉略吃一惊，他打听这个是什么意思？赶忙回答不会，称他们三人只是一般的算命抽帖，不搞后棚那玩意儿。店主听后大声笑了，说，金先生你初来乍到不清楚，我这里就是你们盲人的家。凡是住我店的，不论遇到啥事，我都给客人顶着。不信你问问古先生！如果会后棚，你们就放心去用，谁找你们麻烦有我呢！

谢谢刘掌柜，听您一开口就知您是位讲情重义之人，以后少了麻烦您。金玉巧妙回答道。

三人走出旅店后，古寅对金玉说，这位刘掌柜是个场面上的人，听常来此地的先生讲，他在这一带有些名气，住他的店就是他的朋友。今后，您就放开胆子用后棚吧，有他给撑腰怕啥？洪江不知道什么叫后棚。他说老师没有教他这个招数，也很想见识一番师兄的手艺。天底下，哪有放着大钱不赚的。金玉正经道，话不能这样说。无论是谁给顶着，后棚这东西也不能随便用。它虽然来钱快，但是太坑人了。

那咱们就见机行事，遇到阔主再用，反正那些人有的是钱，不赚白不赚。古寅继续开导金玉说，这出门在外又不像在家门口，吃喝住哪一样不得花钱呀？

金玉没有搭理他。

在这一带，金玉等三人以林南仓镇为中心往四外辐射，活动了十天。他们每天吃的都一样：早晨馒头稀粥咸菜，晚上稀粥咸菜馒头。刘掌柜说，三位先生总吃咸菜身子骨受得了吗？咋也该点两样炒菜呀？金玉笑着回答，有白面馒头吃就不错了，何时钱赚多了再改善。总不能把挣到的这点儿钱都花在嘴上吧？他算了算，这些天扣除三人吃饭住店的费用，仍余60多元钱。买卖虽然算不上多，但对他而言心里有底了：这地区果然不同于宝坻，常年都有生意可做。实现父亲和他的发家致富梦，前景光明啊！只是随后发生的一个意外，便花干了他们三人十天的积蓄。这是金玉万万没有料到的。

二十三

离开林南仓镇，金玉等三人继续往东北走，来到玉田县城附近。这日天气晴好，太阳照在脸上暖烘烘的。行走在路上，金玉感觉比盛夏中的冰屋舒适，比寒冬时节的热炕头亲切。一年四季，唯有此时的太阳最可人，最能体现它的价值。临近中午，三人在路边的餐馆吃了一顿午饭。连续十几天没沾荤腥，金玉就大方了一把，点了一盘回锅肉，一碗烩豆腐，二斤馒头，外加一盆酸菜肉丝汤。首先端上桌的是烩豆腐。古寅摸了摸碗说，怎么这么凉呀？洪江听后夹起一块豆腐就扔进了嘴里。常言道，心急吃不了热豆腐。谁知这碗虽不烫手，可豆腐是现出锅的，直烫得他嗷嗷乱叫，心口火辣辣的痛了多半晌。洪江虽说自幼以乞讨为生，但是津城一些饭馆食摊的残羹剩饭，却将他滋养得肥头大耳，膀阔腹凸。不知情者瞧见他的相貌，都以为是富家阔少,断然不会与乞丐挂上钩的。餐馆的人全在惊讶他吃豆腐的贪婪相,只是三位先生看不见而已。然而,洪江并没有因为挨烫影响食欲。三人二斤馒头下肚后,洪江又求金玉给他添了四两。可能是食物不干净或是存放过久,三个人下午都闹了肚子。洪江因为吃得多,上吐下泻,直到两天后方好。

在玉田县城四外活动了两周,这天晚上回到店里,遇到了兴隆县的云海、蓟县的鲁乾和遵化县的杨青三位算命先生。云海在三人中年岁稍大,留着十分利索的平头,面色棕中透红,两眉聚散无常,说话如石落砖地般铿锵有力;鲁乾此时较失明之初更加壮实,拄着一根两米长的铁棍,走到哪里都像怒目金刚一样令人生畏;杨青在三人中年龄最小,一对眉毛呈倒八字贴在他的杏核形脸蛋上,长三角眼仍然像失明前那样饱满。大家相见十分亲近,也谈得非常开心。云海刚刚从家里出来,褡裢里装有三四斤柿饼,便拿出来给大伙儿吃。金玉告诉洪江,柿饼不易消化,切不可多吃。洪江虽然答应着,可是他长这么大首次尝到这种东西,觉得比天津城里的块糖还要绵软香甜,早把金玉的叮嘱当成了耳旁风。用过晚饭,洪江开始感觉胃口不舒服;到了后半夜疼得愈加厉害,比前两天闹肚子还要难受,只是没敢惊动师兄们。吃早饭时,金玉听到洪江几乎没动筷,又听店主说他脸色蜡黄,到了蒙张白纸就可以哭的地步,便知情况不妙。匆忙与云海等三位先生告别后,金玉带着他去了附近一家诊所。大夫让洪江吃了两天药仍不见效,即推荐他们到唐山市的大医院看看,别把病人耽误了。白白损失了两三天买卖不算,还错过了与云海等同行交流的机会,气得金玉骂了洪江一顿,杂种操的,瞧你这点儿出息!

洪江的病情,比金玉和古寅预料的严重得多。唐山市医院的大夫讲,病人由于空腹吃了过多的柿饼,已在胃里形成结石,光凭保守治疗很难奏效,必须抓紧手术。金玉问需要多少钱,大夫回答,得二百元左右。古寅贴近金玉的耳朵说,咱们好不容易攒了些钱,不能都给他治病用,怎么也得留点回家的路费。金玉说,救命要紧。他与大夫商定,先把这二十多天积攒的一百四十块钱作为押金,剩余部分待手术后偿还。洪江听到治疗费用这么高,说什么也不治了。金玉这时反倒没了火气,劝他安心治病,今后挣钱的日子长着呢!

洪江的手术很成功。第三天,金玉让古寅在医院陪伴他,自己外出捞钱去了。他此番盘生意的目的很明确,寻找家境富裕的人家,引导他们选用后棚赚钱。为了还清洪江的医疗费用,顾不得合适与否了。出了医院拐进另一条街，金玉刚掏出笛子，就听到迎面嗒嗒地走过来一位盲人，他忙着上前问候。

啊，是金玉吧？

是季老师，您老好！

没眼人目虽不明耳却聪，二人都听出了对方的声音。要知道，金玉与季炎的交往只限于北高庄那一次。季炎这时年过半百，高个头，长方脸，光滑的脑门泛着光亮，一双眼睛彻底失去了年轻时的光泽，四周布满了细密皱纹。季炎问金玉怎么转到唐山来了，什么时候来的。金玉向季炎详细介绍了洪江的情况和自己的打算。季炎立即表示，那咱俩一块去，如果今天挣不够洪江的医疗费，就跟我到家里去取。有了季炎为伴，金玉心里踏实了许多。季老先生一则手艺过人，经验丰富；二则在本乡本土，没人欺负。在季炎的引领下，两人来到了市内一富人居住区。金玉吹了一会儿笛子，一位五十多岁的男人将二人领进他家。问过生辰八字，金玉开始为他算命。一番问答之后，两位算命先生得知此户以经商为业，常年走南闯北，倒腾些瓷器、烟酒、布料，有时也做些煤炭生意，生活比较富足，尤其去年收益不错。今天算命的目的，是预测下一步做买卖奔哪个方向去为好。金玉觉得机不可失，赚他几个钱不会伤他筋骨，便试探说，这算命只是测定人一生的贵贱寿福和今年的时运，您如果想问当下哪个方向有财、什么时候外出吉利，如此具体问题，就得另选其他招数了。

都有什么招儿呀？这位商人问，语调中充溢着焦急的气息。

金玉不紧不慢地说，您此次外出做生意，图的是财源滚滚，旅途平安。所以最好布上一阵，帮您驱邪恶，请吉神，确保一路顺畅，万事如意，有赚无赔。

能有这么灵验？果真如此，那可太好了。听得出，商人的期盼远远超出疑问。金玉接下来说，老板，今天您是碰巧了，我们这位师父布阵施法可神了，在整个华北地区都很有名气，一般人想请还遇不到呢！

那得花多少钱呀？

基本价不高，仅仅五卦命钱。不过，给神仙的香火钱我们定不了，这得看神仙的心气和您的诚意。金玉此刻虽然赚钱心切，但仍觉得使用后棚诈钱有些于心不忍，如果对方嫌贵可以不用此法。没想到商人回答得非常干脆，行！那就烦劳这位老先生帮助我施法请神。至于我的诚意还用问吗？香火钱需要多少，咱给。

于是，金玉和季炎让他将屋内的其他人劝走，并准备供桌、香炉和香等物品以供施法。季炎认真整理了一下衣襟，让这位商人点燃三炷香递到他手中。问清正南方向后，季炎双手捧香依次朝南、东、西、北四个方向作揖请神：

> 正南方，丙丁火，火地真君来助我。
> 正东方，甲乙木，廿八戊将我助。
> 正西方，庚寅金，十八罗汉随我身……

然后，季炎分别将手中三炷香递给商人，吩咐他插在香炉中，自己仍旧含糊不清地念着咒语：

> 一炷香，炉中龛，拜佛拜祖拜炉仙。
> 二炷香，在中央，珠光菩萨在两旁。
> 三炷香，要闭门，四大金刚里外寻。
> 我今要请察院鬼，不许外人进宅门。

屋内寂静肃穆。再次确认没有其他人之后，季炎手举卜签口中嘟囔着"左请神，右请神，老母坐在莲花盆，老母嗖嗖抬担架，来在下方百姓家"等含糊不清的语句，诚恳邀神。在这位商人递上第一笔钱时，季炎高声叫道：请神进来。

屋中的神秘气氛越来越浓。季炎表情严肃地念着：

> 弟子今日拍香案，真言咒语念三遍。
> 西北现出五彩云，南海大士离宝殿。
> 红海龙女随后跟，二十八戊打前站。
> 人家许下香火钱，圣佛快快显灵验。

这位商人再次添钱，季炎继续念咒，而且语言越来越清晰：

> 香钱许够你就到，香钱不够你别来……

屋内香烟缭绕，阴气逼人。季炎皱了皱眉头，侧身对旁边的商人嘀咕了一句话，商人又掏出了一笔香火钱。季炎一字一顿地诵道：

今日施主非一般，心诚意笃天可鉴。
香钱已奉献圣佛，快请您老将身显。

这位商人怀着十分虔诚的心情再次拿些钱递给了季炎。如此反复数次，季炎确定为洪江治病的费用已经凑够后，便双手合十，对着香炉答谢，高声叫道，好，圣佛已经显灵，吉神驾到护佑，请主人朝香炉方向跪拜谢恩。礼毕之后，季炎把这位商人叫到身旁，低声告诉了他的吃斋之日和所去方向。

金玉对此种行为总觉得不那么踏实。季炎说，周瑜打黄盖，一个愿打，一个愿挨，有啥可怕的！再者讲，现在国共两党争斗，不知鹿死谁手呢。如果共产党胜了实行共产，像刚才那位商人的钱财还不早晚落在那帮穷光蛋手里。金玉劝他少说几句，别惹身祸，干我们这行的哪一方都得罪不起。季炎气呼呼地说，我不怕，反正共产党赢了，我们这些财主全好不了。

二十四

季炎在唐山市商人家中设坛请神这件事，在金玉心中留下了深刻印象。

1947年初夏，金玉带着古寅从宝坻大钟庄处渡过蓟运河，直接奔唐山市区。这一年春季，洪江在景坤处边调养身体边继续深造，他俩则先在宝坻，后到蓟县、玉田活动了整整一个春天。生意越来越清淡，在外活动时常入不敷出。这时，金玉又想到了季老先生与他在唐山市里的那宗买卖。他从中悟到，大城市内人多钱厚，即使不用后棚，算命占卦的收入肯定也会比乡下多得多。正如人们常言，再阔的土财主也顶不上一位买卖家。当晚，金玉和古寅在市内找了一家旅店住了下来。虽说挑的是低档次的，可是费用之高仍令二人瞠目结舌。仅住宿费一天就得八块钱，在乡下，这笔钱足够他们二人连吃带住两天的花费了。

转天上午，金玉与古寅从旅店出来不到一小时，一位老太太即将他俩领进了屋子。坐下后，长得雪发银须的老大爷先是询问了金玉和古寅的年龄、籍贯、经历以及宝坻风土人情等杂事，而后才扯到算命上：你俩谁给我算算呀？

我来吧。古寅今天态度积极；也没敢在这初来乍到的大城市炫耀他的弹算，怕有的词编不顺溜。

我的生辰是：

一座大庙没修完，
两个和尚没来全，
铁匠炉上铸元宝，
一个草根忒值钱。

这、这，是啥……古寅听后顿时蒙了，头上的汗水顺着鬓角像蚯蚓似的淌了下来。金玉稍愣了下神，立刻把活接了过来。他说，老人家，还是我给您算吧，如有不合适的地方，请您赐教。您老的八字是辛巳、乙未、甲寅、壬申，白腊金命。

老者连连点头，称金玉说得没错。他就是这样的八字这般命。金玉十分谨慎地往下进行着他的程序。他清楚，面前的这位老人文化素养较高，在算命方面也可能有着相当造诣，自己稍有差错或违背一般命理知识，对方都会觉察到；如果仅仅限于书本那些知识，他老肯定又听着不解渴。算好此卦的关键就在于理论与实际相结合，妥善处理虚和实的关系。为此，金玉在阐释中，对于五行生克和大运流年这些节点，尽量引用命书原文，以增强理论性和文化内涵；对于当前和今后命运预测，尽力多些想象发挥。如此高龄、如此健康、如此性格的老人，原本就有许多福寿之吉言可说，亦有一些注意身体健康的事项需要提醒，不愁讲者没有话讲，亦不愁听者不信不悦。

金玉为这位老人讲了足有一个半小时，之后双方又针对“天干五合、地支六合以及辰戌丑未四墓库”等问题进行了深入探讨。临了，老人让老太太如数付了卦礼钱。他对金玉说，看来你这位先生年岁不大，道行不浅，今后的前途不可限量啊！

从这家出来后，金玉想，怪不得林松、季炎这些家住城市的算命大师全往乡下跑呢，原来这城里虽然富裕，可是挑费太大；人们又见多识广，不好伺候，虽然卦礼丰厚，所用时间也长啊！金玉与古寅二人商量，明天早晨就离开这里，继续到唐山北面的玉田县和遵化县活动。

又到了一条大街上，古寅吹响“老八板”不足十分钟，一位年轻小伙子把他们领进了一座大院。迈上五步台阶，进了一座楼房。金玉的心情再次澎湃起来。他想，这大城市的买卖就是了得。如果能够赚大钱，就暂不离开，人们难伺候就加点小心，多动些脑筋。任何事物都有阴有阳，有利有弊。一帆风顺,那只是自己的一厢情愿。老天爷把咱降生到人世,不就是让咱来克服困难的吗?怕个啥!小伙子让金玉和古寅坐在了沙发上。古寅不清楚这把椅子怎么会如此宽大柔软,好奇地在上面扭了扭身子;金玉知道这是沙发,小时在宝坻县城内的小楼——一家经营钟表珠宝的商店——里边见过。金玉料到,此家不是高官,就是大资本家,这下可以好好施展一番自己的本领,赚他一把了!除了后棚,算命、占卦、抽帖、择日……各种招数都可以用一用。

这家主人听口音四十岁上下,不像本地人。他告诉小伙子这里没他事了,到外面候着去。外地人,家规又如此严格,金玉更加确定了自己方才的判断。金玉怕古寅应承不了此种人家,主动提出由自己来为面前的这位东家先算上一卦。

谁讲我要算命啦?不算命就不能找你们吗?这位男人离开座位,凑到他俩跟前,接着,抓起金玉的左手,让他摸了摸他腰中的手枪。金玉仿佛在打草拾柴时,突然触到了毒蛇,左手唰地缩了回来,吃惊地说,长官,我俩昨天刚刚从老家宝坻到达贵地,什么违法的事也没干呀?

哈哈,不违法就不能找你们吗?

金玉拉了拉古寅,说,长官既然不算命,咱俩就走吧,别耽搁了您老的公事。

别忙,我找你俩来,有比算命还重要的事情。

除了算命,我俩别无他长啊。莫非这位国民党军官想让我们到军营去说段鼓书,犒劳一番他的士兵?金玉脑子迅速旋转着,如果他提出这一要求,我们就推说不会。古寅虽然背着三弦,可那是弹算用的。算命是针对个人,图的是赚钱;说书是面对群体,有慰军之嫌,性质可大不一样啊!做这种事千万得谨慎小心,一念之差就有可能遗憾终身。前几年,有许多人因为给日本人干事,不是被当作汉奸论处了吗?金玉忙解释道,我俩除了算命占卦,别的什么也不会。我这位兄弟身上背着三弦,那也是用来算命而不是说书的。

我也没想听你们说书呀!

金玉听后更加摸不到头脑,心想这既不算命又不说书,找我们干啥?莫不是押着我俩去共产党的地盘给他们蹚地雷挡子弹?以前日本鬼子就常干这种事情。金玉的心咯噔一下,像被人揪了一把,随后怦怦地几乎蹦出嗓子眼儿。如果那样,死得可比鸿毛还要轻十分啦。

二十五

金玉脑子转得虽快，却没能猜到这位国军军官请他和古寅来的真实意图。

我是想让你俩给我当探子。这位国军军官严肃地说，每天你们到市外的村庄去活动，表面上是算命，暗地里协助我们打听土匪的下落。最好往远处走，玉田、遵化那一带土匪比较猖獗，一旦发现情况立马回来向我报告。

金玉听后，觉得比毒蛇钻进裤子还要惊十分。这种事情虽然不像蹚地雷挡子弹那样现打现开，可比到军营说书的性质又严重了百倍。他所说的土匪，不就是共产党吗？现在农村到处都有共产党的组织和民兵，许多县还有人数不少、实力不弱的县大队，发展势头如风中野火越烧越旺。正如季老先生所言，国共相争，谁胜谁负还很难说呢！而且共产党斗地主，分田地，不贪不腐，深得人口众多的穷人拥护，胜的可能性甚至超过国民党。给你们当探子，那不是明摆着跟共产党作对吗？这种事可万万不能答应。这时，金玉唯恐古寅不知深浅或贪图钱财应承下来。实际上，古寅已吓得面色苍白，手脚乱颤了。只是金玉瞧不见而已。

我是不会让你俩白跑的。国军可以按天给你们开薪水，保准比算命挣的钱多。如果搜集到重要情报，我们还要论功行赏，让你俩发笔大财。这位国军军官看出了古寅的侃样儿，拍拍金玉的肩膀，说，我正式任命你为行动组长，领着你这位兄弟干。见到金玉仍然没有开腔，国军军官接下来说，你还有什么顾虑？是不是担心安全问题？你放心，那帮土匪成不了大事，我们是国民政府的军队，早晚要把他们统统消灭掉。你俩帮我们干，就是我们的人，包括你们家里人的安全都由我们负责。你俩眼睛是看不见，国军使用的全是美式装备，人多枪好，比土匪们强大多了！

提起军队、刀枪，金玉便想到了暴力，想到了鲜血，想到了生命。那是他六岁那年的秋天，一群身着蓝灰色军装的士兵突然闯进金银窝，进村便打听马槐家在哪。乡亲们知道马槐前些年参了军，以为他的战友们看望他家人来了，可能还会给捎些钱来，就把这伙人领到了他家。正巧马槐的母亲马二奶奶和马槐的嫂子在。待他们验明正身后，叭叭叭，先给了两位女人几个嘴巴，然后，又蛮横地将她俩吊在了房梁上，用皮鞭狠劲儿地抽打起来。众乡亲听到被打者撕心裂肺的惨叫，纷纷围了上来。开始人们慑于士兵们荷枪实弹，没敢上前阻止。这时，马槐的哥哥马松从田间赶了回来，上前与这伙当兵的论理。一位脸上留有刀疤的士兵问清他是马槐的哥哥之后，从腰间抽出刺刀就扎向了他的前胸。其他当兵的继续朝吊着的女人甩着鞭子。眼看着再打下去，两人就没了性命。年七十的银普壮着胆子走上前去，一面给士兵们作揖，一边劝说道，各位军爷，行行好吧，不知他家老三怎么得罪你们喽。这俩老娘儿们在家里大门不出，二门不迈，啥事也不清楚，看在我们大家的份上，饶过她们吧！几位军人可能也意识到这两个女人的确是无辜的，才罢手而去。马松却因伤势严重转天就断了气。银普与银四奶奶两口子均具心胸宽广、乐于助人之秉性，在村民中威信甚高。谁受人之恩惠不心存感激不思回报呀？自打银普救了马二奶奶和她儿媳之命，银、马两位奶奶的关系即变得比亲姐妹还要亲十分。银四奶奶走到哪里，马二奶奶就跟到哪里；哪里有银四奶奶踪迹，哪里就有马二奶奶的影子。后来马松的媳妇迫于生计改了嫁，她与银四奶奶便相依为命了。银四奶奶去世后，马二奶奶悲痛欲绝，随后患了一场大病，不到半个月，老姐俩就到天堂去会面了。可怜金银窝马家这一支子，竟因为刀枪这玩艺而绝了。这件事在金玉幼小的心里留下了深刻印象，千万不能与这些拿枪杆子的人搅和在一块。说是保护你全家，倘若弄不好得罪了哪一方，都会给家里人招来塌天大祸的！双目失明后，他不参与政治争斗的信念愈加坚定，这种事给多少钱也干不得。

长官，谢谢您的好意。金玉稳定一下情绪说，您让我俩当探子，确实是对我们的信任。只是我们两个瞎眼人什么也瞧不见，即便土匪站在我们鼻子底下，也不认识。

你是不愿意为我们服务，还是与土匪有牵连？

长官，您误会了。金玉尽量稳定着自己的情绪，向国军军官解释道，作为算命先生，出门在外我们只图混口饭吃，哪里敢掺和国家大事？就是想当土匪，恐怕人家也不让我们入伙啊！我俩不是不想为您服务，只是觉得此事责任太大了。比如遇到一帮土匪，是十个，还是二十个？手里有多少枪支弹药？他们从哪边来又到哪边去？我们都没法去数去问，咋向您汇报哇！那样一来，岂不误了您的大事吗？

你俩走吧。这位国民党军官觉得金玉说得有道理，扔下这句话先径自离去，让方才领金玉和古寅进来的那位年轻士兵，把他俩又送回大街上。

金玉这时越想越后怕，浑身的汗水早已浸湿衣衫，不由得打了个冷战。好悬啊！他督促古寅赶快折回旅店结账取行李，趁早出城，免得那位军官反悔，再找到咱俩头上。古寅对金玉说，当时听到您称对方是长官，就知道遇到了当兵的，事情有些不妙。后来你们俩说啥我都没听清楚。

何止是不妙啊！他是想让咱们搭上他们的那艘船。现在共产党闹得多么凶！假如国民党这条船翻了，咱俩还不是得跟着他们一块沉到海底去喂王八呀！古寅惊问，有那么严重吗？金玉说，政治上的事你不懂，那可不是小孩子过家家，是真刀真枪，有你没他，咱们普通老百姓最好别掺和。时局的发展，果然如金玉所料，此后不到两年半，整个华北就被共产党彻底解放了。如果当初当了国军的探子，自己说不定得挨枪子，家里落个反动家属的罪名，父母和妻子女儿都得跟着受罪；即使这次能侥幸不死，到了“文革”时期也会被揪出来批斗，成为一名正统的黑五类。那样，吃苦的可不光是自己，还会影响子女的前程，使他们在社会上抬不起头来。

直到几十年后谈起这件事，古寅还在称赞金玉大事面前不糊涂呢！

二十六

金玉、古寅二人出了唐山市区，慌慌张张朝西北奔去，当晚住在了丰润县的七树镇。第二天清早，两人继续西行。金玉心想，离唐山那块是非之地越远越好，能够躲过此劫，真的比那漏网之鱼还要幸运。金玉和古寅本以为乡下不会受政治的波及，谁知接下来所遇到的事情，比在唐山市内还要一波三折、惊险十分。

这天中午，金玉和古寅赶到玉田县城，住进了东关的一家客店。店主的母亲是位六十多岁的老太太，大家都称她四婶，待人非常热情，见来了两位盲人，又是帮着铺被卧，又是忙着给沏茶倒水。没等金玉和古寅订饭，老太太已专门为他俩做了大米白豆干饭、肉炒萝卜干和鸡蛋汤。这在此时已算得上正经八百的美味佳肴了，金玉和古寅吃得十分顺口，只是担心花费过高，口袋里的钱不够用。待吃过饭金玉去结账时，方知此餐是免费的。每位客人投宿这里，第一顿饭均由店家出钱招待。如同刚刚从冰冷残酷的环境中出来，忽遇温暖春风拂面，金玉和古寅的感受好极了，甚至好得有些不适应。

在玉田县城周边活动了一周，金玉和古寅又转到了石门镇。此时这里的政权已掌握在共产党手中，残存的国民党势力如老鼠一般不敢暴露于光天化日之下。这天，金玉、古寅在街上碰到了季炎和玉田县的算命先生郝西，四人便找块干净地方坐下边休息边聊了起来。郝西是个二十岁出头的小伙子，柔软松散的长发乱蓬蓬地覆盖着黄白的面庞，淡眉小眼薄嘴唇，见到谁都先嘿嘿乐几声，之后才问这问那，挺活泼的。郝酉是季炎的徒弟，这段时间师父正带着他实习呢。没眼人吸引人，走到哪里都难得清静。一会儿，四位算命先生旁边就围过来一帮看热闹的老百姓。四人先是互相询问了各自的生活情况，讲了讲哪里买卖好做，哪里生意不行。后来，不知怎么季炎就扯到了对时局的看法上。提起共产党，他怒气冲冲地说：你们瞧瞧，这世道怎么会变成这个样子？谁家有钱有地就得挨搞。没收他们的房屋土地也就罢了，十有八九还得挨批挨揍，有的竟被活活打死。古往今来，哪有这般野蛮的？人家富裕那是勤勤恳恳凭本事挣来的。你受穷怎么着？那是你懒、是你馋、是你自己没能耐。照这样下去，今后谁还敢买房子置地呀？我看这共产党、八路军把这社会都给搞转个了。

金玉见季炎话头儿不对，正要劝他谈些别的，只听得叭叭几声抽嘴巴的声音，脆生生的如同小孩们放的摔炮。一位三十岁左右的男子吼道，我日你奶奶X你妈！谁叫你在这里胡说八道的？我看你是个瞎子，不然现在就打死你，看你以后再敢说共产党、解放军的不好！

金玉等三人急忙起身劝说。这名男子长得人高马大，从嘴巴鼻子里呼呼地喷着怒气。他一挥手将三位先生扒拉到一旁，又狠劲儿踹了季炎两脚，才愤愤离去。待确认周围的人们散去后，金玉小声对季炎讲，您老这不是自讨苦吃吗？现在是国共拉锯的时候，您知道遇到哪边的人？遇到共产党，您说国民党好他们不爱听；遇到国民党，您说共产党好他们也不干，何必呢！

季炎摸了摸红肿的脸颊，又揉了揉痛得钻心的腰部，气呼呼地喘着粗气。他愤愤地说，我就看不惯共产党这种作派，野蛮又霸道。他们倘若胜了，还能有咱们的好哇？

金玉知道季炎由于家庭出身对共产党不满，可是那些没房住、没地种、没工上的广大劳苦群众呢？他们可是打心眼里拥护共产党的。如果任由国民党统治下去，老百姓何时才有出头之日呀？金玉不如意思与季炎这位师长就此争讨。于是，他继续劝说道，看不惯也得忍。您老没听说店铺里都写着“莫谈国事”嘛，买卖以外的事只字别提，否则，轻者挨顿骂，重则遭顿打，弄不好还有掉脑袋的危险。咱们一帮残疾人，管那政治上的事干啥？

金玉和古寅邀请季炎、郝酉一同去堡子店镇。季炎讲，他们还是回唐山市内吧，那里有国军保护，生意虽然不好做，但也不至于挨打挨骂。金玉、古寅在堡子店附近转了两天没有开张。店掌柜建议说，你们去兴旺寨吧，那地方比这里人多地盘大，可能买卖要多些。于是，金玉、古寅从堡子店出来顺路往东北走，傍午来到了兴旺寨村口。忽然，听到不远处一位中年男人朝他俩厉声喊道，站住！干什么的？

金玉和古寅立即止住脚步，高声解释说，我们是没眼人，算命的。

我的眼睛又不瞎，还瞧不见你们没眼！哪的人？

妈的，怎么把我们当仇人似的。金玉和古寅心里骂着，嘴上却忙着答道，宝坻县的。

有证明信、介绍信吗？

没有？那就在这待着吧，哪里也不许去！这位男子边说边招呼来一帮十几岁的孩子，告诉他们好好看着这俩瞎子。如果拉屎撒尿你们可以领他们去，千万别让他俩跑掉。孩子们十分认真，寸步不让金玉、古寅挪动。后来他俩猜测，这些孩子大概就是人们常常提及的儿童团员。此时已经进入夏季，这日的天气又非常晴朗，没有一丝风。时至中午，火辣辣的太阳晒得金玉、古寅浑身是汗，满脸流油。好在平日他们养成了轻易不喝水撒尿的习惯，否则非渴坏了不可。金玉问这伙孩子中谁是团长，孩子们告诉他，没有。金玉又问，你们里面谁是头头？孩子们仍然回答没有，反问金玉你打听这个干啥？金玉耐心说，你看我们浑身出了这么多汗，咱们找个树荫处凉快凉快，也省得你们跟着挨晒。不行，你们哪也不能去！孩子们干脆地答道。金玉和古寅又向他们了解村长、农会主任是谁，叫什么名字。孩子们回答的还是那两个字：没有。

那你们村总该有村干部吧？

不知道！

金玉憋着满肚子火，戳着马竿说，既然你们这也不知道，那也不知道，我们不去你们村了，往回走。

走也不行，你敢走，我们就打你！孩子们乱哄哄地喊叫着。金玉心想，这帮孩子怎么这么不好说话呀？如此僵持下去，何时是个头啊？他与古寅嘀咕道，无论如何这个村子也不能进了，赶紧想办法往回返。

二十七

金玉调整了一会儿心情，耐心对看管他俩的孩子们说，小朋友，这件事咱们还得好好商量商量，要不你们就派人把村干部找来，要不你们就放我们走。现在晌午早就过去了，你们也该回家吃饭了。孩子们仍然很犟，既不去叫村干部，也不允许金玉、古寅动弹。古寅实在忍耐不住了，不再听任孩子们的吵闹和吓唬，拽着金玉的胳膊就往回走。他挥着马竿说，你们谁敢拦我俩，我就抡他！

在两位盲人与孩子们的争吵行将升级时，一位村干部来了。他仍然向金玉、古寅要证明信或介绍信，并指派一个孩子把老王找来。这老王是干什么的？金玉和古寅想肯定是村长或农会主任。自己没有证明身份的东西，谁来也不好办。二人便央求面前这位男人让他们再回到堡子店去。说话之间，老王来了，听声音只有三十四五岁，中等偏上个头，言语中透着自信与和蔼。人们在他姓氏前挂个老字，还是早了些。老王简单问了问金玉、古寅哪里人，到这块地方准备干些什么后，便客气地说，二位先生跟我来吧。金玉和古寅对于刚才的遭遇十分别扭，执意要往回走。

别呀，到村头了哪能再回去呀？你们放心，这里已经解放了，穷苦人亲如一家，啥麻烦事也不会出。

到达老王住处后，才知道他是开店的，与农会主任是亲哥俩。有他们二位做后盾，金玉和古寅觉得，在这地方活动心里踏实多了。中午，王掌柜的母亲为他俩做了小米干饭炖萝卜条。金玉、古寅特意要了二两白酒，峰回路转，终归平安，今后有了如此据点和靠山，谅也不会遇到大的难事。两人喝得高兴，吃得挺香。

兴旺寨果然是兴旺之地。每天请金玉、古寅算命抽帖的人，比他俩预料的还要多。由于此时货币混乱，且价值不稳，他们在收卦礼时，就实行了以粮顶钱的办法。对此，老百姓也非常欢迎，谁家拿出几升粮食都不算啥。不到五天时间，他俩扣除吃住挑费，净赚一石二斗玉米，全部存在了旅店。见这个镇子买卖盘得差不多了，金玉与古寅商量以此为中心，逐步向四外辐射。

实施计划的第一天，金玉和古寅来到距此十多里路的一个村庄。刚刚到达村口，同样遭到了盘查。待他俩详细回答了家庭住址、从哪里来、准备干什么去之类的问题后，一位声调带着爆竹味的村干部说，检查一下他们的身上，别是给顽军递情报的。接着，一位小伙子让他俩放下背包，举起双手，从上到下仔细摸了一遍。小伙子个头不高，搜摸金玉的肩颈处有些吃力。他随后又打开金玉和古寅的行李背包，把里面的东西倒在地上认真清查了一番，告诉村干部，没见啥碍事的东西。金玉笑着说，你们看我俩连顽军长什么模样都瞧不见，哪会替他们递什么情报呀？既然没发现可疑的东西，就让我们进庄去算命吧。

不行！现在这节骨眼上我们村不许陌生人进。

他们说的节骨眼指的是什么?金玉、古寅不清楚。金玉对古寅说,既然这里不让进,咱俩到别处去转转。那位村干部听后严肃地说,别处也不能随便去,往南走行,往北走不行。后来金玉、古寅了解到,这里往北走,不远处就是长城,村干部是害怕他俩出关给国民党军队递送情报。就这样,两人白白跑了半天,一卦没算又回了兴旺寨。

第二天,金玉和古寅从西头出了镇子便分开行动,图的是多揽些生意,弥补昨天的损失。金玉往西越过一条小河后到达一个村子,村头仍然有几个站岗的。没等对方询问,金玉就主动上前介绍了自己的籍贯和职业。怎么也没想到,这里的规矩比别处更令人费解。一位小伙子听完情况介绍后,命令他站在这里等着,哪也不许动,口气严酷得像谁扒了他家的祖坟似的。金玉不解地问,站在这里等啥呀?你们村不让进我到别的村去。

瞧见金玉转身往回走,这位小伙子跨步上前用力拽下他的褡裢,厉声说,想走?门儿也没有!在这儿待到晌午后,如果顽军不到这里来,没你事;如果顽军来了,就说明是你给他们引的路。一位年岁稍大些的人说,提前告诉你,只要顽军一露头,我们先把你这个探子活埋了!

金玉听后,着实吃惊不小,胸口怦怦地越跳越快。谁知道这顽军什么时候来呀?顽军来了与自己有什么关系呀?万一顽军真的来了,他们这伙愣头青是极有可能置我于死地的,这兵荒马乱的找谁去评理啊?如果死在这里,家里人都不知道自己怎么死的,每年清明节想给坟头添抔土、烧炷香,都找不到地方。一股悲情迅速从心头向周身浸染,金玉感到自己的骨架就要散了。他稳定了一会儿情绪,用力支撑着身体,说,这位大哥,我的确是算命的,从来就不认识顽军什么的,哪里会给他们当探子呢?

古寅往北翻过一道岭子,正沿着一条较宽的土路嗒嗒地摸着往前走,突然两名儿童团员从路边跳到路中间,分别用木棍抵住他的前胸和后背,齐声喊道,不许动,举起手来!

古寅惊得浑身一颤,马竿吧嗒掉在了地上。他自己弯腰想拾,一名儿童团员一脚将马竿踢向一边,大声嚷道,没听到叫你举起手来吗?两名儿童团员把古寅全身上下搜个遍,接着又打开褡裢查个够,没发现手枪、手雷、匕首之类的武器,也没有找到书信之类的情报,便把古寅押进了村子。一路上,仍然用木棍抵着他的身子。

金玉渐渐忘却了害怕,蹲在地上抽了一袋旱烟。他此时此刻想得最多的是家庭:父母扶养他这么多年,甭说尽孝,光给他们二老添麻烦了。特别是母亲,因为自己坏眼,几乎流干了眼泪;妻子顶着重重压力嫁给自己,除了受苦就是受累，一天的清闲都没享。凭她的性格，即使自己不在了，肯定也不会带着女儿另嫁的。今后等待她们母女的，只能是无尽的穷苦。不行！个人事小，亲人事大，只要有一丝生的希望，就得千方百计去争取。如果这时死了，来世做牛做马也报答不了他们的恩情。

古寅被儿童团员带到村东头的一棵柳树下。不一会儿，得到消息的两名村干部来到这里，一如既往地板着面孔询问了古寅的相关情况，之后，又拿起他的三弦反复瞧了瞧，问古寅这是干什么用的？古寅说是算命用的，说书时也要用它来伴奏。算命还用弹弦子，你哄骗谁呀？古寅解释说，我算命与平常先生不一样，可以边说边唱。他壮着胆子打算给两位村干部演示一番，立即被一位村干部制止了，说不行，你这弦子声一里开外都能听得到。另一位村干部似乎有所醒悟，拍了拍脑袋说，对了，你是不是靠这弦子声来给顽军递暗号啊？这位村干部吩咐一个叫大亮的孩子，赶紧喊两名民兵拿条绳子来，要结实些的。古寅听后，顿时瘫软在地上，他猜测拿绳子干什么呢？莫不是想把自己吊死在这棵树上？

古寅被当成顽军的探子捆绑在了树上，他连声喊着冤枉。村干部说你冤与不冤，一会儿让事实来验证。只要顽军一过来，就说明你们是一伙的，立刻就把你吊死在这棵大树上，让他们看看给顽军当探子的下场。古寅觉得自己太年轻了，连个媳妇都没有混上，更甭说为古家留个根了。想不出别的办法，他只是一个劲儿地喊冤叫屈，声音越来越大。村干部用力掴了他两个嘴巴，让他别喊了，你是想把顽军引过来吗？古寅委屈得泪流满面。

太阳在慢慢升高，临近中午，它就像一盏高高悬在头顶上的炽热汽灯，几乎不再动弹。平日金玉和古寅都嫌日头跑得太快，此时却恨不得它马上成为西下的“葫芦头”。可是，这又怎么可能呢？现在距离黄昏还远得很哩！在又燥又闷的热浪中，金玉和古寅二人几乎在同一时刻想到了自己的命——自从学习算命这门技艺以来，不知自己为自己算了多少遍、同行之间相互评判了多少回的命；依照卦理知识所述，自己八字中所蕴含的命；独立于客观环境而决定着一生吉凶祸福，以及本年太岁封齐当值的命。

死生有命。难道吾命今日该绝吗？

二十八

金玉生于辛酉年，石榴木命，八字中含四层金、两层木、两层火。按照卦书所讲，命中金强，又遇上了生金的土运和比肩、劫财的金运，从而造成了一种“旺日复到旺乡”的格局，甚不吉利。金玉一直以为，这可能是他双目失明的原因所在。但是，从五行生克的状态看，无论如何也不至于中年夭折呀。金玉四岁起运，在十九岁分运那年用神不济，遭受了沉重打击。目前这步大运及其流年均是不错的，老师和自己都曾掐算过，怎么……金玉实在算不下去了，脑袋涨得像个柳斗：唉，听天由命吧！

古寅渐渐忘却了害怕，止住了哭泣，开始用他那学得并不精深的命理知识，分析自己眼下的遭遇与命局的关系。他生于1925年，海中金命，四柱中五行皆全，照理说应该是个富贵之人。后来老师说，他之所以自幼残疾，是因为他那天出生的人怕见木火，可他的八字中恰恰又含有这种夺财伤官的东西，自然就与穷苦分不开了。他认真分析着自己时下的行运情况，日月干支为喜神，日子本应越来越好，怎么还会遇此大难呢？古寅后悔没能让金玉好好给他掐算一下。自打二人联学联储以来，古寅向金玉学到了许多新知识。他一直认为，金玉学到的是真本事，比他的技艺要高出一大截。如果提前知道流年不利，就在宝坻待着呗，何必来这么大老远的地方送死呀！古寅甚至埋怨着金玉：你道数那么大，明白前头有灾难，为啥不提前打个招呼哇？

不，不能听天由命。这生辰八字也可能决定不了人的存亡福祸，算命手艺只是老天爷为没眼人备的一只饭碗而已。还是那句话，只要有一线生的希望就不能放弃努力。自己这样两眼一闭倒是没事了，可是怎么对得起父母和妻子女儿呀？金玉把看守他的村干部唤到面前，再次强调自己就是一个算命先生。

你说你是算命的，你可能也是个算命的，可是有谁能证明啊？

我能证明。这时从村里走过来一位老太太接过了话茬儿。她向村干部介绍说，这位先生以前常到这块来，今年春天还给我家里人算过命抽过帖。老太太说着，拎起金玉的马竿，让他到家里去吃中午饭，言语中透着一股不容置疑的霸气。

金玉感到十分奇怪，这个村子他头一次来，怎么会碰到熟人呢？到了这位老太太家中才明白，原来老人家想让金玉给她算上一卦。这何止是旱地里下的一场及时雨，简直就是坠落悬崖途中伸出的一张救命网！金玉询问了老太太的生辰八字，按照卦理详细地进行了阐释。他评价老太太生就一副菩萨心肠，亲朋好友遇到难事都主动伸出援助之手，把替他人办事当作自己的责任；老太太虽然生为女儿之身，却有着过人的胆识和胸怀，一般男人都比不上。金玉告诉她，前半生的日子过得虽说紧巴些，但是由于她心地善良，生活得充实快乐，在街坊邻居中享有很高的威望。金玉满怀信心地对她说，今后您的生活会越来越好，儿女孝顺，老伴疼爱，没有啥大愁可发。眼下这步运要小心些为好，说话办事多留些神，防止遭到小人算计。老太太听了十分满意，先是给金玉盛了一碗小米干饭吃了，之后非得给金玉卦礼钱，见金玉执意不收，又拿出了十多个鸡蛋塞在了他的褡裢里。

金玉从这位老太太家中出来，没敢再到别处转悠，急急忙忙回到了客店。这帮民兵和儿童团团员，见到陌生人就以为与顽军有联系，他可不想再拿自己的性命开玩笑了。金玉进店后，见古寅还未归来，便与王掌柜母子聊聊天。他们听了金玉今天的经历解释说，现在咱们这块地方居然解放了，但周边的国民党反动派贼心不死，时常派人来打探情报，妄图把失去的地盘再抢回去。大伙儿这么叫真，是害怕把好不容易到手的胜利果实丢掉哇！说话间该吃晚饭了，古寅仍没有露面，金玉的心又悬了起来。天，已彻底黑了。金玉那颗悬着的心几乎要蹦出嗓子眼儿。他对王掌柜说，我的这位伙计怎么还不回来呢？别是找不着道吧？王掌柜安慰他：没事的，这四处的道路明着呢。即便迷了路，找人一打听也会顺顺当当地摸回来。王掌柜的话音未落，山那边一个村子就派来了一位送信的，说有个姓古的算命先生被他们扣住了，让王掌柜马上去保。

当夕阳掉进西山后，顽军仍然没有在扣押古寅的那个村子露头，他的心终于放进了肚子，料想此道鬼门关总算是闯过去了。古寅哀求儿童团团员们把村干部找来，放他回去。村干部依旧不答应：顽军虽然没来，并不能说明你与他们就没有瓜葛，尤其你的这把弦子更令人心疑。古寅这时才想到了王掌柜，说他能证明我是算命的，而且还会唱着算。金玉与古寅重逢后，两人用行话说，真倒霉，这里的村干部咋这么认真呢？看谁都怀疑是国民党的探子。这地方没法待了，明天赶紧回家，千万别把小命撂在这儿。

第二天早晨，金玉和古寅正收拾行李，镇上一户姓王的人家找到店来，说他家中有一个二十岁的男孩，自幼失明，看到这些天两位先生的生意不错，打算让孩子拜金玉为师学习算命。这孩子从落生没见过这个世界，十有八九不识字，教起来难度肯定小不了。如果算经济账，带徒弟也没有算命来钱快。金玉想了想说，他只是算过命，没教过学，这算与教是两回事，弄不好就把孩子耽误了，建议他另寻有教学经验的先生。

会算就会教，没听说过会念书的人不会教学的。孩子的大伯分辩道，我看到您算命抽帖的手艺都不难，带徒弟肯定没问题。

您老就辛苦一下帮帮我们吧！孩子的母亲恳求说，一个没眼的孩子别的什么也干不了，让他学会您这门手艺，将来也可以自己养活自己，不然我死了都合不上眼。工钱您要多少我们给多少。

王掌柜介绍说，孩子父亲已经去世，娘俩日子过得非常艰难，劝金玉行行好，帮帮这个家，将来孩子学成了手艺也不会忘记师父，啥时候到这边来都有亲人。金玉没想到接受报答的事情，却想起了洪江。作为一位没眼的孩子，如果不掌握一套说书算命的本领，等待他的只能是沿街乞讨，潦倒一生，更谈不上为父母养老送终了。至于盲人学习推拿、按摩，那是三四十年以后才兴起的事情。此时中国的城乡，还没有这个市场。这样，古寅于这天上午单独返回宝坻，金玉便留在此地当上了师父。他觉得孩子原来的名字有些俗气，又为他起了个艺名叫洪恩。

三个月后，兴旺寨来了武装工作队，有两位队员就住在洪恩家，说话都是南方口音，待人十分热情。金玉与他们交谈虽然比较吃力，但还能听得懂。这时，他从工作队员口中了解到，共产党在与国民党的争斗中愈战愈强，已经夺得了战争的主动权，摧毁蒋家王朝为时不会太久了。现在，东北、山东、华北等许多被共产党解放了的地方，都实行了彻底的土地改革，分田分地，消灭地主富农。金玉听后，一面暗暗庆幸自己去年力主分家的决策，一面又替父亲的命运捏着一把汗。去年夏季，景坤让金玉陪同他们老两口去了一趟冀察边区，看望他们担任解放军营长的儿子。爷三个在部队住了三天，受到了热情款待。金玉这时方知师父和师娘并非膝下无子，也才对共产党的政策和信仰有了初步了解。回到家中，他立即排除来自家族和亲朋各方面的压力，说服父亲大张旗鼓地分了家，将28亩耕地和六间房一分为三。不怕一万，就怕万一，如今这样的财产格局，怎么也称不上财主了吧？

眼下，听工作队员讲到解放区如火如荼的土改，讲到消灭地主富农阶级，金玉又坐不住吃不香睡不下了。想到父亲由于宁折不弯、唯我独尊，甚至有些嫌贫爱富的性格，半辈子朋友交得不多，得罪的人却不少。银德、银生头一批人很早就对金家心生妒恨之意；金泽梦虽是本家，可是与父亲长期不和，有一次二人打架竟动用了火枪，随时恨不能置父亲死地而后快。而且更可怕的是，这些人有的前几年悄悄地加入了共产党，有的半明半暗地参加了区里的民兵组织。拥有如此政治资本，无异于掌握着村民们的生死簿啊！金玉决定，马上走，一天也不能耽搁。洪恩年龄尚小，以后学习的机会很多。可是家里的事情却十万火急，哥哥遇事就着慌，凭他的能力肯定难过此关。如果父亲被确定为土改斗争的对象，那可就一失足成千古恨了。育徒再好，赚钱再多，又有何用？

金玉主动向工作队说明了情况，过去出来算命教徒，是因为家里穷，没办法生活，现在土改家里分得了土地，用不着自己再出来干这儿行了。工作队员听后热情夸赞金玉觉悟高，做得对。洪恩家人对于金玉的突然离去恋恋不舍，头天晚上他母亲特意为金玉炒了一袋花生，让他带着在路上吃。出村时，全家人又主动出来送行，送了一程又一程，反复关照金玉以后多来看看。

这天傍晚，金玉赶到蓟县的燕各庄，住进了村中的一家客店。转天午后，他到达了蓟县与宝坻交界处的新安镇渡口。连日来，蓟运河流域阴雨连绵，正在闹洪水。金玉在离堤坝一丈多远的地方，就听到了浪头拍岸的哗哗声响。待他走上河堤，浑身立即溅满了水花。船公说，现在水面距堤顶不足一尺，过河实在太危险了，等洪峰过去再说吧！

金玉问，洪峰得什么时候过去？

那很难说，这天公的事咱们谁做得了主哇？你还是找个地方住一两天再来看看吧！

金玉觉得船公讲得有道理，这闹水的事哪有个准儿，说不定明天不仅降不下去，甚至比今天还要大。那可等到何时是了呀？不如趁现在水未漫堤的当口，抓紧渡过河。金玉恳求说，我家里有急事，实在等不得，劳驾您受受累送我过去吧！

受累谈不上，只是现在洪水正在峰头上，我担心弄不好将咱俩沉到河里去。我水性好不怕啥，你一个没眼人咋弄啊？

没关系，我从小就水性好，掉到河底也能游上来，淹不死的。

在金玉的一再恳求下，船公将他扶到船上，试着向对岸划去。这只船应该不算小了，如果放在平时，坐上八九个人不成问题，但是此刻在激流中却颠簸得十分厉害，一摇一晃的像个小木盆，随时都欲把金玉甩到河中。他双手紧紧攥着船板，浪花拍打船帮的声音令人心惊肉跳。过了四五分钟，船公对金玉大声喊了两句话，由于涛声太大没能听清。不一会儿，船便靠在了岸边。金玉向船公道谢后，沿着河堤往西走去。他以为到了河南岸，尽量靠向左边行。这样，即使掉下去也是落在庄稼地里，无啥大碍。

金玉紧贴着左边走了不足二十分钟，脚下一滑，“扑通”一声摔进水中。水很急，瞬间就将他冲出了五六米远；水很深，根本踩不着河底；浪很大，一个接一个劈头盖脸地朝他打来。他再想摸向岸边，已经够不到了。金玉的心一下子悬到了嗓子眼，马上意识到这不是庄稼地，而是洪水正在发疯的蓟运河床！刚才船公在河心对他叫喊，肯定是过不去河的意思。可惜他没有听清，也根本没当回事。金玉确实水性不错，只是一身行者的装束像绳索一样紧紧地捆住了他，而且越勒越紧。此时的他仍然身穿长袍，头戴礼帽，肩挎褡裢，后面还背着一搂多粗的被窝卷。尽管他使出全身劲头、拿出看家本领往右侧游，但仍然无济于事。时光在秒秒分分地逝去，金玉被河水浸透了的衣服和行李越来越重，他像深陷泥沼一样动不得身，再想把它们甩掉已经不可能了。他感觉身子一个劲儿地往下沉，而且腿脚并用往上划，也赶不上下沉的速度。一种不祥之兆迅速涌入他的心头，金玉一面拼命挣扎，一面大声呼叫：来人啊！快来人啊！

这滔滔河水中哪来的人呀？纵然四周有人也很难听到这浪涛中的微弱呼救声呀！即使有人瞧见了他的险境也不敢跳入这激流救他呀！金玉料定，今日是死定了，自己马上就要抛下一家老小，到龙王爷那儿去报到了。

天天为他人算命，自己的命运却把握不了。悲哉！

二十九

在金玉命悬一线之际，金泽中的命运正如金玉所料，也处在生死攸关的危急时刻。连日来，他和金宝已无心再到县城上班，爷俩如无头苍蝇那样四处乱撞，探听村子下一步的土改动向，寻求破解危机的办法。金泽中这阵子已将自己的衣着降了两档：头上的礼帽换上了旧草帽，缝着补丁的粗布单衣替代了洋布的长袍马褂，脚上穿的是一双破了两个洞的旧布鞋。面色明显憔悴了，以前的富绅风度已荡然无存，只是那眼神还显示着普通庄稼汉少有的冷酷和狡黠。

金银窝庄不大，人不多。和谐外表之下，争权夺势的暗流几乎从没有停止过。如同贺全家院门口的那棵古槐，无时不在晃动着，只是无风的时候，它颤抖的幅度小些罢了。金银窝的家族宗派势力缠绕着姓氏而形成，一为金，二为银。其余杂姓由于人少势孤，便只有选择站队的份儿了。金氏家族上数六代，有多人曾在宝坻县衙当差，子承父业，辈辈相传，势力越来越大，后来竟可当得上多半个知县的家。直至国民党县政权成立，金家子弟们才彻底告别了宝坻政坛。在这二百来年内，宝坻不论哪个村打官司告状的事，都少不得求助金家，甚至邻县一些人遇到难事，也常有走金家后门的。到了金玉老太爷金文炳时，金家在宝坻的势力达到了顶峰，人们皆唤他为炳爷。一天夜里，金家菜园丢了一畦葱。早晨，金文炳在南关向地摊上吃早点的人们谈了此事，说没想到小偷把手伸到了我家。仅此随便唠叨了两句，当天夜里，盗葱者就把偷去的葱又栽在了他家的菜园中。

当然，不要以为富者就能一手遮天、在金银窝一意孤行。事实上，穷有穷的蛮横，富有富的软肋。有一年的除夕夜，北风狂吼，刮得人几乎站不稳脚跟。银德的爷爷手里攥着一把酒壶，到前街高声喊道，我就不信这么大的风，讨不来一壶酒喝。金泽福的爹爹闻言后，忙把他请进家中，好酒好菜随他吃了个够，出门时还给他带了一瓶白酒外加半斤猪头肉。转天早晨，文长富的爷爷又给银德的爷爷送去了六斤白面、一斤羊肉，让他用来初一包饺子，初二煮面条，初三烙合子。富人害怕这位穷光蛋趁着大风天真的放上一把火，把全庄的房子都燎光。谁也说不清金银窝有多么长的历史，人们就是这样就事论事，穷富相斥相帮，互相容忍谦让，尽最大努力防止事态升级恶化。

直到今天，人们方知这穷与富之间的分歧和博弈，是阶级斗争，你死我活，没有任何调和的余地。共产党及其所领导的武装力量是广大穷苦人的政权和队伍，坚定地支持他们同富人做斗争。受了几辈子穷的银氏家族，终于可以公开地狠狠地清算金银窝的富裕户了。就在五天前，土地改革在金银窝正式启动。首个遭到清算的是文长富。在村干部的组织下，贫农团将大旗往他家大门外一插，全庄的穷苦人便蜂拥而上，装粮的装粮，抬柜的抬柜，牵牲口的牵牲口，烧地契的烧地契……转眼之间，就把文长富家的财产瓜分得所剩无几了。他家那所四合院的宅子，也被一分为六，正房加前院变成了村公所；两侧厢房，分给了四户长期外出扛长活的贫雇农；留给他家居住的，只剩下那排常年照不进阳光的倒房。区里讲，金银窝的土改刚刚破题，这么大的一个村子不能只出一户地主富农，今后还必须深挖细找。广大穷苦百姓也认为，金银窝比自己富裕的人家还有许多，下一步还有更多的资财可以随便拿呢，这土改越深入越广泛越好，唾手可得的资财谁也不嫌多。

恐怖，极端的恐怖，在连天阴雨中迅速蔓延着。

金泽梦不知何时偷偷地加入了共产党，成了贫农团的主要成员。他终于找到了报复金泽中的机会，而且是以正当的、高尚的、时髦的革命名义。明天把你打倒在地，最好是镇压掉你，看你还怎样笑话我懒、我穷、我没出息、我给金家丢人现眼？他半明半暗地放风说，下一步金银窝土改的清算目标恐怕就是我那泽中哥哥了，言语间还透着一股大义灭亲的气味。银德、银生头不无得意地说，前些年金玉瞎眼没能拖垮你金泽中，这回土改看你还能往哪跑？金银窝只要再揪出一个地主富农，就得是他金泽中。

金泽梦这伙人的议论并非捕风捉影。金泽中心里明白，金银窝够得上地主富农成分的实在不多。遭清算的文长富，全家八口人只有三十余亩耕地、一所四合院的宅子、两头大牲畜外带一头小毛驴。他在为人处世上也勤俭忠厚，没有新中国成立后所公布的刘文彩、黄世仁、南霸天那种大地主恶霸的蛮横和血债。如果文长富算得上地主，那么，文长德、金泽郡、金泽福、贺全，包括他在内的这帮人都处在这条杠杠上，因为在财产上这几户旗鼓相当、难分伯仲。自己家中虽然财产已一分为三，但是将其拢在一块还是原来那般规模，就看村干部如何评判了。况且，家里虽说经济实力外强中干，可是外人并不知晓，甚至以为他们的日子过得比其他几户还要滋润些。金泽中越想越后怕。再加之金泽梦的搅和，他家极有可能被列为地主富农。平平常常的五个昼夜，金泽中这几户稍富裕些的家庭过得比五年还要长、还要难熬。就像等待宣判的死囚，不知道什么时候被从牢里揪出去。他们都清楚，那几位常年撸锄杆的判官，手握的那支朱笔哪有个准星，给谁的名字上画个叉叉，还不是凭他们的一时好恶、心血来潮？

金泽中这时是多么想念自己的二儿子啊！他胆大，纵使天塌下来，也敢为家人撑着；他心细，遇到多么难办的事情都能拿出应对的招数；他还学会了预测未来、驱灾祛邪的办法，周围许多人碰到难事，都找他帮助破解。可是，眼下远水解不了近渴。谁知他现在何处、何日能归呀？万般无奈之际，金泽中想到了金玉的同行，既然儿子不在家，只得花钱聘请他们帮忙了。他拿出高于平时两倍的卦礼钱，分别请城南的算命先生玉山、城北的算命先生尚辰为自己及家人占了卦，预测下轮土改能不能过关。两位先生又是排八字，又是用“六爻”，又是甩竹签，子丑寅卯刑冲化害合地嘀咕了半晌，最终却没能下个准确结论。他们告诉金泽中，当下有贵人相助，也有小人相害，双方势力都不小。总而言之，前景仍然吉凶未卜。昨天，金泽中又派金宝把宜城村一位跳大神的请进家来，设坛拜神，驱逐厉鬼，敬奉了一大笔香火钱，总算得到了神仙的护佑。金泽中和全家人提着几天的心，这才回归原位，夜里都睡了个安稳觉。

清晨醒来，金泽中心里再次犯开了嘀咕。他在屋内坐也坐不住，躺也躺不安，走到院外的柴火园想散散步，又觉得树上的鸟儿吵得烦心。按理说，该请的神请了，该烧的香烧了，该花的钱花了，特别是“跳大神”的又与神仙通了话，答应帮助他金泽中度过土改这一难关，不会再出啥大问题了。怎么还定不下心神呢?金泽中越想越烦躁，草草吃过早饭，又带着金宝悄悄溜进了金泽郡的家中。

路上，金泽中回头瞟了一眼金宝，心里泛着一种说不出的滋味。他的两个儿子虽然是一母所生，可是性格和长相上却存在着不小的差异。这个大儿子在许多方面随他母亲，身材单薄，善目慈眉，逢谁都是轻声细语，遇到一点儿难事就吓得张不开嘴，树叶掉下来都怕砸着头。金泽中甚至想打发他回家，带着他啥作用也起不了。早知逢此劫难，就不该放二儿子出远门。如果被列为地主富农，赚再多的钱不也得便宜别人吗?

三十

在冀东九条名河中，蓟运河历来以湾多床窄、水流湍急著称。十年过去了，二十年过去了，三十年过去了……直到二十一世纪初期，这条河依然像一匹放荡不羁的野马，时常撒泼耍赖地尥一回蹶子。每到汛期，宝、蓟、玉三区县都将它列为防汛的重点河流，组织基干民兵昼夜巡视，严阵以待。

汹涌的洪水肆意咆哮着，于浊浪中挣扎的金玉彻底绝望了。就在他准备放弃努力时，仿佛听到有人在答话:不要紧，坚持住，我们来了!紧接着，两条船哗哗地朝金玉驶来。他以为是临死前的幻觉，这四周哪里有人呀?这滚滚波涛中哪来的船呀?可是，有人真的驾着船来了，而且速度如飞。到了金玉近前，两条船分别从左右两侧靠拢过来，有人拽住他的胳膊，将其拉出水面。在问清金玉准备去宝坻县城后，将他送到了河南岸。他们是干什么的?是过路的，还是护堤的?是宝坻老乡，还是蓟县、玉田的邻里?金玉统统不晓，只知他们是自己的救命恩人。如果不是这两条船及时赶到，他金玉就是有九条命也葬身鱼腹了。在唐山市受国民党军威逼利诱，兴旺寨一带遭受盘查，后又险些被活埋的情景，一一又浮现于他的脑中。本以为出门算命顶多受些冻饿困累之苦，没想到还有生命之虞，并且如此突然、如此频繁、如此惊心!怪不得老人讲，金窝银窝不如自己的穷窝呢。

在救命恩人们的指点下，金玉下了蓟运河堤，顺着一条泥泞小路摸进一个村子。此时已到了该吃晚饭的时候了，天黑路滑，四野无人，沟沟渠渠积满了雨水。金玉想，再往家里赶已不现实。自己一天粒米未进不说，且浑身上下没有半点干爽的地方,湿漉漉的衣服粘在身上十分难受。还有帖子等算卦用品,如果不及时晾干就会毁掉,这可是他混饭吃的工具呀！眼下这种时候,有钱都不一定能够买得到。在村干部的安排下,金玉住在了一户老人家里。两位老人待他十分热情。老太太把他领进屋里,立即找出老头儿的干净衣服让他换上,然后在煤油灯下把金玉那身湿衣服洗净,连同被卧、帖子、钱等全都晾在了院中。第二天早晨,金玉的衣服行李仍然滴着水,老两口劝他再住一两天,等衣服彻底干透再走。金玉拿出五元钱给老头儿买烟抽,十分感激地说,谢谢大叔、大婶的好意,只因我家中有些急事需要去办,不能再耽搁了。以后,您二老到宝坻县城赶集时,千万别忘了到我家去做客。

上午十点来钟,金玉回到了金银窝。一路上没有遇到一个熟人,进了村子仍然听不到任何声响。光天化日的,却感到比深夜还要寂静,静得令人心中发毛。人们都干啥去了？这个季节这个钟点,按说街上不可能没有人啊！一种不祥之兆从金玉的心头掠过。他悄悄进了家门,金王氏和柯英见到金玉惊喜异常,立即吩咐他的大侄女去唤金泽中和金宝回家,并且一再叮嘱她不要当着外人的面说你叔回来了。见此情形,金玉知道事情果然不妙,忙问村里的土改搞得怎样了,涉及咱们家了吗?柯英说,村里文长富家已被清算,下一个被搞的目标还没有确定,传说爸爸也在名单之中。金王氏告诉儿子,你爸爸和哥哥的魂儿这一阵子都不知哪去了,近两天还请算命先生和跳大神的给算了卦驱了邪,不知结果咋样。金玉听后十分生气,说那算命、跳大神的不都是蒙骗人吗?啥事也管不了。他们要是知道我是干这行的,就不敢来。

说话之间,金泽中和金宝慌慌张张地进了院子。方才唤他们爷俩回家不知道发生了啥事,金宝吓得腿脚发软,走路直趔趄。见到是金玉回来了,爷俩悬着的心才放下来。金玉平静地说,大致情况他已听母亲和嫂子讲了,这些天他在外地就有预感,自家有可能被清算。不管人们传说的是真是假,也不管金泽梦放风的目的何在,他认为,现在最关键的是赶紧把村干部们稳住,请他们喝顿酒,只要他们给咱家挡着就没事。

金泽中嘬了嘬牙花子,十分为难地说,道理是这样。他此前也不是没动过这个念头,只是祸到临头再烧香,就怕人家摆架子,咱请不来呀！

金玉蛮有把握地对父亲说,这个您放心,我去请。

金泽中仍然有些犹豫:如果请人家不来,反而倒打一耙,说咱们拉拢腐蚀党的干部,那可就麻烦了。

金玉说，既然事已至此，只有这么办了，咋也比坐以待毙强。如果明天把清算的大旗往咱家门口一插，后悔可就来不及了。他还谈道，请村干部吃顿饭也不能单从腐蚀他们的角度看，实际上，这是一种礼尚往来。古语讲，礼者，敬人也；敬人者，人恒敬之。以前几位村干部都和我是光屁眼儿长大的发小，后来也求咱家办过事，我相信，咱们诚心诚意对待他们，他们不会一点儿面子也不给的。

金玉的面前是一盘关乎全家生命财产安危的险棋、急棋，错走一步或走慢一步，都可能给父亲和家庭带来灭顶之灾。虽然中国是礼仪之邦，虽然乡里乡亲的互相帮衬过，但是，眼下可是非常时期啊！他在头脑中紧急布着棋子，先下哪个，再走哪步，对方可能应对的招数，自己出奇制胜的办法，反反复复比较了多遍。他认为，此番能够成为赢家的最有利因素，在于金银窝的土改大权没有落在银德，特别是银生头手中。好不容易熬到夜色降临，金玉首先来到与自己关系密切的银君家中，恰巧银潮、银洪也在这里。三位银姓村干部是血缘关系不远的叔伯弟兄，长相和性格却相差悬殊。银君生得高矮适中，不胖不瘦，平日为人随和，见到金玉常常要开几句玩笑；银潮是个面色微黑的矮胖子，日常不苟言笑，脾气犟得似头牛；银洪长得身高体瘦，脸庞红得像颗成熟的大枣，说话办事常盯着银潮的脸色。三位刚刚翻了身的人，现在仍处在手握生杀大权的亢奋期。银潮问金玉啥时候回来的，到这里来有啥事？金玉笑着回答，上午刚刚到家，半路把肩膀子摔坏了，来求银君老叔给捏捏。谁都知道您老治这种病有两手，一般的大夫都顶不上。

这好办，我给你看看。银君边说着，边把他扶到一把硬木太师椅子上。金玉清楚，这就是他家新分的胜利果实之一。不然，连一间砖瓦房都建不起，哪有钱买这个呀？银君年轻时拜过师，掌握些捻胳膊捻腿的招数。经他一阵揉搓，金玉的肩膀和脖颈处显然轻松多了。于是，他趁机给他们详细讲述了昨天蓟运河落水的经历。听到三位村干部对他所述惊诧不已、连称万幸，金玉不失时机地说，这次掉河真是够险的，只差那么一点点就没命了，到现在想起来心里还哆嗦呢！我想明天晚上请你们几位到我家吃顿便饭，给我压压惊，千万不要推托。

行，那还有问题？别人请我们坚决不去，你一个没眼人挺不易的，又遭遇了如此大难，这个面子我们怎么也得给。如果评选受苦人，你金玉在村里称得上是第一人。银潮率先表了态，金玉的心立即踏实下来。紧接着其他两位村干部也答应了金玉的邀请。事情办得比金玉想象的还要畅快。银潮还嘱咐他,把村里所有管事的都约去,免得有人争。这当然更是金玉所企盼的。

从银君家出来后,金玉又逐户邀请了其他干部。金银窝谁家住在什么位置、门口朝哪边开,他在失明前即已印在脑子里,不用找谁打听道。金玉最后只剩下金泽梦家没有去。下午他听家里人讲,在这次土改中,金泽梦始终没有为金泽中说过好话,恨不能趁此机会灭了他堂兄。此时金玉最担心的是金泽梦不肯到自己家里来,继续从中作梗。这小子面硬心狠、小肚鸡肠,不然哪有处处难为当家子的?

第二天,东方刚刚现出一抹红霞,金玉就到了金泽梦家,正好将他堵在被窝里。金玉谨慎地说明了自己的来意,果然不出所料,金泽梦当即拒绝了邀请。他耷拉着驴脸,十分严肃地教育金玉,现在这种形势到你家去喝酒不合适,共产党的干部不同于以往那帮管事的,请客送礼这套东西在他们身上行不通。金泽梦还讲道,你这么办,群众看到要说三道四的。尤其咱们是当家子,更不能挑这个头儿。金玉告诉他,村里的干部他都请了,人家全答应到咱家中来。金玉不软不硬地说,老金家只有您在村里负责任,您想想如果把您丢下合适吗?

我再琢磨琢磨。

您有啥可琢磨的?咱俩从辈分上讲虽说是叔侄关系,但从小就在一起学习玩耍,从感情上有说的吗?您与我父亲有些隔膜大伙儿都知道,可是总不能因为那点小事就记一辈子吧?即使我爸爸不在了,我们还得打交道呀。您将来如果真遇到些困难,到时候不是还得咱们当家子搭把手吗?再者说,我请干部们的目的您也明白,就是想让大家在这次土改运动中对我父亲关照一下。我们家实际上有多少财产您最清楚不过了,表面上看耕地是不少,时常还雇两个工,但有多一半耕地是租人家的,那能算数吗?顶多算个中等户。何况去年我们又分了家,仅有的那点财产分成了三份,连中等户都称不上了。如果我家真是豪门大户,我也不能让你们当干部的为难。

金玉讲得细致深刻,入情入理。金泽梦终于同意参加今晚的宴请。他十分清楚自己的分量和处境,在村干部中前五把交椅没有他的份儿;大伙儿都答应了金泽中家的宴请,他如果不去,不仅亏待了自己的胃口,也于局势没啥大的影响。放着清凌凌的河水,还是洗洗船吧。

晚霞融入苍茫夜幕之后,金银窝全体村干部如约到了金玉家,在正房西屋高高兴兴地喝了一顿酒。其间, 金家父子只是在一旁伺候着上菜斟酒,完全是村干部们的一次自娱自乐。大伙在酒桌上虽然没有谈及一句关于土改的话题，但是，金玉从这欢乐友好的氛围中，已经意识到吉多凶少了。过了两天，银君悄悄告诉他，你爸爸平安无事了，你们就把心放进肚子吧。金玉听后异常兴奋，又把全体村干部请到家中吃喝了一顿。金玉此时又想起了一位面临危机的长辈--城内德隆粮行的刘掌柜。凭他的那份资产，遭受清算是比板上钉钉还要铁的事，得抓紧帮他想想应对之策。金玉将自己的想法告诉了敬芳，转天一早就星急火燎地进了县城。刘掌柜对金玉这位外甥女婿的提醒颇为感激，只是最终他没依金玉之道处理掉财产，而是选择了出逃。他把粮行生意托付给伙计料理，就携带着家眷悄悄地远走高飞了。不久，刘掌柜留在宝坻的财产被充了公，他全家到底去了哪里？恐怕只有鬼晓得。好在没人深究此问题，作为逃亡分子亲属的敬芳一家并未因此受到牵连。

这阵子，生活稍富裕些的挚亲好友都在相互牵挂着。王居野害怕姐姐家过不了土改这一关，不时朝熟人打探着消息。这天，他终于在集市在史各庄集市上碰到来此做小买卖的金泽厚。王居野把他请到背人处询问此事，金泽厚便将他堂兄家中近日情况简单叙述了一遍，说村干部们在有意在照顾我那瞎侄子，旁人没得比。王居野听后，吊在嗓子眼儿的那颗心，终于撂回了原位。他想，金玉肯定又使用了什么手段，不然冲姐夫那臭架子就遭人嫉恨。看来，自己对二外甥的看法没有错。虽说如今眼睛瞧不见啥了，还是家中的顶梁柱。过了半个多月，中共宝坻县委布置招收新兵支援前线。由于金宝自幼胆小怕事，根本不是当兵的料，全家人都害怕将他划进圈内。于是，金玉再次出面，置办了一桌比先前更加丰盛的酒席宴请村干部，使得金宝顺利过了这一关。期间有的村干部曾担心这么搞群众有反映，银潮讲，怕啥？我们共产党能和残疾人过不去吗？谁不服气，叫他也把眼珠子抠出来！

正在金玉得意于自己的安排，心里像凉柿子般泰然的时候，突然发生了一件令他始料不及甚至不可思议的事情：父亲跟随逃往国统区的人们跑了！

三十一

为了配合东北人民解放军的战略大反攻，中共宝坻县委号召广大青壮年积极参军后，又动员农民群众组织“随军远征担架团”支援东北前线。

这一时期,宝坻境内已全部解放。但是,与之相邻的武清县和香河县却依然在国民党的掌控中,国共双方的武装冲突时常发生。在这你争我夺的拉锯中,宝坻已经土改的地方再次进行了复查,一些漏掉的地主富农一一被揪了出来,一些逃往国统区的地富还乡团也经常偷偷地过来骚扰,不时听到周围村子打死人的消息。无论是穷是富,生活得都不安宁。由于金银窝不属于革命老区,乡村干部们宣传得又不到位,相当一部分群众对共产党了解不多,对征兵和支前等工作的意义同样知之甚少。在一部分人中,仍视国民党为正统。这天下午,金玉正在家中闲坐,儿时的伙伴贺善悄悄地走进他家,借故支走屋中其他人后,焦急地请金玉给他占上一卦。贺善小金玉三岁,平时性子蔫得像个肉枣,遇到事儿却喜好在一股道上跑到黑。他说准备出趟门,想知道往哪个方向去好。金玉劝他,眼下外边这么乱,还是别动为好,等到形势稳定了再出去。贺善告诉他,县里又要从各村抽人组织担架队,直接送往东北前线。据说那块正打着仗,这子弹可不管你是民夫还是当兵的,碰到谁谁死。他们十多个人商量先到国统区躲一躲,千万别把自己的这条小命扔在关外。

金玉这回真的犯了愁,他此前没有占过这种卦。如果预测不准出了差错,自己丢面子事小,出了人命可担当不起啊!可是,他又不能不管。因为他既是干这一行的,就应该上知天文,下晓地理,准确无误地预测人们的一切。金玉觉得,最好的办法就是打消贺善的出走意图。然而,任凭他怎么劝说,面前的求卦者却不为所动。无奈之下,金玉从一个小布袋中取出三枚乾隆时的铜钱交给贺善,向他讲述了摇卦的方法,叮嘱他在摇卦时一定要摒除一切私心杂念,心怀对神灵的敬畏。按照金玉的要求,贺善双手捧着铜钱摇晃多次后,抛掷在炕上,如此反复了六回。金玉细心记下了每回的爻象,扳着手指迅速掐算着:父母未土,兄弟酉金应,子孙亥水……官鬼巳火持世,休囚道刑,还被子孙亥水临日建冲克。从卦象看,此次出行不吉,恐怕发生凶危。金玉再次强调,你们最好观察一下形势再定。

那可怎么办呀?人都集合齐了,不走不行啊。

金玉无奈地说,卦象如此,我也没有办法。

贺善请他再想想法子,看可不可以破解凶险。他们打算到平西门头沟去,那里是国民党的地盘,熟人又多,容易找到工作干。金玉琢磨了一会儿说,要不改变一下出走的方向,从今天的日子看,往东南去比较顺利。

这帮人商定在夜深人静的时候出发,金泽中和金宝爷俩闻讯后也要跟随他们去外地躲避。金泽中已经去了集合地点,金宝回家取点东西也马上就走。柯英将这一消息告诉金玉后，他顿觉五雷轰顶，焦虑和惊惧之情甚至不亚于前些天掉进蓟运河的洪水中。他慌忙赶到正房将金宝按住，让柯英火速把父亲找回。如果他老不应，就说我刚刚占了卦，今日外出大凶。金泽中回来后，金玉再次为父亲和哥哥分析了当前形势，叮嘱他们以后啥事都得一块商量完再办，千万不能轻举妄动。他说，咱家的事不是已经搞妥了吗？你们爷俩外逃岂不是故意和村干部过不去，和共产党的政权作对？没瞧见金泽梦还在暗中拨弄是非吗？如果你们爷俩今夜跑了，此前咱家所做的一切努力都白费了。难道这么简单的道理你们也不明白？金玉又想起了季炎在遵化县挨打、自己和古寅被扣留的事情，进一步强调说，这年头儿干啥都得加小心。这共产党可不同于以往那些统治者，他们所铸造的是铜墙铁壁，把天下的穷人都发动起来了，国民党取胜的可能性已经不大了。

金玉断定，今夜这帮人想逃出去很难。

事情的发展，再次显现了金玉这位算命先生料事如神的本领。转天上午，区里送来了鸡毛信，命令金银窝村干部火速到北苑庄去领人。原来，昨天夜间外出的那伙人出村后，先是按照金玉的指点奔向东南，过了南河后又折往西北，朝香河县方向跑去。黎明时，他们在香河、宝坻、三河三县交界的庞各庄处被当地民兵截住。再往前走不远，就进入了国民党军队控制的地盘。半夜三更地朝那地方跑什么？民兵们向上级汇报后，区领导当即给这伙人下了投敌的结论。银潮、银君、银洪见到这伙人后，像是遇到了杀父欺母的仇敌，冲上去首先抓住几个家庭比较富裕的小伙子，啪啪地狠劲儿扇了他们一顿嘴巴，然后责令民兵将这帮人中年岁最大的金泽福捆绑起来押解到别处，罪名是煽动和组织年轻人投靠国民党，妄图率领顽军进攻解放区。两天后，金银窝召开群众大会，金泽福又被五花大绑地押了回来，批斗一阵后给活活打死了，家中财产被没收，金银窝第二次土改终于画上了句号。金泽福的子孙后代理所当然地享受了反动家属的待遇，直到改革开放才告结束。

对于如此结局，金泽中出了一身冷汗：如果不是金玉拦住自己，如果不是金宝婆婆妈妈地行动迟缓，凭他的年龄和为人极有可能同金泽福一块遭到镇压，自己死了倒不足惜，全家人还都得跟着受穷受气。真的太悬了！

金银窝选送的担架团团员，在批斗大会的转天就定下了，金泽郡也名列其中。金玉听后，心情如坠了块石头，贺善说得没错，这子弹不长眼。金玉让敬芳精心准备了一顿酒饭，于当日晚上把金泽郡请到家中，算作为其壮行。金泽郡却没把参加担架团看成有啥不好,笑呵呵地说自己成天在家闷得难受,正好趁此机会浏览一番关外风光,尝尝那块的特色菜。金玉知道金泽郡心胸装得下村后的那座荷塘,劝他还是多加小心为宜,任务完成后赶紧回家,那时我在县城内的回民饭馆给您接风。金泽郡到底没能回金银窝。不过,他不是壮烈牺牲在了战场上,而是由于识文断字被部队当成宝贝留了下来,开初在东北野战军从事政治文化工作,后来自己强烈要求转为了军事干部;待到南下衡宝战役时,金泽郡已任营长;到了"文革"时期又升任为江南某地的军分区司令员。贺善、穆光等闻听后,悔得肠子都变青了,如果当初咱也去东北战场抬担架,这个军分区司令员就会姓贺或姓穆,怎么会轮到金泽郡那个白面书生?金玉笑道:就他俩那个命相与素质,说不定早就中流弹而血染沙场了。

三十二

1949年1月,华北地区全部解放;不到一年,中华人民共和国成立。外出盘生意,金玉等算命先生再也不必害怕被哪个政党和武装力量剥夺生命了,再也不至于被逼当间谍或疑为特务了,再也没有必要担忧不长眼的子弹误伤自己了。同其他买卖人一样,他们进入了一个和平发展的新时期。金玉、古寅、郑卯这些宝坻的算命先生,继续重复着正、二月在本县,春暖花开之后到外地的活动模式。

一场点点入地的春雨之后,漫山遍野悄悄脱掉了黄褐色的冬衣,迎面掠过的阵风也愈加清爽柔和。金玉、古寅、洪江再次北上。金玉触景生情,不禁轻声吟道:

天街小雨润如酥,草色遥看近却无。
最是一年春好处,绝胜烟柳满皇都。

古寅自幼不识赤橙黄绿,洪江小时候虽见过都市景色,可这时的城市已是钢筋水泥的天下。他俩不知诗中景色何模何样,但对于草色遥看近却无这句话颇为不解,长着一对大眼睛,难道还有近处不见远处反而瞧得着的东西?金玉说,此诗为韩愈所作,妙就妙在这句上。这一片片小草沾了春雨之后,远看似是泛起了绿色,可近瞅却什么都没有,它描绘的是那种初春小草沾雨之后的朦胧美。论罢美景，金玉和古寅提起前两年到遵化一带遭受盘查的事情，认为那里的人们很较真，瞧见陌生人就怀疑是国民党的人。不知道眼下这些地方形势怎样。如今天下太平了，总不至于警惕性还那么高吧？这天傍晚，三人来到玉田县与遵化县交界的一个村庄。村口已经没有了站岗放哨的儿童，迎接他们的是一群孩子欢快的歌声：

解放区的天是明亮的天，
解放区的人民好喜欢，
民主政府爱人民呀，
共产党的恩情说不完……

金玉等三人心情甚好，认为这是一个好兆头，此行的收获肯定不会小。三人就近找家小店休息一夜后，第二天开始在街上盘买卖。吹了半晌“老八板”，却没人与他们搭话。过了晌午，仍然未碰到一位算命占卦的。怎么回事呢？早就闻听共产党反对算命这一行，莫非这里不许人们算了？还是老百姓信了共产党的宣传，又犯了犟劲儿，不信他们这一套了？三人心里无底，找不熟的人打探，又怕招惹是非，遂决定到距此不远的燕各庄赵家店去了解一下。金玉还吩咐洪江到小卖铺给老掌柜称了二斤点心。老朋友相见，彼此都十分高兴。老掌柜介绍说，现在这一带太平了，人们心情很好，让他们放心地干，没听说共产党不让占卦算命的。

黄昏时分，先前住进赵家店的四位生意人陆续回到店中，金玉等听着他们谈论起当前局势和生意，都比较满意。一位拴簸箕的说，这共产党、解放军就是厉害，从前那些地痞流氓再也不敢闹事了，咱们这生意好做多了。一位修鞋匠说，买卖好坏放一旁，起码不用担惊受怕了，这么多年熬过来真不易。一位年岁稍大些的货郎讲，共产党当官的和当兵的都比原来管事的那帮人讲理，对咱们买卖人也客气，出来这些日子，还没有遇到白吃白拿的。

吃罢晚饭，一个卖梳子的小伙子缠着三位算命先生，非要算算命。小伙子年不过三十，个头不高，圆乎乎的脸蛋镶嵌着弯眉圆眼塌鼻子，未曾说话先嘻嘻笑几声，店中熟悉他的人唤他笑面猫。金玉说，我们跑了一天的路，实在是累了，明天再算吧。笑面猫不干，哈哈笑着说，哪有这大长的夜，现在就倒在炕上的。如果给他算对了，他在卦礼之外再加一把木梳。旁边的客人也撺掇金玉他们给笑面猫算上一卦。古寅见有机可乘，要求笑面猫再多拿两把木梳，他们三个人好分配。金玉制止古寅，说不要得便宜没够，就按这位小兄弟出的价格办。他觉得，再推辞就不近人情了，毕竟还要一起住上一段时间。金玉笑着对他说，我让你抽副帖吧。这上面有图有像，比算命来得直接，看得真切。

哈哈，这玩意儿准吗？

准，如果说错了，我分文不取；如果你听着是那么回事，只需给我一半卦礼钱，那木梳咱也不要。一个堂堂的大老爷们儿，用老娘儿们的东西干啥？边说着，金玉边从褡裢里取出了一个小布包，打开后像插扑克牌一样将48张贴迅速整理一番，让笑面猫随意从中抽出了四张。金玉摸了摸帖子一角处的记号，便知他所抽的分别是老鼠拉木锨、犯小人、耪地和五蝠捧寿。

金玉展开第一张，请笑面猫和在场的客人们瞧了瞧，说这张帖的意思想必大伙儿都明白吧？正是我们日常总讲的那句话，老鼠拉木锨——大头在后呢。金玉高声吟诵道：

今抽本帖好运来，始逢太平好年代。
走南闯北把钱赚，越老越有福禄财。

金玉展开第二张帖说，这是一张犯小人的帖子，其口诀为：

此帖抽得不如意，平白无故有人气。
怎奈爷们行得正，任由小人干着急。

金玉又展开耪地的帖子，笑面猫说这张帖不好，甭问就是受大累的命。旁边的客人也同意他的看法。金玉说，这可不一定呀，关键是你如何对待吃苦受累。你们听我们算命先生是如何评判它的：

此帖瞧来运不济，猫腰撅腚汗如雨。
甭看年轻挨些累，一生吃穿不费力。

这最后一张帖子大伙儿都熟悉吧？金玉将五蝠捧寿图打开，朝四外晃了晃说：

今抽此帖笑开怀，五福在咱面前排。

丰衣足食多安稳，财喜抢着入门来。

金玉对笑面猫说，从你抽的这副帖看，你一生的命运非常好，在我们行里有句话叫：一福压百祸。仅五蝠捧寿这张帖就极不容易抽到，甭说你还有老鼠拉木锨那样的好帖。至于犯小人、吃些苦，那是再正常不过的事儿了，这世上要混出点模样来哪有不碰到坎坷、不卖把力气的？

笑面猫笑着称是，一双圆眼几乎没了缝隙。

金玉接着道，方才这位兄弟所抽的帖也十分符合当下实际，国共两党的争战马上就要结束了。从此以后，我们国家再也不打仗了，咱们做生意的都不必像先前那样提心吊胆了。谁肯学习肯钻研谁的本事就大，谁的本事大谁就挣钱多，谁挣的钱多谁家的日子就好过。本先生可以断定，大家的生活都会像这位兄弟抽的这副帖一样，越来越好哇！金玉觉得在为笑面猫、为众人，也在为自己评说着前程。今后天下安稳了，再也没有征兵征粮战乱逃难的事情，家家都过上好日子，凭自己的这套手艺，不仅不会有什么愁事，而且在基业上还有望超过父辈。

在此后的四十多天里，金玉、古寅、洪江一直住在这家店中，白天到四周村庄活动。形势果然如老掌柜和几位买卖人所讲那么平稳，生意也相当红火，只是多数人算命都以粮顶钱。到了农历五月初，三人已赚了一大囤玉米，足足有两千多斤，放在了赵家店的堂屋中。金玉与古寅、洪江商量，先将粮食寄存于此，他们三人继续往前走，到迁西县城附近转转，据说那一带土改搞得也较早，群众手里的粮食有富余，不愁没有买卖做。洪江不无忧虑地说，这么多粮食放在这里，丢了怎么办？金玉和古寅让他把心放进肚子，农民们心眼儿实得很，没有咱们点头，保准不会有人动一粒粮食的。

连日阴雨，把大道小路搞得凸处是泥，凹处是水。除了洪江赤脚走路不习惯外，金玉、古寅都脱掉了又湿又重的布鞋。在距离迁西县城十来里路的地方，金玉的左脚被碎瓷片扎伤了。初时他未觉得疼痛，待晚上住进客店，便有些火辣辣的感觉了。第二天早晨，客店老板告诉他，左脚伤口处已经肿得像半个发面馒头，得到医院找大夫看看。一个四十来岁的瓷器贩子嘿嘿笑了几声说，这位先生出门前没算算吗？知道自己要挨扎怎么还往外跑啊？

金玉正经道，算了，本先生这个月犯疼灾，不扎脚也得撞脑袋，即使在家里也逃不脱。

能有这么准？是瞎编的吧！

你如果不相信,我可以给你算一卦验证一番。

洪江抢过话茬儿说,卦不能白算,得让他掏钱。

本先生今天讲君子之道,成人之美,白送这位老兄一卦。金玉说着朝瓷器贩子要过他的生辰八字,煞有介事地掰着手指嘀咕了一阵,而后也笑了两声,告诉他事情真是凑巧了,你这个月的时运同本人一样,也不怎么好。只是本人遇到的是疼灾,你是罗汉星照命,得伤财。有诗曰:

今遇此星真倒霉,伤财厄运紧相随;
苦心扒力挣些钱,白白进了罗汉嘴。

瓷器饭子连连摇头,说天底下哪会有这么巧的事情,我让你一算就出来罗汉星了?咱赔本的买卖不做,挣了钱掖在裤衩里,看它有啥财可伤?

这可很难说,人倒霉的时候,喝口凉水都塞牙,你还是多加些小心吧!

三十三

金玉赌气为瓷器贩子算的卦,当天晚上就应验了。这是他没有料到并且不想发生的事情。在与人交往上,金玉特别注重把握分寸。他积极践行相互爱戴、宽厚待人的原则;但是,面对那些心怀歹意,尤其是故意损害算命先生人格的人,他又主张予以适当回击。正所谓以直报怨,以德报德。金玉认为,他这样做所维护的不单是自己而且是同行们的尊严。

由于伤口感染化脓,金玉在洪江陪伴下看过医生后,一整天只得待在店中。洪江问金玉,您真的算出自己这个月有疼灾吗?

我算什么算呀?金玉对瓷器贩子的怒气仍未消尽,你没有听见他在讽刺挖苦咱们算命人吗?都是出门做生意的,何必呢?

洪江又问金玉,给瓷器贩子算出伤财是怎么回事?根据他的生辰八字,我怎么找不到本月的罗汉星啊?

金玉笑了:我说小洪兄弟,你犯傻呀?

傍晚,瓷器贩子哼着评剧小调进了屋子,黝黑的枣核脸上堆积着洋洋得意的笑容。他特意坐在了金玉的旁边,大声嚷嚷说,自己今天的买卖不错,整整卖掉了五套茶具、八个碗,比哪天赚钱都多。金玉躺在炕上佯装睡着了,没接他的话茬儿。大伙儿临睡前,洪江找店掌柜为金玉要了一个尿罐，免得他夜里上厕所行动不便。三更时分，洪江出去倒尿罐时，金玉轻声叮嘱他走道慢些，千万别碰哪儿。洪江出屋不过八九秒钟，院子便传来哗啦一声响，在寂静的深夜里显得十分刺耳。

瓷器贩子首先坐了起来，大声叫道，糟了，准是哪个莽撞鬼把我的货车碰倒了。接着传来了洪江的声音，这是谁的东西呀？院子空着那么大的地方不搁，非得放在甬路中间挡人的道。

瓷器贩子急忙披衣下炕跳出屋子，果然是他的独轮货车被洪江碰翻了。大部分茶壶、茶碗、瓷盆、瓷盘、瓷碟、酒壶几乎被摔成碎片，没有明显外伤的仅剩一些体积甚小的酒盅。瓷器贩子先是大惊，而后大骂，后来竟然坐在地上号啕大哭：这可是我家积攒四五年的血本啊！

店掌柜和各屋旅客都被吵闹声惊醒来到院中。瓷器贩子强烈要求洪江如数赔偿；洪江认为他将货车放在过人的路上，应当自己承担全部责任。金玉在古寅的搀扶下，也走出了屋子。他对瓷器贩子说，你就是把我这位小兄弟卖了，也赔不起这两筐瓷器。旁边曾瞧见早晨那一幕的客人们，有的夸金玉算卦准，有的指责瓷器贩子是自作自受，今后说话千万不要那么损。瓷器贩子好像突然悟出了什么，嗖地从地上站起身子，拽着金玉衣领说，一定是你故意指使同伴干的。没等金玉开口反驳，睡在金玉一侧的客人说，这位大哥冤枉金先生了，方才那位小兄弟出去倒尿罐，他还在嘱咐多加小心，别碰哪儿呢！

看到如此争论不会有什么结果，金玉把店掌柜叫到屋内，提出了自己的建议：明天早上去找区里的干部，请他们帮助协调解决。需要我们赔多少钱，我们就拿多少钱。

区里的一位领导热情接待了众人，在听了三方介绍后裁定：被损坏的瓷器由县城内一瓷器店派人帮助清点作价；全部损失一分为三，店家、洪江和瓷器贩子各占一份，五天之内交给受损失者。这样的决定，三方纷纷叫苦。尤其店主认为此事与他本无关系，还得白白搭上一份钱。可是仔细想来，又没有比此更加合理的方法。这位领导说，你店主比客人们富裕，就算助人为乐吧！

到哪里去弄这笔赔款呢？金玉和古寅几乎同时想到了存在燕各庄客店中的那囤粮食。金玉继续在店里养伤，让古寅带着洪江返回燕各庄，请赵掌柜把粮食兑换成票子，正好顶上洪江应付的赔款。瓷器贩子再也没有挖苦讽刺人的心思，带着哭腔离开了客店。洪江这两天急得满嘴起泡，白白辛苦了一个半月，自己分文没赚不说，还把两位哥哥挣的粮食赔了进去。古寅悄悄对金玉说，洪江这小子就是个扫帚星，哪次带着他出来也没顺当过。这样下去，今后非得把咱俩也赔进去！金玉说，什么这个星、那个星的，纯属胡说八道！你说咱俩不帮他，让他怎么生活？难道还逼着他做何牛第二不成？

为了振奋古寅、洪江的精神，也为了表示对店家的歉意，金玉与店掌柜商量，利用三个晚上为他全家和店内客人搞个大鼓演唱会。古寅负责伴奏，由金玉演出长篇大鼓《三国演义》中的“桃园三结义”“捉放曹”和“空城计”三个片断。店掌柜自然十分高兴，故意把这一消息传了出去，结果每天客人比平日多了三成，有的住在别家旅店的客人闻讯也挪到此处。这家小店的客人，哪曾听过如此高水平的演唱？每晚宾客盈门，许多在此住宿的客人甚至下午不再外出盘生意，专等晚上这场鼓书；居住客店周围的一些群众也老早吃过晚饭，挤进来蹭书听。三晚过后，在店掌柜和客人们的强烈要求下，演出又延长了两个晚上，金玉仍然唱的是《三国演义》里的故事。五个晚上下来，店掌柜赔偿瓷器贩子的损失已弥补回来。他兴奋地对金玉说，今后咱们可以合作一把，你们每天晚上在我店内说书，我免费提供你们食宿。

金玉心想，这种事你觉得合适，我们可耽误不起呀！

三十四

这一年的麦收刚过，大雨就接踵而来，一天连着一天，足足半个多月太阳几乎没露过脸。金银窝四外都是水，村东大道水已没过膝盖，朝南洼西洼看去更是一眼望不到边，连一人多高的大高粱都瞧不见影子。雨过天晴，从西北方涌来的客水仍在不停地提升着金银窝四周的水位，高兴得青蛙、癞蛤蟆呱呱咕咕地叫个不止，吵得人心烦意乱。金宝笑嘻嘻地对金玉说，以前你舍不得休息，这次可是人留不住你天留你，老老实实地躺在炕头待着吧。金泽中听到后痛骂了金宝一顿。这些天，他的脾气随着雨量的增长一天比一天坏，时不时地发火，埋怨老天爷故意和庄稼人过不去，满洼的庄稼转眼就沤了肥。金玉虽然靠算命为生，但是心焦的程度比庄稼人一点儿也不轻。他躺在炕上时时在琢磨：这遍地的洪水什么时候才能退呀？洪水不退怎么出门做生意呀？即使洪水退了，可人们连肚子都填不饱，谁还有钱算命呀？不知道这洪涝的面积有多大，除了宝坻县，周边其他地区是否也下了这么大的雨?他打算找同行们了解一下情况,但苦于四外是水出不了庄。如果这一年半载的没有生意可做,他和妻女怎么生活啊?更何况他得赡养父母,敬芳也要对娘家老人们尽一份孝心啊!自己虽说身体残了,但决不能让双方老人再为此担忧,而是得让他们比平常家庭的老人吃得好、穿得好才对。金玉的愁绪随着时光的流逝快速增长着。

农历后七月初三上午,金玉正如往常那样躺在炕上发愁。敬芳高兴地从院子跑进屋里,让他快起来,说古寅先生找你来了。这四周到处是水,他怎么能来呢?见面方知,这些日子古寅与他的心情一样,天天盼着水落下去到外面去转转,今天是搭乘他父亲到城里赶集的木船来的。听说玉田、遵化县一带雨水没有宝坻这边大,古寅打算邀他一道到那地方去。金玉听后自然十分高兴,忙让敬芳准备午饭、收拾他的行李。

吃过午饭,金玉和古寅父子在县城东关稍事休息,便摇着木船出发了。原本从县城到古寅家的旱道,居然变成了波光粼粼的水路,风浪不大,四野寂静。金玉坐在船上就如同坐在慢慢行走的老牛车上一样,晃晃悠悠的,只是船桨哗哗的划水声代替了吱吱呀呀的车轴声。古寅父亲是个干瘦老头,由于这些日子以船代步,天天水蒸日晒,已变得像个红铜雕塑了。他问金玉,今年为什么下这么大的雨?听说你天文地理了解不少,这洪涝是不是也由阴阳八字所决定的?

金玉回答说,我在学习子平术时确实涉及过这个问题,老师将其归纳成了一段顺口溜:

甲子恒收丙子旱,
戊子蝗灾庚子乱,
壬子多雨水滔天,
全凭正月上旬看……

这些想必是前人从长期的实践中总结的,只是不清楚是否应验。金玉继续阐述说,就我们宝坻而言,十年九涝的原因并不在所遇年份,而是地理位置决定的。我们日常总讲宝坻是九河下梢,实际上流经我县的东有蓟运河,南有潮白河、青龙湾,北有武河、百里河,还有鲍丘河、箭杆河、窝头河、绣针河。在这几条河之外,更有许许多多叫不上名的沟沟岔岔和大大小小的池塘。这些水当然不全是老天爷下给宝坻的雨水,其中大部分来自西北面的北平、香河、三河等地区。到了夏季时常陆地行舟,也不足为怪了。

古寅对此颇为不解:西北边的水怎么不往别的地方跑,偏偏挤到咱们这块来?

咱们这地方地势低洼呀。有句古诗曾讲,自是那人生长恨水长东。可见自古以来水都是往东流的。从咱们这里再往东不远,就到大海了。你总不能让洪水流向高山吧? 金玉接着谈道,就是宝坻县的由来,也与水有很大关系。相传坻字原本读迟音,是水中高地的意思。说明设县那时咱们这里四外就是水。只是清代康熙皇帝一次出巡路过咱县时,竟把这个字的音读错了。那是金口玉言不能更改呀,宝坻县也从此叫响了。

古寅父亲对儿子说,瞧你金大哥懂的事情那么多,以后你得好好向他学习。

当天,金玉住在了古寅家里。晚饭吃的是用鱼加些葱、蒜、盐蒸成的鱼饽饽,又腥又腻,尝尝还可以,真的把它当饭吃就有些倒胃口了。古寅父亲说,现在逮鱼可方便了,只需弄捆树枝往水中一扔,放上一天一夜,然后用苇帘把树枝围住捞上来,就能收获一脸盆鱼。只是这种年景,家家缺柴少盐,谁也不再拿鱼当好东西。即使个别户存些柴米油盐也舍不得用,谁知这大水什么时候能退呀?谁又敢肯定明年不再下这么大的雨呀?村里有人问金玉和古寅明年的光景怎样,还会不会再发这么大的水? 他俩说,此事确实不好回答,卦书上虽有旱涝预测法,可就怕老天爷耍脾气不按照章程走哇。

转天早晨,古寅父亲撑船将他俩送到玉田县的林南仓镇。爷仨儿告别后,金玉、古寅在此住了一宿继续北上。这一带的洪水虽然退去了,但道路上的泥水仍然没过脚面,直等到了遵化县城附近,才彻底干爽了。

古寅此次外出前刻意进行了一番打扮:新蓄的寸半长发已经代替了先前的光头,洗得十分干净的面庞显得清秀白皙,尤其他穿的青灰色缎面夹衣和深蓝色洋布夹裤,都是新添置的,且缝制得非常得体。即使把他的脸面罩上,也能从衣饰上辨出他的真实年龄,再也不像年过半百的老头了。相比之下,金玉的装束要朴素得多,仍然是平常他所穿戴的那顶春秋帽、那身蓝色洋布长袍和那双黑色布鞋。金玉和古寅将立足点放在遵化县城后,即给洪江去了一封信,让他抓紧来这家客店会合。他俩白天在城内及周边地区活动,晚上回客店休息,边盘买卖边等洪江。这里虽然没有遭遇宝坻那样的洪涝灾害,但生意也十分冷淡,全然没了前两年的那种红火。卦礼钱虽说不多,可是大灾之年人们对手中那点积蓄仍十分珍惜。金玉和古寅每天每人均算不上两三卦,而且十有八九是以粮顶钱,一升玉米算一卦。这样，扣除食宿费后已所剩不多。

农历八月十四日的黄昏，金玉从城外回到城里，正巧遇到洪江打听信中所说那家客店的地点。他立即迎了上去，告诉洪江咱们不住那里了，改到另一家客店去住。洪江没有问及挪地方的原因，金玉也觉得不解释为好。后来洪江才了解到，古寅正在那家客店与附近一名妇女搭讪。金玉认为，二人门户不当事小，关键是那女人与其丈夫的关系尚未择理清，古寅此举只能是白搭工夫白费钱。后来果如金玉所料，古寅不仅花掉了自己所带盘缠，还从三人的积蓄中列支了二十块钱。如果古寅再不退出，女方的男人就准备把他捆扎成粽子扔进河里喂王八了。

第二天上午，金玉和洪江正要起身离屋，一位嗓门儿亮堂的货郎告诉他俩，今天中午店掌柜给大伙儿过中秋节，让他们别出门了，待在店里等着吃大米干饭炖肉吧。洪江听了十分惊奇，说这种好事怎么没有通知我俩呢？我可是年后还没有吃过肉嘿！金玉满不在乎地说，咱们到外面下馆子去，愿意吃什么就点什么。他猜想，没有告知洪江和他的原因可能是由于刚刚住进这里，还未给店家创造利润；也可能因为他们是盲人，被人瞧不起。

金玉和洪江二人在城内转悠了半晌，竟没能揽到一份买卖。时至中午，他俩找个小饭馆坐了下来。金玉为洪江和自己分别点了一碗红烧猪肉、一盘烩豆腐、二两白酒和一碗米饭。洪江有些担忧地说，要这么好的饭菜，我口袋里可没钱啊。金玉说，什么时候吃饭用你掏腰包啦？今天中午这顿饭，既是欢度中秋又是为你接风。你就敞开肚皮吃，不够咱再要，只是别把胃口撑坏了。这顿饭花掉了金玉五卦礼金，等于两天白劳动。这和他与店掌柜赌气不无关系。

酒足饭饱后，金玉和洪江没顾得上休息，立即出了县城，为的是多算几卦，好把今天的花费赚出来。这阵子的实践证明，当前乡下比城里买卖好。他俩首先来到新立庄，吹着笛子走了一条街，没人搭理。两人赚钱心切，大步流星地又往前赶了二三里路，进了另一个村子。笛声响了不足十分钟，一户人家将金玉、洪江叫进屋内，分别为这家的男主人和孩子算了一卦，得了两升玉米。从这户出来后，急切的笛声前街后巷来回又响了一个来小时，仍没人理睬。金玉有些着急，照这样下去真的混不上吃喝了。

洪江建议说，再遇到算命的，大哥用用后棚，听说这是您的拿手戏，也让小弟见识见识。

这种坑人的事，做起来总觉得心里不太踏实。

这有什么呀？是他自愿又不是咱们强迫的。许多算命先生都用，咱们为什么不能使呢？听说后棚的价钱是算命的好几倍，不用这种手艺哪能赚得上咱哥们儿的挑费？

后棚确实能挣钱，可现在是以粮顶钱，赚那么多粮食你背得动吗？离城这么远，可不是闹着玩的！

大哥赚多少都由我自己背着，您就可劲儿地挣吧。别说是几十斤粮食，就是背一座金山我也不怕累。

金玉嘿嘿笑了，话锋一转问道：咱们二人同出一师，为何老师把后棚的手艺传了我而没传你？这个问题你想过没有？

三十五

关于金玉所谈的问题，洪江心中一直有个结。在第一次拜师学艺时，他不知道算命占卦这行里还有后棚这门手艺，以为自己学到了全部知识，所欠缺的只是实践经验；后来随金玉、古寅外出，方知自己丢掉了后棚这个赚大钱的绝活，在唐山市治病的费用就是师兄和季炎先生使用后棚所得；再后来他认定老师未授他此技的原因，是时间紧迫来不及。可是第二次他到北高庄养病深造时，老师仍然没有把后棚这门技艺传给他。洪江几次试探着提及此事，都被老师笑哈哈地岔了过去。为什么师出同门，学到的手艺却不一样？莫非是自己的脑瓜笨？不对呀，古寅、郑卯头脑挺活泛的，不是也没有学到这门手艺吗？莫非是自己学费没交足？不对呀，金玉与老师讲好一切费用都由他担着，需用多少给多少的。莫非是老师对自己这个外乡人不认可？也不对呀，据说平谷县的兰云也从老师这里学到了此技，她也不是宝坻人呀。洪江想不出还有什么原因了。对于金玉方才所提的问题，他曾考虑多次，的确搞不清楚，他也不想再费脑子了。反正有金玉这位师兄护着，需要运用后棚时，由他出手就行了，还愁没有自己的吃喝吗？管它呢！

金玉见洪江未吱声，也没再解释此事。

又过了一袋烟的工夫，终于蹦出了一份生意。金玉和洪江进屋后，听出屋里面坐着的除了领他俩进来的那位中年妇女，还有她的丈夫、婆婆和儿子。交谈中，金玉和洪江了解到，这家男主人是个买卖人，家中孩子不多，生活比较宽裕。找他俩算命的原因是儿子自幼身体孱弱，两个月前突然患了热伤风,自此咳嗽不断。上个月找个跳大神的给驱了邪,病情不仅没见好转,反而越来越重了。今天请他们来,就是要寻求一个管用的治病办法。金玉听到孩子咳嗽不仅次数频繁,而且深而沉闷,料想十有八九是肺炎或肺结核。他正要告诉这家大人赶快带孩子去看医生,洪江却开了口,说给孩子治病光靠跳大神驱邪不行,我这位哥哥的道行可大了,让他给占上一卦,看看有什么灾祸需要破除。

没等金玉回答,男主人就非常痛快地同意了洪江的提议:我们正想求先生给孩子消消灾呢!

洪江再次抢过话说,祛灾比跳大神、算命都要灵验得多,可就是价钱高。按照我们这行的规定,算命一升玉米,祛灾得要一斗。

一斗就一斗,只要能让孩子身体硬实起来,别再咳嗽,多花费些咱不在乎。

金玉又一次被推上了风口浪尖,有违良心而又不容解释、无法逃脱的风口浪尖。他不上也得上了。因为公开指出算命占卦只管预测命运而不能治病,后棚纯为了设套诈财,无异于自毁生路;更主要的倒不在于自己是否赚这笔钱,而是行规绝不允许,本地协会知道了也不答应。他快速转动着脑筋,想到眼下这卦,一者必须保证不能再耽搁孩子的病情,这是底线;二者少要些粮食,让客户所受损失小一些。

金玉运用掀盘子的方法为孩子驱了邪。仪式结束后,他告诉孩子的父亲,从这卦上看,你儿子的病情并非妖邪所致,而是受病魔困扰,往东南一百三十多里处,有一家大医院的大夫能除此魔,想必那就是唐山市了。你们须带着孩子去那家医院,而且越快越好,千万别再拖延。在金玉为孩子占卦时,这家的媳妇已将一斗玉米预备好了。金玉不忍心地说,你们打一斗粮食也不易,就给一半算了。男主人和他母亲当即否定了金玉的建议,说不行,如果那样就心不诚、卦也不灵了。

从这户人家出来后,时间已经不早,金玉和洪江开始往回走。一斗加上两升玉米已经大大超出了他俩的预期,洪江背着多少有些吃力。不想出了村子不久便下起了大雨,雷电一个接着一个,盆泼似的雨水一阵猛过一阵。突然,咔啦啦一个霹雷仿佛一把利剑,挟着巨大而又清脆的响声朝金玉和洪江刺来。金玉不由得浑身一颤:天哪,怎么这么响啊?洪江不禁扔掉粮食和马竿,用双手紧紧护着脑袋。如果是有眼人,提前见到闪电心里能有所准备,可是盲人不行。霹雷一个接着一个响,洪江随着它不停地打着激灵,低声祈祷着:老天爷呀老天爷,我这辈子除了方才让师兄多赚了些玉米,可没干过什么缺德事,千万别劈我呀!洪江提议赶紧折回村子。金玉没同意。他并非不害怕,就在金银窝土改后的转年初夏,文长富的弟弟文长德就被雷电劈死了,当时他正在南洼来旁地。怪可怜的。金玉对洪江说,不知道这雨要下多长时间,还是往前走吧,反正越走离咱们所住的客店越近。雷公撒泼打滚了一会儿,就去远处发威了,留下的仍是倾盆大雨。由于两旁地势高,路上的积水不仅流不出去,两侧的雨水还一个劲儿地往路面上涌,不一会儿便没过了膝盖。金玉身穿的蓝色长袍被雨水淋湿后十分沉重,两条腿在水中行走如同被橡皮筋捆上一样迈不开步。马竿往前伸不出去,只得竖起来一点一点地向前探。脚上穿的方口布鞋时常陷在泥沙中拔不出来,后来他干脆把鞋袜脱掉赤脚走路,道上的沙石将脚硌得生疼,只求别像前年夏天那样被利物扎破即可。洪江背负半口袋玉米行进得比金玉更为艰难,一边走一边骂天骂地,津腔津调的,让金玉听着甚感滑稽。金玉笑了笑说,谁让你这么黑啊,非得逼着我用后棚,这就是报应。由于分神,金玉竖拿着的马竿不慎下端扎进泥中,上端则顺着他的长袍右袖口戳了上去,刺啦一声,挑开了一条一尺多长的口子。这下可亏本了,买一件长袍得需要多少升玉米呀?看来人不能没有怜悯之心啊,金玉主动朝洪江要过来玉米口袋,放在了自己的肩上。

暴雨持续了一个半小时,好不容易才停了下来。只是没容得金玉、洪江喘口气,老天爷又发起了脾气,而且,风比方才还要大,雨水浇在身上,也比刚才凉得多。待金玉和洪江到达客店时,早已过了吃晚饭的时间。店掌柜瞧见他俩惊奇地问道,哎哟!你们这是从哪来呀?不会是下海摸鱼去了吧?

去你妈的!如果你也像对待其他客人那样,中午请我们聚餐过节,我俩就不会到远处盘生意了。金玉和洪江心中不悦,正打算在此住一晚上,明天搬往它处。不想接下来发生的一件小事,使他俩改变了主意,而且与店掌柜交上了朋友;也正是因为这件小事,让金玉在这里遇到了自己仰慕已久的一位算命大师。

三十六

晚饭后,金玉把沾满污泥的布鞋刷洗干净。晾在哪儿呢?寻思了一会儿,他觉得灯窖最合适。这时期农村城乡的房子在堂屋与里屋之间有一个不足一平方米的小窗子，专门为了放灯用，图的是点燃一盏灯，照亮两间屋，人们习惯称这个小窗子为“灯窖”。把鞋子放在这里，一来可防止雨淋，二来方便照看。金玉进了里屋，先把手伸向灯窖摸了摸，触到一盏煤油灯，就轻轻地往一旁推了推。不知是谁把一只茶碗放在灯的一侧，只听“啪”的一声，茶碗滚落在地上。糟了！茶碗肯定摔碎了。金玉略吃一惊，忙蹲下身子摸索着，把地上的碎片捡了起来。洪江建议他趁屋里没有外人，赶快把它扔掉。金玉觉得不合适，为人处世就得讲究“诚信”二字，人无信不立，国无信不安。更何况这种失信的事儿传出去毁了声誉，以后哪个客店还敢收留？

店里住着这么多的客人，掌柜的哪知道是谁碰的？洪江不无担忧地说，您如果承认了，明明这碗价值五毛钱，人家偏说五块钱，咋办呢？那还不是自找倒霉！

金玉觉得洪江所言并非没有道理。他将摔碎的碗片装进衣兜，说不要紧，我有办法。时间不长，店掌柜进了屋子。金玉装作若无其事的样子问道，您这店里的茶碗多少钱买的？

你打听这个干啥？这店里哪有用好茶碗的，无非是唐山的洋灰瓷，值不了几个大钱。

金玉听后笑了，从衣兜掏出碗片说，我刚才不小心把茶碗摔碎了，您看值多少钱我好照价赔偿。

赔啥呀，算了吧！遇到这种事情我就自认倒霉。掌柜的明显不高兴，说要不我们开店的不愿意让你们没眼人住呢，就因为常出这种事情。

金玉坚持要照价赔偿，说着掏出自己的钱包，朝店掌柜递过去，说不知道被我摔坏的茶碗值多少钱，您就看着留吧！店掌柜爽朗地笑了，再次强调，这个茶碗的确不值几个钱，你又不是故意的，我如果要你的钱，大伙儿知道了还不得笑话我抠门。说话间，他攥着金玉的手把钱包又放进了他的衣兜。这时店掌柜才注意到，面前这位年轻的算命先生有着诸多与众不同之处。典型的国字脸长得端庄遒劲，两道剑眉下的那双眼睛依然透着机灵，一言一行都带着饱读诗书且阅历丰富者才能具有的气质。店掌柜甚至有些后悔，中午过节不应该落下这两位算命先生。店掌柜说，就凭这件事，可以看出金先生有才有德，人又实在，值得深交。以后什么时候来，我都欢迎。金玉和洪江对这家店掌柜的印象自此迅速好了起来，渐渐成了无话不谈的亲密朋友。后来金玉听旁人介绍，这位店掌柜长得相貌堂堂，衣着整洁得体，十分好交朋友，并不是他和洪江所想象的那种趋炎附势的委琐之人。

农历八月二十二日，古寅慌慌张张地找到他们，请求马上转移。金玉猜测他肯定在恋爱上遇到了麻烦，同时也感到这地方买卖不十分理想，就同他和洪江一起奔向了堡子店。之后又在义景铺、石门一带活动了一个多月。

这一天，金玉、古寅、洪江三人来到了蓟县的马伸桥镇，住在了李家店。当地的一位饭馆掌柜说，你们这趟肯定白来了。北京的林松先生在这块活动了一个半月，前天刚刚离开，不会再有买卖了。怎么这么不巧呀，如果早来几天就能见到林老先生了，当面求得他的指教，那该多好哇！金玉感到十分惋惜。正如那位饭馆掌柜所言，金玉他们在此转悠了一天，只算了两卦，还够不上住店吃饭的挑费。晚上回到店里，他们遇到了宝坻县的吴未先生。这位正经的抗日英雄身上仍然透着凛凛的阳刚之气，算不上高大的身躯穿着一身洗得发白的旧军服，略显消瘦的面庞冷峻得如同雕塑一般，讲起话来像铜锣似的响亮。吴未说这地方算命先生太多，建议一同到别处去转转。四人西行十多里路，住在了苍屯的一家客店。在这里，又遇到了宝坻老乡华虎。自从中秋节后，他一直住在这里四外盘买卖，至今还没有挪地方。华虎的四方大脸还是那么白白净净，脑门光滑，头发油黑发亮，艰难岁月尚未磨掉他少年时养尊处优的痕迹。据他讲，此地的买卖也不怎么好。金玉与几位同行商量决定结伴奔山里走，或许那里算命先生去得少，会比这块买卖好一些。行至半路，五人又遇到了刚刚从宝坻转过来的郑卯和玉山。与郑卯的相貌相反，玉山长得人高体瘦，脸上挂满了皱纹，讲起话来亦如小脚女人那样慢慢腾腾，少有中年汉子的朝气。洪江感到有些惊奇，不禁问，宝坻县怎么出这么多的算命先生呀？见没人能答得上，金玉笑道，不知大伙儿发现没有，还有一个行业宝坻的人员也比较多，走到哪里几乎都能碰得到。洪江忙问是什么？金玉告诉他，是剃头的。

可不是吗？不光在周边各县镇，连天津市内的许多剃头匠都来自宝坻。

这是为什么呢？金玉向大伙儿娓娓道来，宝坻出了如此多的算命先生和剃头师傅，皆因为康娘娘的一句话。

康娘娘是谁呀？洪江急切地问。古寅叫他别打岔，听金大哥往下讲。郑卯、华虎、吴未、玉山几位先生都在静静倾听着，看得出他们对于金玉讲述的故事十分感兴趣。

康娘娘是清代乾隆皇帝的一个妃子。一天夜里，乾隆梦见一个骑龙抱凤的美女从京东方向飞来，醒来经人圆梦要得贵人。于是，他赶忙派人到京东地区寻找。这队选秀人马走了十几天，也未遇到骑龙抱凤的女人。这一日他们来到宝坻县的新开口村，不一会儿，四外就挤满了瞧热闹的人。

有个十多岁的秃丫头因为挤不进人群就爬上墙头，骑在土墙上看。这时恰巧一只被吓得炸了窝的公鸡飞到她的身上，秃丫头便一把将它搂在怀中。选秀的官员看见了大喜过望，这不正是他们千寻万觅的贵人吗？

这土墙怎么会是龙？公鸡哪能当凤凰呢？洪江止不住又插了一句话。

郑卯抽出烟袋朝洪江打去：你小子是属耗子的，怎么记吃不记打呢？

金玉继续讲道，这秃头丫头原本姓刘，是村中首富旗籍康家的养女，按大清朝“汉不选妃”的祖制，秃头丫头便改姓康，成了旗人。康娘娘进宫后模样仍如在家中一样，除了五官俊俏外，还生着一脑袋秃疮。乾隆皇帝觉得秃丫头可笑，闲暇之时便将洗脸水和茶根弹在她的脸上头上取乐逗耍。这天晚上，乾隆皇帝又用洗脚水弹她，秃丫头立即跪在地上磕头谢恩。由于用力过猛，她头上的帽子和秃疮壳一齐滚落地下，原来她头上扣的是个明亮的金碗，里面掩着一头秀发呢。康娘娘得宠后，还时常惦念家乡，一有机会就为宝坻的父老乡亲们办些善事。

这一天，康娘娘瞧见皇宫中的旗杆突发奇想，请求乾隆皇帝也为宝坻立些旗杆。她以为，这旗杆不光威武好看，还象征着富贵荣华。乾隆说，你们宝坻乃是宝地，立什么旗杆？康娘娘解释道，什么宝地呀？宝坻就是薄地，十年九涝，立些旗杆可以招财进宝啊。好，乾隆皇帝答应了她的请求，并且说不仅要立，而且要多立，朕就赐你们宝坻县3600根杆子。由于算命先生手握马竿，剃头挑子前头也立着个小旗杆，结果宝坻自此算命的和剃头的就越来越多，一发不可收拾。

众先生说说笑笑到了蓟县的下营，在店中又遇到了一位名叫马腾的同行。不过他的籍贯不是宝坻，而是距此不远的兴隆县。马腾讲，平谷那块的买卖要比这东部地区好。于是，早饭后八位算命先生再往西行，摸进了三十二里沟。正是秋风瑟瑟、寒意渐浓的时节，阳光洒在身上已没有了灼热焦躁之感，暖暖的令人心满意足。金玉放慢步子，尽情享受着这上天的恩赐。他想，这时的天空一定明净深邃，漫山遍野色彩斑斓，唯有各种果树恐怕只剩下光秃秃的枝干了。忽然，一阵冷风吹来，几片肥厚的橡树叶落在金玉的肩上，淡淡的凄凉不禁涌入他的心头。如果不是双目失明，如果不是迫于生计，自己此时肯定正与家人共享天伦，怎么会背井离乡跑到这山沟沟里来？

在崎岖的山路上，众盲人边走边张罗买卖。遇到村落民居，就轮番吹上一段“老八板”，竟然一个算命占卦的也没碰上，中午饭都没舍得买。直到日头掉进西山沟，八人才住进了靠山集的张家店，在这里又遇到了郝西和滦平县算命先生申光。马腾、郝西、申光三位先生中申光年岁最大，已经四十挂零。他长着满脸的络腮胡子，说话却斯斯文文的像个教书先生；马腾小申光整整一旬，在三人中个头最高，五官如没来得及间苗的玉米秧子，紧紧巴巴地堆积在一起，越发显得体长头小；郝西此前与金玉、古寅等人谋过面。几年不见，他仍旧那么爱说爱笑，一张小嘴对众盲人咕噜咕噜地白话个没完没了。三位山中先生如同云海、杨青一样豪爽，见面后便把兜子里装的炒榛子和松子掏出来给大伙儿吃。洪江、古寅抢先抓了一把嗑了起来，像松鼠那样发出咔咔的声响。金玉却没心思吃，他想，如此多的算命先生活动于此，岂不应了僧多粥少那句话。甭说发财，恐怕混上吃喝也难啊！

第二天开始，大伙儿分头外出盘买卖。金玉、古寅、洪江三人在这一带活动了一周，不仅没能挣钱，还把在遵化县所赚花去不少。这样，他们三人与众位同行告别，打算经由韩庄、甘营、夏各庄一线返回宝坻。在与众盲人临分手时，金玉悄悄地把杨青唤到一旁，从口兜掏出20元钱，让他转交给自己曾教授过的徒弟洪恩，告诉他还是学些别的手艺吧，依他的素质实在不适合算命这一行。金玉说，如今咱们这些道上的熟手生存都如此艰难，何况一个不适应此行的新手哇！

第二天途经一个傍山小村时，一位中年妇女问金玉，先生你是啥命呀？

金玉高声答道，穷苦之命。

原来你们算命先生也有命呀？这位妇女说，前天我碰到一位算命先生，他说他是穷命；昨天又见到一位算命先生，他说他是苦命；今天你又说自己是穷苦之命。这世上到底有多少种命啊？

是呀，这世上到底有多少种命呢？

三十七

金玉、古寅、洪江三人从平谷返回宝坻，在家中稍作休息又来到了老根据地玉田、遵化、丰润一带。他们认为，在这里人熟地不生，又打出了些名气，买卖总要强过新辟地区。在接下来的一个半月中，金玉等三人把玉田、遵化几个大的镇村转了近一半。虽然哪天都有所收获，但远远没能达到他们的预期。洪江一人吃饱全家不饿，可是金玉和古寅却不同，家中还指望他俩糊口呢！

面对日渐稀疏的买卖，古寅、洪江对此种情形颇为不解，问金玉现在不是解放了吗，您不是常讲战争结束后人们可以安居乐业，买卖会越来越好吗？怎么会出现目前这种情况？金玉想了想说，经过连年征战，老百姓已穷到了无法再穷的地步。你们掐指算一算，自从你们记事儿后，这仗哪天停止过？特别是日本鬼子，虽说没能把咱们中国人杀光斩尽，可是也把咱们的财产基本抢光了。就咱们脚下这块土地曾发生了多少像潘家峪那样的惨案啊？1941年农历腊月二十八，日本鬼子突然包围了潘家峪村，挨门挨户搜人。一些年老病残走不动的，当场就被鬼子用刺刀挑死在家里。后来，鬼子把村民们赶进了一座大院。地上铺满了浇了煤油的树枝和柴草，墙头架起了机枪，待乡亲们全部进了院子，鬼子开始了惨无人道的大屠杀。村民们下边遭火烧，上边挨枪打。全村一千七百多口人，只有少数村民逃出了魔掌，有三十三户全家被鬼子杀绝，烧毁房屋一千三百多间。你们想，老百姓这些年遭受了多少罪啊？连吃穿都是问题，咱们的买卖能好到哪去？听到古寅、洪江的叹息声，金玉鼓励他俩说，不过，以后就有盼头了。我想这战争一结束，国家就得集中力量搞建设，用不上三年五载，老百姓的日子就会好起来。到那时，只要国家允许咱们算命说书，生意必定越来越红火。古寅提出，只是眼下太艰难了，咱们还是打道回转吧。洪江也赞成古寅的意见。金玉觉得，现在距离春节还有两个月呢，回到家里也没事可干，不如在此再多转几日。说不定在这冬闲时，算命的会多起来。这样，三人一方面做好回家的准备，一方面继续在兴旺寨四周活动。洪江把自己挣的那份粮食兑成了钱，金玉和古寅捎信让家人把存在店中的粮食拉回了家。大家说好，如果入不敷出，马上往回返。生意仍旧没有预想的那么好，三人终于下了回家的决心。就在这时，银君带着宝坻城南关的一位老乡来到了兴旺寨。金玉赶紧将他俩让到客店中。三人坐下后，金玉向店掌柜的要了一壶茶，询问他俩怎么到这里来了。银君答，由于发大水，这一年家家户户都没收多少粮食，日子过得实在太艰难了。他俩本打算在遵化县城开一家饭馆，挣些零用钱花，没想到这里的饭店比宝坻那块还冷清。金玉感慨道，现在干啥生意都不容易，他们在这地方转悠半季了，也没赚多少钱。劝他俩赶紧随他们三位一道回家，正好做个伴，不然，在这里又吃又住的得多大的挑费呀？金凯嘬了嘬牙花子说，他俩现在想回去也走不脱了。他们在遵化县城已经住了四天，本想今天就回家，不料早上结账时，才知道兜里的钱不够。店掌柜问明情况后，让他俩赶紧来这里找金玉。他说，前几天听人们念叨你在这一带活动,手头肯定有些钱。

金玉让古寅、洪江先行一步,他与银君和那位老乡立即折回遵化县城,看看欠店里多少钱,由他边挣边补,最好能以粮顶钱。路上,三位老乡聊起了家乡的事情。当听说银潮已被选调到区里工作,金玉十分高兴,不由叹道,看来还是好人有好报啊!以后银君叔的日子也不会次的,度过眼这道难关,前途就越来越顺了。到了旅店,掌框的又拨拉了一通算盘珠,之后对金玉说,扣去他俩早上给的,还差二斗玉米。金玉说,他们所欠的粮食冲我说,挣出来立刻还您。掌柜的满口答应:没问题,金先生的为人我信得过。

这天傍晚,金玉回到店中刚刚坐下,店掌柜就进了屋子,告诉他西厢房来了一位盲人,不知你是否认识。金玉问店掌柜客人贵姓,是哪里人?店掌柜说,客人登记他姓林名松,五十岁左右,高高的个子,讲话声音挺洪亮。因为首次来此处,不知是哪里人。

哎哟,莫不是大名鼎鼎的北京林先生?金玉让店掌柜赶快领他到西厢房拜见。

来者果然是金玉仰慕已久的林松先生。二人互相道了一声辛苦,两双手紧紧地握在了一起。金玉激动地说,早就想去拜访林老先生,只是苦于没得机会,不想能在此地相见。林松讲,我曾听景坤和季炎先生提到过你,夸你品德好、悟性高,又极具吃苦耐劳精神,将来一定大有作为。

金玉求店掌柜为他和林松先生单独安排一间屋子,价格按包房计算,他要好好向林老先生求教,长长见识。林松说,你太客气了,咱们是互相学习,取长补短,共同提高。他告诉金玉,前两天他去迁西看一位老朋友,今日是途经这里,原打算明早就离开,因为再过六天就是他侄子的大喜之日。既然咱们哥俩有缘相遇,他就在此多待两天。

接下来的两天三夜中,金玉与林松各自介绍了自己的出身、经历和生意情况,谈得最多的还是对算命、占卦、择日一些疑难问题的看法。林松对金玉讲,每位先生所掌握的基础命理知识相差并不大,重要的是这些知识结合具体实际的应用以及疑难问题的解决。北平解放前夕,他在三河县盘买卖,这天傍晚住店时正巧遇到了尚辰先生,两人便住在了一间屋内。晚饭后,他们二人又聊了很长时间的家长里短,正准备脱衣上炕睡觉时,偷偷摸摸地进来一位问命者。这个人五十岁出头,说话声音小得像蚊子在嗡嗡。尚辰要过他的生辰八字后,仔细掐算了一番,告诉来人他的八字忒好,是吃穿不愁、花钱无忧之命;虽说小时候受些苦,长大后日子越来越好,今后的生活更是芝麻开花节节高。林松越琢磨越觉得不对头,就用行话告诉尚辰算得不对，面前这位问命人十有八九是个地主。尚辰听不懂，林松又接连咳嗽了几声，提醒他注意，尚辰仍旧没有改变自己的判断，继续称赞着来者的富贵命相。客人临走时虽然把卦礼钱给了尚辰，但从他的唉声叹气中已确定林松的判断是对的。此时北平四外已是共产党的天下，他之所以不敢在白天把算命先生往家里领，而是夜间悄悄地找到店中，原因只能是成分高。即使眼下没有被清算，也肯定列入了被清算的名单中。林松说，既察人命，先观天时；天时不利，人命不准。如今这种社会发展趋势，地主富农的八字再好，也没啥清福可享啦。

金玉快速回忆着自己和古寅、郑卯、洪江、何牛等人的算命实践，觉得林松讲得极是。他本人之所以比同龄人生意好，关键就是理论与实际结合得好，善于根据发展变化的具体情况评价和预测事物。

林松又讲，要想跻身算命大师的行列，除了达到上述基本条件外，还要在某一方面握有高人一筹的鲜招。譬如，景坤先生掌握了后棚的全部招数；季炎先生擅长请神驱邪；田塬先生在测字上令常人难以企及。金玉对景坤、季炎的本领已领教过，只是与田塬尚未谋面。林松解释说，田先生来去无踪，行迹不定，遇见他很是不易。传闻前年天津刚刚解放，他就去逛了一圈，而且又书写了一段测字的经典。那日上午，他在劝业场一侧摆了个卦摊，许多市民围着他算命测字。有叔伯哥仨对这位外地来津的算命先生不服气，便想给田先生出个难题，让他在众人面前现现眼。老大说要测个猪字，田塬告诉他，一会儿有人请你吃饭；老二说他也测个猪字，田塬说，一会儿有人要送你一件衣服；老三说他也测两位哥哥测的那个字，田塬听后紧了紧眉头，知这三人是市井小混混，成心与自己捣乱，即劝他换个字为好。小伙子不干，田塬说那就不好办了，这位小兄弟多加小心吧，弄不好一会儿要挨顿揍。三人不信，说先去验证一下，回来再与田塬理论。离开卦摊不远，一人就拦住了老大，说我正找您有些事，咱们到对面饭馆边吃边谈吧；又走了不远，老二也被一位夹着棉大衣的熟人拦下了，说你原来落在人家的这件大衣让我捎来了；老三气不过，心想你俩都有好事，我嘛也得不到就罢了，怎么还会挨打？他随后使劲擤了把鼻子，结果正甩在旁边一位打扮入时的太太身上，二人话不投机争吵了几句。跟随这位太太的两个随从瞧这小子的模样就不像个好鸟，上前就揍了他一顿。老三解不开心中疑惑，捂着红肿的嘴巴找到田塬，问他同是测一个猪字，为啥结果不一样？田塬解释道，小猪头一次叫是饿了，得喂些食了；然后再叫，说明它冷了，该给它铺些稻草暖暖身子；如果它吃饱了喝足了暖暖和和地还在叫，那就是讨人嫌,只有挨打了。

刚刚入城的军管会一位领导对算命测字这套不相信，亲自到现场体验了一番。田塬让他说个字,他琢磨了一下说,那就测人字吧。田塬当即断定,您是个官啊;这位领导仍然半信半疑,又派了位战士去问,田塬说你也快高升了,你们长官正惦记着给你提职呢;这位领导又让战士押着一位犯人到了卦摊前,测的仍是个人字。田塬对这位犯人说,现在解放了,你马上可以回家享受自由了。军管会领导觉得这位算命先生有些本领,便没有撵田塬走。金玉暗想,今后的日子长得很,他总归会见到田老先生的,到那时自己再好好请教。无论传闻虚实,他相信田老先生的道行都非同一般啊!

金玉与林松二人越谈越深入,像探宝者摸索着前往藏宝的暗洞,又似研究人员碰到了材料丰富的资料库。二人聊的有经验,有教训,有道听途说,甚至也包括算命占卦行道上的一些禁忌。林松讲,再有名的大师也在马失前蹄栽大跟头的时候。有一年他邻居家娶儿媳妇,求他帮忙择个吉祥的日子,最好保证儿媳妇头胎生个大胖小子。谁料他所选定的这天风雨交加,倾盆大雨从清晨一直下到午后,两位新人和各位来宾全都浇成了落汤鸡;婚后这户儿媳妇又接连生了三个女孩。气得邻居大骂林松没准,从此算命占卦这套东西在他和周围人中变得一文不值。这时,金玉又想起解放前夕为贺善占的那一卦,方感到左邻右舍、乡里乡亲的卦不易算。不能伸手要钱不说,而且算得对错也逃脱不掉他们面对面的检验。看来,算命这碗饭也不那么好端的;尽量不给本村人和亲戚们算命,应当成为自己把握的一条规矩。

第三天早晨,林松与金玉告别返京。二人约定,来年春节过后一同到兴隆、承德、隆化等县市活动,在实战中互相体悟对方的算命占卦特点。金玉以为,只有与林松这样的高手搭伴,才能提升自己的水平;只有自己水平上去了,才能在技艺上带动古寅、洪江。包括失误的教训,这些老先生也比自己丰富得多。否则,囿于现在的小圈子,永远难以有所发展和突破。尽管这行道多是见景生情、帮人解惑的东西,但是如何使听者爱听、有效祛除心中疑虑也有个水平高下的问题啊!在这两天三夜里,店掌柜几乎没有听到金玉和林松歇息，问他俩怎么有那么多的话要说呀？难道就不困倦吗？金玉告诉他,这就叫人逢知己啊!

三十八

林松返京后，金玉在遵化县城及周边转悠了半个月，感到买卖不如兴旺寨那边，便与店掌柜打了招呼，再次折回到那里。

农历十一月中旬，一场大雪在夜间不期而至。金玉早晨起来发现，地上的积雪足有一尺多厚。这可怎么办啊？盲人比不得有眼人，除了靠鼻子底下这张嘴去问，主要靠的是用马竿来触摸道路。这么大的雪，路上恐怕难遇见几个行人；凭自己摸，到处都像棉花垛一样，肯定找不着路。人算不如天算，只有躺在店里睡大觉，别无他法。前两天，早饭后金玉与同屋的客人天南海北地聊上一阵，就迷迷糊糊地睡上一大觉，午饭就像平时外出盘生意那样省略了，直到黄昏时分才下炕。第三天夜里，金玉几乎未眠。不知宝坻是否下了雪？那边的天气也像这里这般冷吗？父母的身体还好吧？当然，金玉最挂念的是敬芳。

这几天，正是敬芳生育二胎的预产期。不知她和孩子是否平安顺利？不知他俩的第二个孩子是男是女？如果能生个男孩那是最理想不过了。他一定要好好培养他，让他完成自己没有实现的抱负，让他成为于家于国于民有用的人。金玉自信有这样的能力，包括经济条件，也包括他和敬芳的文化素养。眼下，金玉实在放不下心的，是敬芳那省吃俭用和干活不要命的性格。他临出远门时曾拜托母亲，一旦敬芳犯病时赶快去请银四奶奶。她老虽说医不了自己的眼病，但是接生婴儿还是轻车熟路、胜券在握的。大女儿辉华、侄子辉国都是她给迎到这个亮堂堂的世界的。可是，远在数百里之外的金玉哪里知晓，正是因为近日这场寒流又勾起了银四奶奶哮喘的旧病，在敬芳临产前的两个小时，她就成了天国中的一员。金王氏和金宝又赶忙从县城请来了一位接生婆，年轻力壮的，但仍未能保住母女的安康。敬芳生的第二个孩子仍然是个女孩。由于营养严重不良，孩子刚一落地就断了气。接生婆讲，娘俩都饿成这样，神本事也难使婴儿起死回生啊！

这一夜，敬芳根本未眠。她抱着孩子从黄昏一直坐到第二天傍午，热泪不停地滴在婴儿冰凉的小脸上。敬芳这时多么希望金玉在身旁给予她们娘俩以安慰呀！尽管婴儿无知无觉，可是敬芳仍然觉得对不住她，恨不能随她一同到天堂去。

吃完早饭，金玉实在躺不住了，拿上他那套家什悄悄出了店门，沿着街上人们踩出的小道试探着摸出了庄。庄外狂风呼啸，雪尘乱舞，路上的脚印立马稀疏了，到处都是厚厚的积雪。金玉用马竿根本探不出路在何方。他只得缓慢转过身子，顺着原路又悄悄地折回店中。他害怕稍不小心，就会辨不清方位摸不到返回的路。这种鬼天气在野外哪怕待上半天，也会被冻僵的。同屋居住的补锅匠李师傅瞧见了，把他从院子领进屋内，小声问，金先生，是不是坐不住了，想出去盘买卖呀？

金玉苦笑着说，是啊！这事儿算您猜着了。我现在手上没有多少存项，照这样下去可真受不了。

不光您受不了，这样坐吃山空谁也顶不住。李师傅叹了口气说，我刚刚从丰南老家来这里，没赚几个钱，就赶上了这场大雪，真倒霉。如果再几天出不去，就得靠喝西北风度日了。

金玉听后心头一亮，向李师傅建议说，要不咱俩搭伙出去？您帮我引路，我给您做伴，互相都有个照应。

那怎么不行啊？今天咱们在店里再窝一天，明天吃完早饭就走。

转天早晨，金玉与李师傅撂下饭碗，各自带上自己的家什，又说又笑地出发了。雪后的天气寒冷异常，二人出庄后就如同钻进了冰窖，气温骤然降了一大截。金玉和李师傅对这场大雪明显准备不足，二人都戴着一顶毡帽头，穿着老式对襟棉袄和缅裆棉裤。呜呜低吼的西北风裹挟着旷野上的积雪，抽得脸生疼，吹得满身起鸡皮疙瘩。开始，李师傅一手扶着肩上的扁担，一手牵着金玉的马竿，几乎并排往前走。由于距离太近，金玉时常碰到他的挑子，彼此都迈不开脚步。李师傅挑子的一头是工具箱，另一头是火炉，上端还挂了个小铁锅，伴着他那一步一晃的身躯，叮当、叮当地发出有节奏的声响。金玉对李师傅说，不用领着了，我听着挑子的声音自己就能跟上。此法果然不错，尽管由于积雪太厚迈不开脚，但是比刚才的速度还是快了许多。李师傅问金玉，您这没眼人，大老远地来这里挣钱图的是啥？

金玉反问道，您这有眼人来这里做买卖图的是啥？

李师傅嘿嘿笑了，那还用问吗？当然是兴家立业过好日子呗！

金玉正色道，我们没眼人和你们有眼人一样，图的也是兴家立业过好日子！

中部　过街老鼠

一

1966年5月，无产阶级文化大革命的狂风暴雨迅猛地朝宝坻、朝冀东、朝整个华北袭来。风助雨势，雨挟风威。从城内的大街小巷到乡村的犄角旮旯，顷刻之间淹没于汹涌的红色浪涛中。闪着刀剑寒光的各类造反派组织应运而生，掀风鼓浪，瞬间把地富反坏右和一些知识分子拍得晕头转向。6月1日，《人民日报》社论《横扫一切牛鬼蛇神》借着高音大喇叭和“入户小广播”的电波飞进村村队队、千家万户。原本没有多少文化的基层群众、狂热幼稚的红卫兵和不可一世的县社宣传队员，理所当然地把算命先生当成了牛鬼蛇神的代表，划入了地富反坏右和黑帮分子的行列。

地主出身的郑卯首遭其害。旧社会你老子骑在穷苦农民头上作威作福，解放了你还靠迷信骗人敛财，过着优哉游哉的生活，广大贫下中农岂能容你？在随后的大小批斗会上，革命群众都要让他戴上高高的纸帽子享受一番“土飞机”的滋味。就这样，造反派们仍嫌不解恨，鼓动村中的红小兵捉来蛐儿放进他的脖子，逮来蛤蟆塞进他的裤裆，后来又捕来一条菜花蛇系在了他的脖子上，整得他身上多处红肿瘙痒，夜夜都被噩梦惊醒。直到数年之后，郑卯摸到绳子或听到蛙鸣仍然浑身抖如筛糠。

曾经担任过国民党军排长的吴未，在《横扫一切牛鬼蛇神》社论播发的第三天，就被造反派揪了出来，随后，被树为公社的头号牛鬼蛇神，成了你争我夺的“抢手货”。这个村子批判完了，那个生产队接着斗。吴未不服，高声叫嚷着自己是抗日功臣。红卫兵们骂道，放你妈的狗屁，我们只知道抗战时国民党是假抗日真反共。直到胜利了，蒋介石才率领你们这帮喽啰从峨眉山上跑下来摘桃子。历史哪能被国民党的小爬虫所颠倒？吴未亮出身上的伤疤给大伙儿看，立即遭到拳打脚踢。从此，批判再次升级，每天他都被造反派们押着四处游街，口里还得不停地喊着：我是牛鬼蛇神！我是蒋介石的孝子贤孙！

海龙自恃出身雇农，苦大仇深，对于红卫兵把算命先生当牛鬼蛇神极为不满。听说要没收他手中那套算命占卦的家什，他先是颠颠地跑到红卫兵连部去闹，后又怒冲冲地找到县社派驻大队毛泽东思想宣传队去论理。算命是祖上给没眼人留下的饭碗，封建皇帝和国民党都没想给老子砸碎，你们共产党怎么这么不讲情理？宣传队长和造反派头头意识到海龙的言行反动透顶，当即给他脖子上套了个“现行反革命”的牌子，将他塞进了地富反坏右的队伍，与这伙剥削阶级出身的人一块劳动，一块游街，一块挨斗。你根红苗正咋了？谁反对伟大领袖，我们就叫他永世不得翻身！海龙不甘受辱，于一天夜里吊死在村西头的老榆树上。

申光这位没有享过一天清福的富农子弟，同样因为投错胎被关进了牛棚，成为这帮黑五类中比较年轻的“小鬼蛇”。公社云水怒红卫兵连知道他不仅会算命，还能唱京东大鼓，就命令他劳动改造之余，编排一些学习“老三篇”的小段，唱给社员们听；追穷寇红卫兵连听到他在哼唱毛主席的《愚公移山》，不容分说便是一顿耳光：你妈的也不撒泡尿照照，一个地富崽子、小牛鬼蛇神，也敢唱我们伟大导师、伟大领袖、伟大统帅、伟大舵手的光辉著作。你个杂种日的，简直是对他老人家的诬蔑！申光当即被打成了重度耳膜穿孔，又不允许他医治，最终成了又瞎又聋的“双残”人。

水浪庄掀起的“文革”浪涛最高，村中的造反行为花样百出，挖坟掘墓，焚烧“四旧”，清抄一切旧书旧画旧瓷器，给黑五类剃阴阳头，让他们喝辣椒水、坐老虎凳。华虎是陪同他曾经的还乡团副团长的老子上台挨斗的。造反派要求华虎揭发他老子的反革命罪行，他声言自己只会算命不会说批判词；造反派，又命令华虎对其老子进行武斗，他声言自己只敢打狗不敢打人。造反派们恼羞成怒，当即就给了他一顿拳脚，告诉他革命不是请客吃饭，不是绘画绣花，我们贫下中农既敢打狗又敢打人！华虎疼得破口大骂共产党野蛮，造反派比国民党的还乡团还缺少人性，结果招致了更残酷的新一轮暴打，直到他奄奄一息，被造反派拖到南洼白花花的盐碱地里挖个小坑埋了。

“文革”开始后，兰云就受到了全家人的全力保护。她自幼胆小，虽然学通了算命占卦的那套理论，但由于面对陌生人心内发怵，平日里外出盘生意只是三天打鱼两天晒网。倘若碰不到撞网的鱼儿，她宁可空手而归。家中并不指望她赚钱，其母临终时最放心不下的就是这位瞎闺女。兰云的哥嫂跪在母亲床前表示，他们要精心照顾妹妹一辈子，有他们吃的穿的，就保证不让妹妹饿着冻着。自从造反的风潮刮来后，家里人就不再让兰云外出，一者怕她听到批斗人的情形害怕，二者担心她遇到红卫兵引火烧身。但是，街上终于贴出了批判这位雌性牛鬼蛇神的大字报，家里人继续瞒着她；后来红卫兵们想揪斗她，兰云的哥哥又求情取而代之；再后来，一位与兰家宿有隔阂的造反派头头要对地富反坏右搞一次游街活动，其中也包括兰云。“文革”中女人游街可比男人惨得多，不单胸前挂牌子，往往还得剃成“鸡籽”或阴阳头，有的脖子上再拴上一双破布鞋，尽管许多人在作风上冰清玉洁。兰云的哥嫂谈论，如果妹妹遭此羞辱，不被臊死也得给吓疯了。兰云哥哥两次找到这位造反派头头求情未果，盛怒之下掖着一颗旧手雷又一次登门求情，在仍旧遭到拒绝后，轰的一声与他同归于尽了。

…………

景坤也受到了“文革”的冲击。北高庄是个地主富农比较多的村子，本来运动开始时，造反派们并没有注意到这位年过七旬的老人。这天下午，他听说四先生游了半晌街后，又被吊在了大队部的房梁上，正在挨鞭子。他想，四先生比自己小不了几岁，如何受得了如此折腾？景坤不顾妻子的劝阻，立即赶到现场要求放人。造反派们讲，四先生过去欺压广大贫下中农，现在得让他偿还这笔血债！景坤申辩说，四先生是开明财主，经常接济穷人，哪来的什么血债？这时造反派们才忽然记起，面前的这位老瞎子不仅自己算命，还常年教授别人搞迷信，是本地的头号牛鬼蛇神，怪不得他站在地主阶级的立场上看问题呢！两位造反派头头一嘀咕，立即让红卫兵小将把景坤也吊了起来。多亏景坤妻子在他走后，及时跑到公社给武装部长报信求救。最终，造反派们念景坤是烈士家属，又听武装部长所说揪斗烈士的父亲就是反军、就是反党、就是历史加现行的反革命，才原谅了景坤立场上的重大错误。

作为昔日叱咤风云的盲人领袖、桃李满天下的子平术教师，景坤此时担心的并非他个人安危，而是他的会员和徒弟们。是扯起盲人协会的大旗集体抗争，还是这样默不作声地任人欺侮？我们没眼人靠算命占卦谋生，这与共产党内的走资派有何关系？推翻党委闹革命就没有说理的地方吗？景坤决定找同行或徒弟们探讨一下盲人的前途问题。于是，他仍然不顾妻子劝阻，独自朝金银窝走来。

金玉这位胆识过人的得意弟子，能否有克难之方或独到见解呢？

二

“文革”的狂风暴雨扫过金银窝时，已稍稍减了些势头。骇人的惊涛虽然呛了金玉几口浊水，但毕竟没有给他带来灭顶之灾。这天上午，女儿金辉华慌慌张张地跑进屋子，告诉父亲街上的大字报写着您长期搞封建迷信，哄骗广大贫下中农，是金银窝的老牌牛鬼蛇神。金玉告诉女儿，别怕，爸爸这行业顶多算迷信,与封建和牛鬼蛇神根本沾不上边。只是他表面上虽然镇静,心里却在不停地擂着响鼓。金玉急忙吩咐女儿,快把他算命那套家什和旧书旧物藏起来。

没容得辉华动手,一群十八九岁的红卫兵就咋咋呼呼地闯进了院子,后面还跟着一位色名远扬的老光棍儿,惊得院内那群芦花鸡四处逃窜。这位老光棍儿其时刚过而立之年,人们如此称呼他,只是因为他由来已久的性格与癖好。谁家盖房子、娶媳妇、吵架拌嘴,老光棍儿听后都像小猫子闻到了鱼腥那样,兴颠颠地跑过去;哪怕是哪户死个小猪子,他也得凑上前瞪圆色眯眯的小眼瞅瞅热闹。大伙儿为此又送给他一个绰号:“坏事乐”。来人命令金玉立即交出他那套封资修的黑货,与牛鬼蛇神彻底断绝关系,不要再为复辟资本主义鸣啰开道了。

东西可以交,但他对红卫兵的定论不服气。算命这行业是老祖先留给穷苦盲人的谋生之计,哪能称得上牛鬼蛇神?金玉分辩说,至于替复辟资本主义鸣锣开道更是胡说八道,发明算命少说也有四五千年了,它资本主义才生下来几天?

一位年纪略大的红卫兵说,敬爱的毛主席发动这场“文革”,就是要揪出你们这样的牛鬼蛇神!

共产党、毛主席是向着我们贫下中农的,他老人家肯定不会让你们斗争我。金玉本想严厉斥责这帮人一顿,但考虑到自己虽然无所谓,可千万不能给子女们找麻烦,最终把占卦用的竹签竹筒和纸帖交给了他们。被他们一并抄走的,还有一部长篇小说《三侠五义》和一对古瓶。

在前院柴火园做着杂务活的金王氏闻声赶了过来,伸开双臂不许红卫兵把东西带走。金玉劝母亲别为他的事担心。说着,他赶忙把老光棍儿叫到一旁,小声叮嘱他,这些东西给我保管好,等这阵子运动过去后再还给我。谁知金玉的话犹如耳旁风,在老光棍儿耳边没有引起一丝的响动。出了金家院子,这伙人就把金玉算命的那套家什抛在了大街的垃圾堆上,成了儿童们的玩物。金玉闻后骂老光棍儿,杂种操的!就冲你这幅德行哪会有姑娘嫁给你呀?老光棍儿的"坏事乐"习惯终归未改,直到老得走不动路了,大伙儿仍然把他视为小顽童,最终打了一辈子光棍儿。

转天晚上,金银窝召开全体社员大会。敬芳吃完饭后,急急忙忙洗刷好碗筷来到会场。像大多数女社员那样,这时的她上身穿一件洗得发白的蓝色单衣,下身穿缝着补丁的黑色夹裤,脖子上系了一条棕色头巾。岁月的沧桑和过度劳累使她脸上布满了皱纹,一绺绺银发也悄悄地加入了乌发的行列;两只手掌生满了老茧,粗糙得像榆树皮了。这些年来,敬芳手里虽然攥着满把银钱,却没给自己购置几身像样的衣服,没有买过一件化妆品。不到五十岁的人,已像六十来岁的老太婆了。敬芳自幼喜好干净,尽管活计再累日子再苦,也未改变她的这一习惯。家中屋里屋外都被她清扫得干干净净,社员们说她家的茅厕都比平常人家的屋子整洁。自己仅有的三两身衣服轮番着洗涤缝补,哪怕少睡一会儿觉也从来不让汗渍泥污过夜。社员们所见到的,依然是那笑容满面、充满自信的俊媳妇。瞧见敬芳进了会场,大队革委会委员银君悄悄告诉她,马上回家把金玉领来。见敬芳不解,银君又说,这是公社驻村宣传队决定的。金玉好像是此次会议的主角,直到敬芳搀扶着他慢腾腾地进入会场坐稳后,会议主持人才宣布现在开会。

大家先学习了一篇《人民日报》社论,而后由宣传队长胡填发表讲话。这是一位生得浑身溜圆,满脸布着横肉的中年汉子。他首先表扬了马来福积极参加集体生产的先进事迹,而后不点名地批评了金玉。根据会前安排,马来福随后站起身发言。昏暗的灯光照得他面如黄土,身后留下一片黑乎乎的影子。他说自己生在旧社会贫苦家庭,这条小命是毛主席他老人家给的,虽然眼睛瞧不见啥了,但是照旧能跟着毛主席、跟着共产党干革命。抬土、送粪、垫猪圈这些活我都能干,决不会去学习算命占卦搞迷信,给资本主义道路当权派当小爬虫!马来福虽然连半个字都不认识,可他的脑袋并不笨,整天听着入户小广播,学到了不少的新鲜词。

妈的!当初如果不是我向你老子求情,恐怕早把你埋到乱葬岗去了。金玉此时已明白宣传队叫他参加会议的意图,也明白了马来福的发言所指,心里骂道。

胡填对马来福的发言给予了充分肯定,然后话锋一转,将矛头恶狠狠地指向了金玉:谁说没眼人不能干活?人家马来福不就干得很好吗?可是有的没眼人,面对举国上下空前的大好形势,却依旧不主动出来参加集体生产,据社员们说,他不指望这个。请问,你不指望这个指望啥?难道还指望继续去算命占卦搞封资修吗?我可以这么讲,参加不参加生产劳动是无产阶级和资产阶级、被剥削阶级和剥削阶级的分水岭。即使你手里再有钱,也得参加集体生产,也得在劳动中改造思想,不允许任何人待在家里吃闲饭。现在,我们对这种人仍然按人民内部矛盾处理,如果谁再执迷不悟,矛盾性质就要发生变化,后果将不堪设想。

会场静得令人心悸,人们仿佛一下子变成了泥塑木雕,没了思想,没了语言,也没了呼吸。金玉觉得大家都在默默地盯着他,几次想站起来进行申辩，最终还是强压怒火忍住了。他所担心的仍然是子女的前程。如果把这伙人惹恼了，被扣个反坏右的帽子，几代人都抬不起头啊！

后来金玉才了解，今天上午胡填召集大队红卫兵、造反派的头头们开会，专题讨论了金玉的问题。此时，满脑子坏水的银德、银生头等人，由于已被列入金银窝的走资派范围而自顾不暇；银蛋也因为其父亲历史上的污点而成了缩头乌龟。主持村里工作的，是刚刚从省重点中学回来就地闹革命的银儒山。在红卫兵小将汇报了金玉对待清扫“四旧”的态度后，胡填主张立即召开批斗会，狠狠刹刹金玉这个老牛鬼蛇神的反动气焰。银儒山坚决反对，他认为毛主席亲自发动的这场“文革”，主要目的是揪斗从中央到地方的各级走资派，防止复辟资本主义和搞修正主义，我们决不能偏离这个斗争的大方向。银儒山是银潮的长子，长得同他爹一样个头不高，面色黝黑；在秉性上却比他爹还要固执、还要专权，只要他认准了的事，九头牛拉不动，刀山火海也敢闯。正因为他的这一性格，再加之他革命平日家庭的光环，才顶住了公社宣传队长胡填的压力，保证金银窝初期的“文革”运动没有偏离中央规定的大方向。这也使得金玉对于银潮、银儒山父子一直心存感激。银君积极支持银儒山的看法，说金玉本人出身贫下中农，不能因为从事算命活动就当作阶级敌人。在银儒山等人的据理力争下，金玉终归未被踹出人民的圈子。相继被揪上批斗台的是地主于弟文繁、被杀家属儿子金哲、国民党军官穆荣和走资派银德、银生头，后来又让阶级异已分子银蛋陪了一阵子绑。金玉心里想，如果银德、银生头、银蛋那伙人掌权，他很有取这仨家伙而代之。那样，后果才真的不堪设想啊！

第二天早晨，金玉在上工钟声敲过后，就来到了村中大槐树下，请求队长金礼给他派活干。金礼是金玉未出五服的堂弟，整整小他十岁，长得身高体壮，一脸憨厚相。金礼的老婆说，一个瞎子好派，这又来一个瞎子怎么安排？金玉和金礼二人均没搭理她，仿佛把她的话混同于大槐树上的鸟叫。金礼想了想，贴近金玉的耳朵嘀咕了两句。金玉说，没问题，这项活计我干得了。金玉已经做好了承接各种农活的思想准备。昨晚回家后，他思虑再三，觉得除了服从忍耐，再无其他选择了。不单是为了自己，主要是为了孩子。特别是他视为掌上明珠的儿子金辉宇。这天，金玉在穿着上也有了显著变化。他头戴一顶锥形草帽，身穿深蓝色旧单衣，脚踩十纳帮黑布鞋，上衣兜掖着旱烟袋，已然一身地地道道的农民装束了。躲在不远处墙脚下的银生头瞧见金玉，冷笑了两声说，这回金玉家里有钱也白搭，人人都得参加劳动。银德此刻似乎也忘记了自己的处境,不无得意地附和道,从今儿往后金玉的罪算是受上了。大伙都讲他能掐会算,这次怎么没能算出来呢?

三

金玉对自己的这步霉运,很早就预料到了。只是凭借的不是占卦、抽帖和子平术,而是实实在在的切身经历。

前年正月二十六日上午,金玉迎着仍旧寒冷刺骨的北风,转悠到县城西北的核桃园村。刚刚吹了两声笛子,一位二十岁出头的小伙子就来到他跟前,边说着赶快随我来,边拎起了他的马竿。这简直是入村见喜啊!须明白,此时家门口的买卖已逐渐冷落了,金玉碰到这位心急火燎的小伙子,以为撞见了大买卖,十分兴奋。进了这家堂屋,小伙子让金玉自己到西屋去,说有人找,他却拔腿溜了。金玉这时才发觉,事情远没有他想象的那么美好。没容他往深处琢磨,一位中年男人已把他拉进屋子。

哪村的?

金银窝的。金玉听出屋内有三个人,说话语气不像是本户的家人,于是反问道,你们是干啥的?

我们是县里派来的工作队,知道为啥叫你来吗?这位中年男人说话速度不快,语气中透着一股高高在上的傲气。

不清楚?我看你是揣着明白装糊涂!现在国家不让算命占卦搞迷信了,哪有不知道的?中年男人用力拍了一下八仙桌子说。

我没有接到任何人的通知。

你们村有工作队吗?一位年轻姑娘问。

有,我们家里就住着两个女同志呢。

三位工作队员听到金玉说家里住着他们的战友,便知他家庭成分不会坏,或许还有些背景,态度立即缓和多了。他们告诉金玉,今后不允许再算命了,咱们国家正在挖“三根”:一是搞迷信,二是扮神鬼,三是发家致富。这三个根子,与你们算命先生都有关联。过一段时间,县里还要给你们开大会,安排布置这方面的工作。赶快回家吧,以后不要再出来干这行了。

金玉随后找到海龙,他的一位远房亲戚在公社任书记,打算托他帮忙开个证明,继续到北部山区去试试运气。那里的人厚道好客,风声或许没有宝坻县这么紧。这个时候没有证明就坐不上车，住不上店，买不到饭。各处总有那么一拨人，眼睛贼亮贼亮的，看到陌生人就刨根问底，甚至把你当特务抓起来。金玉和海龙找到这位公社书记，他却不敢当家，说现在到处都在挖“三根”，你们外出如果犯了事儿，谁负这个责任？还是老老实实待在家中，等着县里开大会吧。

众盲人在焦虑中盼啊，等啊，等啊，盼啊，却迟迟听不到开会的通知。这干部们办事怎么这么拖拉呀？不就是一场大会吗？换上我们没眼人自己操持，也早该圆满结束了。家住蓟宝两县交界处的峻崎先生实在等不及了，左右手各拄着一根马竿，抛开地方政府和盲人协会，开始四处串联游说，打算聚集一批盲人到北京上访。他甚至以为，基层干部们不让没眼人算命占卦是在糊弄人，共产党就是为穷苦人卖力气的，怎么会掐他们的鸟食罐？峻崎要率领一拨人去见毛主席。倘若见不到他老人家，找到刘主席、周总理、朱总司令也行，细细介绍一下基层情况，说说算命先生的苦处。如果中央真的下达了禁止算命的指示，就请领导们收回成命。他坚信自己的目的能达到，古往今来，历朝历代，都不会难为算命盲人的。就在峻崎东奔西走、四处呼告的途中，一辆疾驰的列车将他撞倒在无人看守的铁道口上。壮志未酬身先死，自此，这世上再也见不到拄着两根马竿走路的没眼人。

瑟瑟秋风刮走了灼热，吹黄了原野，众盲人日思夜想的宝坻县盲人大会终于在中秋节后召开了，来自全县三十二个公社的一百二十位盲人代表聚集到宝坻大礼堂出席会议。虽说会议筹备时间挺长，议程却十分简单。上午，代表们听取了县领导关于号召全体盲人积极宣传毛泽东思想，禁止算命占卦等一切迷信活动的讲话；中午，大家围在一块吃了一顿大米干饭白菜炖粉条；下午，每位代表领到了一册薄薄的鼓书唱本，便互相道别了。金玉在这次会上领到的是《早婚害》，回到家中让女儿给念了两遍就学会了，前后用了不足两小时。之后，他又到古寅、海龙家里要来他俩所领的《破除迷信》和《一贯道害死人》的唱本，只花费了一天工夫也背得滚瓜烂熟。金玉落实会议精神的积极性不能说不高，速度不能说不快。可是，仅凭这几个小段，就能养活一家人吗？众盲人对前景均不看好，郑卯、吴未、尚辰等随后就把领到的唱本当擦屁股纸了。

金玉没舍得扔掉手中的唱本，而且还在尽力搜寻背诵着各种鼓书。他并非看不透形势，只是觉得算命可以说书作掩护；既然真的不允许算命了，说书或许还能混口饭吃。

金玉在耐心观察着时局的变化，等待着可以出门的时机。

四

形势并未朝着金玉企盼的方向发展，反而一天比一天吃紧了。大广播、小喇叭里天天嚷嚷的都是你死我活的阶级斗争，都是与封资修势不两立的政治宣言，一场大的运动似乎随时都有可能突然爆发。但是，金玉在家里实在待不住了。这一年多来，他变得面黄肌瘦，口舌生疮，精神萎靡。这生来穷苦之命的没眼人，哪里享受得了如此清福哇？再这样下去，非得有更严重的疾患找到他。去年初冬穿上棉衣后，金玉顾不得日趋紧张的政治形势，顾不得没人为他开张证明，带上早在1952年宝坻县曲艺联合会颁发的演唱证，踏上了北去的汽车。与宝坻村挨村、地搭边的蓟县、玉田，他没有站；较近的丰润、遵化，他也没想去。金玉先乘车，后步行，穿过蓟北黄崖关，越过雄峰险岭茅山，一竿子插到兴隆县的北部山区。自古道，山高皇帝远，哪朝哪代都管不住人们背地里骂皇上。可是，金玉很快就发现，在社会主义的中国此话不再灵验。党中央除“三根”的指示，早已先于他的到来传遍了深山老林。当天，金玉就撞上了一颗不软不硬的钉子。

在距李家营不远的一个村子，金玉找到了一位姓刘的熟人，想在他家过夜。以前金玉每年都给老刘及其家人算上一两卦。原本就生得满脸哭相的老刘，这时的面容更加悲戚。他十分为难地说，不行啊，前些天队里开会不让留陌生人。老刘的妻子说，金先生是咱家的朋友，怎么算是陌生人？你去队长那儿报告一声。队长听了金玉的情况，当即表态不能留他住。队长说，咱们倒是没有啥，可是国家不允许，毛主席知道了也不答应啊！金玉听后哭笑不得：你他妈狗蹦子都算不上，调门拿得却不低，你知道国家是个啥？甭说毛主席那么大的官，就是兴隆县县长也不会拿你当个啥呀！

金玉拎起行李出了刘家，他要趁早赶到禾家营，那里有位交往较深的朋友。望着徐徐下坠的夕阳，老刘的妻子不无担忧地说，天眼看就黑了，您路上可得多加小心啊！

放心吧，我们没眼人福大命大造化大，神鬼见了都害怕，没事的。金玉没好气地高声应答着，脚下的步子迈得又大又快。

盲人哪里谈得上福大命大造化大？两眼一抹黑，南北辨不清，在残疾人中都被列为第一等。单说走夜路遇险者就难以计数：22年前的正月，宝坻城南的一位算命先生在城西佟家沟村盘买卖，回家时沿着西护城河岸由北往南走。城墙上巡逻的日伪军由于天黑看不清他是盲人，询问他是干什么的。他抬手晃了晃手里的马竿，高声回答是算命的。日本兵以为他手里拿的是长矛火枪之类的武器，没容得伪军解释，就叭的一声击碎了这位算命先生的脑壳。18年前的初春，武清县一位盲人到宝坻县大口屯镇算命，晚上由于没能找到住处，急着往家里赶，不慎坠入刚刚解冻的青龙湾中被活活淹死。6年前的冬季，蓟县一位盲人在隆化一带算命，同样因为天黑没人留住迷了路，掉进了社员们捕猎的深坑中，结果被长长的竹签穿透了胸膛。惨啊！

至于遭受客户或熟人驱逐而露宿街头，那更是盲人们的家常便饭。不单金玉和林松他俩遇到过，比他们情形惊险艰难的还有许多。十三年后，陈森在家乡一带盘买卖回家晚了，误入杂草丛生、獾鼠出没的乱葬岗，随即遭遇了“鬼打墙”。他在里面东摸西撞地折腾了多半夜，就是找不到旁边的大道，直到听见雄鸡打鸣才走出这片坟地，吓得他虚汗淋漓，大病了一场。十七年后，杨青到兴隆东部地区算命，傍晚回店时鬼使神差地攀上了一座小山包。待他明白走错路时，无论如何也找不到下山的道，前后左右摸向哪边都是悬崖或荆棘。一直等到转天上午大道上有了过路人，才把他领了下来。从此，杨青不敢再独自走夜路登山坡。二十五年后，最终没能逃脱走资派小爬虫命运的马来福，一次到北部山区算命，傍晚时天空下起了蒙蒙细雨，他走进一户人家央求住在那里，答应为他家人白算两卦再赠两副帖，以抵销早晚两顿饭和住一宿的费用。这家女主人算算合适，就随口应了下来。岂料马来福也遇到了当年金玉、林松的那种情况。这户男主人回来后，坚决不许马来福住在他家，说看着这留着分头、面皮白净、油嘴滑舌的小子就不地道，硬是把马来福强行推出了门外。这时天色已晚路无行人，马来福只得偎在了这户的门楼下，身上挨着雨淋，耳边听着狗叫。寒冷、孤独、寂寞、恐惧，一股脑儿地涌入马来福心头。他实在无力抵挡如此强大的负能量，哇哇地哭起来，哭声迅速压过了狗吠。这家男主人再次打开院门，狠劲儿踹了马来福三脚：妈的，再在这块哭丧，看我不打折你的狗腿！马来福只得壮着胆子钻进了越下越大的雨中，孤零零的没个伴儿。

金玉在心里念着阿弥陀佛，但求这种倒霉的事情别再落在自己的头上。

五

金玉到达禾家营已经夜间八点多钟了,家家户户早已吃过晚饭,只等着收拾一下就睡觉了。这位苗姓朋友见到他大吃一惊:形势这么紧,你怎么还敢出来呀?金玉满脸的无奈,说,谁不愿意在家待着啊,可是要奉养老母,供两个孩子上学,光靠你嫂子一人挣那点儿工分活不下去哟!我原想你们这里远离北京和省会,形势可能松一些,没想到比我们那地方还紧。金玉与老苗相识十多年了,以前在这一带活动时常在他家住,两人说古论今,探测时运,无话不谈。

你此次来到我家住几天可以,但是干老本行可不行!老苗语气十分严肃地对金玉说。

国家禁止搞迷信,难道说几场书,宣传毛泽东思想和党的政策也犯忌吗?金玉清楚,他指的是算命占卦一类,甚至还包括说书。老苗介绍,前些天上边刚刚下来指示,不让你们这样的人私下活动。咱们得听啊!否则让他们抓住了,给我扣个反动的帽子,你侄子侄女可就倒大霉了!对于朋友的难处,金玉非常理解,在老苗家住了一夜,转天上午他就奔狭道庄了。哪个当父母的不为孩子的前途着想呀?可是自己跑出几百里路,也不是为了蹭吃蹭喝来的,如果没有啥可干的,连回家的路费都成了问题,那只有一道讨饭返回宝坻了。

狭道庄有五个生产队,村大,人口多,集体家底厚。算命抽帖是不敢指望了,金玉估计说几场书不会成问题的。他首先来到一位姓李的朋友家中。寒暄过后,没容得他谈到想在队里说几场书这件事,一位四十岁出头的男子就闯了进来,挟着一股冷风。他问金玉是哪来的,到这地方来干啥?金玉解释说自己是宝坻人,到兴隆这块是来说书的。这位男子继续追问道,说书?谁叫你来的?国家允许吗?金玉回答说,我搞不清国家在哪块,也不知道他们允许不允许。来人被金玉弄迷糊了,因为他也不知道国家在哪儿,只知道公社最近开了会,要坚决反对搞封资修那一套。金玉对他讲,封资修那东西咱不搞,不许说书我也不说,只当是串亲戚走朋友。稍后老李告诉金玉,刚才来的那个男人是看山林的,长得一副狗熊样儿,心眼儿实得像碌碡。不知道他怎么就摸着信追上门来了。

杂种操的,我说书算命的,关你个护林员屁事!

金玉感到此地仍然不宜久留，只住了一宿，就去了生产一队姓袁的熟人家。半路一场撒银抛玉般的大雪忽然而至，迅速把山乡带进了寒冷萧瑟的冬天，漫山遍野一片洁白。走在狭窄坎坷的山沟里，金玉感到寒风刺骨，腿脚发凉，仿佛掉进了冰窖中。金玉体寒心急，却不敢甩开自己的脚步。盲人最怕走雪路，摸哪都像棉花垫子。到了小袁家时，已傍近晌午了。路不长，他却走了足足半天。

小袁是复员军人，身板壮壮实实，面相透着厚道，与山里广大青壮年没啥区别。但在金玉看来，当今社会复员军人吃香。毛主席都在号召工业学大庆，农业学大寨，全国人民学习解放军。复员军人不就是刚刚摘下领章帽徽的解放军吗?一般情况下，是没人敢惹他们的。下午，小袁让金玉给他算卦命，测测他今后还有没有脱离农村、当个职工干部的运气？金玉与他交往不太深，害怕他是在试探自己，说现在国家不让算命占卦，咱已彻底洗手不干了。话音未落，他的堂叔老袁进了屋子。金玉与他可是多年的好朋友了，每次见面两人都要侃侃大山，掐掐未来。金玉甚觉纳闷：这消息怎么这灵呀?我的屁股还没把炕头焐热你就来了。小袁再次提出了自己的请求，老袁告诉金玉，都是自家人，出不了事。

那我给你摸摸手相吧，这个来得便当。人的面相同生辰八字一样，是前世修来的。按照我国古代相面术所说，人的五官、手脚、骨骼、肤色、声音等等，都预示着人生的命运。就你这双手来说，厚实圆润，五指匀称，命运相当不错。特别是你手掌纹从四周向掌心集聚，主你心地善良，热爱生产，生活也较一般人富裕。有诗为证：

> 福厚纹生聚掌中，无灾无祸度平生。
> 勤奋劳动兴家业——

金玉尚未解说完，三队的队长又闯了进来，大声问道，你们这是做啥呢？金玉吓了一跳，急忙把手缩了回来。这位队长乐呵呵地说，接着算，本人不管这事。

金玉再次惊诧这消息果然传得够快的，满天的风雪，又隔着个生产队，他怎么就听到了？

晚饭，小袁媳妇做的是小米干饭炒萝卜干。老袁也在这里陪金玉吃完饭才回家。金玉与小袁夫妇又聊了一阵子家长里短，才回到各自房间躺下睡觉。金玉这时却十分庆幸这场雪。如此天气，可以睡个安稳觉了，省得再来人缠着他算命占卦，白费口舌讨不到钱。刚刚脱掉衣服钻进被窝，金玉就听到了咚咚的敲门声。原来，三队的队长带着两个人来听书了。金玉面露难色，说这么晚了，怎么还说书呀？其中一位三十多岁的男子告诉金玉，他们这三人最爱听书了，再晚也耽搁不了白天的事。队长见金玉仍不起身，不动声色地说，先生记着，见事则明，你瞧着办。金玉知道他在拿白天为小袁摸手相的事情要挟他，又未见东家硬气起来，只得穿衣下炕，支起大鼓，为他们说书。

地净场光天气冷，
呼啦啦刮起西北风。
李大娘这天心神不定，
[illegible]记着二小子李大生，
自从儿子光荣入伍到部队，
现如今训练习武在保定城……

金玉以小段《李大娘瞧军》开场，之后又唱了一段《互助组》。待他开始说《一贯道害人》这篇书时，已听到了呼噜呼噜的打鼾声。金玉撂下鼓槌和铁板说，今天就说到这儿吧？队长听到没了声响，揉了揉眼说，咋不唱了，大伙都听着嘿，给我们接着往下唱。跟着队长来的一位小伙子提议，让金玉说一段老书，这新书听着没啥意思。

那不行，现在国家不让搞“四旧”，你这不是逼着我犯法吗？金玉当即表示不从。

队长这时已经醒过盹儿来，大声道，谁讲说旧书犯法了？怎么也比搞迷信好得多。

小袁也劝金玉，就说一段老书让大伙过过瘾，出啥事有吴队长和他顶着呢！主 客软，你要是给顶着，能发生这种事吗？无奈之际，金玉只得又说了一段《小八义》。直到丑时过后，这伙人才离开袁家。折腾了多半宿，金玉口干舌燥，手脚冰凉，却一分钱没得到，连顿夜宵也没人管。

在此后的一个月内，金玉又去了寿王坟、东铺、李家营、苗家营、窄道子、冰冷沟等村队。所到之处，他时时遭到人们盯梢盘问，夜晚经常刚刚躺下，就来了查户口的。只有遇上交往十分深厚且家庭硬实的朋友，方能说上两场书。大多时候，只能白白混口饭吃。莫非这山还不够深？这林还不够老？这里相距皇帝还不够远？金玉遂有了再往北走的打算。恰巧，这天他在大路上遇到了一位正在修理卡车的司机师傅，准备到承德市去拉货物，金玉请他帮忙捎带自己一段。师傅告诉他，驾驶室里已有人坐，如果跟车只能坐在货厢上。金玉十分高兴地应道，没问题，咋也比我两条腿快。汽车一会儿便修好了，坐在没有篷子的车厢内，金玉感到风力突然加大了，足足够得上六七级。大路两侧山上的积雪及树上残存的枯枝败叶刮得漫天飞舞，抽在他脸上比鹅毛大雪坚硬有劲儿得多。四处冰凉，金玉用力裹紧棉大衣，仍然难抵狂风奇寒，不一会儿腿脚就冻麻木了。待到承德市区时，他已站不起身子。

在承德郊区活动了几天，根本碰不见生意。这是金玉预料之中的事情，因为这里是专区所在地，政治气候怎么会冷淡得了？金玉决定一不做，二不休，继续往远处走，到大山深处去闯一闯。那里交通不便，信息闭塞，人也厚道得很。1955年，金玉会同林松、云海曾到过那块，有的老百姓尚不知中国已进入了社会主义，共产党的领袖不叫皇帝叫主席。进入腊月后，金玉曾听到几位老乡在议论过年的事，有的说今年过年的正日子是二十六，有的说是二十八；还有一位说，管它十几、二十几呢，反正他家昨天已把肉吃了，这年早过晚过还不是一个样？金玉默默地听着他们的议论。多么憨厚善良的老乡啊，就在昨天他到一户社员家中算命时，这户老人还让儿媳妇为他炖了一只野兔呢。金玉不想在他们面前炫耀，懂得点日历知识算个啥呀？如果他们想学，买本年历或月份牌就全解决了。

边远山区的政治气氛果然比兴隆、承德地区要平淡一些，但是算命占卦仍然遭到社队干部的盘查和批评。金玉在这山深林老的地方转悠了二十余日，说了十多个晚上的大鼓书，却收不上钱来。原因是这里的村集体和社员们太贫穷了，手头没有几个闲钱，大多以榛子、蘑菇等山货作为报酬。离家千余里，弄几袋子这东西怎么带？金玉只得将其贱卖给当地小卖部，换成了返程的路费。

一路上，金玉遇车坐车，没车步行，走走停停，继续兜揽着生意。进入兴隆县境时，他特意留了下来。现在距春节尚有半个多月时间，就这样几乎两手空空地回家，他于心不甘啊！此处虽然管得严，可是朋友也多。再转上几天看看，多挣上十块八块的，就够春节的挑费啦。

这天下午，金玉从下台子往北走，迎面正碰到北梁村的生产队长老郭。金玉与他相识多年，知其家中弟兄七位，他排行老四，为人仗义，办事果敢，不吝钱财，堪称当代的及时雨宋公明。老郭问，金先生什么时候来的？这准备去哪呀？金玉告诉他，在这山里活动近一个冬天了，走到哪就站到哪，看看有说书的就说上一两场。

那赶快跟我回家吧，老郭拎着金玉的马竿朝他家的方向走去，半路还不无埋怨地说，金先生既然到家门口了，早就该进来。

我怎么不想来呀？只是如今形势一天紧似一天，你又是大队干部，怕给你家里添麻烦啊！

形势紧又咋啦？秦桧还有三个相好的呢，我们家里就不能有几位亲戚朋友了？

金玉和老郭说笑着进了村子。刚刚拐进郭家院内，老郭的妻子已闻声出屋相迎，把金玉让到了正房的西屋，帮助他解开行李，让他先歇息一会儿。老郭两口子住东屋，每天都有社员找他问事，公社干部也常来下些指示，将金玉安排在西屋休息，图的是消停。老郭对金玉讲，您就安心住这儿吧，有我在就没人敢轰您。三人正说着，公社一位姓李的干部进了院子。老郭妻子赶忙迎了出去，把他让进东屋。来人问，听说你们村来了个没眼人，是从下台子那边来的？

没有哇！这是哪个多事儿的向你汇报的？他保准是看走眼了。

李姓干部走后，老郭妻子对丈夫说，让金先生住老五那去吧，他那里背角，串门的少。老郭摆摆手说，今天太晚了，明天再去。他吩咐妻子炒了一盘鸡蛋，烙了两张白面饼，说给金先生改善一下伙食，这一冬在外面闯荡肯定够苦的。第二天傍晚，老郭悄悄地把几位兄弟召集在一起，商量每家拿出两元钱，让金玉私下说五个晚上书，只限咱们家里人听。老郭叮嘱大伙此事一定要保密，不然金先生连盘缠都挣不出来呀！

整整一个冬季，金玉仅仅挣了十七块钱。这是自出师后，他从未遇到过的事情。如果不是遇到了当代的宋公明，他必定要一路乞讨回家了。

六

当今政府不信算命这一套，金玉不是眼下，而是很早以前就亲身体验到了。1952年，他同古寅在玉田县雅鸿桥镇算命时，曾被一位乡干部轰走，理由就是他们不信这一套；1962年，他与古寅、海龙在古北口盘买卖时，被工作组叫去训斥了一顿，让他们马上离开，别在这里哄骗人；更有甚者，1950年季炎由于家庭成分高，本人又对社会颇有微词，当地领导不仅不许他出门盘买卖，还在门口安排民兵站岗，专门拦截找到他家里算命的群众。季炎夫妇被逼无路，双双吊死在自家的房梁上。从那时起，金玉就预感到自己算命占卦这套本事,迟早要放下。

新中国成立后，正是由于算命占卦处于这样一种半明半暗的灰色境况,金玉和他的同行们不仅常常受到吓唬,碰到禁令,还没少遭遇欺诈和盘剥。1953年中秋节这天,金玉与海龙、洪江乘坐汽车来到了北京与河北省的交界处。不冷不热的气候令他们心情甚爽。下车后往前走了不长一段路程,他们就遇到了一位言语热情、相貌富态的中年男子。他看到海龙背着三弦,洪江带着大鼓,便猜到三位是说书的艺人,于是,盛情邀请他们到他家去说书,欢庆中秋佳节。这位老乡十分好客,晚饭专门为金玉等人做了炖肉烙糖饼。洪江说,饭菜挺香,如果有块月饼吃就更好了。老乡讲,这位小先生说的有道理,八月十五是得吃月饼,言罢,即派家人到村中商铺给三位先生买来了月饼。这天晚上,金玉演唱的是短篇大鼓书《草船借箭》和《考神婆》,海龙弹弦为他伴奏。前来听书的是这户的街坊邻居,有三十来人。宾主双方十分高兴,金玉把演艺水平发挥到了极致。这后一篇鼓书是主张移风易俗、破除迷信的内容,金玉只是与主人商量随便选定,不料却埋下了一个小小的隐患。

…………
神婆被问得无言以对,
两眼止不住掉下泪来。
民事主任高声道,
这世间哪有神仙和鬼怪?
从今后大家擦亮眼,
不许任何人再诈取民财!

待金玉唱罢最后一段书时,赢得了长时间的掌声。按照规矩,东家又为三位先生做了夜宵:烙饼炒鸡蛋,饭菜依旧很硬可。海龙却得寸进尺,提出要喝点酒。没等金玉开口阻止,这位老乡又爽快答应了:有道理,过中秋节是应该喝些酒。随后又派人去村中商铺买来了一斤散装白酒。金玉觉得,待遇如此优厚,这说书钱怎么也不能收了。可是,这家主人坚决不依,第二天早上临别时,又把演唱费塞给了金玉。

离开这家不久,金玉等三人就被两位小伙子拦住了。其中一位身材短粗,额头凹陷;另一位体似麻秆,印堂狭窄。他俩不再是为了听书,而是想算命占卦。三位先生见又来了买卖,自然十分高兴。看来此行是下车遇财,一顺百顺呀！金玉和海龙分别为他俩排了八字论了命运。其间又走过来一位声音沙哑的中年妇女，也要求先生们给她算上一卦，洪江就主动揽下了这桩生意。待到算完后请他们交付卦钱时，两位小伙子首先发难，说你们不是正在宣传破除迷信吗？怎么还要钱？

我们什么时候宣传要破除迷信了？

就在昨天晚上呀。额头凹陷的小伙子指着金玉说，这位先生唱得多好哇：

天堂地狱是胡说，没有神仙没有佛。
烧香上供白费事，自己的命运自己把握。
调准丝弦忙打鼓，听我唱一段破除迷信考神婆……

我们大伙儿都记住了，你们怎么就忘了呢？

既然知道算命占卦是迷信，你们怎么还找我们干这个？

中年妇女抢着答道，我们就是想看看这迷信是啥样、应该怎么破。海龙和洪江也打算耍赖，说你们不给钱我们就在这里吃住不走了。印堂狭窄的小伙子嘿嘿笑着说，要不然咱就去找乡里干部们评评理，哪有宣传破除迷信还搞迷信的？金玉用行话劝说海龙、洪江赶快撤，有这工夫，到别处也把损失的钱挣回来了。金玉的记忆力好，学什么知识都较常人快，这时他的行话水平已超过古寅、海龙了。

途中，洪江问金玉，同是这一地块的老乡，脾气性格怎么会有这么大的差距呢？金玉说，没听人们常讲树林子大了啥鸟都有吗？十个手指伸出来还不一般齐呢。不然这世上怎么会既有关公又有曹操，既有岳飞又有秦桧，既有孙文又有袁世凯，既有日本鬼子又有苏联老大哥呀？海龙认为金玉分析得有道理，自从他眼睛彻底失明后，甭看啥东西都瞧不见了，可是对这好人歹人却分得更清了。

金玉、海龙、洪江三人继续往北走，之后将据点安在了滦平县的石盘镇。为了多揽些买卖增加收入，三人白天分散开四处活动，夜晚回到客店集中休息。头两天，金玉和海龙的买卖还算红火，洪江也开了张。店主说这地方从古至今都十分兴旺，曾有一京二卫三石盘之说，在中国除了北京、天津，恐怕就得数石盘了。金玉心中暗笑，你们这块儿有啥呢？连个大的商场都没有，怎么敢与北京、天津称兄道弟呀！恐怕连我们宝坻县也比不上。宝坻地盘称不上有多大，可那里九河交融，水韵温婉，田园隽秀，自古就是繁华富庶之地，明清时被誉为“畿东大邑”，民国年间享有“京东第一集”美称。现如今移步见水的宝坻,到处还都呈现着江南鱼米之乡的景色呢。

第三天夜里,北风乍起,气温一下子降了六七摄氏度,昨天还是秋末的气候,暖洋洋的日头照得山乡如春季一样怡人;今天就转入了严冬,西北风抽得行人面部生疼。上午九点多钟,天气随着狂风的呼号变得更加寒冷了。金玉转到一个村庄,随即被一位三十岁出头的妇女领进家中。讲好卦礼钱后,先为她算了一卦,后又让她抽了一副帖。待金玉请她付钱时,这位妇女告诉金玉, 我是政府的工作人员, 领你来家里不是为了给自己算命,只是想了解一下你们算命先生是怎么给老百姓们算的,是不是说了些违反国家政策的话。这位妇女表扬金玉说,照你这样算命抽帖还可以,不但没有违反政策,还称赞共产党好。

你领我不图算命,为啥还让我为你排八字测未来呀?金玉气得直喘粗气,我看你就是想占便宜。

我占你便宜又怎么啦? 告诉你,愿意在这块儿待着就规矩些,不愿意待就给我马上走。

你年岁不大吓唬谁呀?面对这位小母虎似的泼妇,金玉真的无可奈何了。卦礼钱肯定没戏了,找人评理也没有地方。唯一可以选择的就是走。他起身对她说,告诉你没有滦平有北平,没有你们这个洼还有我们那儿的黄庄洼、里自沽洼,天底下大着呢。只是没听说算命不给钱的!

金玉不仅未能讨到自己的那份劳动报酬, 也终归没有弄清领他算命的这位妇女的真实身份。他无心再盘买卖,气冲冲地回到店中。先他一步,海龙也提前收摊了,因为与一位查验他身份证明的干部发生了争执,同样在生着闷气。为此,金玉越发觉得,算命这个行业前程难卜。他打算抓紧回家,再次拜师学几部长篇大鼓书,一旦日后严禁算命占卦了,他手中的这几个鼓书小段,肯定是养不了家的。这一年的冬天,金玉花了高出常人近一倍的价钱,向宝坻城西的一位艺人学习了长篇大鼓《忠良传》和《隋唐演义》。只是没想到,如今命不允许算,说书也遭禁了。长此下去,盲人们怎么生存呀? 他金玉又如何养家糊口啊?!

如同二十六年前的突然失明,金玉对自己的未来再次坐上了没底轿。

七

全体社员大会的第二天,金玉的人生步入了一个新的转折点。早晨上工前，金王氏和敬芳见他真的要去参加生产劳动，都阻拦他看看形势再说，这么多年没干农活了，突然去做哪能承受得了？柯英也劝他甭听宣传队那伙人瞎嚷嚷，说不定过几天政策又变了。

回想这些年来的国家政策，一天紧过一天，大雨未至，早已满楼寒风。金玉说，那位姓胡的讲得没差，如果今后一直禁止算命说书，不去参加劳动能指望啥呀？

敬芳的眼泪不由得滚落下来，低声说，都怪我没把持好这个家。

面对金玉和马来福两位盲人，金礼马上想到了一项适合他们的活计——到生产队的菜园推水车。这是20世纪50年代开始推广的农用机具，由三至四人像推碾子拉磨那样推拉着它围着井口不停地转圈，把水从井中汲出灌注到垄沟中。此项活计简单而又劳累，只要有把子力气就能干。当征询金玉有没有不同意见后，金礼又为他俩派去了一位推车的伙伴兼领路人吕承武。这位私塾先生出身的老学究，不知是先天遗传，还是后天用功过度，患有高度近视，又没条件配副眼镜，以致两三米之外便分不清前面的人影是张三李四还是木头桩子。这样的劳动组合，多亏他金礼想得出。金玉心里清楚，自己这种人干农活，就如同秀才上战场，吃苦受罪不说，扬短避长了。这方面，他同样有着剜心割肉般的印记。且不说坏眼之初摸索着下地拔麦子、砍高粱、掰棒子，满手满脸被划得血痕斑驳；即使后来尝试工人阶级或知识分子所干的那些工作，也是事倍功半，得不偿失。

1958年，国家对于算命先生的政策再一次紧扣。虽然没有像现在这样发动群众予以专政，但已积极倡导盲人们改弦更张，从事对社会有益的事业，为“大跃进”贡献一份力量。云海觉得机遇难得，上活动，下奔波，终于拿到兴隆县政府的正式批文，组建了盲人麻绳工厂，专门招收本县及周边地区的盲人进厂做工。云海素来敬佩金玉的才干和为人，当即给他发了相邀电报。这是何等的美事啊？简直就是空中掉下的一张大肉饼！金玉兴奋异常，昼夜兼程赶到兴隆县城，方知工厂已经筹备就绪。政府为工厂租赁了五间房子，购置了十台纺车，云海和本地的三位盲人正在热火朝天地生产呢。金玉同云海到县政府作了登记，成了一位正式工人。干了十多天，金玉感觉良好。有政府做后盾，前景自然无限光明。他当初去天津打工为了什么？还不是为了脱离农村和农业生产，当一名风吹不着、雨淋不到的城里人吗？如今这样的机遇就摆在他的面前，怎能轻易错过。金玉拽着云海再次跨进兴隆县政府，理由列了一堆，好话说了多半筐，终于使得民政干部点了头，同意他将妻子敬芳和女儿辉华、幼子辉宇落户在兴隆，当上了吃商品粮的城镇居民;敬芳同金玉一样,端上了盲人工厂正式职工的铁饭碗。可是,好景不长,尽管身为厂长的云海每月工资仅二十二元,车间主任金玉等中层干部的月薪才十九块钱,像敬芳、古寅这样的普通工人每月只拿十五元;尽管大伙儿起早贪黑,省吃俭用,但工厂仍然收不抵支,亏损日益严重,勉强支撑到来年春天就关张了。

1963年至1965年,算命行业再次遭遇严寒,而且时间之长、范围之广大大超出以往。其间农村开展了大规模的社会主义教育和"四清"运动,一些地方又将算命先生与单干和投机倒把者联系了一起。好冤啊!宝坻的薛巳、唐山的陈林、兴隆的马腾等盲人,纷纷由为人算命改成了为人看病,诊脉开方,扎针卖药,当上了乡村郎中。马腾爷爷是老中医,在世时曾教过他的这位瞎孙子三招两式,只可惜马腾因为目不识丁开不了药方。这时,经盲人朋友指引,聘请金玉担任了他的秘书。每次为病人诊治时,由他口述药方,金玉负责记录。有时用铅笔,有时用钢笔,金玉开的方子居然写得端庄清晰。如果不是亲眼所见,谁也不敢相信药方出自盲人之手。一天,二人在兴隆与滦平两县交界处行医。离开那个小山村之后,一位患儿的家属急匆匆地追出了他们一里多山路,在后面高声喊着:先生,这百步草是灭虱子的,人咋还能吃?没错,处方里就有这服药!马腾的回答,惊得金玉冒出一身冷汗。这治病比不得算命,后者出差错顶多是被人指指脖梗子,骂你几句胡说八道;可这前者倘若出了差错,就可能致人死伤,后果无法挽回啊!金玉当即辞掉了"秘书"这份差使,给多少钱也不干了。后来,一位盲人因为扎针灸误伤人命,果然被投入大牢。政府为此加强了这方面的整治,在行医道上疾步行走的盲人们便齐刷刷地止住了脚步。

最近的一次尝试,就发生在前年中秋召开的宝坻县盲人大会之后。原本就算不好命、行不好医的薛巳,积极响应上级号召,从宝坻县民政部门讨了封,开始组建盲人苇帘厂。薛巳身高一米八左右,留着四棱见线的平头,两条细眉紧锁,嘴角自然下坠,时常穿着一身中山装,尽力把自己往干部模样上装扮。在县民政部门的指示下,县采购站负责为苇帘厂供料和成品收购,并且向薛巳提供了一套生产口诀:一丈长,六尺宽,五寸边,六根绳,一根一续,两根一勒。薛巳找到几位盲人,均弄不明白口诀的含义和操作程序,这才登门求教金玉。见金玉对此口诀理解透彻,薛巳立即诚邀他入伙。金玉明知挣不到钱,又因没有证明出不得远门,就与他合作开始了苇帘生产。凭那段口诀,金玉当天就出了成品,两天即教会了薛巳。正如金玉所料,技术好学,可是钱却难挣。两人早出晚归,干了整整一个秋冬,每人才分得十六块钱。转年春天，县采购站突然停止了原料供应，金、薛二人只得租车到六七十里之外的新安镇、大钟庄一带自行采购，成本随之大增，忙忙乎乎的劳累一天编织一张苇帘，只能赚到一毛钱。金玉提出这活不能再干了，薛巳这位厂长因始终招不来人，仅有金玉一个兵，也自觉没趣而主动下台了。

推水车浇菜这项活计，比起纺麻绳、开药方、织苇帘要容易得多。金玉常年在外奔波惯了，每日走上七八十里山路犹如信步闲庭，因而也没觉得累。在暖融融的阳光淋浴下，听着颇富节奏感的哗哗流水声，再不必嘀咕那些甲乙木生丙丁火，丙丁火生戊已土之繁文，再也无须为测不对命运占不准吉凶而担忧，金玉甚至感觉有些惬意了。可是，这样的好光景仅仅延续了不足半天时间，一个个烦恼便接踵袭来。先是吕承武左一声瞎子右一声瞎子地叫唤，令他很不舒服。一个教书人怎么如此不文明？所有盲人都这样，自己虽然看不见东西，也厌恶别人提到这个“瞎”字，就如同不能当着瘸子的面讲短话一样。后来，吕承武和看畦口的社员又询问些算命之类的事儿，什么十二生肖都是什么命？他爸与他妈是否犯相？天德贵人代表个啥？等等。金玉心中有气，没有搭理他们。再后来，马来福的父亲马安经过这里，不知他以何为据，竟四处嚷嚷说金玉哪里是在推水车，纯粹是跟着来福他们走呢。这有眼人怎么睁眼说瞎话呢？汗水已经洇湿了我的衬衣，你马安怎么瞧不见？如此笨重的水车，每天转动十多个小时，仅靠吕承武和你儿子一老一少就能办得到吗？这人为啥不讲点儿良心呢？咱们两户世代友好不说，自从马来福出生后，我金玉又帮了你家多少次哇？推水车本来就窝着一肚子火的金玉，听见马安的议论后险些气炸了肺。这项活计说啥也不能再干了。吕承武觉察到了金玉的心思，对他说，就凭咱三位的眼神，不干这种活计干啥去？金玉仍旧没搭理他。

自己两眼什么都瞧不见，不跟着大伙儿推车拉磨还能做些什么呢？

八

转天早晨上工，金玉找到金礼，要求去饲养院按刀铡草，那里人少僻静，活儿虽说累了些，闲气却没的生。刚刚坏眼那阵子，他曾与哥哥搭伴干过这项活计。金礼自然高兴地应了下来，因为铡草按刀这差使十分劳累，一般人都不乐意干，每次派工他都得为这事儿磨一阵子嘴皮。这下终于有自告奋勇的了。不过,得为金玉找个入草的伙伴啊。

金礼首先派的是贺善。对方一听与金玉搭帮,顿时就火了,冬瓜脸拉得更长了:你想让我把手铡去呀?下半辈子还怎么活?没好心的玩意儿!金礼比不得贺善根红苗正,就没与他计较。

金礼又找到了发灰面赤的金泽厚,想让他照顾一下金玉这位堂侄,不料同样碰了一鼻子灰:他姓贺的怕铡断手,我就不怕呀? 好事你咋不惦着你这位叔叔啊? 杂种操的! 金礼辈分小,也没敢与金泽厚理论。

在一旁的穆光有些看不下去了,主动承揽了给金玉入草这项活计。这入草的比按入的可轻松多了,他说,只要自己的手不往铡刀下面伸,怎么会伤着?随着岁月的打磨,越来越瘦了,干巴巴的身子只见骨头不见肉。相对身材魁梧、体格健壮的金玉而言,恰好适合当一位入草手。金玉与穆光两人果然合作十分默契,先是铡了十多天玉米秸,后来又铡了半个月的豆梗。平日草料场内鲜见人踪,有的只是成群结伙的麻雀。穆光话不多,负责按刀的金玉根本顾不上闲谈。两人听到的除了铡刀的嚓哧嚓哧的声响,就是雀儿的欢唱。金礼去察看了两次,认为金玉和穆光二人的活计干得非常好,不仅速度快,而且所出成品完全符合草料标准。按刀铡草这活儿比推水车确实累多了,金玉每天大汗淋漓,一日下来浑身的每个骨头节都疼。但是,没了旁人的嘲讽和挑剔,他的心情是愉快的。入草这美差相对要轻松得多,至于安全问题也根本无须担忧。除非脑子进水,不然谁会瞪着双眼把手往铡刀里放呀?金玉和穆光开开心心地搭伙了一个多月,最终还是分手了。原因是在后来铡干草时,穆光对于他的伙伴仍然不满意,因为抱草和清扫场地这些活,相对铡玉米秸、豆梗要多出许多。如果与有眼人搭伴,两人可以共同干,如今则全部落在了他自己身上。穆光便不停地骂着金礼,三天后就褪套了。

金礼吸取前几次挨骂的教训,直接分配地富分子文繁顶替穆光去给金玉入草。文繁果然笑哈哈地应承下来,抱草、入草、清理现场,全无半句怨言。中间休息时,两人再天南地北地聊上一会儿,都觉得心情十分舒畅。文繁甚至认为,与金玉搭帮铡草,比起在贫下中农的堆里干活,简直就是一种奢侈的享受。面对众多的贫下中农社员,文繁倒不在乎多干些脏活累活,也不在乎分根黄瓜、领碗绿豆汤时轮不上他。令他难以忍受的,只是个别人时不时的嘲笑谩骂和人格侮辱。前些天在南洼耪地时,由于傍午天气炎热,人们纷纷把夹袄放在了地头的大树底下。待文繁中午收工取自己的夹袄时,发现里面竟裹着一条两尺多长的死菜花蛇,厌恶得他险些把夹袄扔掉不要了。他用眼瞄了一下四周的社员,立刻猜出此事百分之百出自银蛋之手。文繁说,那个坏小子的相貌并不像他这无赖似的名称,一米七八的个头,四方脸,长眉毛,两只圆眼闪着机灵的神采;春秋两季穿着洁净的中山装,即使冬季的棉袄棉裤,他穿出来也较其他社员穿的要精神得多。如果不是交往一些时日,谁也不会把他列入面善心歹的行列。穆荣曾评价他就是一个地地道道的小汪精卫。文繁说,远离了那个狗汉奸,干啥活计都舒心。

炎炎夏日,爽朗秋天,酷严冬季,金玉和文繁一直在干着,默默无闻、竭尽全力地干着。到了春节,他们二人不仅供应着生产队三十多头大牲畜的日常口料,而且把饲养院草料场所有需要铡的东西统统过了一遍刀。文繁曾对金玉讲,我如果是你,就不来受这种罪。你一个贫下中农怕个啥?就给他们装病偷懒,看谁管得着?家里有那么多积蓄,难道还指望挣这几个工分?

金玉苦笑一下,没有吱声。自己算了这么多年命,对别人解释说手里没攒下钱,谁信呀?

九

"文革"运动仍在如火如荼地进行着,而且斗争手法花样百出,不断翻新,不以人们的意志为转移。在驻村宣传队的策划下,金银窝揭批地富反坏的活动,从前天晚间开始,就由全体社员大会转入家庭批斗小会了。村里那伙戴着纸帽子的阶级敌人,一一被拉到广大贫下中农家里,低头认罪,接受批斗。

这天晚上九点钟刚过,金哲悄悄地来到金玉家中。此时的他剃着光头,面色黑黄,额头的皱纹已清晰可见,两眉之间生出了三道刀刻般竖纹。上身穿着一件粗布白褂,一侧的衣领打着卷,靠近胸颈部的三个纽扣掉了俩。下身穿着沾了一片泥巴的缅裆黑夹裤,膝盖处还破了两个一寸多长的口子。金玉虽然两眼瞧不见他的模样,但脑子里也能浮现出他的破落相儿。谁处在金哲这样的处境,也不会好哪去。金玉明白,他这么晚来访,一定有非常紧急的事情,就把他让进了厢房的北屋。

金哲在金家这辈人中,年龄最小,与金玉平日就很说得来。他哭哭啼啼地诉说了"文革"以来挨斗的苦处,以及在家庭批斗会上遭受的人格羞辱。之后金哲告诉金玉，他不想活了，反正自己孤身一人，死后也没有任何牵挂。与其在阳世遭罪，不如到阴间去陪伴父母过安定日子。金哲口气平淡，金玉听着却如五雷轰顶。这位叔伯兄弟的前半辈子真是太苦太悲太惨了，金哲就此点上，甚至远不如文繁。因为后者年岁比他整整高了两轮，在他家被清　之前，起码过了二十多年丰衣足食的好日子。可是，前者呢？他爹在土改那年因率众“投敌”受到镇压时，他还只是个三岁半的孩子，一天剥削贫下中农的清福没有享；长大后却尝够了充当地主崽子的苦头，生产队的累活脏活项项少不了他，哪怕一丁点的好事都轮不上他。自从懂事，他看到的就是旁人的白眼，听到的就是“杂种操的小地主崽子”；大小政治运动，都得遭受一顿折磨；母亲去世后，连件整齐的衣服都没穿过。如果这么年纪轻轻地走了，真是奇冤啊！金玉在认真思索对策。他想，现在对于他，任何说教都无济于事，必须借助他所掌握的迷信手段，否则活标不活本。这方面，他不仅手到擒来，而且技艺娴熟。

1950年5月《中华人民共和国婚姻法》颁布实施后，一大批名存实亡的婚姻关系迅速解除，当时卜问此类事情也成了算命行业的热点。金玉在兴隆县的一个山村，曾遇到一位求他算命的中年妇女。其丈夫在一所小学任教师，两口子结婚六年育有两个女儿。半年多来，丈夫因为没有儿子，天天找碴儿与她吵架，近来又执意要和她离婚。金玉听出言外之音，如果丈夫抛弃她，她们娘仨就一块跳下村东的山崖。金玉自是一番耐心劝慰。转天，金玉又特意到她丈夫学校附近活动，寻机为她丈夫占了一卦，告诉他，你这辈子没有生儿子的命，现在的媳妇有旺夫相，对你此生福寿均有帮助，从根本上打消了这男人弃妻再娶的念头。悬崖峭壁下，至今清风浩浩，景色明畅。

1955年冬季，金玉与海龙到滦平县盘生意，遇到一位奄奄一息的病人。生辰八字问罢，金玉在为病人掐算命中吉凶祸福时了解到，这位中年妇女在生育三个女儿之后，年前终于盼来了儿子，不想孩子因病夭折了。孩子的母亲禁不住如此打击，一病不起已有两个多月了。金玉即详细解释了她家本年内必犯“小嚎”的缘由，此事由不得人，终于讲得这位妇女心服口服，俯首认命了。当然，金玉也没忘记叮嘱她家，今后再生育孩子，千万记住有病得尽早看医生。待金玉与海龙半个月后再次转到该村，这位病人已经能够上山砍柴了。

1957年秋天，在晋冀结合部的一个小村里，金玉、古寅、郑卯遇到了一位整日寻死觅活的中年妇女。原因是她丈夫与姘妇合伙害死了姘妇之夫，现二人正在大狱内等着吃枪子。这位中年妇女对她丈夫非但不怨不恨，反而哭闹着要同丈夫一块上路。离开家人的视线，她就投井、上吊、找菜刀，以至于村里人都以为她中了什么邪。在中年妇女家属的请求下，金玉单独为她算了一卦，运用命理知识加传统道德和国家法律，对其进行了耐心说教与开导，终于驱除了这位中年妇女心里的邪病。

金哲兄弟，你今天晚上不来，我也正想去找你呢。金玉一本正经地说，这两天我一直在琢磨你的“四柱”，打算给你细细掐掐。金哲攥住金玉的手，十分痛苦地说，算啥呀，自从我爹被共产党镇压后，我就认命认到家了。这阶级斗争一天不完，我活着就多受一天罪。

这话听着不是没有道理，但也不是绝对的。人的命，天注定。只要你命不该绝，坚持下去就有希望。再者说，这政策是人定的，谁知道哪天就会变？金哲抽回手不再言语。金玉知道他心里活动了，紧接着给他往下算：从你的生日时辰看，应当是八岁起运，十八岁到二十八岁这步运是一生中的贫困阶段，比肩过多，官煞混杂，必定是要吃些苦头的，待到这步运过去就渐渐好起来了。二十八岁到三十八岁这几年中为偏财，虽然生活仍有所累，但是手中的钱财也多了起来。四十三岁以后，你的大运干支将一片木火，用神得力，老来更是喜乐无忧。只是眼下你正值罗汉星照命，此乃你一生中最为艰难的时刻，一旦冲过去就好了。

这一关我恐怕是过不去了，挨打受累我全能顶得住，可是银蛋那几个坏小子说话太损啊，把咱们祖宗八辈全给羞辱了。这个缺德玲艺儿，刚他妈两天不陪梆，就洋洋忘形了！

他骂他的，你就只当听叫驴闹性呢！从你这八字来看，将来肯定会娶妻生子混上一家人的。到那时，老奶奶地下有知也会高兴的。

娶媳妇生孩子这种事我早就不想了。这帮人恨得咱牙根儿麻，还能让咱再生出新一代地富崽子来？

金玉见金哲仍没有改变主意，进一步阐述道，我们每个人的命运，一出生时就基本确定了，即便村里那帮领头闹事的也左右不了。还有一句话是，今生福祸今生享，度之不及来世补。你如果眼下忍受不住阳世的折磨提早走了，等到来世托生后仍然要受此劫难，弄不好还得累及父母和家人。

这是真的吗？

那还能有假，我以前碰到过与你命局相同的人，他们把像你一样的这步厄运度过去后，现在日子都过得好着呢！

为了增强金哲的信心，金玉到南屋让敬芳找来三枚旧铜钱，给金哲占了一卦。按照金玉的吩咐，金哲摒弃一切杂念，双手捧着铜钱，轻轻晃了晃，而后将铜钱抛在炕上，如此反复了六次。金玉依据每次铜钱落下所呈现的正反面，确定此卦甚吉——世持死绝官鬼动而化生贬，成功化回头生，命主早年贫贱而中年后荣贵。金玉对金哲说，你看看咋样？这卦和兄弟八字所走的运势一样，过了眼前这道坎就是一马平川，花明柳暗。听二哥的，咬咬牙，坚持住！等你结婚时，我们得好好喝上几碗喜酒，热烈地庆祝一番。

金玉扶着金哲的肩膀，把他送到街上。回来时，母亲告诉金玉，方才村东头的穆荣来过，想找你借袋烟抽。我说，金玉穷得自己都买不起烟，哪还有烟给你抽哇！穆荣听了没吱声就回去了。你白天干活那么累，晚上还总来人打扰，怎能受得了？金玉听后，感到情况紧急且不妙。他让母亲进屋休息，自己回到厢房掖着刚才占卦用的三枚旧铜钱，拄着马竿大步朝穆荣家奔去。

穆荣的思想工作能像金哲这么好做吗？

十

穆荣今年六十六岁，贫苦农民出身，1923年因在家乡生活不下去，随舅舅去了关东，不久便参加了张作霖的东北军。宝坻人历来肯吃苦，又安分，到了西安事变时，他已成为东北军中的一位连长。在随后的全面抗战中，先后参加了保卫蚌埠、血战台儿庄和守卫徐州等战役战斗。直到解放战争时被共产党的队伍俘虏，才带着孩子老婆回到了阔别三十多年的故乡。一个国民党的军官，理所当然地成了无产阶级专政的重点对象。“文革”爆发后，他更是一时一刻也没安宁过。昨天，子女已经公开表示与他划清界限；老婆也埋怨他，当初你干些啥不好，非得去当国民党的兵呀！害得自己浑身伤痕累累不算，还连累后辈子孙们跟着倒霉。今天晚上，穆荣被他的亲表弟揪到家里接受批判，原想可以轻松一天，没想到这亲戚斗亲戚更凶更狠，文的骂，武的打，纯粹是一帮畜生！稍后穆荣告诉金玉，今晚跟随去他表弟家瞧热闹的还有银蛋，批斗会结束时这小子贴着他的耳朵低声说，老不死的，连自己的儿子闺女表弟都把你当成了敌人，羞不羞？如果换了我，早就找个地缝钻进去了！他银蛋算个什么东西？老子打日本时，他爸爸正在县城给鬼子当差,他小子还不知在谁的腿肚子里转筋呢！唉,穆荣长长叹了一口气,接着说,不过银蛋说的也并非没有道理,连自己的亲人都不把自己当人看,还有何颜面活在世上啊?!

金玉赶到穆荣家时,穆荣正在前院草棚内独自喝着酒。自打“文革”开始后,他就从正房中搬出来独住了。今晚的少半瓶酒根儿,是他前年春节时剩的,一直没心思喝。见到不约而至的金玉,穆荣先是一愣,而后又觉得在情理之中。金玉能掐会算,肯定早就猜到了自己的心思。穆荣忙着招呼金玉坐下陪他喝两口。金玉小时候曾见过穆荣的戎装照片,方脸,剑眉,豹眼,方唇,那是多么威武英俊的军人啊！听社员们说,这些年来,穆荣一直把头发和胡须剃得光光的,两只眼睛依然闪着刚毅的目光,行走站立也保持着当兵时步正腰挺的习惯;说话沉稳有力,很少与人开玩笑。可是,金玉此时并不知晓,面前的穆荣却与平日判若两人,许久未剃的发须像秋后枯草一样乱蓬蓬的,深陷眼窝中的那对眼睛暗淡失神,讲话也缺少了平日的底气。金玉坐下后,将自己的烟袋蛤蟆递给穆荣,说我是来给您老送烟的。穆荣的眼泪哗哗地顺着面颊流了下来,以前打仗时见过那么多死伤的战友他没落过泪,“文革”以来挨了这么多次批斗他同样眼睛没湿过,自以为他的眼泪已经彻底干涸了,谁想……唉。穆荣放下酒瓶,抽出自己的烟袋,从金玉的烟袋蛤蟆里装了一锅旱烟,吧嗒、吧嗒地抽着。

穆大哥,我今晚来实际是想给您算算命,您当前这状况不好过啊！

金玉问过穆荣的出生日期,仔细掐算了一遍,对他说,您的命局日主戊土,生于仲夏午月,火气炎盛,又遇年月时三柱干支丙丁之火生扶,戊己之土助身,可谓身旺至极。再看行运,早中年寅卯辰合木,运行东方,得木制克;中晚年又转入北方子居水运,水旺生杀,故而是个贵过于富的命。也就是说,您从来是重义轻利,傲骨仙风,当初在国民党军队为官时,图的就是抗日救亡,把小鬼子打出中国去。对于钱财看得比纸还薄,在许多唾手可得的财富面前,您做到了出淤泥而不染,所以您的声望品格大大超出了自己所积攒的钱财。

穆荣听得入了神,金玉怎么算得这么准啊?自己当兵这么多年,除了身上留了几块伤疤,几乎什么也没攒下呀！

金玉清楚,穆荣最想了解的是对他眼下这场灾祸的解释和今后命运的预测,进而说道,您这八字总的看很好,呈身旺命硬之相。但是,再好的命再有福的人,这一生中也难免有行歹运之时。当前,您的大运流年着实欠佳,虽说土能克木,可是用神受制,财星破印,挨些批斗也就在所难免了。好在您的这步运很快就要过去了，到那时火来助身，日干得地，必定是福财皆至，老来得福哇！您这四柱还应了一段话：

> 此命推来莫心惊，至亲好友肚中明；
> 反目成仇无奈举，道是无情却有情。

金玉进一步解释说，现在家人也好，亲戚也罢，虽然表面上与您划清界限，可这全是形势所迫呀，实际上他们的心与您还是贴得紧紧的。古人有句话，远近心里分嘛，您可千万别把这些事看得太重了。

金玉又让穆荣占了一卦，告诉他这步厄运很快就会过去，长则两三年，短则五六个月。今后即使再搞运动，也不会像眼下这般凶了。金玉为何把穆荣的行运时间卡得这么死呢？倘若下步的发展趋势与他预测咋办？倘若测不准谁还相信他这一套？倘若人们都不信他了，日后如何养家糊口？金玉这时已顾不得那么多的“倘若”了，他唯一的目的就是救穆荣一命。金玉第三次参加子平术研究会的讨论时，其中一个专题就是如何改变人们的“一念之差”。景坤、林松等大师们认为，只要能够迅速打消那些铤而走险、孤注一掷、自寻短见客户的错误念头，以后他们大多能放弃自己的愚蠢想法，鼓起生活勇气，重新面对残酷现实的。即便在命运的时间节点上有些差错，人们也不怎么在意了。金玉还体会到，事情总是在发展变化着，任何运动都有始有终，不可能永远持续下去。抗日战争打得多么艰苦漫长呀，不是只用了八年时间吗？这场史无前例的政治运动，同样不会持续太久。假如老百姓天天胡折腾不干活，全国人民吃什么喝什么啊？金玉对穆荣说，您读过“三国”，里面讲天下大势，合久必分，分久必合，是有一定道理的。任何东西都不会一成不变，眼下如此空前的大乱之后，必然是众望所归的大治；而您的命运恰恰与它合拍。这两者均是天意，不以人们的意志为转移，而且从您这八字和卦象看，乃是长寿之命，少时受苦，中年受累，老年得福。金玉断言，十年之后，您将是金银窝最幸福的老人。

穆荣哭了，像孩子一样呜呜地哭出了声。待委屈和郁闷随着泪水流尽后，他告诉金玉，以前在山西、河南算命时，先生们也这样说。你如果不提，我倒给忘记了。穆荣让金玉摸了摸炕边的一条绳子，说都预备好了，如果你今晚不来，我后半夜就是个吊死鬼，咱俩只能在阴曹地府里再见面了。

金玉为穆荣算的这卦，应验的比金玉预料的还要早。很快，中央就来了指示，要文斗不许武斗，游街、家庭批斗会这些项目随之取消了。又过了两个月,邻县的一位武装部长在宝坻县领导的陪同下,专程来金银窝看望穆荣。原来,穆荣与这位武装部长在抗战时曾一同打过日本鬼子,他还曾送给这位八路军排长两箱子弹、十多支步枪呢！有了如此经历,公社和村里的干部群众,无疑对穆荣另眼相看了。“文革”结束后,穆荣作为一方爱国人士,在经济和政治上得到了应有的待遇。

十一

金玉家的日子,进入了异常艰难的时期。他和敬芳两人在生产队干的是整劳动力的活计,却拿不到整劳力的工分。单说按刀铡草这项活计,那可是公认的累活之一啊!生产队大小干部都夸金玉干得好,一人顶了一个半小伙子,可是到评分时每工仅仅给了八分,连大姑娘都比他挣得多。家里无权无势,儿子又小,尤其户主本人残疾,谁会拿他们当回事呀?年终生产队分红,本以为能挣几十块钱,怎料扣除全家的口粮、柴火钱,还倒找了生产队十六元。银君告诉金玉,光靠挣那点儿工分不行,得搞些家庭副业。你没瞧见家家都在养猪吗?长一斤队里给记五个工分,到年底卖肥猪还能赚上百八十块钱,谁不养,吃大亏了。金玉打心底感谢他为自己出了个好主意。新砖买不起,雇人垒猪圈更因手头拮据不敢考虑,金玉和刚满十岁的儿子辉宇拉着双轮车从岳家园一户社员家买来旧砖,又全家动手脱坯、挖坑、垒墙,忙活了五六天,一座还算像些模样的猪圈在柴火园里建成了。这时,集市上有许多出售废旧棺材板及其制品的,这些均为“文革”兴起时造反派平坟掘墓的产物。一般人家嫌晦气,宁可多花些钱也不敢用。以搞迷信为生的金玉却不信这个邪,猪圈门、猪圈檩——凡是需用木材的地方,全部使用这种廉价材料。

猪圈建好晾干后,金玉与辉宇爷俩到集市花十五元钱买来了一头猪崽,黑色的。当时看着它膘肥肚圆好好的,可是抱回家里便打了蔫,喂食不吃,给水不喝,两天后就断气了。金宝看后,说是得猪瘟了,没瞧见身上有红斑吗?这病猪怎么还买?十五元钱,可顶得上金玉一个半月的工分。他想找卖猪的讨个说法,交易时市场管理员已记下了他的住址和名字,是魏各庄的。哄骗没眼人和孩子,缺德呀!后来觉得一来路途太远,二来卖猪者肯定不会承认他的猪崽有病。金玉强咽了这口气。两天后,金玉让辉宇领着到集市又买了一头小母猪。后来生了三头猪崽,由于缺乏饲养经验,半头也没落下，家家养猪都赚钱，金玉却在两年间赔了三十多块钱。

这年大秋后，已经出落成地地道道人民公社社员的妻弟敬山，带着长子敬新立来找敬芳借钱了。为支援世界革命，养猪的号召也经由大喇叭、小广播传到了他家。敬山父子手笔甚大，张嘴就借一百元，准备一次购买四五头猪崽，当个养猪模范户。敬芳不好意思地说，家里没有那么多钱，只能给你们三分之一了。与被风吹日晒得面色黝黑、皮肤粗糙的敬山不同，敬新立由于父母娇惯，长得油光水滑的，言行也任性得很。他说，咱全庄的社员都知道大姑父能赚钱，算半卦命就比俩社员劳动一天挣得还要多。眼下是不许算命了，他以前赚那么多的钱哪去了？别是怕我们不还，不敢借吧？

敬芳哭了，声音虽然不大，却充满了悲伤、委屈和后悔。是啊，自己的丈夫的确能挣钱，而且也确确实实没少赚，现在讲自己家里没钱谁相信呀？村里人不信，亲戚朋友们不信，怎么解释都没人信！这可如何是好哇？

十二

新中国成立到“文革”前这十多年中，国家关于算命占卦的政策虽然时紧时松，但是，从兵荒马乱中挣脱出来的人民终于看到了安居乐业的怡然春光，手头渐渐富足起来的人们也就不心疼拿出几个算命钱了。有的是问问前程，有的是填充一下心底，还有一些人纯粹是找找乐子。钱，对于算命盲人而言，就像深秋林中的落叶，金黄金黄的，踩在脚下发出唰唰的悦耳声，弯下腰即能抓一把。善于学习和应变的金玉，其间又得到了季炎、林松、云海等名家及同行的指点，不单算命、占卦、抽帖，后棚的技艺达到了炉火纯青的地步，而且学会了择日、摸骨相面、语音学和看阴阳宅。在这行里，他不仅大把大把地抓着金叶，时常还能撞上富矿，逮到几块狗头金。

1957年春，金玉与古寅、洪江、郑卯、华虎结伴西行，再度拓展新的根据地。这年正月，金玉在本县盘买卖时，听郭庄回家探亲的一位铁矿工人讲，他们那里的人有钱又信命，算命这行道十分吃得开。金玉等五人经香河、通州、京西门头沟，边赶路边盘买卖，二十多日后到达了河北张家口地区的宣化县。

正式活动的第一天，五位先生便被冷水泼了个透心凉。金叶遍地，他们却不敢抓；第二天除了金玉、华虎揽了两份抽帖的生意外，古寅、洪江、郑卯仍未开张。如此下去,甭说带走几桶金,吃喝住都成了大问题。两天来,他们遇到的想算命的人不下三十五六位,只是都要求算全家,价钱则比单算一人的高出一倍多。这是多么好的机遇哟!可是,他们在学徒时老师没教这一手,在以往的实践中也从未经历过。此笔生意利再高也不敢接啊!金玉躺在炕上翻来覆去睡不着。黎明时分,景坤风尘仆仆地赶了过来。

我说金玉呀,算全家的不就是以一人为主,顺带说说家庭其他成员的情况吗?看看彼此之间相生还是相克。以前咱们不是讨论过看八字、论六亲的问题吗?怎么如此简单的事情就把你难住了?

哎呀,是老师来了!金玉急忙坐起来,听着旁边的鼾声,方知自己是在做梦。莫非老师知道了他们的难处,托梦给他?老师刚才讲的是何等的好哇!自己先前怎么没想到如此算法呢?

这天是星期日。吃过早饭,金玉再次来到矿区家属宿舍。掏出笛子吹过不久,一位工人就把他领进了屋子。这户人家五口人,两口子在矿里上班,三个孩子都在上学。按照老师梦中所授及以前掌握的论六亲方法,金玉选定户主为问命的主要人物,以他为中心向其他人辐射;在着重评判了户主命运后,又简要阐述了家庭其他成员与他的关系,结果十分成功。一天没有离开这片宿舍,金玉连算了十三卦、抽了两份帖,挣得九块六毛钱。在当时,这可是普通工人十来天的工资啊!金叶原来这般好抓,怪不得孙中山先生讲,知难行易呢。晚上回到店内,金玉专门请古寅、洪江、郑卯、华虎到街上的饭馆小酌了一把,顺便把自己的试验结果告诉了大家。接下来的半个多月中,金玉等五人如鱼得水,把宣化城区的大街小巷和矿区宿舍尽情地畅游了一遍。许多居民和工人都乐意听这些远来的"和尚"念念经。春光宜人,气候正好。有了技术和物质实力的铺垫,金玉等五人感到底气十足,又乘势前行,到山西省的大同、怀仁、朔州一带活动了月半。此次远行,金玉净赚三百四十元,比身为十三级国家干部的宝坻县委书记都不少哇!

金玉在与林松联学联储的那几年里,两人各展所长,强强联合,说书、算命、摸骨、占卦,外加语音相,更是赚得盆满钵溢,成为一生事业的鼎盛时期。1954年初冬,金玉和林松从兴隆的苇子峪穿越一道山梁,进入遵化县境。在一较大的村子里,村干部留他们为社员们说几场书。晚饭被安排在了一户只有父母和独生女的三口之家中,老两口五十岁有余,姑娘也二十岁出头了。因为做饭的事情,母女二人发生了争吵。林松连说带笑地为她们调解。这时村干部恰好进了屋子,看看两位先生吃得咋样休息得如何。林松在劝解母女时,又讲了一番全家人能够凑在一起生活乃千年修得的缘分,也是命中注定的道理。四海之内皆兄弟,何况你们每日同吃一锅饭、同居一屋呢?互相照料之恩,比骨肉之情还要重十分。林松虽然没有明说,但旁人已能从话中听出,这家姑娘不是老两口亲生的。村干部到了街上,就把刚才发生的事情传了出去。

金玉和林松刚刚撂下饭碗,一位面色如橘的年轻妇女就找上门来算命。报过出生年月日时,金玉问她,你这时辰准吗?得到准确回答后,金玉劝她别算了,免得听着堵心。到了说书现场,由于距离开书尚有一段时间,这位女子又委托一个老头替他问命。金玉听了老人所报的八字,问算命者是男是女。老头讲,是女的。金玉知道,还是刚才找上门的那位妇女,便让老头转告她,以后的生活会越来越好,只是再找对象得找个命硬的。原来这位年轻妇女属于八阳之命,如像卦书所讲则非绝即寡。恰巧她去年丧夫,留下一子,现在母子俩一块生活。书中所言并非都能应验,且胡诌白扯、背道而驰者不在少数。但是,金玉见她两次三番找上头来,便猜测其生活肯定是遇到了大的坎坷。以前几位先生为其算命都把"八阳"当作大富大贵的四柱。金玉讲,这个命局男女是对立的,正可谓男惧八阴,女怕八阳。

一时间,村里人把金玉和林松当成了天上下凡的神仙。这日夜里,金玉说的是长篇鼓书《忠良传》,林松为他伴奏。弦声凄婉悠长,故事悬念迭出、惊心动魄。原打算说完三个章回即休息,谁想社员们听得入了迷,一再要求往下进行,直到凌晨两点多钟才结束。金玉和林松正打算回到住处睡觉,一位嗓音亮堂的老太太又再三要求金玉为她儿子、儿媳和孙子各算上一卦。由于为"八阳"女算命之事,人们更加相信金玉这位年轻先生。林松说,如果再不休息,我兄弟的身体受不了啊!老太太立即吩咐儿媳给二位先生做些好吃的,这命必须算。在这位老太太家算完命、吃过夜宵后,她家的闹钟当当地敲了四下。金玉想睡觉也不可能了,因为屋子里有许多人在挨着个等他算命呢。林松想替金玉一会儿,问命的人们不干,尽管金玉介绍自己是林松的徒弟。金玉这一算,就是半宿加一个白昼,中间只是随口吃了些主人为他炒的花生和板栗。金玉的精气神被全部激发了出来,犹如驾驭着一匹彪悍的战马,纵横驰骋,左拼右杀,愈斗愈强,全无疲劳之感。到了晚上说书的时候,他整整算了二十五卦,嗓子已唱不出声了。金玉使用以前曾用的以火攻火法,求一位大嫂为他冲了一碗辣椒水,可喝下去仍没管用。随后,金玉又让她给自己用力揪了揪嗓子。这样,再次提振精气神说了四场书,直到夜里十二点钟才躺下休息。

这一冬,金玉和林松各分得四百六十八元,创造了两人算命史上的最高纪录。林松曾问金玉，挣这么多钱准备怎么花?金玉随口答道，让父母妻子吃好穿好，他们这一辈子太不易了！供女儿读书，让她像男孩子那样有些出息。如果您弟媳能生个小子那就更好了，我要努力供他上中学、念大学；然后为他置新房，娶媳妇，兴家旺业，光宗耀祖。咱们这代人由于坏眼毁了前程，说啥也得为下一代人铺平道啊！

一轮圆月犹如清澈的玉盘挂在空中。到了"文革"兴起不能再挣大钱时，金玉的宏伟构想仍如这月亮般美丽地高悬着。他们全家依旧住着他和敬芳结婚时的那三间穿鞋戴帽的厢房。女儿已经回村参加劳动，儿子刚刚读小学，村里人也未见他家吃穿得比别人好多少。以前挣那么多钱没见花呀？能放哪去了呢？答案只能有一个：压在了柜底下。

敬新立依然缠着大姑不放，说今天如果钱拿不到手，他们爷俩就不回去了。敬芳搂着他哭得更加委屈，心里说，傻侄子，这些钱大部分花在了咱们娘家人身上啦。别人糊涂，你们还不清楚吗?

十三

1962年初春，国民经济终于度过了漫长的寒冬，像那暖风习习、逐渐返青的田野一样，日渐明媚怡人了。于是，发家致富的思想悄悄在一部分农民的心底萌生，他们在集体生产之余，变着法地搞些家庭副业。在宝坻，特别是大洼地区，一些社员就利用水肥草丰的优势养羊喂兔。一时间你学我，我仿他，他赶你，迅速把羊价哄抬起来，而且越抬越高，越高越有人买。一只普通山羊的身价，这时竟然抵得上三间瓦房钱。一天，敬山找上门来，张口就朝敬芳要三百元人民币，为新立买只羊养。仅仅过了五天，敬山再次登门要钱，告诉敬芳，你侄子嚷嚷着再买只母羊为公羊做个伴，将来可以生小羊。对于娘家侄子的要求，敬芳二话没说，又从柜里拿出四百元钱交给了敬山。敬丽这时早已结婚生子，丈夫两只眼睛黑白分明，浑身大小部件没有一点儿毛病，现在村里担任生产小队长。两口子闻讯，觉得机不可失，时不再来，此有人垫资的买卖怎能不做?转天敬丽找到敬芳，一次要了八百元，买了两只母羊，大有后来居上之势。她和家人算了一笔账：按每只羊年产两窝崽、每窝平均三只计算，一年下来是六只；六只羊长成后倘若有一半是母羊，再如此繁殖就是十八只，用不上三五年就成大财主了。敬芳和金玉的第一笔大的花销，仅仅是因为新立这个孩子喜欢羊开始的，只是他自己忘得一干二净而已。敬芳没有算过养羊发家这笔账，她仅知道,娘家人要钱,只要自己手里有,就得给;金玉虽然精于算计,但同样没有算过这笔账。敬芳这么好的女人嫁给了自己这个残疾人,他感到亏欠敬家的,这笔账永远也还不清。

敬芳父亲新中国成立前夕在济南因病去世后，他家一下子断绝了主要财源。敬芳自此便承担了供钱让敬山继续在京上学的义务。新中国成立后,敬山在北京一家国有企业当上了一名干部,几年后又升任供销科长。包括敬芳、金玉在内的亲戚朋友无不为之高兴和自豪，可他本人却不满足。在三年困难时期,城市工人半个月的工资顶不上农民的一畦大葱。敬山就与敬华的丈夫商量合伙做买卖,倒腾些化肥、农药、水桶、锄镐木锨等农用物资,一个在北京购,一个在宝坻销。敬华丈夫是一位抗战时期参加工作的国家干部,大她十多岁。虽然二人年龄悬殊,可敬华仍高高兴兴嫁了过去,进而实现了她那郎才女貌、夫贵妻荣的夙愿。金玉听说敬山打算辞职的消息后,急忙赶到北京劝阻,告诫他国家的政策说变就变,千万不要为眼前的蝇头小利所迷惑。不料木已成舟。这时敬山早已辞职回家,编织他与敬华丈夫的发财梦了。后来形势的发展果如金玉所料,做买卖这种事情很快就成了投机倒把的代名词,个体商贩们也成了挖“三根”的主要目标,敬山与金玉划在了同一条线上。敬华的丈夫没有辞职,活动于地下,形势虽说变了，仍旧可以在北京端他的铁饭碗；敬山在明处只能叫苦不迭,在家种一辈子地了。两人做买卖欠下的窟窿,金玉和敬芳又帮助堵了一部分。

第二笔大的支出没有花在敬芳娘家，却与娘家人有着直接关系。1961年冬,金泽中因病突然去世,金玉当时正在内蒙古赤峰一带活动,由于不好联系未赶回奔丧。金玉回家后,方知父亲下葬是用两截旧柜代替的棺材。辛辛苦苦一辈子,一位体面惯了的人却这样憋憋屈屈地去了。王居野行奠后,气得连午饭都没吃就走了。这件事给金玉留下了终身遗憾。如果家里没钱也就罢了，可是家中有钱啊，买口棺材这笔钱只是九牛一毛哇！金玉清楚,在这些大事上,金宝当不了家,柯英主张越节俭越好,敬芳和母亲说不上话。金王氏如今七十岁出头了,金玉害怕哪天她老忽然驾鹤西去,便张罗着给母亲买口寿材预备着。柯英说,她手里没钱。金玉说,这点小钱何须嫂子费心。敬芳回娘家时,无意间把打算给婆婆买寿材的消息透了出去。不想第三天上午,敬芳的二叔就把此事给办妥了,一口白茬棺材,不多不少整整花了六百块钱。二叔说,卖主要多少咱就给了他多少,一分钱也没往下压。金玉听后，一团火几乎要把胸膛烧透。这时的人民币多值钱呀！六百元可以盖六间瓦房，够得上农村五口之家七八年的花销。如果是楠木、樟木、楸木也就罢了，哪怕是松柏木都说得过去，可它只是普普通通的榆木啊！金玉心里愤然道，二叔，您老这不是犯傻嘛？放在市场上，这口棺材至多超不过八十块钱。

第三笔大钱用在了金、敬两家亲戚身上。1962年春节前夕，金玉见到来姐姐家走亲戚的柯勇，请他为自己从乡下购买六斗粮食。柯勇这时已由一个毛头小伙儿长成了七尺男儿，每次见金玉都表兄长表兄短的唤得亲切。唯一的缺陷，是那双眼睛生得一大一小、眉毛一长一短。柯勇对于金玉所求有些为难，说买这么多怕是不好弄。金玉讲，如果实在犯愁，三四斗也行，但最多不能超过六斗，否则，我家里也用不了。谁想集市上卖粮食的多的是，三天后，柯勇套着牛车给金玉拉来了整整十二斗玉米。金玉不解地问道，前天咱俩不是讲好别超过六斗吗？怎么弄来这么多？柯勇说，我姐也没有粮食吃呀！你不能因为分了家就光顾自己不考虑哥哥嫂子吧？柯英板着面孔说，我可没钱啊！金王氏急得唉声叹气，反复嘀咕着：这可咋办呀？金玉劝她说，母亲别担心，我与哥嫂家各分六斗，粮款全由我出。

然而，买粮的事情并没有至此而止。春节之后，柯勇又驾着牛车送粮食来了，而且比上次还多出了四斗，质量也优于先前。其中三分之一是小麦，每斗比玉米多出二十块钱。金玉这下可犯了愁，如此多的粮食不仅吃不了，也没处放呀！柯勇两手一摊，说，好不容易弄来了，怎么也不能让我再拉回去吧？无奈之下，金玉又按他的要价交付了现金，粮食依然与哥嫂二一添作五。出了正月，金玉家里又来了一位不速之客——敬芳的表兄也送来了满满一辆胶轮大车粮食，其中小麦玉米各占一半。敬芳讲家里粮食已经够吃了，她的这位表兄便要开了无赖，说买也得买，不买也得买，谁不知道你家花些钱不算啥。这样，敬芳只好又掏钱买下了这些多余的粮食。

再傻的人都清楚，这些亲戚在利用金玉、敬芳的厚道，做倒卖粮食的生意。如此小聪明，哪能和亲戚耍？不过非亲非故的话，谁又买他们的账？

十四

金玉对自己赚的钱心里有数，对他和敬芳花出的钱却记得不那么清楚。只是有时需要用钱了，让敬芳点一点，每次都发现又少了许多。夫妻俩开初有些纳闷,这收与支怎么会说不上话呀?后来,他俩发现像敬家买羊、柯家卖粮、给母亲置备寿材这样激流汹涌的放水,他们能够听到惊涛拍岸的响声;而平日里从未断过的涓涓细流,则如同飘落于湖中的枯叶,一声响动也听不到的。这么多年来,今天这位亲朋遇到困难登门“借”几十,明天那位好友生活困难来家讨几块,那些钱全似泼出的水,再也收不回来。许多事情,正常人去办可以不花钱;大伙都猜测算命先生手里有钱,他们去办就必须得花。

1955年春节后,成立高级合作社,一些劳力多的户,村干部动员他们也不入;金玉家自愿报名参加,却无故被拒之门外。金玉只得悄悄塞给村干部三十块钱,让他买酒喝,方把他家填在了名册上。至于无辜被敲诈勒索,更是经常发生的事情。有一次,金银窝年底结账分红,大队会计的账面上冷不丁多出了一笔金玉家的上年尾欠二十八元。这正好相当于一位普通工人的月薪,可不是一笔小钱呀!出纳贺全在一旁说,金玉家不可能,他从来是当年的欠账当年还,没有欠过生产队的钱。大部会计揉了揉眼,又仔细瞧了瞧账本,谎称自己刚才看花眼了。马勺哪有不碰锅沿的?平时求助大队会计的事多着呢。金玉当晚就悄悄地摸到大队会计家里,把这笔“尾欠”钱如数交到了他手中。不过,花这种钱也不怕遭天报?

又一次,金泽梦怀里揣着一百五十斤粮票走进金玉家,要求他把这些粮票买下来。此时的金泽梦已落魄成了普通社员,虽然头上还罩着老党员的光环,可是连个生产小组长的权力都没人给他了。唯一的儿子又因精神失常投了井,晚景越发孤苦伶仃了。金玉对于金泽梦所求之事,一来觉得自家要这么多粮票没用,二者嫌他要价太高,便问他哪来的这么多粮票?金泽梦说是岳家园村一位朋友的,因为没处寻买主,才找到他。朋友之事,不能不管,想想只有你家有这个能力。一个时时处处与本家为敌的人,也好意思登门求助?金玉便不想买。敬芳见金泽梦可怜,有心帮他一把,就劝金玉说,既然老叔拿来了,咱全收下吧。结果给金泽梦一百五十块钱,留下了这些没有多大用处的粮票。后来金玉碰到金泽梦所说的那位朋友,谈起此事,方知纯属子虚乌有。对方说,现在黑市上的粮票最多三四毛钱一斤,你叫他给骗了。金泽梦虽然占了个不小的便宜,可却没能享用得了。就在此后不久,他就因为突发胸口疼而命丧黄泉了,连医生都没来得及请。他老婆金马氏平日十天有八天与金泽梦拌回嘴,操妈日奶奶的。此时见丈夫没打一声招呼就先她而去,悲痛得接连五天几乎喳米未进,也气喘吁吁地追着丈夫去了西天。

再一次，辉华去看望姥姥。由于金玉和敬芳不便送她，就花钱雇了一位家里有自行车的远房亲戚。到了姥姥家门口，表弟表妹们都亲切地迎了出来，他们在与辉华亲亲热热问候之时，也没有忘记招呼送辉华的这位亲戚。此时，恰巧来了一个卖冰棍的小贩，见到如此场面，觉得有买卖可做，便一个劲儿地张罗这位大人为孩子们买根冰棍吃。远房亲戚先是红了脸，而后又忙不迭地说，买，我来给他们买。可是，掏了上衣口袋又摸下衣兜，两手却什么也没抓到。他惊呼道，钱包哪去了呢？糟了，肯定是丢在路上了，里面可有不少钱呢。最终，还是辉华把自己的钱夹递给了他，让这位亲戚圆了面子。回到金银窝，辉华向父母讲起此事，金玉认为不能让这位亲戚无辜遭此损失，即使他极有可能是在说谎。按照远房亲戚所说的钱数，金玉让敬芳给他送去了十六块六毛钱。一位普普通通的庄稼人，谁口袋里掖这么多钱呀？

…………

当然，还有一部分钱是金玉和敬芳俩自觉自愿、高高兴兴，不花出去反倒于心不忍的。譬如，自从分家之后，无论丰欠，金玉每年都拿出全部收入的四分之一用来孝敬父母和岳母，时常还要周济妹妹一些。他深知父母的养育之恩，也知晓岳母在他与敬芳婚姻上的砥柱作用，还没有忘记当初是妹妹拿出自己的私房钱帮他圆了学艺梦。这些钱，他和敬芳都觉得花得值！可是，再多的蓄水也禁不住如此提闸狂泄和不停渗透，到金玉感到山雨欲来时，他艰辛挣扎二十多年的积蓄几乎被掏干了。这些钱，可是他金玉以三毛、五毛为单位累进的，里面不单有汗水、有心血，还有宝坻城北坠桥挨摔、兴旺寨险遭活埋、蓟运河差点命丧激流……那些数不清的生命之虞啊！金玉常常为此叹息，已经知道算命占卦这行快不行了，自己和妻子怎么还那样心软面热？帮助贫穷困难的亲属邻居是应该的，可是对于那些贪财揩油者哪能任其胡来呢？你算什么通古知今、预卜未来的算命先生？

十五

生产队大牲畜的草料铡完了，下一步干什么活？金玉主动找到金礼，要求起猪圈。这一时期，金银窝生产队猪场的粪坑由集体派人清除，各家各户的猪粪也由生产队安排专人起。这项活计，比铡草按刀还要讨人嫌，不单累而且脏，平时人们从猪圈旁经过都要掩鼻子捂嘴，何况身置其中一干十几个小时呢。生产队长常常为派不出起猪圈的社员而犯愁。有几次，金礼不得不采用抓阄儿的方式来选人。但是金玉相中了这项活计，因为他不想扎入人群中，一会儿这个社员叫瞎子，一会儿那位社员问问命，他烦；金玉也不想再干推水车、铡草这种与人搭帮的活计，明明自己使出了百分之百的力气，有人还认为你比他干得少，他冤。金礼问，这活儿棒小伙子都往一旁闪，您干得了吗？

没问题。

从农历正月初三开始，金玉这名起圈工就走马上任了。每月上中旬起各户的，下旬起生产队的，相互交叉，天天不停。起猪圈果然是项异常艰辛的劳作。冬天圈里的屎尿冻成一两尺厚的冰坨，得先用钢镐劈开，再用铁锨清理，几天下来震得金玉两手虎口开裂；春秋时需卷起裤子赤脚跳进圈坑的屎尿中，开初感觉冰冷刺骨，一天干下来两条腿就麻木得几乎没了知觉；夏季虽然没有了其他三季的寒苦，却蚊蝇绕身，一拨接着一拨，轰都轰不走。特别是在宝坻这地方被称作瞎虻的东西，比绿豆蝇的个头还大，叮在身上哪处，哪处就立时肿起一个紫包，奇痒难挨，半晌也缓过不来那劲儿。正常人见到它们，可以马上轰走，即便挨叮，也不会让它吃饱喝足；金玉则不同了，由于眼睛瞧不见，只能任其尽兴了，时常将一些蚊子和瞎虻活活撑死。至于腿脚被一些碎玻璃、瓦块扎伤，更是经常发生的小事儿。在残酷的环境中，金玉如同一只误落陷阱的小鹿，事事只能听天由命了。银君的媳妇瞧见金玉把猪圈清理得异常干净，悄悄告诉他，有眼人也干不了这么好，没必要这么认真。现在你就当是小做活的，自己疼自己吧。

生产队的养猪场坐落在饲养院内，间间都面积大，圈坑深。寻常猪圈的粪坑只有四平方米上下，这里的都在二十平方米左右。干过此项活计的人都清楚，圈坑的面积与起圈的劳动强度绝不是简单的加减，而是乘除，甚至得运用平方。因为面积小，挖一锨粪甩手就扔出了圈外；如果面积过大，中间还得踮上一至两步。同等分量的圈粪，所用力气却相差好多倍。即使寒冬腊月，金玉起此类猪圈也是大汗淋漓。贺全这时正担任生产队饲养员，对于金玉的遭遇十分同情，时常给他送碗白水喝、卷支旱烟抽；有时还偷偷送给他一两把大牲畜的料粮——炒黑豆或炒红高粱吃，权当打尖。贺全这时年已七十挂零，杏仁形脸庞依然光洁红润，双目亮且有神，两排洁白的牙紧凑周密。许多社员夸他是个有福的命。金玉说，贺二叔的福是修好修来的。

这是一个躺在炕上都出汗的盛夏。尚未到上午十点，太阳就已烤得人灼热难耐，待在哪里都像在密不透气的烤箱中。就连水缸中的水也没了半点凉意，喝进肚子很快就从汗毛眼中冒出来。猪圈内的臊臭味让人几乎喘不了气。这天早晨，金玉新穿的白色衬衣已被汗水洇湿，黑色单裤虽然卷到膝盖以上，还是沾满了猪屎猪尿。他明显见老了，一头短发已黑白相间，额头、眼角处生出了密密的皱纹，两颊由于消瘦有些凹陷。只是那两道剑眉和高挺的鼻梁，仍旧将他的面相衬托得凛然不俗。贺全端着一碗从井里新打上来的凉水来到金玉面前，让他喝口水喘口气再干。瞧着金玉的样子，贺全也对他提起了文繁谈过的问题：你手里如果有积蓄，就在家中称病休息，何必出来受这种罪呀？

唉，金玉叹了口气说，算了半辈子命，如果说家里没有存款，谁也不信。可是，我手头真的没攒下钱啊！二叔，我这么说，您信吗？

敬芳见到哪家困难主动伸出援助之手，半庄人遇到事儿都曾到敬芳那里借过钱，从集市上买篮子瓜果遇到谁都塞给谁一两个，还有大队会计明目张胆地敲诈勒索……一幕幕的往事，像过电影似的在贺全的眼前闪过。他拍了拍金玉肩膀说，我信，就凭你们两口子的为人，我也信。

算命盲人虽然能够赚些钱，但攒不住。不单我，就连许多名师走后都没留下多少财产。金玉向贺全介绍说，您可能听说过林松、季炎这两位先生，在整个“三北”地区都名气不小。林先生一生未娶，与侄子侄媳一块过日子。前年他得了一种怪病，嗓子痛得咽不下食物，由于拿不出高额手术费，只得在家中静养。我们几个不错的朋友到北京去看他，竟然也凑不够那笔医护费用。我们离开后不久，林先生就去世了。季先生过世较早，当时工作队和民兵以为能从他家搜出大笔现金和存折，结果只找到了二百来块钱。他家被清算的那些财产，大都是父辈留下的。金玉的语气由低沉转为愤懑：以前一直弄不清我们这帮算命先生为何发不了财，现在终于明白了，我们这号人就是唐僧肉，谁都想吃上一口，越是沾亲带故者这种欲望就越大。反正肉来得容易，不吃白不吃，吃了也白吃，白吃谁不吃呀？

唉，我是担心你吃不了这个苦哇！这阵子，我同你二婶常念叨你们家的事。以前你天南海北地去挣钱，现在冷不丁地断了财源不算，还得干这种卖苦力的活，真怕你们俩口子顶不住。

二叔，您老没听人们讲，这世上只有享不了的福，没有受不了的罪吗？金玉的语气复归平静。他对贺全说，没事的，吃这点苦算不得啥。

十六

金玉在吃苦受罪,他的同行们无一不经受着这样的磨难。有些人之命运甚至比他还要悲还要惨。

郑卯从牛棚里放出来后,行动上并没有获得自由。先是在贫下中农的监管下,推了一个半月水车;而后又跟随大队基干民兵们上了挖河工地,分配他为推土车拉纤。郑卯这时的体重较“文革”前几乎减轻了一半,两腮的赘肉渐渐消失,肥大的双下巴变成了两层皱褶,将军肚也被迫缩进了腰内,从前的破旧褂子穿在身上,像长袍一样宽大了。这位六十多岁的盲人,每天和小伙子们一样在河坡上往返穿梭,踏泥踩水,干着“日走百里路”的活计。由于腿脚不利索加之失明,摔屁蹲儿和栽跟头成了家常便饭。从头两天开始,整个人就像是从泥里捞出来的一样。民兵排长嫌他碍手碍脚,影响施工进度;民兵连长和指导员说,宁可工程慢一些也不能放他走,谁让他是地主崽子加牛鬼蛇神!只有让他尝尝咱广大贫下中农受的苦,才能触及他那罪恶的灵魂。郑卯此时最渴望的就是召开工地批判会,他可以借机休息一会儿,尽管坐“喷气式”飞机的滋味并不那么好受。

河道越挖越深,河坡越来越陡,郑卯的活计也越来越累。他的叔伯侄子担心他身体吃不消,劝他假装患病休息三四天,到那时工程也该竣工了。郑卯讲,三十六拜全拜了,就差最后一个头了,怎么也得磕完了。民兵排长说了,谁坚持到胜利,回到村里就给谁放三天假。到时叔请你到县城内的人民浴池去烫个热水澡,然后唤上金银窝的金先生,一同到石幢下的回民饭馆吃牛肉馅饼。那饼烙得那叫香哟!他叔伯侄子为此兴奋得两天没睡好觉,他知道瞎叔手里有钱,不会哄他的。从小到大,他还没在浴池中洗过澡,在饭馆吃过饭呢。那将是多么美的事儿呀!

在工程的最后一天,一场小雪忽然而至,河坡霎时变得光滑起来,走在上面如同滑冰。时至中午,郑卯和两位民兵拉纤的挂钩突然叭的一声断了,装着四百多斤泥土的双轮车飞一样地朝他们冲来。两位民兵眼疾腿快,慌忙闪到一旁,郑卯却被砸在了双轮车底下,鲜血立即从他嘴里喷了出来。众民兵连忙把车子从他身上挪开,他的叔伯侄子抱起他要去卫生所。郑卯笑了,十分吃力地告诉他不用了,叔这辈子总算解脱了,多好哇。我衬衣兜中有四块钱,你自己去泡澡下馆子吧。

“文革”以来，玉山在生产队所遭受的苦累比金玉要小得多。他由于自幼失明，没有见过铡草、起猪圈是什么模样，不敢应承这类活儿。生产队长念他根红苗正，只派他与社员们一起推推水车，抬抬粪筐，剥剥玉米，虽说比不得算命说书轻闲，倒也没有达到透支身体的地步。玉山的罪主要是受在了家中。自从父母相继过世后，他也同鲁乾一样，把所有心思和振兴家业、传宗接代的希望放在了弟弟和弟媳身上。每赚一分钱除了买些烟抽外，全部交给弟媳，一家三口日子过得还算美满。可是玉山的弟媳娶进他家后，却迟迟未能怀上孩子。玉山为此到处问医生、寻偏方，还请景坤、金玉给占了两卦，时常埋怨弟媳没本事，愁到气头上便指狗骂鸡，嚷嚷着咱家怎么光养白吃食不下蛋的鸡，从而埋下了与弟媳结怨的根。后来，他家好不容易盼来了下一代，却是个不带把的。玉山虽然大失所望，但觉得既然母鸡开了裆，就不愁不下第二颗、第三颗、第四颗蛋，也不愁里面没有一颗带种的，耐心等待就是了。然而，玉山又苦苦盼了四五年，仍然没有见到他所企望的那颗蛋。他感到自己为家里编织的美梦注定要成为泡影，脾气变得比没生这个侄女时还坏。只要回到家里，不单再骂不能下蛋的母鸡，还骂生产队那两头不会生崽的骡子，甚至私下劝弟弟，不如趁早休掉这个媳妇，哥哥再帮你找个能生儿子的女人。玉山实在害怕玉家到他们哥俩这辈断了线，担忧侄女将来挑不起家。金玉曾劝导他说，儿孙自有儿孙福，何况到了侄女辈儿。你操那份心干什么？啥也不如自己健健康康的。

如果不是碍于丈夫，如果不是因为他这位瞎叔公能挣些钱，玉山的弟媳早就把他轰出门外了。眼下，机会终于来了，虽说玉山在家人中的称谓没改变，可是他的经济地位却发生了根本变化，由一个家庭经济的主要支撑者瞬间转换成了基本消费者。弟媳渐渐地不再碍于丈夫的情面，直接指狗骂狗了。什么瞎鸡瞎猫瞎锅瞎灶台……世上所有东西在她的嘴里统统失明了。弟弟此时除了与媳妇吵吵架，也拿她没办法。即使他想休妻再娶，哥哥也没有这个实力了。于是乎，玉山与弟媳的矛盾越积越深，她不仅不给玉山好吃好穿，还给他预备了一个大号柳条筐，夏秋让他收工后去打草，冬春叫他下工后去搂柴。玉山口袋里仅存的几块钱买烟花干后，弟媳再也不给他一分钱。这辈子唯一的嗜好，就这样让弟媳硬生生地给掐掉了。玉山此时身体更瘦了，单薄得好像可以随风飘走，柔软稀疏的头发已遮不住他那光滑的头顶。弟媳用手指点着他说，你再想象“文革”前那般耍威摆谱，没门了。

去年大秋后的一天黄昏，玉山下工后照旧背着柳条筐拿上耙子到北洼去搂柴，嘴里还哼唱着自己改编的京东大鼓“火红的太阳落了山”。这阵子，玉山的心情不错，他发现自己的侄女越来越懂事，对待他全然不像她妈妈那般苛刻，也不似她爸爸那般胆小惧内。只要有一口好吃的，都忘不了他这位瞎大伯。早些时候，弟媳时常在早晨煮三个鸡蛋，一家四口唯独没有玉山的。玉山瞧不见当然不知道，侄女觉察到却不干了，每次都主动把自己的那个鸡蛋拿给大伯吃。她说今后做啥好吃的，如果再没有大伯的份，她就不吃。前天，弟媳见晚上稀饭做得少了，便给玉山盛了一碗猪食——玉米糠煮马齿苋。侄女发现了，立即把自己的那碗稀饭递给了大伯。刚才临出院子时，侄女悄悄告诉玉山，大伯要早些回家，今晚咱家熬小鱼。玉山听后连连称好，比将鱼吃到嘴里还高兴。他知道，弟媳手中少说还有六七百元现金，隔三岔五买点鱼肉吃不算个啥，只是她瞧见自己挣不来钱舍不得花了。这样更好，就给我那孝顺的侄女留着。毛主席说得对，时代不同了，男女都一样。

玉山这天并没有听侄女的话，直到大黑摸门了仍未迈进院子；饭菜摆上了桌，还是没见他人影。弟媳不耐烦地说，咱们先吃吧，不然饭菜全凉了。侄女不干，非得等大伯回来一块吃，后来又害怕大伯迷了路，催着他爹赶快到地里去寻找。孩子小扛不住困，没待他爹回来就睡着了。玉山弟弟在村东村西南洼北洼转了一大圈，也没瞧见他哥哥。弟媳冷笑着说，他瞎大伯别再是去北山找老相好了吧？玉山弟弟险些跟她急了，都啥时候了，还在开玩笑。弟媳满不在乎地说，反正现在阶级敌人不敢乱说乱动了，出不了人命。到这时候不回家无非是迷了路，走到哪都有人给饭吃，怕啥？玉山弟弟想了想，认为媳妇所说也有道理。如今全国山河一片红，哪里还会出杀人的事哟。第二天，玉山仍然没露面；第三天，庄里庄外还是没人瞧见玉山的踪影。就在他弟弟、弟媳依旧以为玉山在迷途中走哪吃哪的时候，一位社员在北洼的一口砖井中发现了他的尸体。原来，玉山那天根本没迷路，而是在搂柴火时不慎落了井。虽说井水不深，但傍晚四周无人，还是将他活活地淹泡死了。

管亥与金玉的状况一致，生产队里所有的累活脏活，他几乎都干过来了。渐渐地双手磨出了老茧，即使攥着荆棘都划不破；面部皮肤越来越糙，即使雨淋雪打也基本没了感觉。对于这些苦处，管亥十分认头，原本就是庄稼人嘛，哪能活得那般娇嫩。与金玉不同的是，他家孩子多，除了大女儿参加生产外，其余四个孩子都在吃“闲饭”。因此，管亥便十分珍惜那些并不值多少钱的工分。只要有加班加点的活计，就少不了他。今年“三夏”期间生产队为了虎口夺粮，动员社员们利用夜晚从地里往场上背“麦个子”，每背五个给记一个工分。管亥认为，这可是他的长项啊，此时他的两眼已彻底失去了光感，黑夜与白天走路干活是没啥区别的。这天晚上，管亥多背快跑，从晚上八点一直干到夜间十一点半，足足挣了二十二分。就在他准备背完最后一趟回家休息时，却感到胸闷气短，不禁跌倒在地，随后从嘴里喷出了一股黏稠的东西。旁边的社员赶忙将他扶起，到了场上灯底下，才发现他嘴角和褂子上沾着的鲜血。大队赤脚医生告诉他家人，管亥的病是劳累过度所致，建议他好好休息一段时间。

倘若条件好，谁不愿意在家里歇息呢？何况又是行动不便的盲人。管亥勉强在炕上躺了三天，就背着柳条筐到地里割草了。“文革”前他家里同样没攒多少钱，以后四个孩子都得到学校读书。此前他曾想找金玉学习一些后棚手艺，相信自己如此困难金玉是不会拒绝的。没想到，“文革”方兴，不仅挣大钱的机会没有了，连说书算命这些糊口的差使都统统不让干了。现在虽然教育革命革去了学费，可是孩子吃饭穿衣买书买东西也是不小的开支呀！这一时期，家家为了生存都养着一两头猪，因为别的副业不允许搞，为革命养猪还是正大光明的。于是，田间的青草被你夺我抢地基本弄光了，管亥每天起早贪黑勉强能打上两个多半筐。他的妻子和大女儿一再劝他不要再去了，一筐草值不了几分钱，把身体累坏了可是一辈子的大事情。他听后总是甜甜一笑，说听人劝吃饱饭，不去了。可是，在妻子和大女儿上工后，他又背着柳条筐出了院子。

这天上午，管亥打算来个远征，到离村五里多路的大碱洼去撞撞运气。他小时候曾到那里摸过河蚌逮过鱼，记得洼中有一片芦苇簇拥的水塘，四周的杂草足有半人高。社员们打草都是在生产之余，距村如此之远，人们肯定不会有时间到那里去的。即使有人去过，也不可能将那么多草一扫而光。管亥担心割草太多筐里装不下，又特意多带了一根绳子。到了大碱洼水塘，他发现此处果然还如当年那样杂草丛生。尽管他体力不支，但是不足两个小时就打了二百多斤，装满一筐后上面又用绳子扎了一个小草垛。管亥盘算着，这片草地够他割上一个来月的，而且一个月后已割过的地方又会生出新的一茬草。整个夏秋两季，他不愁没活干了。至于打草的收入，肯定不会比在生产队挣分少。这就叫因祸得福哟！管亥寻了个斜坡，将草筐放在高处，借力背着它站起了身子。不想仅仅走了十几米，他的老毛病又犯了，一头栽倒在地上，沉重的草筐不偏不倚砸向了他的脑袋。待家里人找到他时，管亥浑身已经没了一丝热气。

管亥、玉山、郑卯这些同行的情况,金玉直到三年之后才听到。“文革”初起这些年,不仅限制了算命先生的人身自由,连带关于他们的各种信息也被封锁了。岁月好像一下子退回了几千年前——鸡犬之声相闻,老死不相往来。当初,景坤试图组织盲人们依靠协会的力量,保护大家的人身安全,结果刚到金银窝村东头就被红卫兵轰了回去;他随后又去了几个村子,遭受的同样是不允许他这个老牛鬼蛇神进村的待遇。

盲人们在默默地顽强地承受着苦和累。

十七

1968年5月,辉华出嫁,金玉家的生活更加困难。这倒不仅仅是因为缺少了一位挣工分的半劳动力,主要是敬芳少了一个做家务活的帮手。一般人家的社员下工后,夫妻二人挑水的挑水,抱柴的抱柴,切菜的切菜,做饭的做饭,喂猪的喂猪,各有分工,配合默契。如果子女大些的,还可以替父母分担一些活计。一家人有说有笑。但是,在金玉家里,这些家务则全都压在了敬芳身上。清晨,她比平常人家的女人起得要早;晚上,她比其他人家的女人睡得要晚;最紧张的是中午,经常刚刚做完饭、喂完猪,上工的钟声就像催命鼓似的当当地敲响了,她只得拿块饽饽在路上吃。即使在三伏天,生产队给社员们一两个小时的午休时间,敬芳却没睡过一个囫囵觉。如同上足了发条的时钟,她分分秒秒都难得清闲。金王氏对于二儿子家中处境看在眼里,疼在心头。由于她已年迈体弱,又属于两家的身子,大忙根本帮不上。

艰难困苦的家境,让辉宇一下子长大了许多,夏秋两季每天中午放学归来,他要到地里打一篮子猪草;晚上放学回家,要到田间割一筐青草;冬春时节,则利用课余时间拾柴捡粪,每日都是披着星星起,顶着月亮回。就连大年三十这一天,他也舍不得休息。这时生产队按每筐三个工分的价格收购粪便,一年下来,辉宇也能挣上一百五六十个工分。再浓重的晨露,也解决不了河道干涸、田野龟裂的旱情。辉宇的这点儿力量,对于缓解家庭困难和母亲的劳累,太微不足道了。

金玉和敬芳如一对相依相偎的鸟儿,为了生存,为了养老育小,在狂风暴雨中苦苦地搏击着、挣扎着、互励着。有时刚刚盼得风停雨住,转眼又是一阵更狂的风更大的雨。

辉华基本秉承了敬芳面色白净、身材苗条、五官端庄的相貌。一头齐耳短发、一身干净得体的衣服和言行举止透出的文化气儿，把她扮得像个城里姑娘。凭借自身优势，她嫁到了宝坻城内。婆婆全家是城镇居民户口，丈夫栗剑在乡下教书。金玉和敬芳并没有打算沾女儿多少光，可是女儿从此有了良好归宿，也是个巨大的慰藉呀！甚至能够解除自身的一部分愁烦。谁想按国家政策，农家女嫁给城镇居民却迁不进户口。辉华虽然待在城中，婆家能够养得起她，但是仍然属于金银窝人，素雅的向阳花一朵。银儒山、银君、金礼等村干部了解国家政策，并没有为难辉华。可是时间不长，村里一些人就说开了风凉话，银德、银蛋、银生头的言语，更如蛇蝎毒液一般损人伤命。一向忠厚老实的敬芳和一向心高气傲的金玉，哪里受得了这个？最终辉华把户口由金银窝迁到了栗剑教书的那个距县城六十多里的村子。欺负人啊！像辉华这样嫁给城镇居民不迁户口的多了，直到三四十年之后，在政策上仍旧没有个明确说法。村子里分地分粮分钱，不是照旧有她们的份吗？但是，像辉华这些中华人民共和国公民的基本权利，却被这帮人变相地剥夺了。包括金玉在内的一些势单力薄的家庭，遇到大事小情，这帮缺品少德的家伙，就要跳出来拿捏一把。他们以欺负人为乐事，唯恐谁家活得安宁、日子过得比他们好。

金玉的侄子金辉国大喜之日，新婚不久的辉华和栗剑前来祝贺。由于栗剑不饮酒，晚饭后还需返回城内，敬芳便盛碗干饭让他先吃，结果被银蛋发现了。这天，银蛋的分头梳得溜光，满脸堆笑，见到金家长辈就礼貌地拱手道谢。然而，就是这个人面兽心的家伙，又在大喜之日偷偷地挑起了一场事端。他用胳膊肘捅了捅银德，朝着栗剑拱了拱下巴。这还了得，这做姑爷的眼里还有没有我们这帮岳伯岳叔舅兄舅弟呀？

银德的冬瓜脸立时耷拉下来，鲜红的鼻头泛着血光。他指着栗剑厉声问，你懂得这席面上的规矩吧，我们大伙还在喝酒呢，你怎么就能先吃饭呢？

银生头明白事情原委后，像一只被人踩断尾巴的疯狗，立即狂吠起来：你小子知道这是什么行为吗？这叫目中无人，这叫不拿我们贫下中农当回事！请问你是什么家庭出身？是谁给你的胆子竟敢这么做？

突如其来的噪音立即盖住了院子，本来欢天喜地的场面霎时被令人心悸的气氛所笼罩。栗剑哪受过如此委屈，站起身子就要与这几条地头蛇试试身手。甭看他身份是教师，却长得身高膀阔，面色如铁，眉锋似剑，浑身透着武将的威严。

敬芳吓得急忙把他按下，呜呜地哭了。

栗剑想了想，觉得与小人们计较没啥意思，便想马上与辉华赶回城里。

金玉拦住他说，这个节骨眼儿上你不能撒火，也不能走！撒火，搅了你大妈家的喜事；走了，今后你如何再进金银窝？金宝、柯英也急忙来到栗剑身旁，劝说他忍让些，天大的委屈记在大伯、大妈身上。

金玉来到地头蛇的面前给他们赔礼道歉。银德历来有面，见金玉给了台阶，就顺坡下了。银生头自打从他娘肚子里出来就是个蒸不熟、煮不烂的犟种，此刻他的那张驴脸更加难看，黑黄的面皮犹如没有打磨过的猪皮，布满了密密麻麻的臊疙瘩和汗毛眼，一对鼠眼瞪得溜圆。他不顾金玉的好言相劝，仍旧骂骂咧咧不依不饶。贺全、银君、银洪、穆荣等老人实在瞧不下去了，讽刺他有本事和蒋介石斗去，与一位没眼人过不去，算什么能耐？银生头见到辉国和他的几个年轻伙伴都在气汹汹地盯着他，尤其瞧见银君、银洪两位老党员也在为金玉家抱打不平，又梗着脖子叫了几声，才收了他的疯狗性子。

艰难、困苦、劳累、蔑视、欺侮……这些有形的与无形的风风雨雨，无情地向金玉和敬芳袭来。辉宇觉得，母亲的性格在变，一向沉稳寡言的她，渐渐地爱嘀咕了，心中有火就以此方式撒出来；父亲的性格也在变，一向外柔内刚的他，这时表里都趋于柔和了。辉宇知道，如果母亲不唠叨，心中的闷气就会撑破她的胸膛；倘若父亲不柔和，猖獗的风暴就会折断他的躯干。为了这个处境非常的家，他如大雪中的青松，宁弯不折啊！父母紧紧依偎、相濡以沫，但也避免不了一些争执，尽管只因为一些琐事。

一天晚上，金宝家做了一道大白菜熬小鱼的菜。柯英给辉宇端来一小碗，两家同住一院，谁家改善伙食，都给对方送一些，这已是多年的习惯。这天下工，金玉比敬芳早回来十几分钟，金王氏看到累得又黑又瘦的二儿子，便拿出了春节时剩下的三两酒根，让他先就着小鱼大白菜喝几口。待敬芳回来时，碗里只有白菜而无鱼了。要知道，这份带着荤腥的菜肴，名义上是送给辉宇的。敬芳自然又是一顿唠叨，而且持续时间较以往又长了许多。

给孩子的鱼，你当爹的怎么能全吃掉哇？

你知道现在孩子在哪吗？他没在学校里享清闲，也不在大街上玩耍。他正在南洼给家里割草呢。

金玉有嘴难辩，实际上这小碗大白菜熬小鱼，只在白菜上头放了三四条一寸多长的麦穗和黄瓜鱼。他如果瞧得见，就是饿死也不会吃的！你做母亲的心疼儿子，难道我当爹的就不疼他吗？人家的孩子哥们姐们多，互相有个帮衬倚靠，可咱家的辉宇影单力孤，小小年纪就承受了大人的生活压力呀！

这顿饭一家人都没吃好。待金王氏睡下后，敬芳难过得哭了，又呜咽着与金玉低声吵了一番。金玉表面上很平静，但这次真的动了肝火，自此推说身体有病，不再吃鱼。

夜已经很深了，辉宇此时也没睡着。一阵由远而近的隆隆声似乎使他突然想到了什么，辉宇披上褂子蹑手蹑脚下了炕。他径直来到前院的柴草棚子，这里存在放着一罐做豆腐用的卤水。从电影《白毛女》中，辉宇得知这种东西能要人命，杨白劳就是喝卤水死的。他害怕母亲承受不住如此巨大的生活压力，抄起一根木棍将它打碎了。又一道电闪雷鸣，天空织起了一片细密的水网。敬芳方才听到辉宇出了堂屋，也悄悄地跟了出来。她被辉宇的举动惊呆了，随即明白了其中原委。敬芳紧紧搂着儿子哭了，任凭风雨肆虐。

敬芳告诉辉宇，好家儿女不横死。再苦再累，妈也不会走那条道的；为了你，为了咱们这个家，妈也不会走那条道的！

十八

1969年仲春的一天清晨，金王氏在去茅厕方便时突然摔倒，待家人将她搀进屋子，已经不省人事。金玉和金宝夫妇急忙用双轮车把金王氏拉到宝坻县人民医院。金玉在敬芳、柯英的搀领下把母亲抱进急诊室，金宝在院子里看着借来的双轮车。值班大夫是一个额头狭窄、下巴尖削的中年人。他瞧见慌忙进来的娘儿四位，目露轻蔑甚至厌恶的神色，劈头问了一句，你们是啥成分？

你不赶紧给病人诊治，问我是啥成分干啥？心急火燎的金玉厉声反问道，如果是地主富农，有病你就不给治了吗？

我们这医院是为广大贫下中农开的，当然得先为贫下中农服务！这位大夫仍在强词夺理，如果是地主富农，你们就往后靠靠。旁边的年轻女护士在他耳边轻声嘀咕了一句。这位大夫的声调又往上提高了五度，指着金玉说，对了，我还忘记问你了，你是不是个算命的？如果是搞封建迷信的牛鬼蛇神，那我还就不给你们看了，咋的？

你这样做缺德不？别看你这辈子吆五喝六的，可下辈子不知咋样呢！

这为人做事,不能光看眼前三尺远,得给下一辈人留点德行!

金玉的劝诫和警告是起不到多大作用的。在这砸烂“公、检、法”的年代,狂热的造反情绪高于一切,什么法律,什么道德,都如同垃圾一样,被人们理所当然地倒掉了,许多事情不再按照常规常理出牌。

前两年曾流行过一阵子以“最高指示”为通行证,倘若你回答不上来对方所问的《毛主席语录》内容,进商店就买不到东西,到医院就看不了病,走亲访友就进不了村,甚至到食堂也不允许你用餐。一天早晨,杨青的父亲突然腹疼难忍。他和妻子赶忙用手推车把父亲送到医院,负责挂号的女护士开口说了一句:要奋斗就会有牺牲。搞得杨青雾水满头,再次面朝挂号窗口说,请这位同志赶紧为我挂个急诊号,病人肚子疼得忍不住了。女护士的回应仍旧是那句话:要奋斗就会有牺牲。如果此刻换上马来福,他会随口答道:死人的事是经常发生的。但是我们想到人民的利益,想到大多数人民的痛苦,我们为人民而死,就是死得其所。倘若大夫和护士们的态度不积极、不认真,他还能继续往下背:不过,我们应当尽量减少那些不必要的牺牲。用伟大领袖的话教导他们,要救死扶伤,实行革命的人道主义。即便是金玉,他也清楚此段“最高指示”的大致意思,能够回答出“死人的事是经常发生的”这句话。可是对于不问政治的杨青而言,女护士的重复提问无非使他头上的雾水更重了一层。瞧着窗口外病人捂着肚子不停呻吟的痛苦样儿,女护士最终动了恻隐之心,悄悄告诉了杨青答案,而后又相互提高嗓门大声演示了一遍,杨青方领到了急诊号。妈的!事后杨青骂道,你一个治病救人的地方,选哪段语录不好哇?为啥非得选这段带“死”字的?晦气!

去年春天,申光的母亲也患了金玉母亲这样的疾病,他和弟弟慌忙背着母亲跑进公社医院。这时虽然不再以“最高指示”为通行证了,但阶级斗争仍在天天讲,时时讲。值班大夫问申光他家是什么成分?申光弟兄俩不敢隐瞒。在这一带他申光也算得上是名人了,如果哄骗大夫被识破,他们怎么会给母亲好好治病啊?在得知申光出身于地主家庭后,大夫极不耐烦地挥挥手,让他们先到外边候着去。一个小时过去了,两个小时过去了,前来看病的贫下中农病号仍有增无减。申光与弟弟商量,赶紧背着母亲去了县城,那里可没有几个人认识他。一路上,他编好了自己的历史:出身于雇农家庭,是一位荣誉伤残军人。他的这双眼睛在1948年12月塔山阻击战中被蒋匪军的炮弹震瞎的,耳朵也越发背了,至今仍然享受着国家的伤残津贴。为了母亲能够得到及时治疗,他已顾不得许多了,甚至有朝一日谎言被揭穿挨打挨斗，他全认了。哥俩背着母亲直接进了县医院急诊室，未等值班大夫开口，申光连忙通报了家庭出身和自己的经历。一切果然十分顺利，值班大夫连挂号条都没要，便开始为病人诊治，随后又给他们安排了一间相对清静些的病房。

这一时期，人们头脑中没有法纪，没有道德，没有行业规矩，有的只是阶级斗争这根弦。金玉是位识时务者，如果不是着急为母亲看病正在气头上，他是不会朝大夫们发火的。

金玉与大夫们的吵闹声，吸引来了众多围观者。一位前来看病的老人认识金玉，他告诉值班大夫和护士，你们赶快安排为病人诊治，这位算命先生可非同一般。他的这双眼睛，是当年参加八路打小日本时被炮弹震瞎的。你们还问他啥成分？他家往上数八辈子都是地道的贫雇农。

这位老人见值班大夫和护士面露惊疑，说如果不信，你们可以给县武装部的李部长挂个电话，那时他还是这位金先生的部下呢！

大夫哪敢给县武装部部长挂电话呀？怪不得这位瞎子脾气这么大呢，原来是个老八路，还当过李部长的首长哩！他和护士边对金玉说着对不起，边忙着把金王氏放在诊床上，进行仔细诊断，而后，又把金王氏安排在了一间特护病房中。就连交费、取药这些本应病人家属干的活计，也均被护士揽了过去。值班大夫恳求金玉，千万别把刚才争吵的事告诉李部长和医院领导，包括金玉的身份也保密为好，防止大家知道了都来探望，影响病人休息。金王氏这个病号由他负责到底了，保证使用最好的药，拿出百分之百的力气诊治。

刚才那位替自己解忧的老人是谁呢？竟有如此的胆量和机智，没影的事都能让他说得有鼻子有眼的！听着虽然有些耳熟，但金玉如何也想不起这个人的姓名和住址。这些年，他为人算命占卦，也称得上阅人无数了。直到两个多月后，金玉到县医院为母亲拿药，才又碰到这位也去取药的老人。

十九

在陌生老人的帮助下，金王氏受到医院的热情照料和精心诊治，渐渐恢复了神志。可是，她已站不起身，走不了路，说不出话。大夫们看不透金王氏得的是什么病，故而也不知用什么药好。住院治疗十多天，就回家静养了。村里人讲金王氏中了邪，几十年后家里人才醒悟，她老当时可能患的是中风。自此，金玉就主动承揽了伺候母亲的义务，为了尽自己的孝心，也因为在生产队那里他比妻子和哥哥、嫂子容易请假。要清楚，这种病可不是一天两天、一月两月就能好或彻底坏的，熬人啊！病人得受病痛的折磨，伺候病人的更需有足够的耐心和毅力。别人伺候母亲，金玉还有些不放心呢。母亲大小便，他就抱到厕所；感觉屋里闷，他就把母亲抱到柴火园的枣树下；母亲情绪烦躁，他便唱上几段大鼓书。敬芳、柯英下工后，再轮流为婆婆擦洗一遍身子，换上干净衣服。每次街上来了卖瓜、卖桃、卖葡萄、卖冰棍的，金玉都要给母亲买那么一点儿尝一尝。敬芳把家中的积蓄拿出一半让金玉掖着，为的就是给婆婆买些零食吃。

这天上午，金玉让敬芳请假照顾母亲，自己再次到县人民医院给母亲取药。办完手续后，金玉恰巧又碰到了那天替他解围的那位陌生老人。这位老人仍然十分热情，领着他交费取药。金玉问他老贵姓，家住哪里？怎么会认识自己？老人说，现在不是说话的时候，一会儿再向你解释。金玉同陌生老人从医院出来后，一道顺着驻防营的街里往西走。老人这时告诉金玉，他就是当年险些掀翻他家饭桌的那个人。

啊，原来是景南庄的张老板！

张老板回忆说，多亏了当年金玉的那个后棚及稍后的一卦命，把他从死亡线上拉了回来。原本他与一位姓孙的富家小姐已经悄悄定了亲，连彩礼都让伙计给送了过去。可是金玉到他家算过命后，他媳妇却死活不答应再添一个妹子，哪怕他馋得到窑子铺找婊子，她全不拦。算命先生都为咱家施了法，你怎么不信哩？这位孙小姐的父亲是一位忠诚的国民党员，对于共产党分他的土地、霸占他的房产恨之入骨。1947年加入了还乡团，与国军一起策划制造了火烧北大洼惨案，宝坻刚一解放就被人民政府镇压了。如果他当时娶了孙小姐，他和孩子们可就是正经八百的反革命家属了。至于稍后的那一卦，金玉至今仍然记忆犹新，只是当时他并不知道是给这位张老板算的。

那是1948年中秋节前的一天下午，金玉在看望景坤途经县城时，被一位四十岁出头的男人悄悄地领进了一家小茶馆内。客人鬼鬼祟祟，又选在如此地点偷偷摸摸地找他算卦，金玉猜测对方十有八九是个有钱人或国民党员。问过生日时辰，金玉开始为他详批命局。从您这八字看，小时候应犯水灾。在八至十二三岁时是不是挨过淹呀？金玉故意问道。在宝坻这多水的地方孩子挨淹可是常事。

嗯、啊。

从您这八字看，乃是青年兴业、中年发达的有财之命。敢问您的生意如何呀？金玉再次故意问道。

嗯、啊。

任由金玉如何提问，对面这位男人只是以嗯啊两字作为答复。金玉这时已经确定对方就是自己猜测的那样，是人民群众专政的对象，面对共产党的政策已如惊弓之鸟。

我刚才已经谈到，您是五岁起运，三十九岁以前运势良好，得风得水，事业兴旺，眼下四十至四十五岁这步运遭遇劫财，必有损失。如果应对得当，以后的命运仍然不错。诗曰：

今行霉运见魁罡，化成煞星最难当。
主动出手巧过关，一生福寿乐非常。

啊、啊，那该怎么应对呢？这位男子终于开口问话了。

金玉十分利索地答道，保命要紧，破财免灾。

张老板其实是不信命的，可是那段时间宝坻这一带国共拉锯，物价飞涨，人心惶惶。他让伙计把金玉请进茶馆，只图充填一下他那空虚而恐惧的内心。在算命的整个过程中，张老板只言未发，一直坐在旁边静听，就连自己的生辰八字，都是伙计代他报上的。待金玉走后，他越琢磨这位算命先生的话越有道理，这共产党斗地主、分田地、为穷苦老百姓求解放的旗号一打，得民心啊！宝坻去年来了那么多的国军，连个小小的县城都没能守住。今后坐天下的十有八九是共产党。自己赚的钱越多，罪过就越大。转天，他就停止了一切经营活动；除了村中的那所住宅，其余的房地产全部低价出了手。如果人们都明白过来，那些财产就是祸害，白送都没人敢接呀！金先生讲得好，破财免灾，财能通神。待景南庄负责土地改革的村干部确定后，他又逐个登门拜访，诉说了自己眼下的困境，终于逃过了土改这一大劫，家里最终被定了个中农成分。

您老那天怎么那么大的胆子，骗得值班大夫和护士真的把我当成八路军的首长啦，如果他们要去武装部核对可怎么办？金玉不无担心地问。

许你长期糊弄人，就不许我用一回了？告诉你吧，这位李部长是我女婿的战友，两家走得近着呢。他们如果真的去问，咱也没啥怕的。

哈哈……

怎么，还发生过这样的事情？金玉也不由地哈哈地笑了。在宝坻成为国共拉锯敏感地带之际，有多少富人得过他的指点，金玉本人不得而知。因为通常情况下，哪位问命者也不敢公开谈论国共谁好谁歹、谁胜谁负、谁存谁亡这类大是大非问题。金玉比较清楚的，除了德隆粮行的刘掌柜，就是秋实商店的郭老板了。自从1945年正月金玉为他算的"未卜先知"那一卦之后，郭老板每年正月都要请金玉为他预测一番前程，平时二人见面也要深入探讨些事情。1947年夏末的一天晚上，郭老板专程来到金银窝，求金玉帮他定定今后的发展方向。金玉与他之间早已成了莫逆之交，关起门来没有不敢说、不能谈的话。在金玉家那盏昏暗的煤油灯下，他俩一道详细分析了当时的国内形势和国共双方的优劣，最终将棋子压在了共产党这一方。虽然夜色正浓，郭老板的心豁然亮堂了。他自此顺应历史潮流，自觉站在广大劳苦群众的立场上，先是带头把商行变成了公私合营企业，后又全部退出了自己的股份，使秋实商店彻底改掉了"私"字姓了"公"。郭老板本人则成了一位改造得十分到位的开明人士，即使在"文革"动乱时期也未受到冲击。

二十

金王氏患病一晃已经两年多了。尽管金玉及其家人对她精心照料，金玉或金宝隔三岔五还去县医院找大夫询问一下护理方法，拿些医治的药品，但是金王氏的病情仍不见丝毫好转。雪白的头发越来越稀疏，牙齿也掉了一多半，鼻子和下颌明显较前两年凸出了。无论喜怒哀乐，显现给人们的都是近乎麻木的表情。这日傍午，她忽然攥着金玉的手，哆哆嗦嗦地写了几个字。金玉只感到里面似乎有“上”和“北”字，却体会不出母亲的意图。这时，辉宇放学回了家，金王氏又朝着墙上的一幅宣传画啊啊了一阵。辉宇告诉父亲，画的内容是毛主席在天安门城楼接见红卫兵。金玉终于明白了，母亲是想上北京看看天安门。晚上，金玉同敬芳商量，母亲的这个梦一定得圆，何况她老人家含辛茹苦了一辈子，尚未离开过宝坻县境，尚未见过城市的高楼大厦，尚未坐过汽车呀！敬芳没有半点犹豫，将家里的全部积蓄三十六块钱交给了丈夫，说去吧，这恐怕是咱妈最后的愿望了，如果得不到满足，咱们这辈子心中都不会踏实的。

金王氏这时瘦得只剩下七八十斤了。对于金玉而言，虽然背着抱着母亲都不费力，可是他的右手必须拄棍探路。为此，敬芳专为他缝制了一个背母亲用的布兜，既便于他摸路提东西，母亲坐在布兜中也舒服些。这天早晨，金玉背着母亲、挎着装有洗换衣服的包裹，坐上了从宝坻县城开往北京的长途客车。坐在车内柔软的沙发座椅上，瞧着车里陌生而温馨的环境，望着车窗外的排排白杨，金王氏开心地笑了。

在乘务员的指点下，金玉母子俩只换乘了一次市内公交车，于中午前就赶到了天安门广场。一位年轻英俊的值班民警觉得这娘俩有些可疑，也影响首都的形象，便上前盘查，当听完金玉的介绍后，又对他们母子表现出了深深的敬意，领着他们穿马路，买午餐，安排女同志抱着金王氏上厕所，在各方面尽力给予照顾。天安门广场摄影部的同志，还免费为金玉母子在此留了影，告诉娘俩冲洗后给他们寄回家。金玉对这一带并不陌生，他曾多次演唱《忠良传》这部长篇大鼓，里面有大段描述清朝时期北京和皇宫的场景。金玉自然成了母亲的理想导游。金王氏高兴非常，一面四处环顾着向往已久的首都景色，一面静静听着儿子的讲述，两眼又现出了患病前的神采。

半晌很快就要过去了，晚上睡在哪里呢？金玉在北京是有亲戚的，除了敬华一家外，还有两三户呢，而且血缘关系都不远。但是，他不想去，害怕玷污了他们家的门槛被轰出来，伤了母亲的心。那是1957年夏天，金玉、古寅、洪江、郑卯、华虎等人从宝坻出发去张家口地区，途经这里时住在了京西的一家旅店，金玉和郑卯的亲戚就在附近。这天下午，二人说去看看他们，多年不见了心里想哟！金玉和郑卯结伴而行，提前均特意进行了一番梳洗打扮。金玉头戴镶着黄边的棕色礼帽，身穿崭新的深灰色中山服，平日脚上的布鞋也被行李包中的一双黑色皮鞋所替代。脸上的胡须被刮得干干净净，洁白红润的面庞透着自信和睿智。如此扮相，很像当时县社和街道的领导干部。如果不是手握马竿，是没人把他同算命先生连在一起的。郑卯比年轻时又发了福，苹果脸已长成了大西瓜，肥厚的下巴底下又生出了一个更肥胖的富二代，将军肚毫无拘束地扩充着范围，小木桶变成了地地道道的大肚坛子。他把沾着一路风尘的那身衣服交给店里洗熨，自己又换上了一身宽大的缎面唐式逛衣。客店的工作人员都惊叹他的富态福相，完全不像一位乡村来的客人。金玉和郑卯二人要的就是这种效果，来京城串亲戚怎能土气？

二位算命先生首先去的是郑卯亲戚家。结果热脸贴上了凉屁股，人家对郑卯爱答不理，连杯白水都没给倒。二人之后又来到了金玉的亲戚家，这时已到了下班放学的时间，两位盲人光临，立即引来了一帮孩子的围观。金玉左等他家人不到，右等他家人不来，颇有些纳闷。这时，一位中学生告诉金玉，您的亲戚早下班了，正在院外抽烟呢！一股火顿时涌上金玉的脑门，他拽着郑卯怒冲冲地出了院子。算什么玩意儿呀？咱虽然是农村来的，但衣着打扮比你还要洋气；咱虽然没眼，但文化比你一点不少；咱做的是啥生意？上可进王爷府，下能入绣女房。你不就是个挖煤的吗？！

事也凑巧，两人从金玉亲戚家出来不一会儿，竟然撞见了金玉的一位本族兄弟。当年金玉在天津做工时，他在家里受后娘的气，不得已到天津去谋生计，可是根本没人搭理他。危难之际，是金玉把他让到自己的宿舍，又管吃喝又管住。后来金玉给他买了到北京的车票，从伙房赊了十个馒头作为路上的干粮，让他来这里投奔舅舅，当上了一名矿工。金玉十分高兴，这回总归遇到了不至于嫌弃他的亲人。不求对方知恩图报，他只想让郑卯瞧瞧，本家族的人还是讲究亲情礼节的。然而，未等金玉张口，他的这位兄弟就告诉他们，他家住在山坡上，你们没眼人不好去。金玉怒道，蓟县的盘山高不高？兴隆的十八盘险不险？我们常去。就你这里的小土包还称得上山？

没良心的！金玉心里想，现在一个农民装扮的瞎子背个农村的瘫妈，如果出现在这帮亲戚的家门口，还不得把他们吓死呀？

大的旅馆金玉不敢去，因为兜里的那点钱恐怕不够他们母子一天的住宿费。他打算在北京再待上两天，背着母亲看看公园，瞧瞧西山，逛逛王府井的大商场。金玉和母亲先到复兴门大街和广安门大街的旅店问了问，住一天一夜需六元钱，他嫌贵；又继续往前去，在距离天安门和长安街较远的偏僻处找家旅店打听了一下，每晚住宿费需三块钱，他仍觉得不值。这时，他想到了火车站，以前外出住不上客店或等火车，不是经常蹲在那里吗？而且车站的候车室内有可以睡觉的长椅，有小卖部，有免费的白开水，母亲需要方便时也好找人帮忙。

对！就带着母亲去火车站。

二十一

金玉背着母亲再次回到长安街上，慢慢地向北京站的方向走着，为的是让母亲看看街两侧闪烁着奇艳灯火的高楼大厦，瞧瞧华灯照耀下的车水马龙。去得早了，车站里人多不好找休息的地方，还有可能被轰走。金玉母子俩逛罢北京市夜景，简单吃过晚饭，才走进车站的候车大厅，仍然不慌不忙的。此时已是夜里十点半了。

在大厅的西北角,金玉顺利摸到一把没人坐的椅子,将母亲轻轻放在了上面。他正要坐在旁边喘口气,一位值班人员走了过来,询问金玉是干什么的。金玉告诉他来这里休息。值班员指着金王氏问,她是谁?金玉说是自己的母亲。你们有车票吗?金玉答道,没有,我们只想在这里休息一晚上。值班员大声说,候车室是给候车人预备的,不是乘客不允许在这里站脚,这一点你明白吗?

这位值班员个头不高,年龄三十出头,说话声音却狂似青蛙夜噪。金玉知道遇见冷面情薄之人了。他怎么会不明白候车室的规矩?这么多年来,他外出夜间蹲车站时常挨轰。即使有时手中攥着转天的车票,候车室里也不允许乘客过夜。但是,那个时候他不怕,轰得不紧他可以软磨硬泡待一宿;轰得紧了,他就到车站外面找个犄角旮旯忍一夜。一个年富力强、健健康康的男子汉有啥可怕的?可是,今天不行。母亲身体不好,他们娘俩无论如何是不能露宿街头的。

见到金玉仍旧不动,值班员便拽着金玉的胳膊让他立马离开,金王氏急得啊啊地喊着。旁边一下子围上来许多等候上车的乘客。金玉耐心向值班员解释了他和母亲来京及在此休息的原因,央求这位同志行行好,让我们在这里待一夜吧。

不行,你们在这里休息不仅违反规定,而且来北京本身就影响伟大祖国的形象!

金玉起身向这位值班员拱了拱手,再次央求他容他们娘俩在此休息一晚。金玉还保证,他和母亲就在椅子上老老实实待着,决不到处走动;只要天一亮,马上就离开。

值班员心硬如铁,要求金玉母子必须立即离开。他还强调说,在此候车的不单有祖国各地的乘客,还有海外侨胞和外国友人呢。千万不要再待在这里损害国家形象了。

你说我怎么损害国家形象了?如果我手里有权有势有钱,我就让司机开着专车拉母亲到北京来。我们娘俩就去住北京饭店,住人民大会堂,住钓鱼台国宾馆。可是,祖国没有给我们这些呀!我们娘俩不找这地方去哪啊?如果到大街上去住,那不是更给伟大的祖国丢人吗?

金玉的境况赢得了围观乘客的一致同情,大家纷纷指责这位值班员缺少起码的同情心。乱哄哄的场面,把车站值班领导也引了过来。他在了解情况后,同样对自己的部下提出了批评。一位童颜鹤发的老者热情称赞金玉,说他就是古代为父温席的黄香、卧冰求鲤的王祥、弃官寻母的朱寿昌。随后,老人又掏出两元钱交给金玉,让他为母亲买点儿好吃的。在他的带领下,围观者纷纷解囊,这个人掏两毛,那个人给五角,一会儿工夫就为金玉母子捐了十多块钱。一位来自东北农村的老太太说,自己的钱实在太紧巴,便把女儿买给她的北京糕点拿出五块,放在金玉的手中,让他们娘俩尝尝。

金王氏哭了,金玉忙着给大家作揖致谢。他打算把十几块钱全部花在带母亲旅游上,在北京逛两天之后,再乘火车到天津看看。以前母亲常听一些人念叨,坐火车就像坐在自家的炕头上,后天也让母亲感受一番这绿色长龙的滋味。

二十二

金玉母子从天津回到金银窝,心满意足的金王氏仿佛得胜而归的战将,没了进击的目标,精神迅速松懈下来。时隔不久,她的身体较之前虚弱了许多,过去最爱吃的鸡蛋羹,现在也懒得动嘴了。家里人都清楚,金王氏的大限正在一天天迫近。金玉和敬芳商量,要找亲戚朋友借些钱,家里眼下所剩积蓄肯定办不下来母亲的后事。哥嫂家孩子多,侄子又刚刚娶的媳妇,不会有富余钱;妹妹金翠家去年盖的新房,听说还欠着债呢。如果为此事找她要钱,她家就是砸锅卖铁也会给的。还是别去为难他们,咱们自己想办法吧。欠账可以慢慢还,后悔之事却永远无法弥补,他俩决不能再留下发送父亲那样的终身遗憾。金玉这时甚至想,亏得当初给母亲买了寿材,虽然多花了那么些冤枉钱,如果放到现在,即使价格再便宜,也买得吃力了。

说办就办,这是金玉的一贯作风。转天早晨,他就去了几处自认为得过他济的亲戚朋友处,直到半夜才两手空空回到家。有的亲朋回答得很干脆:没钱!有的亲朋答复得比较委婉:家中的那点儿钱都压在猪身上了,你先到别处借一些,哪怕年底我们再帮你还;还有的亲朋不仅有钱不借,反而给他上了一堂政治课:现在全国都在破“四旧”立“四新”,你怎么还敢大操大办母亲的丧事呀?别让人把你当反动典型吧。金玉无话可说,有的只是满腔的愤懑:当初你们到我家里借钱,哪次让你们白跑腿了?

再次北上,金玉在此困难之时又想到了山里的那些朋友。敬芳不无忧虑地说，如果借不来钱，你这往返路费可就白花了。金玉找大队干部请假时，他们也对他此行充满疑虑，如今这年头，正经的亲戚都借不来钱，怎么能指望远方的朋友呀？金玉却对此充满信心。他说，这大半辈子自己没干别的，尽研究人了。谁好谁歹，谁忠谁奸，谁值得深交谁又不值得一理，他都装在心中了。如果眼睛不坏，他晚年要做的第一件事，就是写一部《大众心理学》，把自己辨析人性的方法公布于世。

金玉北上借钱选择的第一家，就是兴隆与承德两县交界处的郭家。他原打算当天赶到那里，因为汽车晚点，在兴隆县城下车时已是黄昏时分了。艳霞满天，层林尽染，山风把暑热吹得踪影全无。金玉趁着天亮路上有行人，又往北快步行走了一段路程，住在了林松的干妈家。以前他和林松到这一带盘买卖，时常住在这里，没少给她家添麻烦。老太太今年已经八十有五了，患有类风湿疾病，早就不能下地干活了。两个儿子中，老二由于上山砍柴摔坏大胯，落下了终身残疾，至今没娶上媳妇；两个孙子三个孙女中，只有大孙女已经参加生产劳动，其余还在上学；全家九口人，主要靠大儿子、大儿媳和大孙女挣工分维持生活。

金玉进门时，全家刚刚放下饭桌，准备坐下来吃晚饭。主食有两种：玉米面掺野菜的团子和高粱米稀饭；副食仅一样：咸菜拌小葱。见到金玉这位不速之客，老太太忙让大儿媳又烙了两张饼，炒了一盘鸡蛋；还吩咐大小子到村里小卖铺买三两白酒来，让为客人接风洗尘。

这是多么困难的一个家呀！金玉赶忙阻拦，强调自己本来就不是客人，林松的妈也是我的妈，家里吃什么我就吃什么。可是没有用，大儿媳已把面中倒了水，鸡蛋也打进了碗里。金玉还告诉他们，自己由于身体有病，大夫不让喝酒，两年前就彻底戒了，买来我也不会喝的。他十分清楚，山里细粮少，社员们一年到头吃不上几顿白面；现在不让社员们上山打猎采摘了，家中的油盐酱醋钱，大多靠鸡蛋来换啊！饭桌和板凳摇摇晃晃的，几乎散了架；脚下的地面坑坑洼洼的，连层青砖都没铺。金玉端起饭碗觉得嗓子发紧，推托自己路上着了热，只是口渴而不饿，勉强吃了小半块烙饼，夹了两口炒鸡蛋，而后用三碗高粱稀饭填充了一天未进食的肚子。

金玉刚刚撂下饭碗，一位大队干部就闯进了屋子。听着他的喘气声，金玉便猜测来者不善，心里默念着阿弥陀佛，千万别再给这本来十分困难的家庭增添麻烦了。

来者四十来岁，中等个头，枣红面色枣核形脸庞，一寸多长的头发又粗又硬，两只圆眼如蛤蟆般地鼓着。金玉如果能够瞧见他的长相，更能猜出此人不是什么好鸟。来者手指着金玉质问道，你们家来了位说书算命的瞎子，为什么不向大队报告？

老太太顿时跟他急了：杂种操的，我看你才是瞎子呢，你睁开狗眼瞧瞧，他身上究竟带了啥？既没有说书的东西，又没有算命占卦的家什，怎么就认定他是来说书算命的了？

见到老太太动了肝火，这位大队干部反倒软了下来，说我这不是让您提高警惕吗，现在国内外阶级斗争的形势十分激烈，十分复杂，咱们贫下中农得留点儿神，防止阶级敌人复辟资本主义啊！

这位先生是我干儿子的亲兄弟，哪来的什么阶级敌人？我瞅你大舅你老姨才像阶级敌人呢，你怎么不去盯着不去抓呀？该滚哪给我滚哪去！

在林松干妈家中，金玉始终没敢提借钱的事，只说他到北面找老郭办些事情。他害怕这户厚道人家为了他剜肉补疮哇。第二天清晨，老大背着母亲，大儿媳领着金玉，将他一直送到了距村子一里多地的大道上。待金玉走出一丈多远了，老大才高声告诉他，妈给你五块钱，掖在你上衣兜了，注意别丢了！

金玉害怕的事情，就这样终归发生了。

二十三

金玉到达老郭的村头已是午后。一路上，他反复琢磨着如何向郭家弟兄们张口借钱——是拐弯抹角，还是直奔主题？是找个旁人作证，还是自己解决？思考的结果是，任何证人也不用，由自己直接向老郭提出。否则，倒显得生分了。在离村口还有半里来路的地方，老郭的儿子已连跑带颠地来迎接他了。孩子告诉金玉，我爸正在给社员们派活，让我先把您领到家里去，我妈正给您准备饭呢！金玉感到十分惊讶，你爸赶上能掐会算的刘伯温了，怎么比我这算命先生还神哟？

原来老郭现在于生产队长之外，又兼任了一个大队革委会主任的头衔。支部书记掌握着政治方向，村里的大事小情大都需他处理；社员们碰到啥风吹草动，也要向他报告。二十多分钟前，两名小学生跑到他家汇报说，南边来了个算命的瞎子，走路急火火的让人生疑。老郭马上意识到，金玉大哥来了。见面后谈起此事，金玉担心给他和家人添麻烦。老郭眼眉一挑说，全村的人都知道咱们是好朋友。您来我家走亲访友，有啥不可以的？

大哥您到了这里，就是鱼儿入了海，老虎进了山，啥事也别担心。甭说大哥现在不算命占卦，即使干那事儿，咱做弟弟的也给您担着！

金玉吃过午饭，老郭让他先好好睡个觉，有啥事晚上再说，他和媳妇、孩子分别去上工上学了。这是一个群山环绕的小村，四周峰峦叠嶂，草木葱茏，轻雾缭绕。金玉虽然瞧不见，但是他想象得出此处的幽静与奇美。古时陶渊明所追寻的栖居之地，也不过如此。金玉终于摆脱了尘世的烦扰，找到了老郭讲的鱼入海洋、老虎进山的那种感觉。他很快就睡着了，而且睡得很香很甜，临醒时还做了一个梦。他以前是很少做白日梦的。朦胧之中，母亲来到他的身旁。金玉看到，母亲的身子依旧非常虚弱，但是，她老的嗓子却能发音了，而且十分清晰。母亲请求儿子为她搞一场活人殡，她要亲眼瞧瞧是否称心如意。

金玉说，这世上哪有人还在世就出殡的？母亲说，有的，天津卫早些年就有一位知名人士，在活着时自己给自己操办了一场葬礼。金玉记起，父亲在世时曾讲过这件事。

顺者为孝，金玉答应了母亲的这一要求，已经八十四岁的人了，即使这种做法对生者有啥妨碍也无所谓，只要母亲高兴就行。在梦中，金玉请了三八二十四个吹鼓手，负责迎宾、坐晚、接三和送葬的吹打伴奏。出殡的头一天晚上，闻名京东的民间乐师专门演奏了《百鸟朝凤》，悠扬悦耳的曲调吸引来了周围六七里地的社员们。母亲一辈子最喜欢吹拉弹唱，尤其是唢呐笙箫演奏的乐曲；出殡这天，所有亲戚朋友都给信，金氏家族无论老幼亲疏都管饭。仅中午这顿宴席就吃了五场，坐了六八四十八桌。母亲一生与人为善，见谁都亲；灵棚搭得富丽堂皇，四周摆满了亲朋送的花圈和挽联，金玉还请人扎了两个鲜花篮放在棺材前。母亲喜欢花，爱闻它们的香，更喜它们的五颜六色；送殡的队伍浩浩荡荡，二十余位手举“满堂幡”的孝子贤孙在吹鼓手的簇拥下前面开路，紧随其后的是四八三十二个杠工抬着大红描金的棺材，再后面是由亲戚朋友和乡亲们组成的送葬队伍，足有一里多长。母亲德隆品重，待人又不像父亲那般冷漠，村中男女老少都愿送她一程；依照“轧街”的传统，送殡队伍缓缓穿过前街，又到后街，过了后街又绕到新街。家族中的近支以及受过母亲恩惠的人家，纷纷在自家院门前摆放路祭，以至于队伍不得不走走停停，停停走走，直到太阳偏西才缓缓出了村子。金王氏对自己这场葬礼的安排十分满意，叮嘱金玉如果钱不够可以少请些吹鼓手和杠工，只要程序不缺就行了。金玉醒后，一直觉得这不是梦，而是母亲给他传递的真实信息。母亲一生不肯求人，不图享受，不讲排场，不事声张，临终的这一愿望，他金玉一定要满足，就按照梦中的葬礼程序去办，一个环节不能减，一位忙活人不能少。即使掏空家底，即使负债累累，也不能给母亲和自己留下遗憾。还是那句话，钱可以慢慢赚，但遗憾却难以弥补。

老郭夫妇回家已是大黑摸门了。饭桌上，金玉与老郭一边饮酒，一边谈了自己此次来访的目的。老郭和他媳妇果然十分爽快，称金玉没有将他们当外人，吩咐孩子立即去告诉他大伯、二伯，让他二伯再通知三伯、五叔，五叔再招呼六叔、七叔，晚饭后立即来他家，有要事相商。哥哥兄弟们到齐后，老郭当场拍板，他家拿出三十元，其余每个兄弟一家十五元，明天晚上交给金大哥。如果你们手头没有，再去找街坊拆借，为朋友两肋插刀都可以，何况借这百八十块钱？在把钱交给金玉时，老郭问他，这些钱是否够用？金玉忙着回答，够了，够了！他梦醒后就已详细算了账，这年头钱是不好赚，也不易借，但是钱真的很值钱呀。五块钱能办一桌酒席，雇一位吹鼓手每天用不了八角钱，杠工甚至只管吃喝不用给工钱。

之后金玉来还钱时，老郭攥着金玉的大拇指称他是“这个”，够朋友，讲信用。我们当初把钱借给您就没指望再要。村里一些人曾议论：谁知他金先生是真金还是镀金，他家房上的烟筒是冲南还是冲北？

二十四

金玉从朋友家一次拿来一百二十块钱，在知情的干部社员中引起了一片喝彩声。金银窝历来不富，此时期无论集体还是各户，都穷得叮当响。一个整劳力每天工值只有三毛五分钱，这一百二十块钱几乎相当于金玉在生产队劳动的全年所得，何况其中还得扣除一大半的口粮、柴火钱。贺全动情地对金玉说，当初你去外地借钱我本想拦你，非亲非故的哪有人肯把家里的钱往外掏？没料到你交的朋友这么铁。

金玉笑了，心中充满了自豪感。天南地北的那些朋友帮他、助他、护他、救他的往事，像演皮影那样在他头脑中闪现。他们中间有林松干娘、郭家老四、康家夫妇这些老熟人，也有许多仅仅一两面之交的新朋友，甚至包括在蓟运河拯救他于洪水之中的陌生人。这时，金玉又想起了1962年秋天到围场满族蒙古族自治县的一段往事。

那天晚上，他住在了蓝旗卡伦镇的一家客店中，偌大的一个房间里仅有他一位旅客。店员告诉金玉，房间中有凉热两张炕，你愿意在哪个炕上睡都可以。金玉摸了摸南侧的火炕，觉得温度过高，就将行李铺在了北侧的凉炕上。入夜秋风骤起，温度比白天低了许多，向来睡觉十分香甜的金玉在半夜被冻醒了。他赶忙把铺盖挪到了火炕上，由于白天劳累，很快又进入了梦乡。待清晨醒来时，金玉感到浑身酸疼，头昏脑涨，喷嚏不断。店员招呼他起床吃饭，他却一点儿胃口也没有。金玉知道因为这一夜先着凉后受热，自己患上重度感冒了。他强打精神穿好衣服，卷好铺盖，交清店费，开始顺着土路往东南方向走。金玉第一次到这地方来，他想此处缺医少药还在其次，关键是人生地不熟。还是趁着病情初起，赶到隆化县茅荆坝的朋友家为好。

病来如山倒。金玉的症状迅速加重着，体温越升越高，四肢越来越软，每往前迈一步，都比攀岩还困难。瑟瑟秋风吹得他口干舌燥，呼出的气仿佛能用火点着。

时至中午，金玉好不容易遇到了一个村子。他正准备找户人家休息一会儿，一位个头比他稍矮些的小伙子迎了上来。金玉说自己感冒了，想找地方歇歇脚讨口水喝。小伙子听后连忙拎起金玉的马竿说，马上就该吃中午饭啦，您就到我家吃完饭歇一会儿再赶路吧。再往前走，又得很远才有人家呢。进屋后，小伙子的婶子看到金玉吃了一惊，说他脸色蜡黄，肯定病得不轻。娘俩赶快把金玉扶到炕上，给他喂了一碗小米汤，让他先躺在炕上休息，睡一觉之后再吃午饭。说话间，小伙子的叔叔进了屋子。这位男主人年龄在六十上下岁，说话办事均十分沉稳。他摸了摸金玉的脑门和脉搏，说他身上的火太大了，得抓紧调治一下。男主人恰巧粗通医术。他顾不得吃饭，立即给金玉扎了胳膊和大腿的穴位，放了点血，而后又用铜钱将金玉的前胸后背和关节处仔细刮了一遍。金玉顿觉轻松了许多，很快就沉沉入睡了。到了掌灯时分，小伙子的婶子唤金玉起来吃饭。金玉觉得这时病已经基本好了，只是仍然没有食欲，求她为自己倒了一碗白开水，喝过后又继续睡了。

第二天早晨，金玉的病症已彻底消退。吃完早饭，他收拾行李准备继续赶路，这户男主人却执意把金玉留了下来。一者担心他病情出现反复；二来他们生产队今天上午宰牛分肉，请他吃完肉再走。金玉这才记起，今日是农历八月十三，后天就是中秋节了。男主人说，啥节不节的，咱们家来了客人就提前炖肉吃。由于病愈且一天多没进食，金玉这日中午食欲大振，足足吃了两大碗小米干饭和一斤多牛肉。下午，这家主人为金玉洗了一盘水果,也被他吃掉了一大半。

躺在炕上,金玉好半天没能入睡。他又想起了这一年在隆化县八里地村过端午节的事情。那天傍晚,金玉正不知夜宿何处、在村头徘徊时,一位嗓音圆润的年轻妇女问明情况后,主动把他领进家中。到了堂屋,这位妇女的丈夫在地上包着粽子,见到金玉,忙与他打招呼,说自己正在干活,就不站起来了,吩咐妻子赶快把客人领进屋内休息。听声音就是个厚道人,金玉有了一种宾至如归的感觉。年轻妇女帮着金玉把行李放好,又倒了一碗开水递到他手上,说您走这长的路肯定口渴了。金玉想,这小两口待人怎么这么客气呀!第二天早饭后,金玉打算离开,小两口却不肯让他走,告诉金玉今天是“五当五”,怎么也得在我们家中过完节再离开。就这样,金玉在这户住了两宿,中午吃的是白面馒头炖猪肉,早晚吃的均是粽子:有黄米面的,有黏米面的,还有黏高粱面的,而且每个粽子里面都裹着两颗大红枣。端午节这天中午,年轻妇女还给金玉和她丈夫买来了半斤多白酒。这一时期,中国农民的生活是多么艰难啊,一年到头吃不上两三顿荤腥。人家好不容易过次节,还让自己给撞上了。金玉心中不忍,临行时想给孩子一点儿零花钱,小两口说什么也不肯要。告诉金玉,孩子还小呢,不会花钱;您什么时候到这边盘买卖,就到我们家里来。

金玉在这里休息了两夜一天,身体完全恢复了病前的状态。但是,这家小伙子的叔叔婶婶仍然放心不下,又留他待了一天。直到第三天早晨,才同意金玉离开。临走时,金玉掏出钱包要给他家留些食宿费,老两口坚决不收,说,你们没眼人出门在外不容易,我们怎么能花你的钱呢?金玉觉得打扰了人家三天,怎么也得有所表示。男主人几乎和他急了:谁出门在外都可能碰上个灾病,我如果收你的钱,那不成了趁火打劫了?无奈之下,金玉只得掖起钱包,与其互留了地址,恳请他们日后有机会到宝坻县做客。直到此时,金玉才了解到这个村唤作锦善堂,仍为围场满族蒙古族自治县所辖;救助他的这户人家姓邵,老两口没有儿女,与侄子一起生活。

金玉无限感慨地对贺全说,天底下还是好人多啊!

贺全近期探望了两次金王氏,清楚她的病已无药可医,因而也不再忌讳死字。他说,这回你在家中就好了,你母亲的葬礼再也不会像你爸爸那样寒酸了。

二十五

金玉终究落下了无法弥补的遗憾，尽管他为母亲的葬礼做了充分准备，尽管他手中有足够的资金。

金王氏是在金玉从兴隆回家后第七天去世的。早就盯着此事的公社驻村宣传队和大队干部，听到金家的号啕声便立马找上门来，告诫金玉 、金宝，必须带头移风易俗，从简办理金王氏的丧事。金宝嗯啊了两声没有表态。他这时已出落成了地道的老汉，剃过不久的光头新长出了一层半寸长的白发，面庞依旧清瘦，言语更加缓慢柔和，距离略远一些就听不清楚。面对凶神般的公社宣传队员，他几乎不敢吱声、不知说啥好了。对于宣传队和大队干部的指令，金玉坚决不服。他坚持要按传统习俗发送母亲。金玉理直气壮地说，我花自己的钱请客雇人，碍着你们啥事了？

宣传队长胡填警告他，丧事大操大办是搞封建迷信，吹吹打打更不行。以前算命没有追究你，如果这次你家在丧事上胡作非为，带头恢复“四旧”，咱们就新账老账一起算，揪出你这个金银窝最大的牛鬼蛇神！

大队革委会主任银儒山担心金玉惹出乱子，又派妇女主任做敬芳的思想工作，让她劝导金玉千万不要犯拧劲儿。现在上级对封资修问题抓得很紧，真的出了事于谁脸面都不好看。张思德那么出名的英雄人物牺牲后，毛主席只是给他开了个追悼会，何况咱们普通社员啊！大队还主动提出，为金玉家免费提供一辆马车，负责把金王氏的棺材拉到坟地。金玉仍不死心，让金翠的丈夫悄悄去外村租赁灵棚雇请吹鼓手。他宁可挨批斗，也不愿意让母亲憋憋屈屈地走。结果是，四邻八村的灵棚早就被当作“四旧”烧掉了，吹鼓手们也不敢再接这种活。你即便手头有钱、胸中有胆也无济于事。

万般无奈，金玉这一生遇到了太多的万般无奈。他只得简办母亲的丧事，舍掉了所有传统礼仪形式，没有坐晚、没有接三、没有花圈、没有酒席、没有路祭、没有奏乐，也没有了沿途撒纸钱。参加葬礼的只有金王氏的儿女三家和本族近支，紧紧跟在一辆拉着棺材的马车后面。如果依宣传队的安排，白色孝服也得用黑纱来代替。金玉死活不从，臂戴黑纱那是外国佬的哀悼方式，我们中华民族的丧葬文化不能统统丢掉吧？你们天天喊着大批崇洋媚外,怎么还学他们那一套?在金玉的坚持下,金王氏的孝子贤孙们终被允许披麻戴孝。金玉酝酿已久的计划泡汤了,金王氏在悄无声息中去了天国。

从坟地回到家中,金翠告诉金玉,母亲的葬礼就和埋一条小狗差不多。金玉再次痛哭了一场,仰天长叹道:妈呀,您老死不逢时啊!

二十六

1971年瓜果飘香之时,“文革”的狂潮似乎衰弱下来,县社派驻大队的宣传队、工作组陆续撤出了村村队队。各级组织对金玉这些算命先生的限制,也不再像先前那么紧巴了。

这天,金银窝生产队的两匹马突然病死,每户分得了四五斤马肉。在一年到头沾不上两三顿荤腥的年月,这可是好东西。金玉拎着二斤马肉去北高庄看望老师和师娘。“文革”以来,近在咫尺心隔远。由于天天参加集体生产劳动,师徒已难得一见了。景坤见到他大喜过望,说你来得正好,不然也准备派人去通知你,前两天兴隆县马腾来串门时讲,承德、隆化那一带已经开地了。金玉知道,“开地”是句行话,意思是可以公开算命了。景坤还谈道,他年岁大了出远门不方便,你们年轻人应当去闯一闯,好歹比在生产队挣工分赚得多。金玉连连称是。这趟远门他必须得出,即使前面困难重重,风险多多,原因不单他家过日子需用钱,而且从老郭家借的那一百多块钱也被他挪作它用了。原来,王居野在参加姐姐葬礼不久就病倒了,开始是胸闷,后来是腹部肿胀,再后来肚子就凸得赛过大月份的孕妇了。金玉得到消息,立即怀揣着这笔钱到了舅舅的病床前,他知道舅舅家中劳力少,生活困难。之后,王居野的孩子带着父亲在宝坻住了一个来月的医院,期间又到天津大医院进行了一番检查,只可惜仍然没能把这位老人留在人间。至于金玉的这笔钱,舅舅家两载三年的肯定还不起,金玉当然也没想让他家还。舅舅从他年幼时就疼爱自己,既使花更多的钱,当外甥的都是应该啊!到外面去闯闯,赚上一笔钱,是金玉摆脱眼下困境的不二选择。

一个月后,金玉头戴深蓝色夹帽,身穿浅蓝色粗布夹袄夹裤,背着行李和说书用的三弦大鼓,悄悄地走出金银窝,登上了宝坻开往兴隆的公共汽车。从景坤家回来后,金玉对再次进山作了认真思考和充分准备。他通过村里大喇叭和入户小广播，清楚文化大革命尚未结束，阶级斗争已成为共产党的工作总纲，将要长期进行下去。北部山区那块虽然开地了，也肯定不会像“文革”前那般任由算命先生们招摇过市。为此，他决定：一是表面上以说书为业，宣传毛泽东思想总归没有错吧？二是独往独来，免得人多目标大。他在“文革”前所学的《忠良传》《瓦岗寨》《三侠五义》等老书肯定是不能说了，那是在颂扬帝王将相、才子佳人，与毛泽东思想根本贴不上边。在说唱的内容上，必须彻底改弦更张。金玉从邻村一位朋友家借来《平原枪声》和《敌后武工队》两部长篇小说，每天晚上叫辉宇为他诵读，白天自己将其编成鼓词。整整突击三十天，终于把厚厚的两本长篇小说变成了烂熟于心的地道大鼓书。这样，连同他此前通过听广播改编的《红灯记》《白毛女》两个短篇，完全可以抵挡一阵子了。重振家业的机遇再次令金玉热血沸腾，雄心不已。天生我材必有用，千金散尽还复来。他自知没有李白的文采，但在对待钱财的态度上，他与这位诗圣却是一致的。虽然一个月内没睡上几个安稳觉，可是他丝毫不觉得艰苦和疲倦。

金玉的第一站，选在了隆化县上窝铺附近的一个村子。这里地熟人熟乡情熟，又有郑卯的一家亲戚可供居住。天阴雨霁，一团团白云青雾在远山中穿行，大路两旁的树叶吧嗒吧嗒地滴着豆大的水珠，金玉感到了浓浓的凉意和些许欢欣。久违的山乡，我们终于又见面了。第二天早晨，在房东的带领下，金玉去找大队干部报告，顺便实地探听一下此处的政治局势。昨晚，他已从郑卯亲戚的嘴中了解到，这一带开地的消息纯属谣言，社队干部们对封建迷信这一套仍旧抵制得厉害，起码没瞧见哪位算命先生公开兜揽生意。事情果然如金玉所料，大队干部告诉他，来到这里宣传毛泽东思想可以，说旧书不行，算命占卦那一套更不允许。金玉连忙提出，那我就在咱大队宣传几天毛泽东思想吧！眼下已到了农闲时，让社员们乐一乐，受受教育。

你怎么宣传？都会说哪些新书？

金玉首先报出的是《白毛女》，这是著名的革命故事，先有歌剧、电影，现在又编成了芭蕾舞，料想不会有啥问题。大队干部却说，这个不用你唱，什么北风那个吹呀，雪花那个飘……连我闺女都会。金玉又报上了《红灯记》，这可是八部现代京剧样板戏之一，正经歌颂毛主席、共产党的好戏。没想到，这位大队干部仍旧不让唱。他说，李玉和、李奶奶、小铁梅、鸠山、王连举……我妈八十岁了都能背下他们的名字。

那就说《平原枪声》吧？这是一部战斗大鼓书，里面情节生动有趣，人物活灵活现,日本鬼子和狗汉奸让咱八路军武工队打得鬼哭狼嚎。社员们保准欢迎。

不行,不行!这个故事的确不赖。可是谁不知道,那里头的李向阳、老侯、小郭和松井呀?他们说的话,我几乎全能背下来。

哈哈,您弄错了。您所说的那几个人是电影《平原游击队》中的人物,跟我所说的《平原枪声》是两回事,只是这两个故事都发生在我们老家大平原上。

金玉的《平原枪声》长篇大鼓书,果然受到了社员们的热烈欢迎。大队干部对金玉的照顾也十分周到,专门安排房东为金玉做饭,米面油菜的开销全部由大队支付。金玉的这部书,整整说了七个晚上,场场人山人海,一些社员还把自家在外村的亲戚接来听书。这一晚上大队给多少演唱费呀?金玉当初没来得及与村干部洽谈,他心中无底。第八天早晨,他找到言语还算和气的大队党支部书记,求其把演唱费给了,他准备再到别的村去转转。地净场光,秋去冬来,正是山里人闲来无事的季节。金玉也穿上了从家里背来的棉袄棉裤,他准备放开手脚在这个地区大干一场了。

怎么宣传毛泽东思想还要钱啊?县里和公社的文艺宣传队也来我们这里演出过,比你这阵容要大得多,他们可从没有提过钱的事。

人家是公家,国家给开工资,可以义务演出;我是个人,得靠这个养家糊口,义务不起呀!

支部书记身旁一个头发乱似鸟窝的小伙子说,宣传毛泽东思想是广大革命群众的光荣责任,甭说队里现在没钱,就是有钱也不能给您。您如果义务不起,就算是贡献吧!

支部书记问金玉还会说啥新书。金玉忙不迭地回答,我就学了这一部长篇,别的什么也不会了。他心里想,再这样奉献下去,自己虽然吃饱喝足了,家里人咋办呀?赚不到大钱,还谈什么还清旧账、重振家业呀?金玉从这村子出来后,虽然没有拿到工钱,但仍然比较高兴。这七天下来,充分说明他自己改编的大鼓书是成功的,一些人所讲的老书不让说、新书没人听的论调站不住脚。自己在这一地区大干一场的计划没有错。他先是去了冰冷沟,后又到了韩麻营、海岱沟,在这三个村子依旧说他的长篇大鼓《平原枪声》,统共赚了二十多块钱,比在生产队劳动高出了许多。

金玉自编的长篇大鼓《敌后武工队》,同样得到了社员们的拥护。在隆化与承德交界的一些村队,他常常是先说《平原枪声》,紧接着再说《敌后武工队》,一待就是半个多月。这期间,金玉又从朋友家得到一部长篇小说

《林海雪原》,遇到学生或识字的社员就求他们给读上一段,自己再按鼓书的韵律格式进行编排。到年底回家时,他手中又多了一部宣传毛泽东思想的工具。十多年后,有些山里人评价,金玉说书的吸引力和感染力并不逊于评书大师刘兰芳、袁阔成,只是他的残疾人身份难登大雅之堂罢了!

二十七

金玉在满腔热情地宣传着战无不胜的毛泽东思想，歌颂着共产党和共产党领导的革命队伍，所到之处，受到了广大干部社员的热烈欢迎。但是,作为曾经的算命先生,他在阶级阵线上仍然被边缘化了。一些“革命”的干部群众,时时在用警惕的、怀疑的,甚至敌对的眼光盯着他。史无前例的“文革”没有教会这类人别的本事,却硬生生地拔高了他们的阶级觉悟。

在上窝铺大队说书时,一位社员悄悄告诉金玉,说话注点儿意,门口有个人蒙着脸偷偷盯着您呢。金玉笑了,咱反动话不说,违法的事不做,怕啥?金玉这时想到了给日本人通风报信的探子,常做这种鸡鸣狗盗之事,立即在书中插了一个蒙面跟踪马英的汉奸,贼眉鼠眼的像个地老鼠,结果在一户门口偷听屋里武工队员说话时,被马英发现后一枪击碎了脑壳。搞得这个倚门框的人进退两难,又不好当着社员们的面朝金玉发火,只得暗气暗憋溜之乎也。屋内的火盆烧得挺旺,社员们不时给金玉的茶碗中添些热茶。金玉感到身里身外都暖烘烘的,有如此心地善良的乡亲们掩护,谅那些不怀好意者也无计可施。事后才弄明白，在门口盯梢的是位公社干部,他搞不清每天晚上怎么会有这么多社员来听书,怀疑金玉是以说新书为名,暗中讲古书;或者是开头说些革命内容,后面却在兜售封资修的黑货。没想到新书不同于报纸杂志上的理论文章，同老书一样情节跌宕起伏,引人入胜。如果不是金玉临时插入的那个讽刺情节,他也是不肯提前退场的。

离开上窝铺后,金玉又在营房大队说了七个晚上的大鼓书。他正打算第二天早晨到别的大队去,起床后却发现夜里下了一场雪,此时梨花仍在空中尽情飞舞着。房东留金玉再多住一天,等到天彻底晴了再走。傍午,空中的梨花终于全部落地。金玉在院中用马竿探了探说,雪不大,不妨碍赶路。

吃过午饭，金玉不顾房东的挽留出了村子。刚刚落雪的山间大道小路要比雪水结成冰时好走得多，踩在上面如同走在厚厚的地毯上。天完全暗下来时，金玉较容易地寻到了一个村子。突然，前面不远处的山坡上传来了汪汪的狗叫声，小路上也没了积雪。金玉笑了，日暮苍山远，天寒白屋贫。柴门闻犬吠，风雪夜归人。这首诗写得何等好哇，如同为此情此景定做的一样。金玉距离这户院子尚有百八十米时，主人已经迎了出来，热情地将他搀扶进屋子。原来这里不是住户，是大队饲养院。听了金玉的自我介绍，饲养员忙着帮他去找大队干部，联系说书的事情。在这里，金玉接连说了七晚《平原枪声》，社员们仍然意犹未尽，又求生产队长别让金玉走，再说两个短篇。第八天晚上，金玉说的是《白毛女》，刚刚说到杨白劳为喜儿买来红头绳，外村一位六十多岁的老头进了屋子。这个不知天有多高、地有多厚的家伙，不顾说唱正在进行中，开口质问金玉是哪的人，怎么认识这里，除了说书还干些什么？没等到金玉答话，社员们立即将他推了出去，一些人甚至破口大骂。

老头解释说，他担心这位没眼人再像“文革”前那样搞封建迷信。

社员们说，他搞不搞啥关你个屁事，赶快哪背风哪待着去！

金玉这时不怕任何人审查他的鼓书，甚至希望有领导干部来听他说，听他唱，以便给予他应有的名分。在编写这些鼓书时，金玉认真学习借鉴革命样板戏的创作经验，牢牢坚持“三突出”原则，把革命的政治内容与完美的艺术形式相统一，许多地方宁可艺术形式上差些，也要让内容比原著更加革命。譬如，每场书的开头和结尾，他都加上一段《毛主席语录》；书中革命英雄和群众每遇到困难，都叫他们首先想到毛主席的教导；在说唱到正面人物遇难时，他总忘不掉朗诵毛主席的那段名言：成千成万的先烈，在我们的前头英勇地牺牲了，让我们高举起他们的旗帜，踏着他们的血迹前进吧！在黄土梁、北梁和七杆子沟，大队干部们夸金玉的《毛主席语录》背得比他们都熟。在唐子沟说书时，公社干部接到好事者的反映，把金玉叫到公社机关，让他当场演唱了一段。公社干部说，这位老先生唱得挺好嘛！宣传毛泽东思想可以多种多样，你们反映个啥？

金玉觉得，说书虽然保险，可就是没有算命占卦来钱顺畅，每天晚上喊得嗓子发哑，仍顶不上算两命的钱，而且还不能保证天天都有活做。碰上穷村拿不出钱或心眼儿死硬的大队干部，连吃喝都混不上。如果回到“文革”前那种白天算命晚上说书的模式，就再好不过了。既然马腾讲这一带开地了，就说明有算命先生在活动，他在悄悄地寻找着这样的机遇。

金玉为自己确定了这样一条原则：不见兔子决不撒鹰。切不可因小失大钻入他人的圈套，最终落得个算命没算成，说书也被搅黄了的结局。

二十八

金玉所企盼的机遇终于撞上了他。这天下午，他从海岱沟出来不久，遇到了一位二十多岁姓张的小伙子。此人个头中等偏上，面相十分机灵。以前，金玉曾经给他和他父亲算过命。小张知道金先生出门除了说书，就是算命，走哪是哪，到哪哪住，不像有眼人那样有自己的明确目的地。

金先生，今晚到我家去住吧。说着，小张十分热情地把他领到家里。进门后，小张安排金玉坐在炕上休息，随即又让母亲和媳妇赶紧做晚饭，炒盘鸡蛋烙两张饼。他说，金先生大老远的来一次不容易。金玉求他联系大队干部晚上给社员们说场书。小张劝金玉说，今天时候不早了，明天再去。

晚饭后，小张请金玉给他孩子算算命，卦礼钱该怎么给就怎么给。原来他是去年结的婚，不久前得了个大胖小子，一家人还处在兴奋期中。金玉故意推托了一番。小张说，您老放心，在咱家中算命啥事都不会出。小张母亲告诉金玉，他们全家人就信服他，前几天来了位本地的算命先生，他们都没往家里领。小张的父亲劝金玉放开胆子给他孙子好好算算，这关上门办的事，他们外人怎么会知道？金玉这才认定，兔子出窝了。他吩咐小张再次检查了一番里外屋门，确认关好后，方踏下心来为孩子算命。

金玉说，从这孩子八字看确实很好。本命局中有三层金，两层木，四层水，一层火，两层土。不单五行具备，更为可喜的是五行生克扶养得当。凡是遇到此命局的人，将会一生吃穿住不愁。

这五行俱备好吗？那不是鸠山整李玉和的玩意儿吗？小张疑惑地问道。

金玉扑哧笑了，说这卦书上所讲的五行是个哲学概念，可以概括天地自然和人类社会的一切，其排列组合状况又左右着人的命运；《红灯记》里日本鬼子所讲的五刑是折磨人的器具，两个词音同意思不一样。

金玉讲道，按照我们算命先生所掌握的卦理，如果五行生克太过或不及的，都不是好命。比如财多原本是好事，但是自己身弱掌管克制不住，反而一生没有多少财产；比如印绶护身也是命中的有利因素，可是自身如果太强，周围又多与自身同类的比肩劫财，这时再碰上生我的印，就有可能弄出些祸患来。而咱家的孩子命局中全然没有这类问题，五行搭配得好着呢！

金玉进一步阐述道，从孩子的生辰看，目前正在行小运，六岁方可扎根。具体来说，是大寒那天扎在东北角的桑树底下。

我们家没有桑树呀？

我所说的桑树是天宫中的。金玉接下来嘱咐小张家人说，在孩子小的时候要注意安全，尤其是六岁之前这阶段要防止外出磕哪撞哪，十一二岁时要防水灾。等到孩子年岁大些，就不怕这些了。

小张夫妻和老张夫妇连连称是。

按照一般情况来说，我们在孩子十岁前是不为其找星神的，主要是太麻烦。金玉故意卖了个关子。

啥是星神呀？小张急切地问。

星神就是天上的星宿神煞对人一生命运的支配影响。譬如，我们常讲有福之人吉星高照，倒霉蛋儿常常碰到扫帚星，说的就是这件事。

小张一家人一致请求金玉帮助孩子找一找，看看孩子与天上哪个神仙有关系。

金玉再次扳着手指掐了一回，高兴地对他们说，孩子果然命局不凡，乃天乙贵人星入命。甲戊庚见丑未，乙已见子申，丙丁见亥酉……孩子的日柱正碰上今年的辛亥。这就可以认定，他命中有天乙贵人星了。因而他一生中都会有贵人相助，遇到不好的事情也能逢凶化吉。金玉强调说，孩子长大后你们要好好供孩子读书，时时督促他刻苦学习，不能因为命好就娇生惯养，任其偷懒。有如此的星神护佑，将来考上大学是不成问题的。到那时，咱们大伙儿都跟着风光得济吧。

听过金玉对孩子命运的预测，小张一家喜不自禁。之后，又为孩子的母亲算了一卦，命运同样不错，一家人又欢天喜地了一番，说了些感谢先生的客气话。早晨，小张母亲又为金玉炒了一盘鸡蛋。

吃罢早饭，小张和父亲一块去生产队干活了。临出门时，小张告诉金玉在家里好好休息一天，哪里也别去，晚上他买一瓶酒来，咱们爷仨得痛痛快快地喝一顿。金玉虽然答应了，可是在他们爷俩走后，却怎么也待不下去。问清这村大队书记平常待在饲养院后，便告诉张家婆媳自己去找他。如果大队书记同意说书，他就继续在此待下去；如果不留说书，他就奔姚古营了。这说书算命是他谋生的职业，他可耽搁不起。大队支部书记果然在饲养院，金玉向他问过好后，请求他让自己给社员们说几场书听。

你胆子真不小，还敢找我来呀？

您是大队书记，我来这里说书当然得找您啦。

那跟我进屋，你今天不来我还想去找你呢！金玉听着有些纳闷，这个人说话怎么如同吞了火药哇？

我问你，昨天晚上在张家算命来着？你知道这是在犯法吗？！

胡扯！我根本就没有算命，谁不清楚那是迷信呀！

你总共算了两卦，一是给小张出生不久的儿子，二是给小张的媳妇，这种事还能瞒得了人？

金玉知道事已暴露，说好了只有天知地知我知他家知的事情，怎么会传到大队支部书记耳朵里呢？金玉猜测，一定是小张觉得他儿子的命运超出寻常，进而忘乎所以，才将此事泄露出去。

既然你们大队不说书，那我就走。金玉说着，便往屋外挪着脚步。

你想走，没门！支部书记抢先一步，把金玉拦在了屋门口。

不让走你说咱们上哪，是去公社还是上县里？

哪也别去，那样岂不便宜了你？支部书记将声音抬得更高，就让你在这里铡草，实行劳动改造！

铡草可以，只是把入草人的手铡掉了我概不负责。

那就搁好人入。支部书记撂下这句话走了。

金玉气得一屁股坐在了炕上，心想他一定是给自己找入草的伙计去了。此前，他肯定听说或目睹过盲人铡草，不然是想不出这个馊主意的。看来做什么事儿都得心细，不能为了他人高兴就胡说乱捧，满儿嘴跑火车。谁听到自己的儿子命运非凡、福禄双全不高兴呀？如果测算出他的孩子将来能够做皇帝、任总理，当父亲的还不得欢喜疯了，嚷嚷得满世界都知道哇！

左等不来人，右等人不来，金玉坐在饲养院的炕上如坐针毡一般。就在他思考如何逃脱时，听见有人进了屋子。他猜想，来人不是那位支部书记就是他找来的入草手。

哎，这不是金先生吗？您怎么在这儿呀？

金玉问他是谁，怎么会认识自己？来人告诉金玉，他是大队支部书记的弟弟，以前也找金玉算过命。金玉便把自己挨扣的来龙去脉叙述了一遍。

这不是没事找事吗？我这位哥哥也太积极了，一个没眼人就是真的算两卦命有啥呀？我就不信他还能帮助谁复辟资本主义！大队书记的弟弟点着一支纸烟递给金玉，告诉他抽完这支烟就走吧。

金玉有些担心：这行吗？

有啥不行的,出事我顶着,您走您的。我们是亲兄弟,他再生气也怎么不了我。

金玉从这个村又折回了海岱沟。梁那边路宽,常有各种车辆经过。即便赶不上公共汽车,也可以搭乘别的车辆尽快离开这片是非之地。金玉刚下梁,正巧碰到一辆公共汽车停在那里,他连忙登上车,去了杨树沟门。

在此后的两年中,金玉就是在这样的环境中度过的。像当年的敌后武工队开展游击战一样,他抓住机会,能说书就说书,能算命就算命,多赚一毛是一毛,积少成多,顽强地维持着全家人的生计。金玉安排敬芳每年把岳母接到金银窝住上一、两个月,变着法地给她老改善一下伙食,有时再去县城的饭店吃顿饭,让她老享享清福。金玉此时更加注重对儿子的培养,辉宇爱好读书绘画,他给予大力支持;只要儿子张口要钱买书及笔墨纸砚,他从没有说过半个不字;自己年轻时没能实现的宏愿,他期待着儿子来完成。金玉逐渐意识到,从上到下,人们促生产的劲头比抓革命要大些,对他们这伙没眼人也盯得不那么紧了。即使算命被人发现了,也很少有人再不依不饶,甚至上升到阶级斗争的高度来认识,当作牛鬼蛇神来批判了。

好兆头哇!

二十九

1973年中秋节后,金玉决定再次北上。在从金银窝前往宝坻汽车站的路上,被邻村的一位社员拦住,请他到家里去喝杯茶。金玉管这位社员叫大哥,两人早就相识。金玉说他得赶早上8:30开往兴隆的汽车。这位大哥矮金玉一头,消瘦的脸上长着一对狡黠的小眼。他踮起脚尖,趴在金玉耳朵边嘀咕了一会儿,金玉便随他进了院子。也对,哪有放着家门口的买卖不做的?

进屋后,金玉先为他家长子择了娶亲的日子,而后又为其次子合了婚。按照平日的行情,这位大哥给了金玉两元钱,而后让他坐着别动,说街坊的一位老太太一直盼着你来呢。

街坊老太太找自己会有什么事呢?金玉清楚,甭说当下这种形势,即使"文革"前的宝坻,人们如果没有大事急事,在这个季节一般也不算命的。莫不是老太太家中有久治不愈的病人？如果为此算命占卦，得马上劝他们到医院去看医生，在自己身上花些冤枉钱事小，千万不能耽误了病人。或许老太太也要为儿女们合婚择日子？虽说“文革”运动把旧文化革得如此厉害，大多数人在心里还是信命的。尤其涉及子女的终身大事，更不敢马虎半分。如果是这种事，自然要依照命理卦象为她好好算算，既给老太太及其家人一颗定心丸，自己也有所收获。两全其美，又何乐而不为呢？

老太太进屋后，金玉方知她所求之事并非算命占卦的范畴，勉强只能划入看风水之类。三年前，老太太的女儿嫁到了外村，婆家成分比较高。东邻是地道的贫农，去年翻盖房屋时强行将房脊高出了他家一尺多。这不是明摆着欺负人吗？女儿家惹不起东邻，又担心因此发生什么意外，心中总觉得有块砖头坠着似的。今年春节期间，老太太曾为此悄悄找到城东南的一位算命先生。可是，这位先生却支支吾吾地道不出所以然，他说我们算命占卦的不管盖房子的事。还是方才请金玉算卦的那位大哥提醒她，等金银窝的金先生吧，他道行大德行高，没有破解不了的难题邪事。金玉在步入江湖后，确实学习掌握了一些算命占卦之外的本领，包括看阴阳宅的风水。只是他觉得，那些东西尚未经过实践检验，不知正谬。十有八九也是风水先生们用来混口饭吃的工具而已。现在的关键，是运用风水知识，解开老太太及其女儿一家的疑团。世上许多灾祸，本来就是由心病引发的。

金玉对老太太解释说，东为青龙，西为白虎，卦书上讲不怕青龙高万丈，只怕白虎抬抬头。回去告诉闺女，他东街坊房子盖得再高，也碍不着咱家啥事。金玉还给老太太出了个主意，说闺女家如果仍不放心，可以找块普通的青砖，刻上“泰山石敢当”五个字埋在院内，那就所有阴邪鬼怪都不敢近前了。

老太太十分高兴，眼睛乐得眯成了两道细缝，上下暗红色嘴唇很长时间才合拢到一块。她说还是金先生本事大，闺女家的邻居起初就没安好心。有金先生给出招，咱就不怕他。临走，老太太非得塞给金玉两块钱，比他所要的价格高出了一倍。

前后不足三个小时，金玉赚了四元人民币，相当于他在生产队劳动十天的报酬。这是真正的“出门见喜”呀。金玉从这个村出来后，急急忙忙奔向汽车站，正巧赶上从天津开往兴隆的长途公共汽车途经宝坻。如错过这趟车，就得等到明天再远征了。旗开得胜，太顺了，他相信此行一定不同寻常，很有可能抱回个金娃娃。

三十

金玉对生意前景的估计又一次过于乐观了。整个秋冬,他都在兴隆县活动。其间遇到本地的两位同行,大家商量,把卦礼涨上去,算命由原来的一元提到两元,抽帖由以前的三角增至五角。提心吊胆地盘一份买卖不易,就权当是增加一点儿惊吓费吧。在接下来的日子里,买卖虽说不多,可基本上每天都能开张,按照如此形势发展下去,金玉实现他的既定计划是不成问题的,虽然经过"文革"的洗礼,一些人的觉悟已今非昔比,借反对迷信坑骗他的事情也常有发生。可是,他有广大可亲可敬的山民们保护呢!

这天早晨,柳絮似的雪花从铅灰色的天空轻轻落下,风不大,干燥的空气顿觉凉爽湿润了许多。金玉对这场小雪并未在意,他在老康家已经待了三天了,村子里的买卖估摸着盘得差不多了,不想在此再耽搁时间。他今天打算往南边去转一转。老康一家人见留不住他,就派大儿子把他送到了大道上。

一个多小时后,柳絮渐渐变成了鹅毛,漫山遍野都穿上了洁白的素服。金玉的脚下发出噗噗的足音,像走在松软的沙土上。傍午,金玉顺利摸进了一个山村,住在了熟人家里,讲好了以晚上说书钱顶食宿费用。

吃过午饭不久,风停雪住。村中一位中年妇女找到他,算了一卦抽了两份帖。金玉认认真真地为她掐算了两个来小时,之后这位妇女慢吞吞地掏出十元钱,说自己没零钱,让金玉再找她七块钱。这位妇女离开后,金玉忽然觉得不对劲儿:她别是以五当十吧?两天前,金玉曾遇到过这种事。他赶紧拿出刚才收的钱让房东看,果然是一张五元的钞票。自己顶风冒雪赶到这里,白话了小半晌,不但分文未赚,反而倒贴了两块钱。图个啥呢?

金玉请求房东快去追那位妇女,把该他的钱讨回来。

房东出门瞅了瞅,就回了屋子,说那个妇女早没影了。在场的人都劝金玉认了吧,您不就是动了动嘴吗?

金玉叹了口气,十分不满地说,没影了不会找她家去吗?又不是不认识。这种事如果发生在老康家,绝对不会是这样的结果!

老康家距此不算远,大家彼此都有所了解。他们两口子在抗日战争中当民兵打鬼子,解放战争时又赶着马车为解放军拉军粮运弹药,枪林弹雨历经无数,后被县里评为支前模范,在这一带名气大得很。如今夫妇俩虽已年过半百，却依然身体硬朗，热情好客，言行中时时透着一股英雄气。1954年冬，金玉和林松到老康他们村里找大队干部张罗说书。大队干部讲说书可以，只是没有住处。这不是拐着弯地拒绝吗？哪场书说下来都得到深更半夜，没有住处怎能行！老康媳妇听到后对大队干部讲，就让两位先生到我家吃住，甭说来给咱们说书，就是路过这里天晚了，也不能撵人家走哇。老康一家待金玉、林松十分热情，他媳妇和母亲每天变着样儿地为他俩做些可口的饭菜，尽管这个时期山区人民很穷。就是在他家，金玉首次尝到了狍子、山鸡、林蛙、山鹰等山珍野味。自此，老康家就成了金玉和林松的“堡垒户”，在这一带活动时经常吃住在他家，老康女儿还认了金玉做干爹。

前两天金玉在这个村盘买卖时，也曾遇到过方才这种情况。一位年轻女教师听到竹板声，把金玉叫到学校的宿舍内，同样是算命加抽帖三元卦礼钱，同样是拿出五元钱让金玉找了她七块。金玉让街上人确认受骗后，立即折回了学校。进院后，那位年轻女教师没露面，一位姓李的男教师却从办公室出来拦住了金玉，态度蛮横得像个地痞。他恶狠狠地问金玉，谁叫你到学校来的？你知道这是搞迷信吧？金玉据理道，当然是那位女老师请我来的，否则我怎么知道这里是学校？你们文化人信不信这套东西我不管，让我算命就得给钱！

在这里散布迷信不批斗你就算便宜了，还想要什么算命钱？

马克思他老人家都主张按劳分配，本先生大老远到这里为那位女教师付出了脑力加体力的双重劳动，当然得要报酬！

即使不给我劳动报酬，怎么也不能让我赔钱吧？金玉大声质问道，她白算了一卦抽了两份帖不说，还骗去了我两块钱，天底下有这样的道理吗？

李姓老师不再答话，而是动手往外推搡金玉，说他这种行为是干扰他们工作，破坏教育革命，赶快找凉快地方待着去！

金玉闹了一肚子气，晚上忍不住把此事告诉了康家。老康的媳妇、儿子当时就火了，哪有这样欺负人的？还　着脸当老师呢！娘俩当时就要去学校问罪。金玉劝道，还是明天上午再说吧，这时恐怕他们早都回家了。金玉与康家母子放下此事，正聊着当前村里的生产情况，他家小女儿已经把钱讨了回来。就在方才听到金玉谈到这件事时，她就悄悄地去了学校，找到那位年轻女教师，询问她，今天你算命了？女教师情知理亏，又知康家不是善碴儿，顿时心头一紧，脸红得像块鸡血石。女教师推说，白天是同算命先生闹着玩呢，后来觉得不合适想把钱还给老先生，可又找不到人。康家女儿说，以后谁再敢办这种缺德事，姑奶奶就打折他的腿！

多好的山民啊！金玉心想，他们这帮残疾人能够养家糊口，靠的就是老康家这样的堡垒户。怪不得毛主席当初创立的第一块革命根据地，就选在了井冈山呢；怪不得中国革命要走农村包围城市、武装夺取政权的道路呢。

金玉计划失败、几乎空手而归，仅仅是因为回家途中的一个偶然因素。

农历腊月二十一，金玉赶到蓟县县城。他打算从这里乘汽车回家，不巧今明两天由此开往宝坻的车票已全部售完。为了赶在小年那天到家，他只好买了开往京郊的车票，准备从那里倒车回宝坻。“文革”前，他和古寅、郑卯外出时，为了及时回家过春节，曾经这样倒过车。京郊通往宝坻的长途汽车多，几乎没有买不到车票的时候。这日傍午，金玉在京郊下车后，一位十三四岁的小男孩来到他身旁，十分热情地问金玉到哪里去，主动提出给他领路。按照金玉的要求，小男孩搀着他的胳膊先去了趟公共厕所，而后来到售票口。金玉将马竿夹在腋下，一摸口袋中的钱包已不知何时插翅而飞了。金玉脑袋嗡的一下短了路，那里面装着的可是他一冬的血汗钱呀！待金玉回过神儿寻找领路的小男孩时，哪里还有他的踪影啊？原以为遇到了一位小雷锋，谁知撞到的是个小李鬼！好在金玉从兴隆回蓟县的途中算命的钱，还没来得及装进钱包，不然他就得徒步回家了。

金玉仍然没有过于沮丧。他粗算了一笔账，平均每天按一卦命算，一年三百六十五天，用不了两年，他就能盖一层砖混到底的新瓦房；再过两三年，他家又会成为金银窝数一数二的富裕户。只要国家政策不变，前景光明得很！

谋事在人，成事在天。老天能否助他金玉成功呢？

三十一

1974年初，中国又掀起了一场声势浩大的政治运动——批林批孔。林彪鼓吹的孔孟之道自然又与算命占卦拴在了一根线上。基层一些干部认为，什么“死生有命，富贵在天”，什么“生而知之”“上智下愚”，什么“仁义节孝忠恕礼智信”……算命先生所宣扬的这一套，与孔老二所创立的儒家学说、与林彪的克己复礼简直同出一辙，毫无两样，都是彻头彻尾的唯心论、搞反革命复辟的工具。金玉感到，农村干部们抓革命的劲头又超过了促生产。一些干部社员脑子里阶级斗争这根弦，再次绷成了十三四晚上的月亮。

原本过了正月就没多少买卖的宝坻，在如此政治气候下更为萧条了。这天午后，太阳懒洋洋地照着，气温明显比早晨升高了许多。金玉从城西的佟家沟、沙窝村转到城北的杜家庄。由于一路没生意，多半晌他都在敲打着竹板走街串巷。金玉觉得有些累也有些热，便坐在这个村的西头休息了一会儿。自打三年前重新出山后，金玉就不再靠吹笛子招揽生意，而是改为敲竹板。原因是年岁大了，嘴巴兜不住风，胸中也没有年轻时那么大的底气了。后来，许多稍上些年纪的算命先生都以竹板替代了笛子；再后来，一些年轻先生也纷纷效仿，以至于人们听到竹板声就知道来了算命占卦的。金玉坐下不到一袋烟的工夫，有人抽走了他兜子里的一块竹板。金玉以为是熟人。宝坻县城周围哪有不认识他金玉的？他当时的名气甚至不亚于县社干部。金玉笑着说，别逗。话音未落，兜子内的另一块竹板也被人掏走了。金玉这才觉得情况不妙，大声问，你抢我的竹板干啥？

这不叫抢，叫没收！谁让你又出来搞迷信的？

我搞不搞迷信关你屁事啦？

怎么不关我的事呀？现在正搞的批林批孔运动，就包括对你们算命占卦这套东西的批判。谁宣扬孔孟之道，想复古倒退，我们就批判谁！这人抛下这段横话，就跨上自行车跑了。

金玉高声朝他说，你拿去吧，咱正愁没有接班的呢！

旁边过来一位社员告诉金玉，刚才那小子是公社的，脸膛长得像个抽倭瓜，见他爸爸都楞巴眼。难造儿去了！

又一天的黄昏，金玉被刚刚收工的三个小伙子留住了，请他为他们算命。金玉想时间已经不早了，如果为他们每人算上一卦，起码得两个来小时，越是在这形势紧张的时候，越得弄得仔细谨慎些。于是，金玉提议他们分别抽副帖，这套东西看得真切，听得简明，价格又比算命便宜一半以上。他先为两位小伙子讲解了他俩所抽帖的蕴意，及其对今后命运的兆示。其中有一位嗓音沙哑的小伙子抽到的是“狗追蝴蝶”和“过窟窿桥”，但金玉没敢直诵其诀，只是说他自小勤奋，肯于吃苦耐劳，在生产队里干活一般人比不了，除非自己不高兴伺候他们。按照毛主席的教导，广阔天地里是大有作为的，将来定能成为农业战线的一把好手。两位小伙子听罢金玉的解说十分高兴。轮到第三个小伙子抽帖时，一位中年汉子来到他们面前，不问青红皂白就把金玉手中的帖子抢了过去，指着金玉说，现在都啥年代了,你还敢在这里兜售封建迷信,用孔孟之道毒害年轻人!

金玉分辩说,我只是给孩子们解解闷,鼓励他们好好抓革命,促生产,哪里有什么毒可放哟?

你们这种人嘴里嚷嚷的就是毒。如果让你给年轻人解闷,明天还不把他们都领到封资修的黑道上去?

金玉不想与他理论,只是想要回自己的东西。听得出,面前这位汉子与那个抢他竹板的公社干部是一路货色,长相和性格都好不到哪去。金玉便问他,你是做啥的?说你不让我干我走就是了,怎么也得把我的东西还给我呀。

你甭管我是干啥的,任何人不听从伟大领袖毛主席的话,我就得管!想讨回你的东西到公社去。

你喜欢这帖就拿去吧,回家让我儿子再给画一套就是了。金玉见物归原主无望,赌气说,如果你想学口诀我教你,免费的。

金玉与这位中年汉子争吵之时,三位小伙子已悄悄溜走了。金玉一分钱没得到,还生了一肚子气。他想,如果在山里遇到这种情况,十有八九会有朋友站出来相助的。

远山在召唤他。

金玉转天就乘车到了兴隆,而后又转往承德、滦平两县。这里有着自己的根据地,即使不能算命,也能说上几场书赚些零用钱。

三十二

1975年春节过后,金玉就做好了北上的准备。家门口的买卖不好做,他不想在这里浪费过多的工夫。这日傍晚,金玉迎着红彤彤的霞光,走进了滦平县的一个村庄,刚刚收工的社员们正陆陆续续地返回村子。一位赶着耕牛的中年男人见到金玉,结结巴巴地问他是干啥的,金玉回答是说书算命的;又问算一卦得多少钱?金玉告诉他,两块。

啊……你们都……都是啊、糊啊……糊弄人。就啊、你要是啊、啊给我算……啊算对了,啊、就我给啊你啊、五啊五、五块钱。就啊算、啊算不啊对……啊你,你得倒啊……啊倒找啊……啊我两啊、两块啊钱。

我劝你还是别算了,这五块钱也不是那么好挣的,还是留着自己买烟抽吧!

咋样？啊我说、啊……你们糊啊、糊弄啊……人，就、就不啊敢啊……算了吧。

这时，围上来看热闹的人越聚越多，见是以前来过的金先生，纷纷请求他给四结巴算算，准与不准他们做见证人。金玉知道此番遇到了茬儿上，这位被称为四结巴的中年男人肯定不是个善主。如果算得不对，自己损失两元钱事小，恐怕还得遭到他的恐吓和大伙的耻笑；如果不给他算，情理上又说不过去。如同一位合格的庄稼人，哪有不会干普通农活的？除了应战，金玉已别无选择。在大伙的笑闹中，金玉随四结巴来到大队饲养院。四结巴把牛轰进牲口棚子，之后拎着金玉的马竿进了饲养员的宿舍。他笑哈哈地对大伙说，啊这回啊……白啊捡、啊两、两块钱……就我一会儿……就给你啊、你们买啊……糖吃。

金玉把行李放在炕上，坐下后问四结巴，你想算啥呀？

我就啊，就算一……一件事儿，我这辈、啊这辈子啊……啊都干啊、干过啥？

就这么一个死爹哭妈的犟种，连半句整话全说不上来，能有啥好差使轮到他头上呀？金玉心想，就是不问他生辰八字，自己也能猜个八九不离十。

金玉朝四结巴说，本先生给你算对了，你可不能赖账啊！

没问题，我们大伙当保人。社员们说，金先生算对了四结巴不承认不行，不如数付卦礼钱更不行。

金玉要过四结巴的生辰年月，正要给他掐八字时，屋内突然安静下来，连四结巴也不再啊啊了。金玉即刻止住了话语，他猜测一定是来了重要人物，不是村里的头头，就是公社干部。马上天就黑了，千万别再把自己轰走吧，这个时候到哪去找住处呀？从前，稍大些的村镇或大路两侧，都有一些私家开的客店，吃饭住宿是不成问题的。如今这些客店都当成滋生资产阶级的资本主义尾巴，被彻底剪除了。剩下的那几处公家开办的旅店，大都坐落在县城和一些较大的集市上。盲人们外出吃住，则只能在朋友或社员家中了。到了傍晚，找不到住处也是常有的事。就在两周前，金玉险些露宿山野或街头。

那天下午，金玉到隆化县城东北的一个村庄盘买买。在一户社员家里算了一卦后已近黄昏，金玉打算在这个村子找户人家过夜，正好撞到从地里回村的生产队长。没等金玉张口，生产队长劈头批判了他一顿，说现在从上到下都在狠批林彪、孔老二，你怎么还敢到这里来算命说书、欺骗广大贫下中农？赶紧趁着天没黑透给我走，本村不留你们这种人。金玉无言以对,赶紧转身朝村外奔去。这种时候到哪里呢?去县城有旅店,可是路途太远,到那里恐怕天该亮了;去附近的朋友家,又怕天黑了找不到人问路。犹豫愁烦之际,方才请他算命的那位妇女追了过来,让金玉到她家去住。金玉不无担忧地问,如果生产队长怪罪你咋办?这位妇女告诉金玉,刚才轰他走的队长也姓赵,是她丈夫的亲哥哥,啥事都假认真刁难人,别人怕他,我家不怕他。转天早晨,金玉吃过早饭正准备出门,赵队长进了屋子,看到金玉不由得怒从心生,质问他昨天怎么没走。没等金玉吱声,这家媳妇说,是我把金先生请回来的,你管得着吗?

金玉抛开四结巴,认真揣摸着来者的身份,思考应对之策。就在此时,这位重要人物却先开了腔:哎哟,是金先生来了,我说普通走亲访友的没有这么大的吸引力呢,搞得社员们顾不上回家吃饭都来瞧热闹。

是芦浩兄弟吧?金玉从声音中辨出了来人是生产队长,高兴地站起身与他握手,说一晃八九年没见面了,想你们啊!

我们也想您呀,金先生。芦浩弄清了金玉为四结巴算命的缘由,让金玉继续往下进行。

金玉算出四结巴所干的是好汉子不干,赖汉子干不了,正经人不想沾的行道。四结巴不懂,让金玉照直说。

照直说就是你生来又嘎又坏,从小小偷小摸,长大了贪便宜爱小,看到别人混得好你气得疼,见到你喜好的东西就千方百计窃为己有。如果放在旧社会,你早上山去当土匪了;眼下是共产党把你管住了,不然也得到监狱里蹲着去。

算得没差,真准。社员们让金玉给四结巴再算细些,这五块钱冲他们要。大队饲养员贴着金玉的耳朵说,芦浩现在已升任大队党支部书记了,有他给顶着,还怕四结巴不给钱?往细处说,对于金玉而言,比瓮中捉王八还要容易得多,无非是把自己对四结巴的认识结合算命理论说开去。你想让他白话多长时间都不成问题,就凭金玉的心气了。倘若放在平日,算命先生是以价计时的。现在面对四结巴这种人,面对如此场面,金玉想多说几句,好好训导一下这个波皮。

从你这八字来看,乙木日元无根,局无印星相生,时干弱不帮身,日元又没有一丝生机,必定是个孤苦伶仃的命。

啊,就、就什么是孤……啊、还苦、苦伶仃?啊……还是照……啊直说。

怎么,孤苦伶仃全不懂?我问你现在父母还在吗?

没有。

那你有孩子老婆吗?

啊、啊……

金玉的问话,引起了社员们的一阵哄堂大笑。有人说,四结巴现在跟生产队的那两头小母牛一块过日子。

金玉也忍不住笑了,告诉他单身一人生活,吃穿住行没人照顾,就叫孤苦伶仃。金玉接着说,我看你家二老过早去世,与你不听他们的话,整天偷鸡摸狗有直接关系;你娶不上媳妇,更是自身品行不端的结果。现在我所讲的只是你前半辈的生活状况,至于你后半生的命运更不济了:吃苦受累,时时遭旁人白眼不说,上了年纪还得患上重病。到那时,想要口凉水喝都没人给你倒。金玉接过饲养员递上的一碗白开水喝了两口,继续说道,你的命运正应了那首诗:

> 此命终身运不通,劳苦做事尽皆空。
> 投机取巧求宽裕,不料还是在梦中。

社员们劝金玉给四结巴破一破,让他今后的命运好起来。

金玉叹了口气说,不易呀!毛主席怎么批评林彪一伙人的?改也难呢。

芦浩说,金先生就行行好,给四结巴指条光明大道吧,不然,将来出了事,也是村子的麻烦。金玉再次扳了扳手指说,改变四结巴的命运虽然艰难,但也不是一点希望没有。有句话叫江山易改禀性难移,关键在于你自己要痛改前非。只要你下决心改掉自己的坏毛病,老老实实做人,踏踏实实生产,特别是多做些帮人助人的好事,今后的命运就会逐步好起来。

芦浩安排金玉为社员们说了三个晚上的大鼓书,夜里就住在饲养院中。饲养员告诉金玉,您给四结巴算得很准,这小子从小就软的欺负硬的怕,长大了到处偷东西。有一回偷邻村的玉米种,被人家送到派出所押了半年多。他爸他妈就在这时给气病了,由于无钱医治,不久就没了。饲养员还介绍说,四结巴的面相也十分埋汰,头发三四寸长了也不理,活生生的一个长毛狗;鼻子生得如同蒜头,下边常年坠着两股青灰色的鼻涕;脖子和手腿的皴泥有半指来厚,像抹了煤屑一样泛着黑光;衣服补丁摞补丁,一年到头洗不了两三回。金玉说,四结巴的模样他能想象得到。就他这种秉性,没了父母的照顾,又娶不上个媳妇,能好得了吗?

在朋友和乡亲们的帮助护佑下,金玉的生意虽然比不得“文革”前红火,但几乎每天都有进项。截至年底回家时,他已积攒了一百来块钱。面对如此形势，金玉又一次修订了自己的奋斗目标：力争用两至三年的时间，将现在的厢房翻盖成“四破五”的正房，为辉宇娶妻生子做好准备。

三十三

在金玉给四结巴算命的这天晚上，金银窝调整了大队领导班子。原来的支部书记因故溜到台下，革委会主任银儒山被他父亲推荐到县直机关吃上了商品粮。新任党支部书记叫银岛，金玉对他是熟悉的。这个人四十来岁，中等偏上个头；一张方圆脸如同喝醉了酒，紫里透着红光；留着比光头略长的板寸；长年累月地不系扣子敞着怀，刻意追求着浩然笔下农村党员干部的形象。刚刚走马上任的银岛心高气盛，思想比抢走金玉竹板的那个公社干部、驱赶金玉的那个生产队长还得左三分。金玉的看法是，你左也好，右也罢，想学肖长春也好，想做高大泉也罢。自己一个没眼人与大队支部书记能有多少交往啊？至多的是求你帮忙开个外出的证明。你如果实在不乐意，我还可以不用。近两年开的证明自己都留着呢，再用它五六年没啥问题。

金玉没想到，金银窝几乎所有社员也没有想到，银岛与金玉的矛盾突然发生了，尖锐了，最终不可调和了。速度之快，原因之邪，令人迷惑惊悸。这年冬天，在一次支部委员会议上，银岛正式宣布从即日起，不许金玉出门搞封建迷信活动，如果他再外出就掐掉他的口粮。真是嗑瓜子咬到个臭虫，什么仁（人）都有，你一个小小支部书记管得着人家算命盲人外出串门吗？再者说，你凭什么权力断人家的口粮？一位与金玉关系密切的党员向他通报了此事，金玉不信亦不服。他找到时任大队会计进行核实。大队会计的媳妇劝他说，您家里又不是穷得揭不开锅，跟他们怄那气干啥？

金玉仔细想想也对，辉宇刚刚高中毕业，学校老师常夸他学习好，等到劳动两年考上大学了，自己再外出也不迟。事后才清楚，他的想法太天真了，这时国家确有如此规定，高中毕业生必须劳动两年才能报考大学，但这只是其中一个无关紧要的死条件。上大学的关键，不在于是否符合报考条件，不在于学业优劣，甚至不在于品德正邪，只在于大队的推荐。就一般情况而言，金银窝的贫下中农家家户户挨着数，也轮不到你金玉的孩子啊！他虽然精于预见，可是在此问题上，一些知情人还是觉得他太自不量力了。

金玉的自信或许出自他对儿子的了解，或许源于他那套算命理论。辉宇自幼聪慧，学习刻苦。在高中读书时，数、理、化、文四门主要课程每次考试都成绩一流，尽管他在课堂上脑袋的一半用于听课，另一半用于他的美术爱好；尽管他的课余时间几乎被捡粪、打草、拾柴占了个够。毕业回村后，大队党支部、革委会也曾给予了辉宇一片有所作为的广阔平台，让他陆续担任了大队政治夜校高级班辅导员、理论组和大批判组成员、团支部负责人；紧接着，又选派他去村外学习工业技术。大队副业厂长其时由支部副书记银冰兼任。这位身材消瘦的文墨人，因为工作繁忙在厂里待不住，经与银岛商量，正式任命辉宇为副厂长，替他主持日常生产。后来，大队党支部还想把大队会计或出纳的担子压在辉宇的肩上。出乎大队干部们的预料，他对于这些差使统统不感兴趣，只求到广阔天地中锻炼自己。稍后金玉猜想到，这就是他与银岛之间矛盾发生、发展，直至激化的唯一因素。

实际上，辉宇对于大队干部特别是银冰的信任和倚重并非不领情，更没有犯上作乱之意。他一个小孩子，哪懂得什么人情世故？也没有考虑到自己的一意孤行给父亲带来的严重后果。只是此时他太爱好美术了，身上天天掖着个迷你速写本，走到哪儿画到哪儿，遇到什么画什么，扎实的速写基本功，快速提升着他的素描、造型、创作等诸多方面的艺术素质。你让他待在工厂里，每天只画那几个车间、几台机器、几位工人吗？

银岛震怒了。你不是给脸不要吗？你不是放着清闲不安享吗？好啦，我就答应你的请求，让你尝尝“广阔天地、大有作为”的滋味。辉宇迈出车间的第一项工作，就是奔赴距金银窝一百多里路的清挖北京排污河工地。工程已进入蹚泥踩水的艰难阶段，作为后续增援部队的一分子，辉宇实实在在地感受了一番“早晨五点半，中午地吃饭，正时正晌拼命干，关键时刻连轴转”的苦处和“日行百里路，日推万担土”的劳累。在后来的日常生产中，银岛也指令生产队长，哪里活脏活累，就派辉宇到哪里去。“三夏”时节，他往麦垄一钻就是半个多月，直到全部麦子运到打谷场；“三秋”时节，他干得最多的就是砍高粱、招扎子、背柴火，直到地净场光，再次投入夜以继日的农田水利基本建设。辉宇对自己的选择并不后悔，如果没有这一时期的艰难困苦，他就称不上正经八百的农民，谈不上了解农业、农村和农民，后来也创作不出反映农村重大题材的美术作品和长篇小说。

银岛彻底黑上了辉宇。县文化馆选调辉宇去搞美术创作，他不放行；县社广播站借用辉宇任通信员，他不应允；县电业所领导三次到银岛家登门拜访，商量以无偿帮助金银窝改造线路增容电力为条件，调辉宇到他们那里去从事宣传工作，仍然没能成功。这一时期，公社隔三岔五召开大型批判会，金银窝得派发言人，这可是体现一个大队政治运动开展水平的大事，批判稿的质量马虎不得。银岛、银冰此时又想到了辉宇，让他来完成撰稿任务，至于登台发言者，则另选他们的亲近人了。如此两全之策，亏他们想得出！作为银岛的兄长和老党员，银君、银洪不止一次两说银岛把心胸放宽些，你一个堂堂的大人支部书记与一位残疾人和小孩子较的哪家子劲？有这个精气神多想些生产上的事呗。银岛非但不听，而且不无得意地说，我是老的少的一块管，他金玉不是想到外面捞钱吗？他金辉宇不是想脱离农业生产吗？我让他们爷俩这辈子寸步甭离金银窝，看他们还想不想？孙悟空再有本事，也跳不出如来佛的手心。银岛的计策得到了银德、银生头之流的热情称赞，使得这位不知天高地厚者更加胆大妄为了。

地头蛇，厉害呀！

中国的政治形势，似乎也在不时催生助长着银岛这类人的歹念。批林批孔运动未结束，学习无产阶级专政理论、批判资产阶级法权的运动又开始了。小生产是经常地、自发地、每日每时地、大批地产生资本主义和资产阶级的。你金玉的行为，岂不是比小生产还能滋生资本主义和资产阶级呀？你金辉宇如此不听调遣，还不是倚仗你老子随时随地能大量地生成资本吗？银岛为他的恶行找到了强有力的理论根据。他的这种想法和行为，居然得到了公社某些干部的肯定，成了实施“劳力归田”的样板。

金玉再次当上了一位名副其实的社员。每天上工钟声响后，他就到村中大槐树下等着队长派活；如果哪天没有适合他的活计，自己就背着柳条筐去河边路旁割草。毕竟是近六十岁的人了，铡草、起猪圈这些高强度的体力活，他已难以应承。金玉以前从来不向家人提及算命的事情，偶尔家人遇事求他给算算，他都以各种理由搪塞过去，甚至告诉家人别信这一套。现在，金玉却主动给辉宇讲起了他的八字和命运。金玉告诉儿子，一个人的富贵贫贱、吉凶祸福、穷通得失，都是由命运决定的，绝非尘世碌碌众生的力量所能改变。你的八字，是我算命这么多年来所遇最好的。命局中四柱配合理想，相生相扶，中而不偏，预示你将来的职位和待遇肯定非常人可比。特别是你自身日干得令，用神得力；月干又深得父母荫庇，在一生的大运流年中均妙不可言。无论社会如何变迁，无论现在银岛他们一伙人怎么压制，金银窝肯定是容不下你的。眼下，别的你什么也别考虑，最主要的任务还是好好学习，为实现你的上乘命运打好基础。自身不用功，再好的八字也是白搭。

贫穷、劳累这些外在的困苦和政治打击这种无形的压力，明目张胆且理直气壮地朝金玉一家砸来。

辉宇时常朗诵他所喜爱的高尔基的《海燕》：

……这是勇敢的海燕，在怒吼的大海上，在闪电中间，高傲地飞翔；这是胜利的预言家在叫喊：——让暴风雨来得更猛烈些吧！

敬芳更加勤奋地劳作着，生产之余她尽量把全家饭菜调理得可口一些。从来不喜好唱歌的她，这时也哼起了刚刚流行的电影《闪闪的红星》插曲：

夜半三更哟盼天明，
寒冬腊月哟盼春风，
若要盼得哟红军来，
岭上开遍哟映山红。

金玉常挂在嘴边的已不是他所熟稔的大鼓书，而是《红灯记》中李玉和的唱段：

我看到革命的红旗高举起，抗日的烽火已燎原。
日寇，看你横行霸道能有几天？！
待等到风雨过，百花吐艳，新中国如朝阳光照人间……

下部　惠风和畅

一

一夜东风，满目皆缘。

亿万人民在改革开放中迸发的勤劳致富的积极性，如初升的太阳喷薄而出，越升越高，越高越亮，越亮越炽热，迅即驱散了满天阴霾。一道亮晃晃的春光，在众盲人心里唰唰地闪烁着。

1981年正月初八，欢天喜地的年味仍然弥漫着宝坻城乡的各个角落，刚刚分得责任田的农民仿佛冲出笼子的鸟儿，尽情地享受着自由自在的生活。大道小路上，穿梭着许许多多走亲访友的自行车。这日傍午，金玉、古寅、尚辰、薛巳以及蓟县的陈森，兴隆县的云海、马腾，遵化县的杨青，丰润县的郝西，相约来到北高庄景坤家，请他重新竖起冀东盲人协会大旗，带领大伙儿团结一致向前看，互相扶持勇担当，为盲人谋生兴家砥柱中流。景坤今年已八十有三，发须皆白，一双眼球萎缩成了两颗灰黄色的大豆粒，深深埋在隆起的眼眶内；魁梧的身躯由于驼背，显得矮了许多。见到历尽灾难、劫后余生的众位同行，景坤不禁老泪纵横。他颤抖着双手逐位与大家握手问好，张罗人们快坐下来说话。尚辰代表众盲人向景坤介绍了当前的形势和前来拜访的目的。他听后擦了擦满脸泪水，露出了久违的笑容：咱们这帮没眼人的苦日子终于熬到了头。既使不让算卦，说书卖唱也可以，再不必拴在地里干那避长扬短的活计了。但是，对于请他重举盲人协会大旗，景坤却执意不受，认为自己难以担当如此重任。他拍了拍身子说，你们不知道我已老成什么样儿了吗？正应了风烛残年那句话。不知哪天一阵稍猛些的西北风，就把我刮到阎王爷那去了。

云海对景坤说，新的形势亟待我们把冀东盲人协会重建起来。这不光对冀东，对其他地区都有带动作用。

杨青面朝景坤说，经过“文革”这场运动，如今健在的老一辈算命说书盲人已经不多。没有您这样的大师掌舵，我们心中无根呀。

金玉走到景坤面前握住他的手说，为了大家，您老就不要再推辞了。大旗由您来扛，具体活计可以让我们晚辈人干。

古寅、陈森、郝西等人也先后发表意见，劝说景坤再度出山。众人的理由非常一致，景坤年长辈高，桃李遍地，担任会长一职深孚众望。

时已过午，景坤见一时难以统一大家的思想，便把他们领到街上的利民饭馆。在路上，云海把景坤叫到一旁，两人耳语了几句。景坤拍了拍云海肩膀说，云弟放心，协会肯定不能取消，冀东这三四百号盲人，怎么能没有自己的组织呢？在饭店门口，郝西又将景坤叫到一旁，两人同样耳语了一会儿。景坤挽着郝西的胳膊进了饭店，他说，这件事你大可不必担忧，群雁高飞头雁领，咱们的带头人哪能选错呢？

这家饭店春节前刚刚开张，老板是个性格开朗的中年汉子。景坤递给他三百块钱，吩咐他饭菜只管拣拿手的上，酒就喝宝坻的燕泉春，钱如果不够他再补。今天来的都是高门贵客，他们虽说眼睛看不见啥，却个个都是精英。一会儿我们将有要事相商，切不可慢待。

酒桌上，众盲人继续着方才的话题，景坤静静听着大家的议论，尽管这时他已成竹在胸。路上云海和郝西的提议尤为重要，作为尚未卸任的冀东盲人协会会长，面对新的形势与任务，他感到责任重大、时不我待。小平同志讲，事业发展关键在人。重振冀东盲人协会，同样需要组建一个坚强有力的领导班子，特别是选准会长这位掌门人。酒过三巡后，景坤亮出了自己的打算：他将以冀东盲人协会会长的名义，抓紧操持一次换届大会，选举新的组织机构，让年富力强、德艺双馨、热心公益的先生进入领导班子；尤其要选好“一把手”，率领大家开创协会工作的新局面。既然景老先生年迈体弱，执意让位，大家都觉得他这一提议还是切合实际的；或许对于协会的发展和振兴，也是十分有益的。眼下中央都在讲求领导干部年轻化，想必有它的道理。

十多年来，政治受压、精神遭辱、经济受穷的众盲人，在听到组建新一届冀东盲人协会的消息后，群情振奋，奔走相告，立即马不停蹄地投入了大会的筹备工作。他们也要响应党中央的号召，把“四人帮”造成的损失夺回来。

由谁来担任新时期盲人协会的掌门人呢？众盲人在新的历史条件下如何开展活动呢？景坤在反复推敲着这一问题，冀东的盲人及其家人都在认真思考着这一问题。初八这天晚上，云海、杨青、郝西由于距家路途较远，被金玉、古寅安排住在了县城内的宝坻饭店。晚饭后，景坤让侄子用自行车把他送到这里，与他们三位分别交换了关于下届冀东盲人协会人选的意见，四人的看法竟然出奇的一致。转天上午，景坤又让侄子用自行车驮着他，分别去了尚辰、古寅、黄润等本县盲人家中，逐个征求了他们对新一届盲人协会候选人的意见。没想到，在会长这个人选上，大伙同样不谋而合。

在景坤为筹备协会奔走之时，薛巳也在活动着。这天早晨，他撂下饭碗就来到了云海、杨青、郝西的住处。几句客套话之后，薛巳即挑明了自己此行的目的：如果景坤先生真的不再担任会长，他愿意顶替景坤为大伙操操心。未等薛巳说完，那三人已嘻嘻哈哈笑开了。郝西问他，你算命占卦说书的水平在冀东盲人中够得上几流？薛巳脸立即红了，说这当领导主要是为弟兄们服务，与算命占卦水平有啥关系？

景坤先生有言在先，新任领导必须具备的一个重要条件是德艺双馨，这一点你不够格。郝西丝毫没给他留面子。

杨青问薛巳，你不是一贯反对没眼人算命占卦搞迷信吗？如今怎么突然想当这个迷信头头了？薛巳的脸已红到了脖子根，解释说，他以前是想凭借别的手艺养家糊口，没想到那些路子根本走不通，最终还是觉得算命占卦好赚钱。

且不说你为人处世立场不坚定，哪边风硬往哪边倒，日后如果有一天政策再一紧，就把我们大伙卖了；仅就冀东盲人协会如此大的阵容，就非你盲人毛泽东思想宣传队、盲人苇帘厂那几号人可比。这么大的会长，那么多事务，不是肩膀上顶个脑袋瓜子就能干的。

云海对薛巳讲，为何在命理五行和干支中有子为墨池、午为烽堠、卯为琼林、酉为时钟之说？你如果能回答得出，我就说服兴隆县的盲人们投你一票。

倘若你认为云兄的问题过于深奥，那么你解释一下六甲空亡的含义吧，这可是再基础不过的命理知识了。杨青、郝西补充道，假如你薛巳能答对此题，我们也劝说遵化、玉田两县的盲人们选你当会长。

啊，啊，就……薛巳这时不单脸被烧得紫红，脑袋也给烧迷糊了。

这么简单的问题都整不明白，还想当算命先生的掌门人？云海、杨青、郝西再次嘻嘻哈哈地一齐笑开了。

毕竟时代变了，虽说是真的开地了，但是政府也不可能公开支持算命占卦这个行业。新的协会组织，应当以正确的思路引导大家在政治的夹缝中生存发展。人们对于协会主要领导人的酝酿筛选，十分慎重认真。

六天之后的午夜，改革开放后冀东首届盲人大会在景坤家院内举行，八十多位来自宝坻、蓟县、武清、玉田、遵化、丰润、香河、平谷、三河，以及兴隆、隆化、承德县市的盲人代表参加。在景坤的主持和提议下，经由全体与会人员充分酝酿讨论，选举金玉为新一届冀东盲人协会会长，云海、尚辰、郝西为副会长，杨青任组织委员，古寅任宣传委员，陈淼任财务委员，秘书长继续由郝西兼任；景坤任协会顾问委员会主任；同时增设马腾为副秘书长，在此次协会重建过程中他立有宣传联络之功。

转天夜间，协会举行第一次全体会议，主要议题是审议讨论由金玉口述的协会章程。该章程对协会的性质、成立目的、组织原则以及财务制度等作了全面而简洁的规定，明确提出了“团结、互助、自励、自强、自重”的十字方针，以及“拥护共产党的领导、遵守国家法律法规、消除化解矛盾纠纷、维护社会安定团结、抵制妖言邪术”五条行为准则。大家一致反映，新的章程全面深刻，易记易懂易行，代表了广大盲艺人的心声，符合中央的四项基本原则。最终获得了鼓掌通过。

会议还就联学联储问题展开了专题研讨。年轻会员认为，这一形式有利于相互学习，消除可能出现的各种困难和危险；年长的会员认为，这一形式的最大弊端是勤懒不分，容易使人产生惰性。两种意见相持不下。金玉为此给大家提出了三个问题：为什么我国农村现在实行家庭联产承包责任制？为什么一些社队工副业承包给个人经营？为什么上级领导冒着被一些群众扣上走资派帽子的危险，也要坚定地这么做？很快与会者就明白了这三个问题，都是同一答案：充分调动大多数人的积极性，防止干多干少一个样、干好干坏一个样、干与不干一个样的倾向。最后会议确定，采取怎样的行动方式，是联是合是分是独，由每位盲人根据各自情况自由决定。

冀东盲人协会的成功换届和代表大会的胜利闭幕，使这一地区的算命盲人再次有了自己的组织、自己的核心、自己的家。尤其是金玉提出的协会章程符合客观实际，标志着协会领导思路的与时俱进、走向成熟。

春风化雨，百花怒放。盲人们及时分享到了伟大祖国的满园春色。

二

元宵节过后，金玉送走申光、兰云、贾名等几位迟到代表，独自来到宝坻县城北的核桃园村。未等他敲响竹板，一位中年妇女就领他进了屋子。这时，相当一部分群众和各位算命盲人的热情一样高涨。经过分田到户，人们有了足够的时间可供支配，手头也不再像先前那般拮据了，信与不信的，都想花几个小钱了解一下自己的命运和前程。金玉记得，“文革”后期到北部山区一带活动，社员们白天干活，晚上开会，全部时间都被抓革命、促生产占得满满的，如果不是好朋友帮忙，你想算命说书也挤不进去。在核桃园村，金玉接连算了八卦抽了五份帖，直到太阳偏西才出了村子。核桃园历来是出买卖的地方，但是生意如此之好，还是超出了他的预料。

在回家的路上，两位二十岁上下的小伙子拦住金玉，求他给算上一卦。金玉觉得时候已经不早，又在旷野之中，便张罗他俩到前面村头，找个避风的地方各抽了一份帖。一位小伙子抽的四张帖分别是粮食满仓、铁杵磨针、田中耕耘、筛子扣锅；另一位小伙子抽的四张帖中有两张是大红的喜帖，还有两张是野鸟出笼和拉碌碡。金玉连声称赞他命好。金玉说，自从我盘买卖以来，很少遇到有人一次能抽到两张喜帖的，足以说明你这个年轻人福气不小哇！按照我们的规矩，抽到双喜帖的得多给份喜钱。

旁边一位小伙子怀疑这套帖有问题，问金玉这里面是不是有许多喜帖呀，图的是多要些钱？

金玉笑着夸他想象力丰富，如果自己这套帖中能找出第三张喜帖来，他分文不取。金玉让他们进行了验证，果然此套帖中除了方才抽出去的那两张喜帖外，再也见不到哪张帖上写着红喜字。

> 今占此卦好上好，双喜临门福禄到。
> 丰衣足食已天定，不三不四比不了。

金玉高声诵罢，说，你们听听这两张喜帖的口诀多棒呵！

那野鸟出笼和拉碌碡呢？

这后一张帖如果单独讲可能不那么好，但是它们与“双喜”配来同样不错。野鸟出笼说明自由了，以前生产队把人捆得那么紧，想干点啥都当成资本主义尾巴来割，有本事也发不了财。如今做啥活计全没人限制了，这是多么值得庆贺的事儿啊；拉碌碡是说幸福不会从天降，每件喜事都来源于自己的努力，不勤劳怎么能发家致富哟。如此看来，这四张帖讲的还不是一码事儿吗？连我这没眼人，都在羡慕这位小兄弟的福分呢！

金玉这时听到旁边吱的一声响，一辆自行车停了下来。

谁让你在这里搞迷信的？一位中年男人朝着金玉厉声喝道。

当然是我自己，这妨碍你什么事吗？

你这样明目张胆地破坏社会风气、拉拢腐化青年人的行为，我当然得管！

我说你这位小同志，咱现在所做的可是为百姓解疑释惑，为四个现代化加油鼓劲的活计。你不相信可以问问他俩。

是啊，听刚才这位老先生给我们说帖，心里亮堂多了。咱现在干活既是为自己,也是为国家,今后可要铆着劲儿地挣钱盖房娶媳妇喽。

金玉笑了,称赞这两位小伙子悟性好、觉悟高。之后,又批评中年男人说,你这位小同志方才明目张胆这个词用得也不妥当。我一个瞎老头子怎么明目呀？顶多也就算是光明正大。

抽到喜帖的小伙子低声告诉金玉,他是公社干部,有四十多岁了,不能再称他小同志了。

我以为是哪来的大官呢,原来是公社的。金玉觉得此人说话声音有些耳熟,莫非他就是以前在张辛庄村头抢他竹板的那个“抽倭瓜”?便故意倚老卖老,四十岁在我这里得是侄小子,称小同志也没啥不对。

你甭管我是干啥的、有多大年纪,遇到违法的事情我就得制止!

金玉对于违法”两字非常反感,他质问道,我们国家的哪条法律不许算命啦?你如果字识得不多,可以让家人帮你查查。现如今地富反坏右都平反了,我们算命先生怎么还要背黑锅呀?!

公社干部恼羞成怒,伸手就要抢夺金玉的挎包。金玉挥手将他推向一旁,告诉他如果再敢动手,就用马竿抡他。这时,马来福从北高庄景坤那里回家正好途经此处,听到金玉与人争执,立即停住脚步,厉声叫道,看你们谁敢欺负我金叔?

公社干部将身体转向马来福,问他是不是同这位没眼人一伙,也在四处搞迷信活动?当马来福了解到事情的来龙去脉后,对他说,我是干什么的你管不着,可是我明白告诉你,面前这位老先生的官职,可比你这位公社小头头大多了。他老手下保守说也有三四百人可供调动,你如果敢动他老一根毫毛,我们一人一口唾沫就能把你淹死。

金玉这时底气足着呢！这当然与盲人协会成立有关;不过,更为关键的因素是——辉宇已经脱离了金银窝,他再也不需要为儿子的前程而担惊受怕了。

三

去年秋末的一个晚上,金银窝流淌着静谧祥和的轻风。马来福的父亲马安带着他来到金玉家中,手里还拎着二斤月饼和两瓶白酒。这时的马来福已长成一个身高体壮的小伙子,白皙的脸庞光滑油亮,衣着也较先前干净多了。爷俩见到金玉,马安立即按着儿子给金玉磕头。马来福双膝并两手着地，咚咚地朝地上撞了三下脑袋，嘴里嘟囔着：师父在上，请受徒弟一拜，徒弟给您老磕头了。

原来，金银窝实行土地联产承包责任制后，村民们的活计反而少了。马来福家分得的那五亩地，还不够他父母亲和弟弟种的；而且他以前所擅长的抬筐、推水车、起猪圈，此时基本上没了用场；至于偶然在公社大会上登台唱段样板戏、批批孔老二和牛鬼蛇神，挣些便宜工分的事情，更没有了指望。东西南北中的村民们在农业生产之余，都在想方设法地搞些副业或做点小买卖，以求早些时候发家致富奔小康。马来福的舅舅找到马安，要求让自己的外甥立即拜师学习算命占卦，否则，非得把孩子耽误了，将来不光自己养活不了自己；都三十岁出头的人了，至今还没有找到对象，肯定要毁掉下一代的。

到哪里去找师父呢？学习这门手艺得花费多少呢？假如花了钱学不成怎么办？马安所考虑的问题比自己的小舅子要多一些，深一些。马来福的舅舅说，姐夫，你怎么聪明一世糊涂一时呢？你们身边不就有一位大师级人物吗？找他呀！只要金玉肯收来福为徒，就不愁出不了道，将来在算命占卦的圈里也好混一些。马安哭丧着脸向小舅子诉说了自己的担忧，后悔当初目光太短了，不仅没有帮助金玉，反而干了些落井下石的事情。马来福的舅舅说，事到如今只有负荆请罪了，带上来福诚心实意地去道歉。我虽然与金先生交往不多，但是听别人讲，他这个人心胸开阔，是很讲义气、重友情的。

如果被他顶回来，让我这老脸往哪放？

我问你，咱们活着是为了啥？说到底，还不是为了孩子？别说脸面，就是把命搭上也得去。而且一趟不应就去两趟，两趟不行就去三趟，刘备比咱们的事儿大吧？当时为了请诸葛亮出山，就跑了三回呢！我觉得，金玉和你们一个土台上住着，低头不见抬头见，总会给面子的。

马来福和他父亲没有跑三趟，首次拜访金玉就顺利达到了自己的目的。当马安说明想让儿子学习算命占卦的打算后，金玉连道三个好字。他还说，如果他们爷俩不来找他，他也想近日去找马来福的。自古以来，算命占卦就是盲人的一条谋生之道，它有准没准放在一边，让马来福趁着年轻学会这门本领，是最明智的选择。马安担心儿子没文化学不会，金玉十分肯定地告诉他没问题，大多数算命先生同马来福一样，生下来就失明了。而且金玉还体会到，马来福虽然没上过学，但是头脑灵活记忆力强，几部样板戏的唱词道白都能够倒背如流，不简单。至于马来福拜他为师之事，金玉却推辞了。他指出,在教学方面他是弱项,不如自己的老师景坤先生经验丰富。马来福父子害怕景坤先生不再收徒或要价太高,金玉当即就打了保票,景坤那边的事情由他负责协调,学费如果现在拿不出那么多,可以先欠着,待将来赚了钱再还;马来福出师后,他再带上一段时间,保证让马来福学到真经,能够应用,在一年至一年半之内可以凭算命占卦糊口养家。不久,经过金玉介绍,马来福成了景坤改革开放后的首位学员。景坤和金玉还一致认为,马来福的艺名去掉姓氏便十分响亮吉祥。自此,在算命占卦圈子内,人们对他一概以“来福”相称了。马来福父子高高兴兴地出了金玉家院子。至于“文革”时那些令人不悦的事情,双方谁也没再提及,就好像根本没有发生过一样。金玉还清楚记得,马来福刚一落生时他对其父亲所做的承诺:马来福这辈子的生计问题由他包了。君子一言,驷马难追,这是许多盲人的性格,如果没有文化大革命,他恐怕早就将马来福引上道了。

四

在来福的恐吓下和两位小伙子的嬉笑中,公社干部气冲冲地溜了。是啊,现在国家都不限制了,自己管个啥呀?又拿什么法子去管呀?如果真的把他们惹急了,甭说来三四百,就是来三四十个盲人找到机关或家里闹事,自己也支应不了哇。

晚霞消尽,明月初升。路上行人越来越稀少,金玉和来福爷俩边聊边往家里走。金玉询问来福现在课程学到哪里了,来福说,天干地支、阴阳五行以及其间的刑冲害化合,这些算命术的基础理论已经掌握;眼下正在学习怎样推算大运、小运、流年及命宫。金玉嘱咐他,这部分课程对于今后的算命实践至关重要,咱们没眼人为别人算命,把一大部分时间都花费在这上面了。特别是前面所学的排八字,一定要练得滚瓜烂熟,容不得丝毫马虎。如果这些方法运用得不熟练,不单跨不过算命这道门槛,甚至还会让局外人把你轰出去。来福听后显得十分吃惊:怎么,局外人还能管咱们的事?

是的,许多客户这一生不会只算一两次命,有的甚至每年初都找算命先生测测当年的吉凶。别的学问他不懂,可是他自己的四柱却记得清楚着呢!即使记性再不好的客户,也记得住自己是啥命。

来福想了想,认为金玉说得十分在理。他父母对于算命占卦这一套知识一窍不通,但是他父亲知道自己是山中火命;他母亲也记得本人是石榴木命。每当提起命运之事，他父亲都会自豪地说，有媳妇生着他嘿！金玉告诉来福，何牛当初在道上混不下去的原因，即与排不清八字有关。后来金玉到隆化县盘买卖，曾碰到一位盲人，对于命理中的五行生克、星宿神煞、行运吉凶等知识都背得挺熟，只是排不准八字，推不好大运、小运和流年。到哪家算命，皆因这前三步迈不出去遭到奚落，后来干脆撂了挑子，被人家雇去推碾子推磨了。

前面传来了嘀嘀、铃铃的车水马龙声，金玉和来福转眼到了县城西关。待四周再次归于安静后，金玉反复叮嘱来福，算命占卦这套理论系统性很强，哪一部分都得扎扎实实学。古人强调，学习任何知识都应博学之，审问之，慎思之，明辨之，笃行之，善于对所学进行分析和思考，努力把握其精髓，牢牢刻在脑海中。具体到实际应用，则要注重机动灵活。一些大师所掌握的算命占卦原理，与同行们并无多大区别。他们之所以能够成名成家，关键在于理论与实际结合得好。毛主席有句名言，叫本本主义要不得。这一点，对于算命行业也是适用的。接下来，金玉为来福讲述了几则他亲历的故事：

1953年秋后，他同林松在兴隆县金山子附近给一位三十来岁的小伙子算命。金玉要过他的生日时辰，排完八字后推算他命该受穷，这辈子恐怕娶不上媳妇。小伙子当时就翻了脸，说他受穷是明摆着的，家家都不阔；可是预测他打一辈子光棍儿，是在有意咒他。林松见状，忙把活揽了过去，重新给他排了一遍八字，告诉他一个时辰两钟点，方才金先生是按上面那个钟点算的；实际上，冲你的出生年月，应该为后一个钟点所生。这样，你的命里就避开了“孤辰”，将来肯定能够娶妻生子，混上一家人的。眼下虽然生活不富裕，待到三十五岁之后，日子就会渐渐红火起来。这位小伙子转怒为喜，连声夸奖林先生算得准。

1956年冬天，在兴隆县上窝铺附近，一位二十岁出头的小伙子找到金玉，求他帮忙评判一件事情。这年春天，蓟县算命先生陈森和宝坻算命先生郑卯分别给他算了一卦，说他是金命，年内交运。可是关于交运时间，两位先生却说法不一。陈先生讲是在去暑当日，郑先生说是立秋后三天，这让我相信谁呢？金玉听后觉得此事确难解释，陈、郑两位先生在这一地区都有些名气，与自己的关系也非同一般，偏向哪方都可能得罪另一方，使其误认为他是在“扒豁子”。金玉掏出烟袋抽了几口烟，告诉小伙子这是因为两位先生所处地理位置不一样造成的。风水先生都明白，山区以山为主，坐满朝空；平原以水为主，坐空朝满。陈、郑两位先生一位生在山区，一位长在平原,所用的交运时间必然有些区别。不过,这并不影响对你命运的预测。反正你已经交过运了,对于你的一生而言,又进入了一个新的发展阶段。

…………

来福暗自笑了,原来这算命占卦的实践就是随机应变,见人下菜碟。这可比那套又难背又不易领会的干巴巴的命理知识好把握多了。他来福虽然斗大的字认不了二升,但是,从舌战八大金刚和栾平的杨子荣、智斗刁德一的阿庆嫂、乔装美国军官奇袭白虎团的严伟才,以及诡计多端的鸠山、龟田、温其久身上,他还是学会了许多"弯弯绕",自信见风使舵、指东说西、瞒天过海的本事还是有的。

来福踌躇满志,他也要成为景坤、金玉、林松这样的大师级人物。突然,来福好像想起了什么,他面朝金玉说,侄儿还有一事相求。

有什么事情你尽管讲,不必客气。

我想请您一定帮我向景坤老师说说情,让他老把后棚那套手艺教给我。实在不行,您教教我也可以。

金玉听后心头一悸,这是他最害怕的事。别的先生提出如此要求,他可当即予以拒绝;本村人有此愿望,他该如何是好呢?

五

春暖花开后,金玉感到宝坻县的买卖盘得差不多了,又一次只身北上,来到了久违的兴隆县城。他选择了离城不远的一家客店住下,开始向四外拓展生意。

这天上午,金玉走在山间的小道上,两旁树上的鸟儿在叽叽喳喳地吟唱,空气中弥漫着花草的芳香。他小时候喜欢美术,每见到一些好的山水画都要仔细观察,回家临摹一番。后来辉宇也喜好上了美术,他不知是否有遗传基因在里面。千岩竞秀,万壑争流,草木攀援其上,若云蒸霞蔚的山川胜景,此时又浮现于他的脑海。金玉深深地吸了一口山中清新空气,低声唱起了《四时读书乐》中的春天景色:

山光照槛水绕廊,
舞雩归咏春风香。

好鸟枝头亦朋友，
落花水面皆文章……

他爱大自然，爱北部山区这一草一木，更爱回忆自己和朋友们在这里的往事。此时，他又想起了1956年初秋与同行们结伴进山的情形。那一时节，天高云淡，冷暖宜人，正是古时达官贵人游山玩水的佳季。此番与金玉、古寅、郑卯、洪江、海龙同行的，还有相面先生雷震。他住宝坻县城不远处，年龄与金玉相仿，身体健康，一双圆眼又明又亮，年轻时外出常常扮成老道。除了相面，雷震还兼营说书、看阴阳宅和黄鸟抽帖。一位有眼人选择这份职业，一是觉得有趣，二是赚钱比种庄稼快一些。六人从宝坻县城出发，一路步行，朝北部山区走去。有了雷震的引路加导游，众人边走边聊，一路欢笑，颇有些观光游玩的味道，行进速度自然慢了许多。当天夜里，大伙儿住在了蓟县王浅村的一家客店；转天晚上，各位先生又早早在蓟县城内找了家旅馆歇息；第三天上午，方进入蓟北山区。

山路起伏跌宕，曲折回转；两侧群峰高耸，林木茂密，挂满小红灯笼的柿树如簇簇繁花，点缀着碧海苍山；极目望去，峰峦叠嶂，缕缕白云于其间安详萦绕。在雷震绘声绘色的解说下，众盲人按照各自的思路想象着这燕山秋景的妙处，行进速度又比在平原上缓慢了许多。即使如此，大腹便便的郑卯仍然觉得吃不消。雷震对他说，我出个谜语，您如果能猜出来，兄弟替您背着行李。郑卯满口应承，猜谜破字各位算命先生均不生疏，更何况猜不猜得到自己都没有亏吃。

脸对脸，面对面，你干我也干，气喘吁吁满头汗，炕席湿了一大片。

郑卯乐了，这是荤谜素猜，他给人讲过不止上百回了。亮过谜底后，雷震却不干了，说这个谜语太浅了，你们没眼人肯定经常听。我再出一个，如果郑先生猜到了，兄弟肯定不再食言。

四面不透风，十字在当中，有人猜田字，白字老先生。

郑卯这下蒙了，嘬了几次牙花子也没有想出答案来。他虽然生于财主家庭，但自幼失明没读过书，不识字的盲人最怕猜这类略微生僻的字谜。金玉道出了谜底，说你别再拿我们没眼人打趣了，我替舅舅背着行李。

这时，雷震瞧见迎面来了一位老太太，胳膊上挎着一大篮子梨。听了雷震的介绍，古寅、洪江都嘀咕着口渴得很。金玉说他俩不是口干是嘴馋，不信自己摸摸，哈喇子都流出来了。雷震叮嘱大伙别说话，瞧他的。

雷震将老太太挡在了路上，一本正经地说，哎哟，大婶好面相啊！瞧您天庭饱满,善目慈眉,尤其是您的这双耳朵厚实肥大,颜色红润正相宜,下垂还显示出了粉红色的富贵昌,甭问就是一位心眼特好、福气特大的人。我走南闯北这么多年了,很少见到长得像您这般好的面相呢。

是啊,我虽然看不见,但我学过语音相学,听着大妈的声音,就是位有福老太太。古寅和郑卯在一旁附和着。

老太太初时惊诧,随后便眉开眼笑了。她猜测面前的几位都是算命先生,而且是山外来的高手。雷震继续白话,您的好是修来的,不仅您这代人老了得子女的济,而且将福荫后代,孩子们以后都要受您的恩泽。子孙满堂不算,个个还都有能耐,村里一般人家肯定比不上您。

老太太听后大喜过望,当即把一篮子梨全都分给这几位算命先生。其中有人得了仨、有人得了四个。她说,先生们肯定口渴了,快尝尝我家的梨吧。金玉觉得过意不去,从衣兜里掏出两块钱朝老太太递去。雷震把金玉拽到一边,说大婶这是在行善积德,哪能收咱们的钱呢?老太太仍然满脸堆笑,告诉金玉这梨不值几个大子,如果不够吃再随我到果园去摘。金玉忙着回答,够吃,够吃了。大家顾不得擦洗,边吃梨边谈笑,十分开心得意。只有金玉和海龙觉得哄骗那位善良的老太太,有些过意不去。

真正令金玉和大家都感到开心欢快的,是转天夜里众先生"大闹三岔口"。

这天晚上,金玉一行住在了蓟县中营,转天早饭后继续北上,仍然有说有笑,依旧速度缓慢,直到黄昏前,方住进了兴隆县三岔口的张家店。林松和鲁乾已提前在此等候,大家多是熟人,互相握手问安。稍后,金玉把雷震介绍给林松和鲁乾,双方互通了住址等简要情况。晚饭后,店掌柜提议,请各位先生每人唱一段自己拿手的大鼓书,算住店的食宿费。除洪江外,大家听后无不积极响应,甭说抵食宿费,就是白唱也行啊。众朋友相聚,怎能不尽情地乐和乐和?洪江悄悄问金玉,他不会唱可咋办?千万别让店掌柜单独再收他的钱了。金玉拍拍洪江的肩膀说,没事的,我多唱一段就是了。

今夜星光灿烂,天风浩浩,张家店内欢声阵阵,喜气非凡。

高高山上一老僧,身上的阿陀数不清。要问老僧年岁有多大,他记得黄河九澄清……林松以绕口令《万岁僧》开场。素来嗓子亮堂的他,今天声音更加清脆,一句紧随着一句的唱词,像点燃了万头爆竹一般令人提振精神,一下子将此场演唱会提升到了专业水准。

接下来,海龙演唱了短篇鼓书《苏武牧羊》。海龙说书水平比他算命占卦的手艺要高,尤其他那略带沙哑的嗓子像他的性格那样别具一格,充满磁性，令人越听越有听头。如同吃西瓜啃甘薯，如果里面不带些亮晶晶的沙砾，反而使人觉得口味一般。

尼姑近来身体差，去找郎中把药抓。大夫一查笑哈哈，恭贺仙姑有喜了……雷震表演的西河大鼓《尼姑怀孕》，在原来唱词的基础上肆意想象，添枝加叶，以荤压素，引得满屋子人笑得前仰后合，险些掀掉了房顶。

郑卯发挥他的特长，一直在为大伙弹弦。轮到他唱时，林松主动把弦子拿了过来，为他伴奏。郑卯唱的是《妓女泪》。九岁那年母亲死，十岁被人卖到窑里边，十一二学弹唱，十三就叫我接客把钱赚。挣下钱来领班的妈妈哈哈笑，挣不上钱光着身子挨那沾水的皮鞭……悲惨的剧情加之郑卯所用的大悲调，令人唏嘘不已，热泪涟涟，房内霎时失去了方才的喜气。

随后，古寅演唱了《小玉宝从良》，鲁乾说唱了《张廷秀私访》，屋内渐渐又充满了笑声。

此场演唱会的压轴戏交给了金玉。按照与洪江的约定，金玉首先替他唱了一段"四平口"《古城会》；之后唱的是乐亭大鼓《身残志坚挽河山》。金玉声音浑厚激昂，犹如天上的雄鹰，飞得再高也不轻飘，盘旋得再低也不死板单调，正可谓俯仰自如，令同行们拍案叫绝，引得屋内听众心随书动，时而屏息静听，时而掌声如潮。

……
厚厚黄土高高天，
咱们身虽残疾志不减。
子孙有官也不做，
个个得道是神仙。
哼哈二将为我把班站，
四大金刚是咱守门官，
城隍爷为我扫庭院，
土地老儿给咱把水担，
万岁皇帝是我小奴辈，
正宫娘娘是咱的贴身小丫鬟。
玉皇爷与我是相好，
常在一起下棋盘。
经天纬地细谋算，
韬光养晦在心间。

有朝一日壮志遂，
定把那乾坤翻个翻。

金玉饱含激情、内力不减的结尾，为这场演唱会画上了一个圆满的句号，成为众盲人同娱共乐的经典。

金玉不知道这样的局面今后是否还能重现？虽然那时候物质匮乏、生活很穷，但是，他们走到哪里都能见到自己的同行；到了哪块都可以说书算命。对盲人们来说，这是一种无拘无束、自由自在、苦中有乐的日子。

金玉在期盼着。

六

丁零零……一位骑自行车的小伙子按着车铃超过了金玉，把他从美好的回忆和遐思中拽了回来。这位留着锃光瓦亮分头的小伙子，骑出不远就吱的一声停下了。他的一条腿晃悠悠地悬在自行车的座上，另一条腿直挺挺地支在地上，两只脚上穿的黑色皮鞋在斑驳的树影中闪着幽光。待金玉到了他跟前，小伙子问，先生，是算命的还是说大鼓书的？

金玉此行仍背着鼓和三弦，一者担心此处形势紧不许算命；二者算命说书哪样方便做哪个，提早多赚些钱，尽快弥补“文革”以来的损失。金玉回答说，你是想算命还是想听书？只要给工钱，干什么都行。

我想算命。

什么？一卦两块钱，比我挣的都多。

小伙子，你付出的是体力，我们卖的是手艺，不能用一把尺子量。

小伙子把悬在车座上的那条腿放了下来，将自行车支到路边，报出自己的出生年月日，却记不清时辰。金玉问明他没有弟兄，告知他是寅时落生。四柱排好后，金玉说他是白蜡金命，自幼生活较一般人优越，只是婚姻可能要迟些。小伙子点了点头说，嗯，是没有对象呢，您给我算算找多大岁数的媳妇合适？往哪边找好？金玉讲，从你的命上看，姑娘大些小些都没啥妨碍。至于方向，只是正南不好，其余哪边的都无所谓。姑娘找婆家看重方位，因为一辈子都得住在那里；对于男人而言，谁总住在丈人家呀？关键是男女双方谈得来，有感情，其余都是次要的。接下来，这位小伙子又问了他本人何年交运、运气如何，金玉一一作了回答。谁想临了，小伙子却说金玉算得驴唇不对马嘴，一丁点都不对。

你不就是不想给钱吗？金子银子都交人，何况几句话呀！

小伙子连句道谢的话也没说，翻身上车丁零零地溜之乎了。就在金玉自认倒霉时，一位年过六十、留着山羊胡子的老汉正巧走了过来，问他刚才是不是给那个小伙子算命啦？金玉苦笑着说，义务劳动了。

杂种操的，我就知道他不会给钱的。小伙子没有走出多远，老汉立即大声喊着他的乳名将其叫了回来，教训他说，我们没有进项的社员都没干过这种事，你一个有正式工作的还缺这两块钱花？

小伙子说他没带钱。老汉说，没钱你算啥命？如果你不把该这位先生的钱如数还上，我就让全庄人都知道你干的这种缺德事，叫你这辈子说不上媳妇。小伙子的嘴咧得似笑非笑，说您老怎么胳膊肘儿往外扭呀？老汉说，这做人有做人的规矩，像你这样的没人管，还不反了啊？小伙子极不情愿地从钱包中掏出两块钱交给了金玉。老汉警告他说，以后放规矩些，别尽给咱山里人现眼！

金玉向老汉道谢。老汉笑了笑，说没啥可谢的，领着他进了村子。庄不算大，金玉此前没有来过。他对老汉说，麻烦您帮忙找个厕所，我想方便一下。老汉立即止住了前行的脚步，领着金玉拐进了一个院子，说就这家吧。此户正在做午饭的妇女见到他们，忙站直身子，问老汉怎么把先生领我这儿来了，我没想算命呀？

不想算也得算，你不算他不算，先生吃啥啊？老汉边与这家妇女开着玩笑，边把金玉搀进了厕所，告诉他别着急，大便小便随便用。

待金玉从厕所出来，这家妇女把金玉和老汉让进屋子，说既然先生来了，我就算一卦吧。金玉按照程序排四柱、批八字、断命运，告诉这位妇女她命属中常，夫妻和睦，子女双全，小时候日子艰难些，今后会越来越好的。待过四十岁之后，将衣食无忧，花钱无虑，事事顺当。妇女问家里有啥妨碍的地方，金玉谨慎讲道，只是你与女儿的命相克不相生。妇女急着询问如何破解。老汉在一旁说，你就让闺女认这位先生做干爹吧，他们是吃百家饭的，保准能化解这桩不利的事。金玉知道，在兴隆、承德、隆化、滦平大部分地区兴这个，便依照老汉的提议接受了这位妇女的孩子，与全家人高高兴兴地吃了一顿午饭。之后，在这户干亲的张罗下，接连又算了五卦抽了三份帖。

晚上回到店中，金玉所住的客房内又新增了两位客人：一位是五十多岁捏泥人的,一位是三十岁上下卖香油的。饭后大家百无聊赖,捏泥人的问金玉算一回命多少钱,金玉答后他便想算上一卦。

卖香油的阻挡说,算命纯粹是蒙人,还有花钱上这个当的?甭说要钱,白给我算我都不用。

金玉尽量压住心中怒火,说你这位小兄弟怎么能这样说话呀?都是出来做买卖的,应当互相照应着,怎能够彼此扒豁子呢?

你说算命有准,你能算出我这香油多少钱一斤?一斤芝麻可磨几两香油?一天能挣多少钱吗?

这不是成心找事吗?算命算的是人生命运,谁会管你那些鸡毛蒜皮之类?金玉心想,不能让这小子四处给算命盲人们设置障碍,想咬谁就咬谁。起码得给他添些堵,让他收收性子。金玉面向卖香油的说,你不是说算命没准吗?今天我就免费为你算上一卦。不知道生日时辰不要紧,本先生还知晓语音相学,它也是算命术的一种。金玉扳着手指头念叨着:

木声高尚火声焦,
金声和润主家豪,
声似破锣少家业,
柴声土语最难交……

听你这声音破锣中还夹杂着柴火味,就知道你命相不咋样。小时候生活还过得去,自从十多年前那步分运后,你家的日子便一落千丈,甭说零花钱你爹妈不再给你,就是你几乎吃腻味的榨油饼也捞不到了。卖香油的被金玉说得脸色紫红,说他是瞎猜的,谁都知道前些年家家日子都不好过。

以前的事我说得对你说是瞎猜,本先生还可以给你测测以后。金玉轻声嘟哝了一阵子旁人听不清的命理知识,而后长长叹了口气说,你这个人天生就没带人缘来,亲戚朋友都讨厌你,料定今后也没人与你真心相交。别看你现在卖香油还能赚些小钱,但是前景并不怎么看好,你的命相已经把你发财的道堵得差不多了。眼下干什么国家都放开了,你在同行的竞争中就等着甘当败将吧!

你、你!卖香油的气得说不出话来。

金玉笑了,说,你甭着急,事情发展到如此地步,谁也没能力帮你。

你等着,竟敢在这里公开宣传迷信,我告你去!卖香油的甩下这句话,气呼呼地出了屋子。

七

卖香油的干什么去了呢?金玉心里琢磨着。这时卖泥人的告诉金玉,看样子您给那小子算得挺准,戳到了他的疼处,不然他不会生那么大的气。卖泥人的再次提出,请金玉给他算算命。金玉说明天再算吧,别是这小子真的找干部去了。卖泥人的说,怕啥?不论谁来,您就不承认算命了,有我给您作证呢!

半个小时之后,卖香油的果然领着一个人回来了,但此人不是干部是民警。比起卖香油的獐头鼠目来,这位民警要强壮威武得多。他要过店主的旅客登记册,浏览了一遍问,这上面怎么没有写那位没眼的先生呀?金玉多少有些担心,虽然现在政策宽松了,但是算命仍然处于半地下状态。何况自己这次出来没带任何证件啊!

店主是一位非常机灵的中年男子,以前父亲曾开过店,如今国家允许干个体后,他就立马子承父业了。店主回答道,这位老先生到这里既不算命也不说书,他同我爸爸是多年的老朋友,此次是专程来看我母亲的。您说哪有串亲戚还登记的?

哦,原来是这样。民警询问金玉是哪里人,叫什么名字。金玉如实作了回答。民警听后十分惊讶,主动上前握住金玉的双手,说原来是金舅来了。然后他向金玉介绍说,自己是马腾的外甥,常听舅舅念叨您,既然到了兴隆,怎么不到我舅舅家去住?金玉告诉他暂时先别惊动你舅舅,待自己方便时再去家中拜访。卖香油的在一旁越听脸色越难看,没想到店主如此回答,更没想到这位算命先生还能与自己请来的警察攀上亲戚。看来今天丢的面子是找不回来了。民警临走告诫卖香油的,以后踏踏实实做你的买卖,别再没事找事,搞得大伙儿都不得安宁!

金玉所期盼的好日子,就这样悄悄来临了。

第二天傍晚,金玉回到店内时,云海、马腾、石汉、江波等本地盲人已在店中备好酒菜,等候他多时了;其中还有正在这一带活动的郝西、杨青、申光等县外的算命先生。见面后,大家即埋怨金玉到兴隆来怎么连声招呼都不打?同行们可都很想你呀。金玉十分感动,说他也非常思念大伙儿。只是不知这里形势如何、弟兄们都在忙些什么,便没敢贸然打扰。众盲人将金玉让到宴席的正座,开始推杯换盏,边喝边聊,尽兴地吃喝了一顿。

席间,金玉向大家打听田塬的情况。云海说,前些日子听承德市的朋友讲,瞧见他在街上给人算命测字,身子骨硬朗得很呢!金玉听后非常高兴,他说近日准备去拜访田老先生。平津唐子平术研究会已多年没有开展活动了,一些先生提议应该将其恢复起来。金玉打算,在今年暑期搞一次学术交流,届时请田塬先生给大伙儿讲一课。大家听后不禁击掌叫好。云海称赞金玉有眼光,是应当趁着老一辈先生们健在,抢救一下他们的技艺了。他还强调,你们子平术津唐地区搞学术研究,必须把承德地区的先生们吸收进去。金玉代表研究会当即表示赞同,而且今后还可考虑把"承"字正式纳进去,就叫平津唐承子平研究会。申光再次拍了拍巴掌,说,早就应该如此,他们北京、天津两市内的算命先生阵容小不说,与大伙儿的联系也不密切,哪比得上我们承德地区啊!随后,马腾又提出让石汉、江波两位年轻人陪伴金玉去承德市,一者给他引路助威,二者沿途听听他的生意,在实践中提高自己。这时,金玉才知这两位年轻人是马腾的徒弟,年前刚刚出师。有小字辈陪伴,金玉自然十分高兴,因为他此番承德之行本来就不单单是为了赚钱。作为盲人协会的头头,平时没空,现在有如此机会带带年轻人理当尽责。

金玉与云海商量说,好久没有这般自由自在地相聚了,今天就让我们好好乐和乐和。他俩的提议,当即得到了大家的一致赞同。云海把店主叫了过来,谈了他们的想法。店主非常支持,他母亲最喜欢听书,其父生前与许多盲人关系密切,这是原因之一。店主一面吩咐人收拾屋子,置办些瓜子水果;一面把老太太请了过来。马腾自告奋勇,率先唱了一段《武家坡剜菜》,接下来,云海、杨青、申光分别为大伙儿演唱了小段《拆西厢》《小上寿》和《送女上大学》。金玉压轴,唱的是他根据现代京剧《平原作战》选场改编的《端炮楼》,声音宽厚深沉,吐字清晰有力,一如当年在兴隆三岔口张家店的那场演唱。

……

鬼子兵败没了救,
众战士点火烧炮楼。
贼山口垂死仍挣扎,
赵勇刚猛把他的脖子揪,

告诫侵略者绝没好下场，
唰的一刀劈掉了他的狗头。
指战员打扫战场凯旋归，
准备迎接新的战斗。

待金玉唱罢最后一段，已是凌晨两点钟了，店主又为每位先生做了一碗面条卧鸡蛋。大家思前想后，感慨万端，仍然没有困意。金玉不禁又给大家吟唱了叶剑英《八十书怀》这首诗：

八十匆劳论废兴，长征接力有来人。
导师创业垂千古，侪辈跟随愧望尘。
亿万愚公齐破立，五洲权霸共沉沦。
老夫喜作黄昏颂，满目青山夕照明。

金玉说，叶帅八十岁高龄还有如此胸襟气魄，同他老相比，大家还都是年轻的小伙儿呢，趁着现在我们行动方便，又赶上形势政策好，抓紧为子女们多挣些钱吧！

八

金玉与石汉、江波三人转天上午便踏上了去往承德市的道路，遇到村镇就停下来揽些生意，没有生意就继续朝前走。盘生意时大多是金玉算，石汉和江波听；有时金玉也让他俩练练手，而后再由他点评。三人走走停停，所赚扣除食宿费用尚有剩余。江波圆脸平头，体形微胖，平日闲言不多。石汉却性格活泼，爱说爱唱，长方脸上留着自由式发型，由于两侧和鬓角削得太苦，上部的头发似掏耙一样盖着脑门，很像个愣小伙子。在路上，听到没有他人时，石汉就高唱几句电视剧《西游记》的主题歌《敢问路在何方》，使得他们三人越发像那到西天取经的唐僧师徒了。金玉说，但愿咱们此番能见到田老先生，把他的真经学到手。

石汉问金玉，这些年您老最远到过哪里？金玉告诉他，往南去过河南的郑州，往西到过山西的太原、大同，往北到过辽宁的凌源和内蒙古的赤峰、多伦。当然，活动最多的地方还是咱们这块。

那您每次都怎么去？也这样靠两只脚吗？

当然不全是，不过徒步比坐车的时候要多得多。1957年春，我和古寅、郑卯、洪江、华虎几个人先到宣化、后到山西、最后又转到张家口，行程上千里，凭的就是两条腿。江波、石汉二人惊叹道，那得多累呀！咱们这刚刚走了两天半，我们就觉得两条腿又酸又疼了。金玉笑了，说这一二百里路算个啥？甭说你们年轻人，就我这老头子都没觉得有多累。现在这年月幸福多了，天天能吃饱睡好。须知道，我和你们师父当初盘买卖，经常是饿着肚子赶路的。赶上如今这年月，大家都应该知足哇！

这天下午，在承德县西北部的一条山路上，迎着金玉他们的面，嗒嗒地过来了一辆马车。在距离三位算命先生一丈多远处，车把式叭叭甩了两记响鞭，惊得路边树上的一群鸟儿四处逃散。金玉等赶紧往路边靠，不想马车在经过他们三人身旁时，吱的一声停住了。车把式是个四十来岁的汉子，面相尖嘴猴腮，身体却生得胖且壮实。他坐在车帮上高声叫道，嗨，听说你这位金先生算啥挺准的？今天就给我算算，看看我这车还能赶几年？

金玉脸一沉，没容得他答话，石汉大声道，金师傅早给你算好了。刚刚念叨过你，说一会儿我们要遇到一个壮年车把式，只是他赶车的日子很快就到头了，再长也过不去这个年。

车把式大怒，跳下车就要揍石汉。

车上还坐着一位搭车的老头，劝他赶紧赶路吧，你不故意找碴儿人家能这么说吗？

金玉觉得石汉人很机灵，但是，仍然严肃批评了他一顿，说干咱们这行的不同于常人，别看有些人对算命占卦半信半疑，可咱们的每一句话他都可能往心里去，讲他命运好可以提振他的信心；讲他命运不济就可能搅得他心神不宁，乱了阵脚，甚至于出大乱子。尤其这个“死”字，千万不能随意说。1955年冬天，金玉与海龙在滦平县盘买卖。海龙曾为一位年近六十岁的老太太算命，告诉她三个月内必有血光之灾，性命难保。结果，金玉和海龙年底又转到这村时，老太太已经去世，原因仅仅是她在晚上堵鸡窝时跌了一跤，而且没有明显外伤。金玉仍然沉浸在痛楚的回忆中。他不无惋惜地说，我当时就对海龙讲，没有你这样算命的，在断人生死上岂可儿戏？即便客户八字中显示此运，也得慎言才是。石汉和江波点点头，说师大爷讲得有道理。

江波问金玉，您老这些年一定教出了许多高徒吧？我师父和云海师大爷常常念叨您老的手艺全面扎实，在整个华北地区都很有名气。

此言差矣,你师父和云海的手艺都不错。金玉说,我由于不擅长教书,所以这多半辈子只教过半个徒弟,碰到想找我学艺的,我都介绍给我的老师。

您老教的那半个徒弟叫洪江吧?听云海师大爷讲,他以前常跟着您,到了住处打水洗衣铺行李,像个勤务员似的。

那不是我徒弟,虽然他年岁比我小,可是我们二人为同一位老师所教。

这次您怎么没带上他呢?也好让我们认识认识。

往事迅速浮现在金玉的脑海。过了一会儿,他叹口气说,这小子没出息去了,你俩再见到他不易了。

犯了什么法了?江波忙问,得关多少年才能出来呀?石汉阻止江波说,别再问了。他已猜出洪江肯定是出了大事,十有八九不在人世了。金玉欲言又止,觉得再批评已经过世的人有些不地道。但转念一想,在两位年轻人面前说说也并非没有益处,起码可以防止他们犯类似错误。如今虽然吃喝不成问题了,可是,其他各种欲望一样需要克服啊。

洪江首次外出盘生意因空腹贪吃柿饼伤了胃,并没有因此改变他那猪八戒的性格,见到好吃的东西仍然狼吞虎咽,不管不顾,直到食物顶到嗓子眼儿方肯罢休,因而胃口越来越糟。1959年"五一"节后,金玉带着他到蓟县马伸桥一带活动,虽然每天都有买卖,却吃不饱饭。这时,客店中每餐只定量供应每位客人一份饭,有时是玉米面饼子,有时是野菜糠团子,吃进口中又硬又涩,拉屎都十分困难。即使有钱,也买不到正经的米面吃。洪江这个被人称为喝凉水都长肉的主儿,此时还是塌了膘,圆圆的脸蛋泛着浮肿的亮光,走路做事也没有了先前那般机灵利索。气得他常常捂着胃骂大街。

一天早晨,金玉和洪江在客店中吃了一碗菜粥,之后走进一个村庄不久,一位二十岁出头的小伙子把他俩领到家中,说他爸爸想请先生算命。进了屋子,小伙子的母亲问二位先生是否吃过早饭了,金玉回答吃过了。小伙子父亲说,吃了也不会饱,又让妻子给他俩各盛了一碗玉米粥。撂下饭碗,金玉正要问这户男主人的生日时辰,进来一位社员把他叫走了,说是上面来人找他有事。男主人让金玉、洪江先到别处转转,中午或下午再给他算。金玉猜测,这位男人肯定是大队干部。

事也凑巧,从这户人家出来不一会儿,他们就被另一户人家领进了屋子。主人们刚刚吃完早饭,锅还没刷干净呢,知道这时期饭最金贵,又请金玉和洪江吃了一顿小米干饭熬南瓜片。金玉提醒洪江,不饿就甭吃了,别撑着。这家主人说,这年头哪有不饿的?年轻人多吃些饭,不算啥。这样,一碗小米干饭外带半盘子熬南瓜片又倒进了洪江的肚子。

中午没有买卖,金玉记得这村子有自己的一位朋友,便想到他家去讨口水喝,休息一会儿,结果又赶上他家正吃午饭。这位朋友问金玉吃了吗,金玉答道,已经吃过了,而且吃得挺饱。朋友却不相信,还是说的大队干部早晨说的那句话,吃了也不会饱。随后把金玉和洪江按到饭桌旁,给他俩各盛了一碗杂面条,递上一块烀白薯。盛情难却,二人只得强吃了。

下午,在这个村庄的前街后巷转悠,金玉未觉得身体怎么不适,洪江的胃疼病却发作了。金玉让他提前回店休息,洪江说吃得多了些,活动活动就好了。估摸着天色已晚,金玉和洪江又找到那位大队干部家,原来他不是给自己算命,而是为儿子娶亲选日子。金玉为其择好后,大队干部再次热情地张罗妻子为金玉和洪江准备晚饭。金玉解释说,我俩中午吃多了,都不饿呢。大队干部说,这年头哪有吃多了的?大队干部的妻子便给金玉和洪江打了一锅底玉米面糊饼,做了两碗杂面疙瘩汤,里面还分别卧了一只鸡蛋。金玉感觉不饿,只是喝了几口稀汤;洪江仍未听金玉的劝阻,大快朵颐了一顿。

晚上回到客店时,掌柜的告诉金玉和洪江,今天中午店里改善伙食,做的是小米干饭炒酸菜。由于好些天没有见到地道的粮食了,他没舍得往外卖,给他俩留着呢。从方才那个村子出来,又赶了五里多路,金玉倒有些饿了,一边向掌柜道谢,一边端起自己那份饭菜慢慢吃着。他叮嘱洪江,你胃口不好,今天又吃得不少,千万不要再动筷子了。洪江虽然口头应了,但还是没能抵住香喷喷的诱惑,又大口大口地吞食起来。未等他将自己的那份饭菜吃完,胃口已经疼得他满头冒汗了。

洪江终因贪吃客死他乡。

讲完洪江的故事,金玉长长叹了一口气。他对石汉、江波说,我们这些常年出门在外的生意人,什么样的事儿都可能遇到,有的是便宜,有的是机遇,有的是诱惑,还有的是圈套。能否正确辨识,关键不在于我们的眼睛及其他器官,而是在于我们内心的定力。洪江的死,给大家上了一堂实在的教育课。陈毅老总有句话,叫手莫伸,伸手必被捉,讲得就更有道理了。不光在吃上,在酒、色、财、气、名上,我们都应该戒除一个“贪”字。古人讲,非礼勿视,非礼勿听,非礼勿言,非礼勿动,同样强调的是这个道理。否则,早晚会上当受骗,祸及自己和家人。

石汉、江波没想到金玉不单算命占卦手艺好,原来在为人处世上也认识得如此深刻，不禁感叹道，这大师就是大师，素质确实非同一般啊！他俩还在想象，这田塬老先生是个什么水平呢？既然金师大爷如此敬重他，其素质肯定低不了。

这天晚上，金玉和石汉、江波在大路旁寻个客店住下了。吃晚饭时，他们听到了白天那位车把式不幸身亡的消息。就在他们分手不久，这辆马车在下山坡时惊了马，车把式不慎跌进车轮下，当场就将脑袋轧扁了。坐在车上的老头却安然无恙，亲历这个事件的他，逢人便讲金先生算命真准。金玉听后并没有埋怨石汉，又长长叹了一口气，说这也是善恶有报啊！

店主问金玉，是否有给车把式算命这事儿？

石汉抢着答道，有，他不把我们当人，我们怎能不咒他？！

九

来福果然机灵，景坤将他扶上马后，没容得金玉再送他一程，就嗒嗒地扬鞭远驰了。他先是在宝坻城区附近活动，而后又尝试着往蓟县、兴隆、承德一带延伸，不仅吃穿有余，还时常交给他父母一些零花钱。对此，景坤和金玉都十分高兴，哪个师父不担心培养出何牛那样的庸才呀？自食其力，这是出师的起码标准。

然而，现实是残酷的，同行之间有合作也有竞争。深奥晦涩的算命理论和变化多端的客观现象，绝不如他来福所想象的那么简单，以为算命占卦只需随机应变、见风使舵就可过关。即使是迷信，你也得说出一二三来。接连遭受了几次挫折，来福才又重新拾起了对景坤、金玉这些老一代先生们的尊敬与钦佩。这天晚上，来福装着满肚子的委屈和不解找到金玉，说他昨天上午为一位三十来岁的小伙子算命，不仅分文未得，还被人家掴了两个耳光、骂骂咧咧地讽刺了一顿。原来，小伙子母亲报出儿子的八字后，来福听出此乃“三奇”之命。自从盘生意以来，他还是首次遇到这么好的八字，觉得自己发笔小财的机会来了。来福首先向这位小伙子父母表示道贺，而后锦上添花般胡吹海夸了一顿小伙子的聪明禀赋和美好前程，就好像宝坻县长将来非他莫属似的。如果算到此处，这家人怒气还小些，无非是遇到个二百五的小瞎子。可是来福打算朝人家多要笔喜钱，仍不停白话着，根本不容旁人插言。来福进一步归纳说，您二老能生育出这么个好儿子，乃是前辈积德、现世行善的结果，这就叫天人合一、因果报应啊！

小伙子的父亲终于忍不住了，啪啪给了来福两个嘴巴，怒不可遏地骂道，放你妈的屁！我瞧你眼瞎了才是老天爷的报应呢！谁教你的你再去找他回回炉，没有那份好脑子就再投生一次，别给你师父和爹妈丢人现眼了。

金玉以为，这话真够损的。来福算命肯定触及了这家人的疼处。

来福回忆说，他从这家出来后朝村里人打听，方知算命的这位小伙子由于自幼患小儿麻痹症，行动不便，连小学都没毕业。去年以来，病情突然加重，如今已经卧床不起，吃喝拉撒都得由他父母伺候。你来福讲因果报应，不就是变相在骂他家人前辈缺德、现世作恶吗？人家不跟你急才怪呢！

这个“三奇”确实误人不少哇。金玉颇为感触地说，“文革”前古寅的徒弟、玉田的芮章先生在家乡盘买卖，也曾遇到一位四柱为“三奇”的年轻女子。在为她测命时，他同来福一样将其前程说得天花乱坠，之后方知这位女子是个瘫子。金玉解释道，这“三奇”可细分为天、地、中三类情况，而且最大的特点在于男女有别。从命理上讲，天三奇男贵女贱；地三奇女富男穷；中三奇男女皆富。你和芮章都把这些搞混了，怎么会不出差错呢？更何况理论与实际并不能画等号。世上带“三奇”的人多了，怎能个个都会好得出奇，或遭得令人心悸？金玉还告诫来福，算命就如同咱们没眼人走路，要拄着马竿试探着往前迈步，不能不管不顾地往前闯。如果遇到悬崖、陷阱咋办？还不得摔个腿折胳膊烂！

来福十分后悔，如果跟随金叔在实践中磨炼一段时间，就断然不会栽这样的跟头了。

十

两个月前，来福还栽过一个更大的跟头。由于当时没在金玉和景坤身旁，不方便向他俩请教；也由于那次只是普通的占卦而已，不同于“三奇”这类特殊问题，事后就没好意思再向别人提起。与来福接触较多的人自然清楚，他是个争强好胜、要脸要面的人，不然，在“文革”中哪会“左”得像个“四人帮”的小爪牙？根本不明白算命占卦怎么回事，就强行将其与复辟资本主义联系在了一起；半个大字不识，也敢上台批判孔孟之道。那天，来福被客户打得鼻青脸肿，险些被揍断一条腿。连惊带吓的他，在店里躺了整整五天，才敢继续出门揽生意。如果有理，凭他来福的性格，能够这样暗气暗憋吗？

来福出事那天是丁酉日。已经连续一周无风无雨，这天的太阳更是灿烂得光芒万丈。来福清楚记得，求他算命的这家老太太昨晚到邻村看戏时走丢了，直到次日午后仍没有回来。娘家、闺女家、姐妹家都寻遍了，依旧未瞧见老太太的踪影。她老到底哪去了呢？全家人急成了热锅上的蚂蚁。来福不慌不忙道，求测这种事光算命不行，得占卦。今天你们正巧遇到了我，许多先生还不会这门手艺呢！

这家人说，怎么都行。

占卦得多给钱，是算命的三倍。

这家人急切应道，花多少钱无所谓，只求早些找到老太太。来福先让老太太儿子摇的卦，之后又请从婆家赶过来的老太太女儿摇了第二卦。问过卦象，来福振振有词道，甲乙身边带，丁酉半旋空……这两卦如放在平日就不怎么好，放在今天这个日子，则是个凶卦，家里人让他明说，老太太到底在哪个方向？是不是遇到了啥为难事？

来福心想，老太太已经走失一夜多了，天气这么好也不易迷路，尤其儿女为她摇的均是凶卦，想必是有凶无吉。于是，他尽量装作无比沉痛的样子告诉这家人，从这卦象上看，老太太已经逝去了。

来福的声音不高，却如同引爆了一颗炸弹，全家人立即炸了窝，哭天喊地声惊动得左邻右舍都来劝说。虽然称作老太太，实际上老人刚刚六十岁出头。如此年纪就这么突然从人间蒸发了，怎么不令人痛心?!村里人张罗老太太的儿子赶紧组织人寻找亡者的尸首，操持后事。老太太的女儿竟哭得两次三番昏了过去，她家的新房刚刚落成，早就定好下周接母亲去住上一段时间，让自己好好地尽尽孝心。

就在来福揣上卦礼想走时，慈眉善目的老太太在叔伯侄女的陪同下，光光鲜鲜地进了院子。

原来，昨晚散戏后老太太走反了方向，跟随西村的人流到了侄女那个村子。老太太弄清所在位置后，当即求人把侄女叫来，让她把自己送回家。可是侄女不应，天已经这么晚了，哪还有再送客人走的？说啥也得让老太住到她家去。转天早饭后，老太太再次求侄女送她回家，可是侄女女婿已经杀掉了家中的公鸡，又去集上买鱼了。侄女说，您老如果非要走，也得等到吃完中午饭，不然，我们可就白忙活了。盛情难却，老太太答应留下来，只是担心家里人不放心。侄女想了想说，这好办，派西院的小四头到咱村告诉一声便是了。谁想这小四头本不着调，走到半路遇到一伙人拉他打牌，就把此事扔到脑后去了。老太太于这位叔伯侄女有恩，1960年闹饥荒时，多亏她给了这位侄女两个玉米窝头，才救了她一条命。现在老太太主动寻上门来，她哪肯让她走呢？

我日你八辈祖宗！老太太的儿子一脚把来福踹倒在地，狠狠地踢了几脚；来福从地上爬起来尚未站稳，老太太闺女又扑了上来，挠得他满脸花；而后是姑爷、侄子的一阵打骂。多亏老太太未将此事看得多么不吉，及时劝阻她的家人住了手，不然，来福就很难站着走出她家院子了。

来福想起此事便觉得后脊背发凉。他十分诚恳地对金玉说，叔，您老还是再送我一程吧！

十一

金玉带着来福外出，是在他主持召开平津唐子平术研讨会之后。为了开阔来福的视野，增强其实战水平和人脉关系，金玉破例让他列席了这次研讨会。承蒙景坤厚爱，金玉出师不久，就被平津唐子平术研究会吸收为会员，参加了抗战胜利以来的历次研讨会。他觉得，这种会议大家无拘无束，畅所欲言，有时甚至围绕某一个问题争论得脸红脖子粗，较之本行道上的其他活动要有意思得多，有意义得多。常言道，同行是冤家，但是此种会议却是个例外。因为在这种场合，没有人愿意隐瞒自己的观点，也没有人愿意在手艺上甘拜下风。来福说，参加这次研讨会收获很大，尤其是了解了一些具体问题如何随机应变，确有听君一席话，胜读十年书之感。这些年来，这些面上的词语来福确实记得不少。不了解实情的人，还以为他文化根底不浅呢。

金玉和来福外出的第一目的地，选在了平谷县。来福介绍，黄润正在那一地区活动。听他讲，那里属首都辖区，人们生活富足，买卖十分兴旺。金玉也打算到平谷县转转，新中国成立初期和三年困难时期，他与尚辰、海龙、古寅、洪江、郑卯等先生曾到过那里，至今在他头脑中仍印象深刻。

记得第一次去平谷是1949年4月，金玉和古寅、尚辰从宝坻县城出发，中间在蓟县侯家营住了一夜，转天便到了唤作杏儿的地方，而后又去了岭儿，再后来又上了野狐山。天天有买卖，最多时一天能算六七卦。那一次平谷之行收获甚大；后来，又去过两次平谷，仍然收获不小。但愿这次也能诸事如意，帮助来福消化一番研讨会上的收获，切实提高一些实践水平，爷俩再抱回个金娃娃。

到达平谷县城的第一天，金玉、来福就遇到了黄润。如果按年龄论，黄润与来福相当，在金玉面前都是侄小子；但是黄润也师出景坤，故与金玉师兄弟相称。黄润的面色与其姓氏不同，白白净净的像是煮熟了的鸡蛋，淡眉细眼小嘴，紧巴巴地堆在圆乎乎的脸庞上，虽然年已四十，仍然没有褪去他的娃娃相。见到他们二人，黄润十分高兴，立即要求入伙。他对金玉说，早就听大伙儿议论您技艺高、买卖好，这次我也与来福师弟一样，让您带上一程，长长见识。金玉诚恳道，咱们都是师兄弟，你又有着多年的实战经验，应该叫互相学习，取长补短。只是如此一来，人多目标大，收益可能也要少些。黄润提议，咱们师兄弟三人一块行动，但可以不实行联学联储，我俩主要是听您手艺，谁做的生意，钱就归谁。来福当然没有意见，他此行的真正目的，是学艺而非赚钱。本领学到家，还愁以后没钱可挣吗？

当天晚上，黄润以"先入为主"的理由，在客店附近的一家饭馆为金玉和来福接风洗尘。黄润点的是散装啤酒，金玉喝不惯，又朝服务员要了三两二锅头。虽说时值盛夏，天气闷得如同蒸笼，金玉以为还是白酒解馋抗暑。席间三人都觉得心情舒畅，边喝酒边聊开了算命占卦之事。这时，一个蓄着长发的小伙子来到桌旁问，你们是哪里人？干什么的？黄润说是宝坻县的，到这里来说书算命。

算命许可吗？谁让你们来干这个的？

来福说，当然是我们自己想干，你管得着吗？

算命就是搞封建迷信，破坏"四化"建设。

这时已经二两白酒下肚的金玉面色红润，豪气正壮。作为盲人协会的领导，他觉得有必要教训这小子一顿，为了自己，更为了道上的同行们。金玉站起身子，正颜厉色地问道，这位小兄弟，我问你，哪条法律规定我们盲人不许算命啊？现在党中央、国务院都不管，你管个啥？你别的不懂，怎么也知道自己吃几碗干饭吧？

听到此处越吵越热闹，服务员把饭店经理找了过来。经理气得挥手把这个小伙子轰出门外，高声骂道，哪凉快哪歇着去，以后你再敢来这里捣乱，看我不揍折你的狗腿！经理转过身，和颜悦色地劝说三位先生别生气，刚才那是个小混混儿，什么也不懂。金玉心里琢磨，现在虽说上级没有明令禁止算命，但是相当一部分人受"文革"的余毒太深了，动不动就拿阶级斗争那套看待一切，上纲上线扣帽子，盲人们活动还是目标小些为妙。

金玉心头的不快尚未散尽，一件令他更为气恼的事情紧接着又发生了，金玉等三人从饭馆回到店中，尚未坐稳，两位二十岁出头的姑娘就寻上门来。又说又笑的,像《聊斋志异》里的婴宁和《红楼梦》中的史湘云似的。黄润问,你俩来这里做啥?是想算命吗?

是,姑娘们答道,前天你给算过了。

黄润劝告她俩说,那就别算了。我们三位都是一个师父教出来的,再算也那样,还是省俩钱儿吧!

金玉听后气得怒火填胸,比刚才在饭店遭受长发小伙子寻衅还要愤懑。待两位姑娘离开屋子,他质问黄润,是哪个师父教你的,一点道上规矩都不懂?你咋不会说,这位大哥经验丰富手艺好,让他再给你们算算,起码明天我们三人又有了早点钱。我看你这纯粹是在变相"扒豁子",把我们来到这里干什么都忘了!来福也埋怨他,把听叔算卦的机会丢掉了。黄润无言以对,一笑了之。

夜深了,气温仍旧没有降下来,反而让人觉得更闷了,躺在床上不一会儿,就出了一身汗。金玉赶忙用力摇了几下蒲扇,身体立马凉爽了一些。但是,只要蒲扇一停,汗水立即又从汗毛孔冒了出来。睡不着,金玉又琢磨起刚才的事情,进而又想到了来福、黄润、石汉等年轻一代的性格和为人。他打算有机会时,好好给他们这帮年轻人补补行规这堂课。

十二

平谷这个地区的买卖还算理想。第二天,金玉等三人来到县城西北部的一个村子,进庄后,就被一位老太太领进了她家。在给她儿媳妇算罢后,前来算命者竟一个顶着一个走,整整一天,三位先生没再挪窝。前三卦是金玉算的,来福、黄润在旁聆听,二位小字辈在金玉这位老先生面前还算恭谦。

第四位问命者是一位年满三十的小伙子。金玉问过他的生辰和基本情况之后,心头稍稍一震,怎么这么大的年纪还没娶媳妇?按说婚姻迟者不少,但在当今社会、在如此富裕的地方不应该呀。金玉又仔细掐算了一遍他的四柱,方谨慎说道,你这位兄弟性格耿直,注重事业,找对象的条件高,不三不四的你相不中,你相中的又因缘分未到没能走到一块。三十岁这步运,你已于今年春分前五天交过,婚姻马上就要动了。金玉嘱咐他,此运交过后,再找女朋友得当年认识当年娶,最好不要再隔年。这位小伙子报完生辰之后,就变成了一个哑巴,任凭金玉如何白活,如何诱导,他就是只听不说，连嗯、啊两字都不吐。常言道，听话听声，锣鼓听音。客户不吱声，就不知算得对不对，也不好根据其应答情况及情绪，试探着评判他的过去和未来。遇到此种情形，算命先生只得从单纯的理论出发解析客户的八字了。芸芸众生，八字有限，这号哪能对得那么准呀？此种情形，是所有算命先生最不愿碰到的。

黄润坐不住了，打断金玉说，师兄您可能老糊涂了，我来算吧。黄润猜想小伙子不吱声的原因，肯定是金玉没算对。如果三十岁仍没娶上媳妇，十有八九是外地人在这里打工的。出于这样的判断，黄润又为小伙子掐算了一回八字。看到黄润不再张嘴，这位小伙子把卦礼钱给了金玉，之后拍了拍黄润肩膀，说，我看是你糊涂了。

小伙子走后，旁人告诉金玉他们，刚才这位小伙子就是本村人，正式职工，家里挺富裕的，不知怎么至今搞不上对象。接下来，金玉和黄润又倒换着算了几卦。这家老太太一直没离开屋子，临别时她对黄润讲，你算命手艺还是不如这位年纪大的先生啊！

在平谷县内活动了两个多月，来福感到受益匪浅，不但巩固了算命占卦的基础理论，学会了结合实际灵活运用，而且还掌握了许多诸如判“三奇”、破重丧、合姻缘等独特技法。一天，在平谷北部山区他们居然也遇到了来福栽大跟头的那种卦，只是此次这户丢失的是孩子，而非老太太。金玉让来福展示一下身手，来福知道自己此方面是个短板，但又不好推辞，只得硬着头皮上了。六摇之后，来福在脑子里综合评判了一番，所占的是子孙化官鬼——依然是“死卦”。这次来福长了个心眼，没敢对这家人明说，而且用他仅会的几句行话告诉了金玉。在旁边一直倾听占卦情况的金玉告诉这家人，依此卦象，孩子确有危险，好在这卦的子孙没有在硬爻之上，你们再抓紧到四周仔细找找。

黄润对于学习金玉的手艺没有来福这般虚心认真。在金玉和来福占卦时，他借口出去方便，溜到前院柴园去歇息了。昨夜淅淅沥沥下了一场小雨，天气清爽了许多。黄润觉得这屋外就是比屋内舒适畅快。这时，他听到草棚子中有孩子喊叫妈妈的声音，忙把大家唤了出来。原来这个丢失的孩子在家里的草棚中睡了一夜。天气凉快，儿童贪睡，却害得一家人担惊受怕，四处找寻了这么长时间。现在回想起来，来福已知自己在为那位老太太占卦时，不单对卦象判断粗糙，更重要的是结论太过草率了，没有给自己留有一点余地，一上来就给老太太判了死刑，连个“缓”字都没用，人家不揍你揍谁呀！怪不得景坤老师和金叔反复强调，纸上得来终觉浅，绝知此事要躬行呢。今后自己还应多多实践,熟练把握各种命运和吉凶预测的规律,适应现实中的各类具体情况。

在从平谷回宝坻的路上,来福试探着问金玉,您老说这算命有多准呀?金玉反问道,你说呢?

来福鼓了鼓勇气,又问,您老给辉宇兄弟算过命吗?金玉仍然反问道,你说呢?

来福讲,我已经给辉宇算过了,兄弟的命真的不一般啊!

十三

金玉给辉宇算过命,而且不止一次。如同医生那样,他怎么会不为自己的家人测测血压、听听心率、把把脉搏呢?但是,算归算,金玉平日很少与儿子提到算命的事。他一直恪守着自己的那条原则:尽量不给熟人算命占卦,何况是家人呢!辉宇记得,父亲介绍为他算命的情况,只有三次。

第一次即前面所谈到的七十年代中期,小小年纪的辉宇,无辜遭受银岛、银生头一伙残酷打压之时,父亲说他的命中有吉星照耀,八字恰好站在“将星”格上。命书上讲,将星文武两相宜,禄至权高足可知。凡命在此格之人,皆才能出众、前途无限,非小人们能压得住的。

如此好命是否就可坐享其成了?

金玉对他讲,当然不是。金玉再次强调,人的命相只是人生成长作为的一个重要因素,或者称是外部环境;决定人之命运的另一重要因素是自身的努力,或者称为主观条件。明末清初时有个染坊老板的儿子,从八字看乃高官厚禄的王侯之命,全家人大喜过望,从小就对其娇生惯养,百依百顺,致使此人长大后除了酗酒游荡别无所长,结果在一次酒醉后落水而亡。金玉说,他十分赞成毛主席的那句话,外因是变化的条件,内因是变化的根据,外因通过内因而起作用。你现在已有良好天赋,成功与否就靠你自己的奋斗了。正是此番谈命,进一步激发了辉宇刻苦学习、不甘沉沦的斗志,增强了克服困难、迎接光明的信心。你银岛、银德、银生头算个什么?与我的命局相比,小爬虫而已;你们的压制打击,正好是我发愤图强的动力。辉宇有点“自命不凡”了,尽管他明白这是个贬义词。

第二次是1979年辉宇参加高考的前夕。他在上初中时,因为临摹

《红灯记》《智取威虎山》等连环画册喜欢上了美术，自此一发不可收拾。画画就是一种娱乐，一种享受，一种寄托，成了他生活中不可或缺的一部分。1977年冬季突然恢复中断多年的高考制度时，他正与社员们战斗在宝坻西北端的武河工地，带着浑身泥巴的他，仓促迈进了天津美术学院设在宝坻的考场。辉宇对于报考美术专业是有着充足信心的。1975年他的一幅参展作品，被当时主管意识形态的中共天津市委书记相中，直接指示有关部门选派专业画家帮他进行修改后，参选全国美展；1977年他所创作的巨幅国画《竞赛红旗处处飘》，立意独特，构图新颖，设色大胆，将全国工农商学兵各条战线大干快上的形势巧妙汇集于一幅美术作品中，得到了专家的高度赞扬；稍后他代表宝坻县送市参展的一组农田基本建设速写，把广大社员战天斗地的场面和誓将山河重安排的豪情壮志表现得生动活泼，业内人士评价其达到了专业水平。然而，在接连两次考试中，辉宇均名落孙山。周围一些人开始怀疑他的能力。一位公社干部不无讥讽地说，艺术院校招收的是特长生，你还长得不够啊！

这一年的初夏，辉宇在县城南街见到县文化馆的王老师，这位天津美院的原教师、当代中国画工笔重彩的领军人物，一反平日支持辉宇学习美术的态度，劝告他立即转报普通院校。据王老师了解，现在还有许多美院教师的孩子及其三亲六故仍未被录取。这时美院尚未开办大批量招生的“中学师资班”，每年每个系只招收十来个学生。王老师说，如果你继续考美院，恐怕再过三五年也轮不到你的头上。辉宇明白，普通院校的考分标准严格划一，但是包括美院在内的艺术院校的考分，可全凭判卷老师的好恶和一句话呀！古来文无第二，武有第一。评价艺术，更是仁者见仁，智者见智。何况自己的特长，又能长出那些教师亲属的子女们多少呢？他所擅长的是反映火热生活的创作；画个坛子和石膏像的干巴巴应试，于他却是个短板。

辉宇最终决定忍痛割爱。他想，现在距考试还有整整六十天，改变方向报考什么？按说自己在高中时数理化学得比较扎实，可是四年不谋面，早已记不清那些基本公式的模样了；报考文科吧？他上学时几乎没有涉及历史、地理知识，政治课也不是如今考试的内容，而是《毛主席语录》和“两报一刊”社论。金玉了解到儿子的情况后，再次把他叫到身旁，说今年大运对你十分吉利。卦书云：

失神喜财官，官喜印平安；
比肩七煞至，羊刃促和安。

金玉告诉辉宇，你的四柱中本年度可见两个羊刃，预示着你双喜临门，诸事皆顺。如果错过如此机会，就得再等十二年，肯定失掉了你今生今世上大学的机遇。

人，不可有势不借啊！

十四

辉宇对于父亲算命占卦这套理论，此时正处在半信半疑状态。在金银窝政治夜校里，他曾利用较长时间辅导社员们学习“毛主席的五篇哲学著作”，唯物主义在他头脑中占据着相当的分量。他确信，物质是第一性的，精神是第二性的，物质决定精神。可是，父亲关于他命运的分析他又不可当作耳旁风。如果真如父亲讲的那样，1979年是他命中注定的大吉之年，再逢此运就得十二年之后，那么，错失此次机会，他这辈子注定与大学无缘了。母亲劝他说，你爸爸天南地北算命占卦，倘若没准能有那么多人信服他吗？你还是听你爸爸的，无论考什么都应去试一试，天底下从来没有不上考场的状元。

对！宁可信其有，不可信其无。

辉宇权衡利弊后，决定报考文科。语文有较扎实的功底不需再看；政治虽未系统学习，但毕竟长期耳濡目染；历史、地理要比数理化好记得多，完全可以打它个短、平、快。谁想第一科的语文考试，就发生了辉宇意想不到的情况。由于多年未亲临考场，他忽视了时间概念，每答一题就检查一遍，待到作文时，刚刚写个开头便打铃收卷了。写文章可是他的强项哟，原想凭此拿高分，眼下却泡了汤。辉宇悔得咽不下饭，真想就此打住，继续面朝黄土背朝天算了。金玉又一次强调了本年是他的良好机遇，直言道，人的命，天注定，只要你踏踏实实地把后几门功课考下去，保你能够金榜题名。

辉宇最终被天津市一所重点高校录取。如果不是县文化馆的王老师提醒，如果不是父亲再三鼓励，他很可能当一辈子农民画家。

金玉第三次为儿子算命，是在1983年春节。再过半年多，辉宇就要大学毕业参加工作了。金玉听说大学之上还有研究生、博士生可读，便劝说儿子继续深造，先别急于干工作挣钱。辉宇说，自己还是回宝坻工作为宜，您和母亲都已年迈，我在家门口好有个照应。金玉听后十分生气，批评他目光短浅，缺乏远大志向。前些年咱家那么艰难都闯过来了，现在国家政策越来越好，还愁我养不了你们娘俩？以后挣钱的日子长着呢，不急；倘若错过眼下深造的机会，你即使以后醒悟了，也必将悔之晚矣。

花了您半辈子钱了，怎么还能让您继续奔波劳累？

你爸的腿脚硬朗得很，再跑个十年八年的不成问题。我哪月的进项都抵得上一个普通工人两三个月的工资，家中还指望你挣的那点儿钱？

辉宇见说不服父亲，又把母亲请过来帮忙。敬芳对儿子没有金玉那么高的期望值，看到县城周围一些小两口成双成对地上班下班，她总是露出羡慕的眼神；闲来无事时，常提个小板凳坐在村东头，观看干部职工上下班的那道风景线。她多么盼望辉宇天天守在自己的身旁啊。但是，敬芳又深知花盆难养万年松，让孩子到外面去闯荡锻炼一番才有出息。丈夫的安排可能是对的。金玉再次搬出了他那套“天命论”，说咱们三人谁说了也不算，占一卦吧，看看天意对此事如何安排。金玉让敬芳拿来卦盒，他又将三枚古钱递给辉宇，让他连摇了六次，结果是父母爻持世、合世，原神官鬼交不受伤克；五爻旺财前来生扶。金玉对辉宇说，从卦象看，你此番考研不单金榜题名无疑，而且日后工作尚能顺风顺水，平步青云。辉宇最终遵从父意，考取了南开大学哲学系研究生。这时，金玉又想起1950年冬与补锅匠李师傅的对话，心里大声喊着，而且喊得底气十足：你们有眼人能办到的事，我们没眼人也能办得到，而且比你们办得还要好。

来福对金玉说，我算着辉宇的八字是入贵格的，这在金银窝村里没有，在宝坻县可能也不会太多。就盼着我这位兄弟给咱们争光啦！

金玉没有正面回答他，说，你年岁不小了，趁着年轻抓紧攒些钱找个媳妇吧。老天爷让人落生在世，不管健康与否、本领大小、命运如何，都得活下去，都应给世界留点痕迹呀！

十五

改革开放搞活的政策，使中国城乡经济日益繁荣，群众的钱包渐渐鼓了起来。算命盲人的生意也越来越火，而且时常撞到一些率先富裕的人家和出手阔绰的大款。这是以前他们未曾遇到过的事情。

1984年夏天，金玉来到兴隆县城东南处的一个村庄。竹板敲过，一位男子拎起了他的马竿，说先生随我来吧。听声音，金玉猜他身高体胖，性格豪爽，年龄在四十岁上下。进了他家宽大的院门，一只凶暴的烈犬瞧见陌生人汪汪叫了两声。男子朝它摆摆手，告诉它这是咱家客人，别叫，果然便没了声息。尚未进屋，一股炖肉煎鱼的香味已钻入金玉的鼻子，他想这非年非节的做如此好饭，看来此户非同一般。男人吩咐正在堂屋做饭的妻子给客人沏壶茶，便把金玉让进了东屋。二人刚刚在炕上坐下，墙上的吊钟当当地响了，金玉默默数了数，已是上午十一点钟了。金玉推测，他这男人应该是位个体户。这些人虽然文化不高，但胆识过人，改革开放后果断抓住机遇，抢先经商做买卖，迅速富了起来。

从您这八字看，是主富的命。金玉为这家男主人解析说，您这命造日元从弱，局中财官食伤同现，时干庚金更旺，但却被时支午火克制。庚金力减，命主在二作，无它，坐下戌土有力不受伤，时支午火帮扶日支戌土，成为增力，命主财运好。从整个命局分析，您可能没有正式工作，但是在财运上表现极佳，是一般人难以企及的。发大财的日子还在后头呢！

这位男子听后十分高兴，非得留金玉在他家吃饭。金玉觉得不合适，常言道，无功岂能受禄。平白无故在人家吃饭，还怎能再要卦礼钱？儿子虽然找媳妇不成问题，但是家里还住着穿鞋戴帽的西厢房，距离家称人值的标准还缺少一个硬件，他现在急需的是攒钱盖新房啊！金玉推托不饿。事实也是如此，这些年不吃午饭早已成为他的习惯。

已经到了吃晌午饭的时候，哪能让您空着肚子走呢？男主人说着，把金玉扶到了炕上的饭桌前。这时饭桌上面摆放的除了方才嗅到的炖肉、煎带鱼外，还有拌豆丝、炒鸡蛋、烩豆腐、煮花生米四样菜，男主人问，先生是否喝酒？金玉想既来之则安之吧，遂回答说，可以喝点儿。

宾主双方对面而坐，边喝边聊着天。金玉想这家果然是个富裕户，甚至比他想象的还要富足。在没有准备的情况下，就把饭菜准备得如此丰盛，寻常人家是办不到的。通过交谈，金玉得知面前的这位男子姓曹，是位建筑包工头，改革开放以来组织了一支建筑队，承包些拆房盖房的活计，几年下来手头攒了些钱。酒足饭饱之后，曹队长问金玉下午准备去哪里。金玉怕酒后算命口无遮栏误人误事，说哪也不去了，回县城的旅店里休息。

那我捎您一段路吧。曹队长态度依然非常诚恳，他说正好到城内去办事。金玉以为曹队长骑自行车，原来骑的是大摩托。这是他有生以来首次乘此种交通工具，坐上后耳边生风，又快又爽，炎炎夏日顿时化清凉的秋天,感觉好极了。临别时,曹队长告诉金玉,兜里给您放了十元钱。金玉说,这样多不合适。要知道,这可顶得上他算五六卦的钱。曹队长笑呵呵地说,您没眼人挣点钱不容易,我们不算啥。

一天晚上,曹队长又来到店中找金玉,说他们给人家拆房时常出事,昨天又有一位工人从房上掉下来摔坏了腿,问金先生有什么破解方法吗?金玉讲,卦书认为,动土起基建宅拆屋均属百姓居家过日子的大事,所以十分讲究择选吉日。就扒拆旧房而言,每两个月只有五天为宜,有诗云:

壬午天上癸未来,庚子辛丑玉皇折;
戊子己丑归天界,拆旧修新永无灾。

诵罢,金玉对此又作了详细解释,曹队长非常满意,都一一记在了笔记本上。金玉还建议他,必须照料好以前受伤的工友。金玉引用《易经》的话说,我们每个人都有两类积蓄,一类为财富的积蓄,一类为才能与道德的积蓄。与积德相比,积财只能算是小的积蓄。拿出一部分钱财,精心照顾好工友们的生活,让他们与你一同过上富裕日子,这种积德行善之事,对你的事业发展和子孙前途必将大有益处。曹队长让金玉放心,自幼他就知道善有善报,不会让弟兄们吃亏的。尽管金玉再三声明为朋友帮忙不要钱,临走时曹队长还是拿出八十块钱硬塞进了金玉的衣兜。金玉急忙推辞说,这钱我不能收,即便给也用不了这么多。曹队长说,图的就是个"发"。

金玉觉得又回到了"文革"前生意兴隆的那几年,甚至比那个时期还要好,人们花些钱看看命运、解解疑惑不再心疼。这两个多月下来,他已净赚四百六十块钱。现在钱好赚,可是各种东西的价格也在噌噌地往上蹿,盖三间瓦房已远远不是前些年三五百元就能办到的。他计算过,此次所挣连同家中的积蓄,足够盖一所瓦房的挑费了。金玉准备明天就回家,年前他家申报的房基地已经审批下来,得抓紧购置砖瓦木料,趁着秋季雨水少把房子盖起来。做啥事都得争分夺秒,这是他的一贯风格。

当金玉心情愉快地跨进家门时,立即觉察到了一种不同寻常的压抑感。以往听到他的声音,敬芳立即会迎出来接过他的行李,同院居住的嫂子和孙男娣女们也会高兴地围着他嘘寒问暖。就连后院大槐树上的鸟儿,都会啾啾地唱上一阵儿欢迎他。今天这是怎么了?就在金玉十分惊诧之时,辉华、辉宇从屋内跑了出来,抱着他哭了:我妈妈病了。柯英随后告诉他,敬芳这回病得不轻啊!

得了病就赶快去医院治疗呗，哭有啥用？

辉华哭得更厉害了，说母亲得的是咱村贺二婶、银大婶子那种病。这可咋办啊？

十六

在金银窝，金玉的辈分不算高。和贺金的媳妇贺二妈银君的妻子银大婶比敬芳虽说相差着辈份，可实际年龄也大不了多少。如果健在的话，她们也刚刚六十岁出头。三四年前，贺二婶和银大婶子相继得了一种称为瘤子的病症。县医院大夫告诉家属此病治不了，在全世界都是个大难题。让病人回家养着去，想吃什么喝什么抓紧给买些。结果二位病人到家待了不足半年，就相继辞世了。

敬芳的病发展得比较缓慢，今年春季自己就觉得肠胃有些不适，她没对人讲，家里人也没在意。入夏后，敬芳感觉腹部时常疼痛，身体日渐消瘦，就到乡卫生院看了看，大夫说是营养不良。敬芳不信，从前食不果腹那么苦都没事，如今丰衣足食的，怎么反倒缺少营养了？在亲戚的帮助下，她又到娘家附近找了位老中医诊治，连吃了几服中草药后食欲顿长，腹部疼痛明显减轻，人也精神了许多。可是，回家不到一个星期，所有症状又回复到医治前的状况。此时的敬芳面色焦黄，眼窝深陷，整个人瘦了一大圈。辉宇暑假回家，立即带母亲到县医院进行了全面检查。由于病症明显，当天就确了诊。村里有在医院上班的大夫，消息不胫而走，只是人们都瞒着她。

见到整天以泪洗面的儿女，敬芳十分坦然，劝他们别这般伤心，妈心里没病死不了。

这种病怎么会如此厉害？辉宇淌着泪说，瘤子如果是恶性的，便称为癌症。直到此时人们才明白，怪不得县医院治不了银大婶、贺二妈的病呢。广播里常常报道，一些中央领导都是得了这种病医治无效去世的。

村里许多人对敬芳患病十分惋惜：儿子刚刚考上研究生，丈夫又可以外出挣大钱了，独门独院的新房眼看着就要盖起来。按照老百姓的话讲，一切都遂心了。去年夏天，金银窝曾来过一位南方的相面师。当时敬芳与柯英、贺二婶等中老年妇女，正巧在村中大槐树底下歇晌聊天。平日敬芳总有忙不完的活计，很少在这种场合见到她。相面师的买卖并不红火，他经过大槐树底下见到敬芳时，立即驻足不前了。相面师十分礼貌地对敬芳说,您老的面相是这些人中最和善最有福的,我给您相相吧。敬芳不想让他相。相面师说,对与不对都不需给钱,他是出于对敬芳的尊敬才这么做的。相面师讲得很详细。他认真分析了敬芳的性格、经历和子女情况,核心内容有两条:一是心地善良,上半辈子净干些帮人助人的事了;二是福寿绵长,下半辈子将有享不尽的荣华富贵,而这两者之间又是前因后果、紧密相连的。大伙儿听后一致称奇,没人介绍、没人示意、没人吱声,这位相面师怎么会知道敬芳的命运呢?难道敬芳的善良和福气真的写在脸上吗?金玉春节回家听到此事,不禁想到当年雷震为蓟县老太太相面的那件事,只是淡淡一笑。但愿这位南方相面师有别于北方的雷震。如今面对越来越近、触手可及的福气,敬芳却患了不治之症,怎么能不令所有善良的人们悲痛啊!银大婶、贺二妈也是子女们刚刚成家立业,苦日子就要熬出头的时候走的。如此忠厚善良的人怎么都这般没福呢?看来这人不能和命执拗啊!

听到敬芳身患癌症的消息,银德、银生头却一脸幸灾乐祸。他俩这时都已七十岁出头了,前者谢顶驼了背,细长的眼睛被肥大的眼袋挤压成了一条线,嗓子眼儿的鸡毛堵得更加严实了;后者倒挂着的驴脸越发黑瘦了,上面刻满了横七竖八的沟沟儿,走路也由蹬着头的老母鸡变成了哈巴腿的病鸭子,只有那对耗子眼还泛着狡诈的光点。银德说,这回金玉又没有算对他家的事儿,大伙儿就等着吃敬芳出殡的干饭吧。银生头附和道,金玉家有钱,这席面肯定次不了,这回咱们可要解大馋啦。辉华骂他们是没好心的东西!金玉的侄女骂过他们后说,吃五谷杂粮谁不得病,我看不一定先吃谁的干饭呢!出乎人们预料,银德、银生头听到咒骂并没气恼,再次露出了幸灾乐祸的笑容,说敬芳得了这种病就等于向阎王殿迈进去了一只脚。国家领导人都没办法医治的绝症,他金玉就是再能掐会算、再会施法驱妖也没招可施了,哪里会先吃我们的干饭哟?

金玉的侄女说,那可不一定,弄不好你俩明天就得暴病一命呜呼呢!后来的结局果然被她言中,银德、银生头都先于敬芳被小鬼捉去见阎王了。

十七

这一辈子,金玉欠敬芳的太多了。他强忍悲痛,让柯英陪着敬芳说说话;吩咐辉宇找来侄子辉国、女婿栗剑,一同到哥嫂居住的正房商量对策。众人一致同意辉宇的提议,抓紧住院治疗,能手术尽量手术,现在争时抢速最重要。然后，在金玉张罗下，他再次破了规矩，自己和辉华各为敬芳占了一卦。屋内静得出奇，除了摇卦者晃动和抛撒古铜钱的哗哗声，别无它音。六摇完毕，人们屏住呼吸，焦急地等待着金玉的阐释。金玉仔细排算了一遍，脸上露出了一丝欣慰的笑容。按卦理所述，同辈给同辈占卦最怕奇才变官鬼；小辈给长辈占卦最担心的是父母变官鬼。结果两卦均未出现金玉所担忧的卦象，而且在辉华占的卦中，母亲的命仍然很旺。金玉对儿女们说，你们尽管放心吧，你妈的病能治好。眼睛哭得红肿的辉华又流出了高兴的泪水。他搂着辉宇说，这下好了，这下可好了，咱妈有救了。

作为哲学研究生，辉宇深谙并坚信辩证唯物主义和历史唯物主义，对于父亲的这套理论他以前半信半疑，现在仍旧没有研究过。是卦象真的吉祥，还是父亲在稳定人心呢？他不得而知。摆在他面前的任务，就是运用现代医疗技术，竭力救治母亲的病。癌症虽然被列为不治之症，但是，任何事物都有它的特殊性。癌症的发生、发展和治疗过程，同样有它的具体特点，同样会因人而异。他决不会放过任何一个能使母亲成为“特例”的机会。在这一点上，金玉居然与儿子的意见十分一致。

敬芳过去曾患过病，为此在家中专门供奉着一尊南海大士。她每日早晚给这位菩萨上两炷香，逢初一、十五再上供跪拜，心情十分虔诚。一年四季，人们走进金家堂屋都能闻到清新温润的香烛味道，甚至可以感受到那神秘庄严的氛围，仿佛南无阿弥陀佛的梵音正在耳边响起。谁想竟让如此的重症找到了她？金玉气得把神龛踩碎，扔进灶膛一把火给烧掉了，怒道，啥事也不管，供你又有何用？

辉宇向学校请了一个半月事假，把全部心思都用在了母亲的治疗上。宝坻县医院的腹部手术比较过硬，在外科大夫的精心操作下，敬芳的手术十分成功。术后，辉宇又拿着肿物切片请市内大的医疗机构进行了病理检验，全家人多么希望敬芳的肿瘤是良性啊！然而，结果依然令人痛心。辉宇与姐姐、姐夫轮流守护着母亲。这期间，金玉又让侄女和栗剑各为敬芳占了一卦，卦象所示仍然是平安无碍。消息传出，亲戚朋友无不欢欣鼓舞。敬芳每日所见到听到的，则都是笑脸和宽慰。

敬芳病情好转的速度大大出人意料。术后一个月出院，又一个月下床活动，再一个月她自己就能洗衣做饭料理家务了。亲戚朋友们纷纷夸金玉占卦准，村里人则猜测他肯定驱灾有术。为别人算命占卦可以马虎，替自己的亲人施法岂敢潦草？辉宇陪同母亲到医院复查时，大夫告诉他现在患者恢复得很好。不过，此病的最大特点是易于复发，而且病人手术时病情到了中晚期，肿瘤与周边肌肉已经发生粘连，癌细胞少则半年、多则一年可能就会卷土重来。辉宇听后悄悄地哭了几场。回到学校后，他一方面扎进图书馆查阅治疗癌症的资料，一方面求助有经验的专家寻找良方，让母亲中西医药结合使用，最大限度地延缓病情的复发。唯物辩证法认为，个别不能全部进入一般。任何一般只是大致地包括一切个别事物，任何个别都不能完全地包括在一般之中。金玉讲得更加直白，凡事都有万一。辉宇对于让母亲成为癌症患者的“特例”，是充满信心的。他决意为此不懈努力，坚持到底。

这天上午，金玉家中来了三位令他全家人意想不到的探望者，而且每人手里或拎着一兜水果，或抱着两听罐头。这三位来客是村支部书记银岛夫妇和村民委员会主任银冰。在此之前，金玉曾在路上遇到过几回银岛和银冰，每次都是他们二人主动与金玉打招呼，并且越来越热情。金玉清楚，银岛虽然没有明说，但是已对他从前压制金玉父子的行为表示悔意。历史的人办历史的事，金玉对此是理解的。但是，对于银岛、银冰带着礼品主动来家中探望敬芳，还是让金玉始料不及且十分感激的。

金玉忙着张罗辉华为客人们让座、敬烟、沏茶。此时银冰的相貌仍旧没啥大的变化，银岛却明显见老了，紫红的脸膛褪变成了黑黄色，略显宽大的中山装也将扣子系得整整齐齐，再也寻不到一丝肖长春、高大泉的踪迹。三位客人详细询问了敬芳的病情和治疗过程，满脸诚挚地表示了对敬芳的慰问和祝福之意。之后，才将话题转到了另一件事上。原来，银岛也患了敬芳这样的病，只是那个讨厌的肿块没有长在肠子上而是生在了肺部，想烦请金玉为他算算卦、驱驱邪。金玉强调，算命先生自古只管测命不管治病，劝银岛赶紧住院治疗，宝坻医院治不了就去天津北京，现在时间比什么都重要。银岛、银冰听后连连点头称是。他俩从来不怎么信算命占卦这一套，此番来求金玉，只是报着宁可信其有的态度，碰碰万一罢了；银岛的媳妇却不认可，她以为敬芳的病能好得这么快，肯定是金玉帮她施了法。为了提振银岛抗病的精气神，消除他媳妇的心病，金玉认真地为银岛算了一卦，又让他媳妇占了六爻，最终让三位客人满意而回。尤其是银岛媳妇的信心，已赛过气鼓蛤蟆了。只是后来银岛的病没能如敬芳那样成为此类病中的“个案”，他于三个月后，便在十分疼痛、十分不甘中去世了。

敬芳身体状况约定后，金玉开始操持盖房。村中负责此事的把头阻拦说，家中发生这么大的祸事，属于出师不利，这房还是不盖的好。

金玉说，无妨。

如果因为盖房发生更大的不测呢?

金玉口气坚定地对他讲,不怕,事在人为,邪不压正。

村中一些人听了把头的话,觉得并非没有道理,纷纷劝告金玉小心为宜。金玉明白他们是为自己好,即平和说道,你们怎么忘记我是干什么的了?言外之意,我一个算命占卦看风水的都不在乎,你们有什么可担忧的?关键时刻,金玉表现出的竟是唯物主义者的姿态。

辉宇清楚,父亲是想让母亲在有生之年住上亮堂堂的新房啊!

十八

国庆节的前一天晚上,正是华北地区秋色浓郁,瓜果飘香的好时候,人们深吸一口气,就会体验到空气中的甘甜和清爽。来福家的屋里屋外装饰一新,这位落生即不知红色为何物的盲人,此时却被大红的喜字、大红的对联、大红的窗花、大红的灯笼,尤其是那大红的氛围严严实实地包裹起来。明天就是他的结婚之日,来福父母决定亲戚朋友都给信,好好地庆祝一番儿子这份迟来的爱。从小失明的瞎儿子,能够有今天,这可是他俩从前做梦也不敢想的事啊!

酒席上,最显眼的是来福的这帮师兄弟。金玉、古寅、薛巳、陈淼、黄润、云海、马腾、石汉、江波……凡是接到请柬或听到信的算命先生,无论路途远近都赶了过来,不仅怀揣着礼金,许多人还背着大鼓和三弦。他们要痛痛快快地给这位同行“响响堂”,祝愿新婚夫妻事事和顺,早生贵子,白头偕老。酒宴开始不一会儿,来福的父母来到盲人这桌席上,向大伙敬酒道谢。之后,马安又亲自给金玉斟满一盅酒递到他手里,两眼涌着泪花说,你侄子能有今天全凭你啊!金玉真诚地说,来福有今天,我们在座的算命先生有今天,全凭党和国家的政策好。如果放在“文革”那会儿,命不让算,书不许说,没眼人连混吃喝都困难,哪个女人肯上门给咱当媳妇?大伙儿说,是这么个理儿,所以咱们得好好乐乐,感谢党和政府,感谢邓小平他老人家!

金玉对来福的恩情,何止是传授算命占卦的手艺?就是来福的这件终身大事,也有他的一臂之力。来福的媳妇姓云名花,是五天前从北部山区领来的。今年夏天,来福到那里盘生意时,遇到了前年丧夫的云花。通过算命,来福得知了这位女人的生辰八字和家庭状况,也从时间不长的问答中了解了她的性格。来福寻找已久的机会终于降临了,他立即发挥自身能言善辩的优势,向云花发起了猛烈而又相当隐蔽的进攻。来福认真调整着自己的姿态和表情,竭力把他往和蔼可亲、彬彬有礼、聪慧机灵上打扮。在详批四柱八字过程中,来福说她今生命中注定要结两次婚,第一次婚姻由于男女双方命相不合,很难混到头;第二次婚姻应找一个属猪的,即使男方身体不健全,但由于二人命相合美互济,也能安享富贵,白头到老。云花霎时羞红了脸,轻声说自己还没有想过再嫁的事情。来福说,这是命里该着的事,由不得个人。之后,来福又主动为云花免费占了一卦。六摇之后,他振振有词道,你这第二位男人最好往正南方的平原地区找,那里地域开阔,阳光充足,既能够彻底驱掉第一位男人附在你身上的晦气,又可防止他的阴魂继续纠缠你。

云花这时脸上的红霞已经褪尽,来福的话如同耳边风那样消失了。面对沉默不语的云花,来福急得口干舌燥,不停地举手梳拢他那油光锃亮的分头,就差直接点明你嫁给我最合适了。

来福在酝酿着新的攻势,只是他把冲锋的任务交给了好友黄润,讲好事情成功后,给他买两瓶杜康酒,一条石林牌香烟。这天,黄润专程来到此村,敲了半天竹板仍不见有人搭讪,情急之下雇了一位小朋友把他领到云花家的院门口。云花见有先生来,忙着走出屋子,询问黄润找谁,是不是走差了门?黄润回答,没差,出来半晌了,口渴得很,想求大嫂给碗水喝。云花把黄润领进屋,让座、沏茶。屋内凉爽干净,空气中飘着一股淡淡的香味。黄润一边喝茶,一边与云花闲谈,说他虽然眼睛啥也看不见,但是也能体会到大嫂心地善良,持家有方。如果大嫂不介意,我还可以给您算算命,给不给钱都没啥,谁让我正巧到您家来了呢。黄润为云花所解命运与来福如出一辙。前两天的耳旁风再次刮起,而且顺着她的耳朵眼儿进入脑子,在里面嗖嗖地打着漩。云花不禁想,莫不是自己天生就是这个命?于是,她又主动请求黄润给自己占了一卦,黄润所析卦象与来福所说依旧丝毫不差。

敢问大嫂以前算过命占过卦吗?黄润一本正经地问。

就在前些日子算过一次,那位先生和您说法一样。

他姓啥?长得什么模样?

那位先生看样子不到四十岁,长方脸,白面皮,中等偏上个头,穿着一身深灰色制服。当时他告诉我姓啥了,只是叫我给忘掉了。

哦,听您介绍,这位先生肯定是来福。甭看别处,您就看他那张脸,那才叫真正的天庭饱满,地阁方圆呢。正如他的名字那样,来先生可是有大福之人啊!如果他眼不坏,恐怕给个县长的位子都不一定坐呢。云花说,那位先生好像是姓来。黄润继续介绍着,这位来先生的家就在此地正南方的大平原上,那里遍地是工厂,到处长着小麦和大米,河塘沟渠里除了鱼就是蟹,富裕得很。他家住宝坻县城附近,新盖的四破五大瓦房,父母亲干农活都是好手,在村里阔得流油哇!黄润再次扳着手指算了算,略显拘束地对云花说,我讲一句冒昧的话,大嫂您千万别在意,你们二人的八字正好是天造一对,地配一双,如果能走到一起那可是您的造化呀!云花连忙用双手捂住了自己那张红过关公的脸。

黄润此行立马见了成效,云花由当初的没在意变得半信半疑了。她准备再找一位先生算算,如果命该如此她就认了。自己年岁已然不小,长得也非她名字那般如花似玉,前茬男人和自己还有了孩子。太好的人家谁要咱呀?来福不就是眼睛瞧不见东西吗?只要心眼好,家庭富裕,与自己恩恩爱爱,不再犯相,比啥都强。

一连几天没见算命先生进村,云花就借口赶集到镇上去寻,正好遇到几个小伙子在大树底下围着来福抽帖。她站在一旁观察倾听了一阵,觉得这位来先生果然头脑灵活,能说会道,手艺不凡,说得小伙子们个个心里乐滋滋的,不停地往来福手里递票子。他兜口中鼓鼓囊囊的都是钱。云花读过几年书,听说过日进斗金这个词。此前她一直以为那是孔老二瞎编的,眼前的情景颠覆了她过去的观念。红霞又一次抹在了云花的脸上。她美滋滋地想,找这样的爷们儿,别的不讲,肯定一辈子没穷可受。

就在云花几乎踏下心来要嫁给来福时,一件由来福同行引发的意外,把她的心思搅得如春天的柳絮,开初飘忽不定,最终化为尘埃,彻底见不到踪迹;也正是由于这件意外,来福又欠了金玉一份恩情。

十九

这日下午,江波嗒嗒地摸进了云花住的这个村子。许多事情都是这样,你需要时他不见,你不需要时他反倒自己找上门来。阴差阳错,常常就与这个需不需要密切相关。犹豫再三,云花还是把江波请进了屋子。毕竟涉及自己的婚姻大事,还是多些论证为好。在黄润为她算命时,云花已经记下了来福的生辰。于是,她便单刀直入,让江波给她合合婚,只是没有挑明男方姓甚名谁家住何方。江波怀抱着马竿,右手指扳着左手指,依照马腾所教的那套命理，原原本本地分析了男女双方的命相及婚姻情况，结果与来福、黄润所讲大相径庭。在云花的张罗下，江波又给她占了一卦，卦象所示仍然没有来福、黄润吹得那般好。云花嫁给来福的心思，如同墙上的芦苇遇到了乍起的秋风，刹那间摇摇晃晃没了定性。待江波离开后，她越琢磨越觉得不对劲儿，为什么这三位先生所讲的差距这么大？同样的生辰八字怎么结局会截然不同？我到底应该相信谁？再往深处想，她不禁惊出一身冷汗：莫非来福和姓黄的在结伙哄骗我？云花最终定下心来，不管三位先生哪个算得对，也不管这里面有多少个为什么，反正我不嫁他姓来的了。天底下健全的男人多的是，何必找个瞎眼的呢？他来福就是个印钞机，心眼子不正，我也不跟他！

金玉这一时期正在此地区活动。

每天支棱着耳朵打探云花动向的来福，听到江波到她家算命占卦的消息，仿佛被人打了一闷棍。他连忙找到黄润。两人商量来商量去，认定只有请金玉出面才有望转危为安。金玉听了事情的始末，立即找到马腾和江波，严肃批评了他们师徒一顿。不仅仅因为来福是他的同乡，也不仅仅因为江波不了解男方当事人是他的同行，而是由于此事违背了他一贯倡导的“成婚不破婚”原则。在盲人大会上，在各种交往场合，金玉都不止一次强调，只要男女双方有感情基础，就应往好的方向说，即使命相不合也万万不可点破，给人家添堵。大千世界丰富多彩，芸芸众生性情各异，怎么能凭靠一条命理知识，就决定人的终身大事呢？如果江波不懂尚有情可原，你马腾在道上混了这么多年，怎么不明白如此道理呢？既然明白为何不提早告诉徒弟呢？马腾自知理亏，只注重了智而忽视了德，忙不迭地向金玉检讨道歉。江波将头埋进怀里，愧疚得一声不吭。金玉说，我不要态度，只要你们的行动；不看过程，只看最终的结果。他吩咐马腾带着江波立即去云花家，纠正以前错误，重新为她算上一卦，而且还得让这位女人感到，是咱们算命先生对客户负责，不得露出半点破绽。

在金玉的精心策划和马、江师徒不厌其烦的巧妙解说下，来福与云花的好事终于尘埃落定。

马安单独敬过金玉喜酒之后，来福的舅舅、弟弟、妹妹又分别来到金玉跟前敬酒答谢。最后一位单独向金玉敬酒的是金哲，他与来福家斜对门，今晚也抱着两岁大的儿子前来参加来福的婚宴。此时他身着一身崭新的蓝色毛料制服，脚蹬黑色牛皮鞋，手腕处还戴着一块海鸥牌手表，出来进去扬眉吐气的，彻底寻不到了改革开放前的穷酸相。金哲小时候曾给生产队养过羊,长大后又无一样农活不精。实行家庭联产承包责任制后,他便把自己的特长发挥到了极致,在细心耕种自己那块责任田的同时,又养了三十多只绵羊,很快成了周边十里八村闻名遐迩的万元户。三年前,他娶了邻村一位带个女孩儿的年轻寡妇;一年后,两人又生了个大胖小子。金哲高兴得逢人就夸金玉算命占卦准。在"文革"初起那场腥风血雨中,除了他金玉哥,谁能料到好日子来得这么快。金哲让金玉摸了摸自己的儿子,呜咽着说,如果没有二哥,您这侄小子不知托生个啥呢。

越喝越亢奋的算命先生们,天南地北、海阔天空地聊起来没完。薛巳对陈森说,你瞧瞧人家来福这本事,下步就看你的了。陈森青春时期正赶上十年"文革",手头没钱不说,还被当作牛鬼蛇神遭受批判,因而错过了谈婚论嫁的大好时光。如今已是过四十进五十的人了,早就没了成家的打算。如果别人同他谈这个话题,陈森只会一笑了之,但是薛巳与他矛盾甚深。那是在1958年,薛巳顺应国家移风易俗、破除迷信的形势,想靠组织盲人宣传队赚钱养家,便装扮成一副坚决响应政府号召的样子,到处宣传算命占卦没准,是蒙人诈财的勾当,结果引起了众多盲人的愤慨。他在兴隆县客店与鲁乾、陈森、管亥、海龙、郑卯相遇时,被众人打得鼻青脸肿,后经公安部门调停才平息此事。结果打人者不仅受到了批评,还被公安部门没收了算命占卦的那套家什。转年秋天,薛巳在宝坻县九王庄的路上与陈森相遇,两人说了不过三句话,又动起手来。此次不同于上次,双方一对一,生得五大三粗又抢先下手的薛巳当即占了上风。陈森不单皮肉受了苦,马竿还被薛巳踹折了,弄得他一时走不了路。好不容易盼来一位蓟县老乡,让他拽着驴尾巴回了家。陈森认为,薛巳现在谈论他的婚事,分明是在嘲笑自己无能,便骂骂咧咧地与他吵了起来。

黄润、杨青劝说无效。

金玉用手指轻轻弹了几下桌子,说,你们都少说两句,知道今天是啥日子?知道咱们干啥来了吗?在如此喜庆之时,你们吵架,岂不是给来福添堵,让乡亲们笑话?!

大多数盲人都能识大体,顾大局。这种时候哪能吵架呢?听到金玉这番话,大伙儿立即停止了争吵。包括黄润、杨青等劝说者,也咕噜一声把跳到嘴边的话又咽进了肚子。薛巳、陈森甚至露出了愧色。金玉顺带叮嘱大家,一会儿我们在为来福"响堂"时,都得围绕一个喜字选唱节目,谁也不许唱那种悲的惨的不喜庆的段子。要让来福的亲朋好友、众位乡亲们笑的声音越大越好,笑的时间越长越好,笑得越开心越好。

这场“笑”从晚上八点半一直持续到夜间十二点，露润万物，天气渐凉。仍处于亢奋之中的众盲人又从大街上挪进来福家的院子，继续地北天南、天空海阔地聊了起来。金玉见时间不早了，劝说来福不要再陪同大家，明天你仍是主角，凌晨五点就要带迎亲队伍去宝坻宾馆接云花，之后还要拜堂、陪伴新亲和各位客人，别到时身体顶不住。古寅开玩笑说，人逢喜事精神爽，咱们在座的谁顶不住，来福也没问题。杨青问古寅娶媳妇时熬了几夜，古寅啊、啊地成了哑巴。众人哈哈嘻嘻地笑了，笑得前仰后合。云海起身拍着来福的肩膀说，听你金叔的，快休息去吧。来福进屋后，盲人们怕影响其他人休息，自觉把聊天的声音降低了许多。这时，大伙儿才听到躲在墙角处的蟋蟀自娱自乐声。

马腾知道新郎新娘的生辰八字，就提议大伙儿给他俩算上一卦，测测他们如此命相、如此年龄、如此时间结婚，是否还能生育？倘若能生是男是女？古寅、黄润、江波立即响应，依据自己所掌握的卦理知识各谈其是。大伙说，这件事儿暂不告诉来福，得日后有了结果再验证谁是谁非。陈淼说，如果他俩能有孩子，得让他们到天津的凯悦饭店请咱们一顿。古寅讲，那可便宜了他俩，依我看得让他们给咱们买飞机票，去苏杭二州逛一圈，听听阳澄湖的涛声，尝尝那块儿的地道苏菜。云海轻轻地哼唱起了现代京剧《沙家浜》选段《朝霞映在阳澄湖上》，手舞足蹈地像个孩子。

金玉开心地笑了。他说，不论来福和云花婚后能否再生，他们都已经有了亲生儿子。云花与她前夫所育，来福就应当视为己出哇！

方才薛巳与陈淼的争吵，像这秋夜中划过天际的一颗普普通通的流星，在众盲人心中没留啥印迹。然而，金玉却将此深深地刻在了脑子里。陈淼这位弟弟年龄已不饶人，必须尽快帮他寻到那个“另一半”，这是他为兄的义务，也是盲人协会领导的责任。“英雄”怎能无妻无后啊！而且此时金玉也想到了一位当作陈淼"另一半"的理想人物。来福结婚典礼后的第三天，在征得陈淼意见后，金玉即奔了平谷县兰云家。此时的兰云已经从“文革”的阴影中走了出来，甚至有了离家之意。父母早已不在，嫂子又于前年因病去世，眼下整日靠侄男侄女们伺候，她心有不忍；将来靠他们养老送终，毕竟是没有办法之办法。孤单悲凉的情绪似满天阴霾，让兰云见不到蓝天。挟着飒飒秋风而至的金玉，瞬间驱散了她头上的重度雾霾。兰云与陈淼此前曾谋面两次，她对他没啥深印象，也没啥反感，故而比较痛快地同意了金玉的提议。薛巳同陈淼在来福婚宴上吵嘴的坏事，竟引来了如此大好事，同样令众盲人始料不及，又高兴非常。在随后陈淼与兰云的大喜之日，盲人们比今天乐得还欢、乐得时间还长。

二十

1985年的深秋，冀东盲人协会全体会议在遵化县郝西家中悄悄举行。这次全会是经金玉提出、会长会议决定召开的，动因仅缘于一件不起眼的个案，却经过了较长时间的酝酿。

这年夏天，郝西向金玉反映，贾名在算命时因与客户发生口角挨了打，至今腮帮子还肿得像个发面馒头。金玉拍案而起，说这事得管，不然大家入会干啥？转天郝西带着金玉探望了贾名，经询问，情况与郝西所述一致。金玉立即安排通知等事宜，迅速召集在周边活动的三十余位算命先生，在贾名的引领下，到打人的那家去兴师问罪。贾名今年三十有四，尚未娶妻。椭圆脸，红鼻尖，留着一边倒的分头。这天他戴着一副宽边墨镜，发面馒头般的腮帮子仍旧泛着紫光。众盲人一路顺畅，后面还跟了一帮瞧热闹的男女老少。平日里三三两两的盲人聚在一块就分外显眼，现在如此多的算命先生成群结队，简直是一道奇特的风景线。发生了什么重大事情，引得他们这样兴师动众？他们这帮盲人要到哪里去？到了那里将会发生怎样的情况？甚至有的人还在想象着盲人们打架会是个什么样儿。好奇心使得后面看热闹的人一会儿增加两三个，再一会儿又增加三五个，不停地发展壮大着。自古以来，光脚的不怕穿鞋的。甭说这么多的盲人如此同心协力，就是单个残疾人犯起犟劲来也够你受的。

有一年，吴未在这一地区盘买卖，因为一件鸡毛蒜皮的小事被客户扇了几个嘴巴。他一没向协会报告，二没找村干部评理，只是如水蛭那样叮上这户人家不走了。开初这家人并没把他当回事，你不走，把你轰出去就是了。可是轰一次吴未回来一次，轰两次吴未返回两趟，夜里也赖在他家院子内不动弹。直搅得这户人六神无主、寝食不安，说尽了拜年的话也无济于事。最终，打人者只好求助于村干部出面讲和，当着众人的面规规矩矩地向吴未赔礼道歉，摆酒压惊。这件事，许多中老人时至今日仍记忆犹新。

正值中伏，天气闷热。不到上午十点，太阳就从清晨的温柔少女蜕变为了撒泼的悍妇。由于道路坑洼不平，再加之走得过急，众盲人的衬衣后背处大多被汗水洇透，一些人时不时地腾出手来拉扯一下。但是，跟随盲人们瞧热闹的人仍然有增无减。他们一致推测，今天可有大热闹看了。你就是再富裕再霸道再有势力的人家，面对如此众多如此激愤的盲人也得老老实实地认错服输。当初一位吴先生就闹出那么大动静，如今这个阵势，对方能怎么应对呀？到了打骂贾名这户人家的门口，刚刚得到信的这家男人已走出院子迎上前来。小伙子个头不高，面目清秀，衣着整洁，两只手激动得发抖，一双凤眼射出愤怒的光。未等金玉等质问，他就气冲冲地开了口：你们来得正好，早就听说你们没眼人是有组织的，只是不知到哪里去找你们的头头。今天既然你们主动找上门来，咱们就当着大伙儿的面把事情说清楚。

这家媳妇生得小巧玲珑，面对如此众多的盲人和看客，脸臊得色如红枣，双眼噙着亮晶晶的泪花。在丈夫的一再催促下，她哭诉了事情的原委。他们夫妻俩已结婚五年多了，一直没能生育，跑了多家诊所仍未见效。那天贾名来这村盘买卖，她就把贾名领进屋，问问他们两口子这辈子能否抱上孩子，有没有破解不孕的良方？贾名仔细掐算解释了一遍她的八字，突然问道，你家男人在吗？这家媳妇回答，他去城里卖水果了。于是，贾名又主动给她摸了摸手相，这时女人已觉得贾名不安分起来，攥着她的两手反复摩挲不算，还故意碰撞她的胸部。贾名说，她身体啥毛病都没有，只是与丈夫命相不合，迟迟受不了孕。讲到此处，这家媳妇哭得更加厉害，她说这个贾先生讲我俩的命十分适合做夫妻，如果与他睡上一次，保证生个大胖小子。你们说，遇到这种臭流氓，我能不喊人揍他吗？

金玉越听心里越窝火；瞧热闹的人们乱糟糟地哄嚷着；盲人们有的怒容满面，有的羞愧得低下了头，好像自己办错了事。

金玉把贾名叫过来质问，这位大嫂说的是否属实？

贾名啊、啊了几声答不上来。

金玉料定不会有误，平白无故哪有端着屎盆往自己头上扣的女人呀？他伸出左手拽住贾名的衣领，抡起右臂啪啪地扇了他几记耳光。你这头牲口，算命先生的脸全让你给丢尽了！贾名痛得龇牙咧嘴却不敢吱声。

金玉与郝西、马腾三人轻声嘀咕了几句，之后他代表冀东盲人协会向这户老乡诚挚道歉；同时决定将贾名清除出协会，永远不允他加入盲人的各类组织。金玉面向瞧热闹的群众说，各位父老乡亲们，让大伙儿见笑了。请相信我们一定能以此为戒，严厉查处这种事件，拜托各位给予我们实实在在的监督。

贾名这件事对金玉和盲人协会领导们触动很大。个别盲人坑蒙拐骗的情形又如幻灯片那样，在金玉的脑中唰唰地放映着。他与各位副会长商量要召开一次全会，讲规矩，强素质，树正气，挽回贾名这些败类给大家造成的不良影响。不然，长此下去肯定要把算命占卦这条道堵死，甚至殃及下一代。到那时，谁也担不起这份责任。

二十一

这次冀东盲人协会全体会议应该怎么开？会议的主题和任务是什么？如何保证在有限的时间内解决一些实际问题而不走过场？金玉为此苦苦思索。盲人不同于有眼人：一是看不了文件，二是无法记录。要想在广大盲人头脑中留下刀割石刻般的印记，必须在针对性和形象化上下功夫。于是，金玉提议协会班子全体成员立即深入盲人和群众中开展调查研究，全面而不片面、具体而不一般地掌握会员们的情况，为统一会员思想，制订具体措施、增强会议实效性打好基础。

冀东盲人全会由此进入了秘密而紧张有序的筹备阶段。

经过两个月的调研，大家感到，像贾名这种害群之马只是极少数，绝大多数会员爱国爱家，遵纪守法，踏踏实实做生意，不枉取群众一分钱，而且还涌现出了许多助人为乐、舍利取义的先进事迹。金玉听了大伙儿的汇报后，思路更加清晰。他决定此次全会改变以往只是讨论通过决议章程的方式，改为公开选树正反两方面典型，交由大家讨论，以增强会议的针对性和全体与会人员的形象化记忆。

经过认真筛选，除了贾名这个反面，协会又向全会提供了十大正反典型事例：

一是这年冬天，宝坻张先生在隆化县东北地区遇到一对妻子即将临产的年轻夫妇，孕妇又痛又怕，哇哇大哭。此时北风呼啸，滴水成冰，四野无人。丈夫因没有经验而慌了手脚。张先生问明情况，急忙把自己的棉大衣脱给孕妇，吩咐小两口不要乱动，然后快步朝他刚刚离开的村子跑去。途中几次跌倒了又爬起来，弄得浑身是土，满面血痕，终于找来这村的接生婆，使得这位孕妇母子平安。

二是已故陈先生的女儿考上了河北一所重点大学，却因交不起学费而犯愁。郝西、杨青、云海听后主动登门相助，说孩子为咱没眼人争了光，咱怎能再让孩子为钱的事而弃学？三人当场每人捐助两千元，之后每人每年又出资一千五百元，作为陈先生女儿的上学费用，终于圆了她的大学梦。

三是宝坻敬先生在遵化县盘买卖时，遇到一位患有闭经症的姑娘，因多年来四处求医拜佛不见成效，欲求他帮助驱邪祛灾。敬先生面对唾手可得的钱财不为所动，不仅揭露了所谓破灾手段的内幕，让她和家人千万不要再上当受骗，还在家乡寻得一民间偏方寄给了患者。病人家属称敬先生是没眼的“老雷锋”。

四是这年雨季，玉田刘先生在途经蓟运河时，听到有孩子们呼唤救命，立即连滚带爬地奔了过去。水火无情，时间就是生命。他顾不上脱衣服，就跳入激流滚滚的河中。在岸边儿童的指点下，迅速朝落水儿童游去，由于他行动迅速水性好，使得落水儿童转危为安。刘先生自己却被沿岸的灌木和庄稼划得血流满面，两只手臂伤痕累累。

五是一妇女连续生了四个女儿，全家人仍然于心不甘，非得让她生个男孩方肯罢休。乡政府和村干部对其劝导、罚款、抄家，能用的招数一一使过，丝毫不见成效。村干部这天见到本村算命的孔先生，突发奇想，这不是很好的心理专家吗？孔先生果然不负重托，运用自己那套理论和那条不烂之舌，开展心理咨询，终于使这对夫妇及其家人认识到今后社会生男生女都一样，女儿也是传辈人。

六是一年春天，宝坻宪先生和张先生在兴隆北部山区盘买卖，晚上住在了熟人家中。第二天早晨，这家媳妇问这炕上哪来的纸呀？是谁掉在这儿的？待女主人出屋后，宪先生把摸到的几张纸迅速掖进了衣兜。就在他俩准备离开时，却被这家男主人拦住了，说他们所住房间的柜子被人翻腾过了，里面的房地契约和奖状不知去向。宪、张二位说，他俩没有动过柜子，夜里也没听到有啥动静。男主人回屋又检查了一遍，说藏在柜子底层的一百八十块钱也没了踪影。男主人提出得看看他俩的挎包和衣兜，结果在宪先生身上找到了丢失的房地契约和奖状，原来他所捡的不是几张废纸。宪先生有口难辩，只得掏出钱包让这家妇女拿去一百八十块钱。本想占点小便宜，不料中了人家的圈套。

七是侯先生在兴隆县一家客店为平谷县的一位买卖人算卦，说他家中遭了大难，唯一的孙子恐怕性命难保。急得这位买卖人心急如焚，连夜往家里赶，途中连口水都没顾上喝。转天清晨进家后，看到一切如常，孙子正有滋有味地吃着大饼豆腐脑呢，他仍然放心不下，又在家中守了三天，确认平安无事才敢出门。自此，这位买卖人就成了义务宣传员。由于侯先生的胡说八道，给同行们造成了非常恶劣的影响。

八是一位中年妇女婚后接连生了三个女儿,她和家人盼子心切,又怀上了第四个孩子。为此,乡村计生干部追得她东藏西闪,不得不躲进山沟里的二姨家。一日这位妇女遇到来此算命的胡先生,求他算算腹中所怀是男是女,胡先掐八字后占卦,一口咬定仍为女孩。孕妇及家人悲痛不已,再有两个月孩子就落生了,决不能让个丫头挤占她家本已超员的位置。于是,她主动到县医院做了手术,结果引出的是个男孩,产妇听后当场昏厥。这家男人找到仍在此地活动的胡先生,把他吊在树上痛打了一顿,一里之外都能听到被打者的号叫声。

九是孙先生由于父母已逝,与哥嫂过不到一块,自己就搬到村头原生产队的饲养院里单独居住。他虽说生意平平,却爱讲究,长期抽香烟、喝小酒、穿戴假名牌,竭力把自己往阔佬上打扮。越是逢人多的地方,越喜欢显摆自己的皮钱包。结果在一个月黑风高之夜,被邻村的两个小青年三下五除二地摆平了,从他身上和住处搜到的现金和存折竟不足800元。案子虽然很快破了,但这位算命先生却因好吹牛丢了性命。

十是京东平原地区一位刚过而立之年的算命阎先生,在本地长期找不到自己的另一半,便打算以来福为榜样,把择偶的方向定在了北部山区。仿佛山里人都愿往山外嫁似的。在商场服务员的帮助下,阎先生精心挑选了两身时髦得体的衣服,揣上自己的全部积蓄就满怀信心地出发了。至今已两年过去,家里人不仅没能盼来他的另一半,就连他自己这一半也从人间蒸发了。

正面典型令人钦佩,反面事例触目惊心。协会副会长兼秘书长郝酉通报情况后,众盲人进行了热烈讨论。反面典型事件有的虽然没有点明是何地何人所为,但是大伙儿心里都明镜一样。有的参加大会的当事人,在会上主动承认错误,作了深刻检讨。大多数盲人自幼失明,对满世界的各种具体事物均无形象感,但他们仍在用各自的思维编织着一幅幅活生生的场景,思考着这些场景背后的深刻道理。金玉的预料是对的,运用典型事例开展教育,果然比枯燥的说教强得多。这些场景在众位算命先生头脑中反复映现,人们记住它了;大家凭此明确了今后何事能为、何事不能为、何事要积极去为。

现在国家对我们这么好,不能给脸不要脸,去做影响改革发展稳定的事情。云海、古寅、陈森、杨青、申光等许多算命先生如是说。

马腾提议,今后咱们要相互监督,发现谁再干那些有损算命先生脸面的事,不仅要将他清除出会,还得公布于众,让老百姓谁也不买他的账,最终落得个身败名裂。

夜深人静。阵阵秋风不停地抖擞着全体与会者的精神，大家围坐在院内，认真倾听着金玉在讨论结束时的讲话，生怕漏掉一句话、一个字。遵照会长会议的决定，金玉重申了前两次全会所作的制度规定，要求大家要继续认真执行。同时，根据当前盲人队伍中存在的问题，倡导全体会员带头加强自身修养，自觉做到慎独、慎言、慎行、慎微，以实际行动树立自身的良好形象，防止由于个人行为不端，引起政府和群众的不满，像“文革”时期那样限制咱们的自由，堵塞业已开通的谋生道路。金玉讲话用时不足一小时，其间竟被十多次掌声所打断。宣传委员古寅说，这掌声里面饱含着大伙儿对以金玉为首的协会领导班子的充分信任，也体现了全体与会者对金玉讲话精神和人格魅力的认可。

这次全会在第三天旭日东升时胜利结束，时间不长，开得却入脑入心，十分成功，达到了预期目的。会议出台了关于吸收和清退会员的规定，首次将会员行为规范化、制度化；更重要的是全体与会人员达成了如下共识：没眼人也应做大写的人，虽然职业不入流，也没有被列为工人阶级的一部分，但是，大家身残志不残，眼盲智不低，我们必须按照中国公民的要求，严格遵守国家法律，坚决维护国家政策，带头弘扬民族传统美德，旗帜鲜明地同各种违反行规的行为做斗争，做一名新时期的心理咨询师，为国家的繁荣稳定和谐多做贡献。

二十二

敬芳在崭新宽敞明亮的住房中愉快地生活着。这时的她已渐渐恢复了元气。由于不再像改革开放前那样被死死地捆在田间，也由于自家独门独院地过日子，她的身心获得了空前自由，人较病前还稍胖了些，白净的面庞再次透出了红色，皱纹也越发疏浅了。转眼半年过去了，一年过去了，两年过去了……癌魔再也没敢露面。不知是慑于中西医联合用药的强大攻势，还是敬芳的善心善举赢得了好报，还是金玉那套卦理提振了她的信心？后来，辉宇陪同母亲到北京一家权威医疗机构检查，专家告诉他，患者身上的癌细胞已全部消失！

金家人大喜过望之时，金玉脑子里又浮现出他带母亲到北京看天安门的情景。从古至今，衣食无忧条件下的人们，都把游山玩水当作享受生活的一种重要方式,何不趁着敬芳和母亲身体状况允许,让她娘俩到周边名胜风景瞧瞧啊！那些地方,敬芳娘俩都没到过,她母亲甚至不知真山真林真海为何貌。岁月不饶人,金玉逐安排辉华操办此事。

敬芳却有些不情愿:那得花多少钱呀?

钱这东西花了可以再挣,时间过去可再也找不回来。

寸金难买寸光阴,这个道理敬芳懂。可是,自己治病花费了那么多,怎么能再花钱到处去逛景呢?

你们娘仨每年出去那十天、二十天的能花多少？金玉继续劝她说,我眼下的买卖越来越好,钱的事,你别操心。

敬芳对于金玉的安排仍然有些不认可,说她这个人打小喜静,不乐意四处去奔波。

这是旅游,怎么叫奔波呢?你性格好静不假,可是母亲呢?她老人家年岁已经不小了,如果不趁着她老尚能走动把这事办了,将来咱俩后悔都来不及。

敬芳这时也记起了金玉抱着婆婆去北京的情形，终于不再强调她的理由,为了母亲,她也得改改自己的性格。

辉华陪同母亲和姥姥先后看了天津的和平路、滨江道和水上公园;蓟县的盘山、黄崖关和独乐寺;秦皇岛的山海关和北戴河的大海。后来,娘仨又在北京敬华家住了十来天,尽兴游览了天安门、故宫、东西长安街、颐和园;期间还瞻仰了毛主席纪念堂。刘秀明此时已八十有五,虽然耳不聋、眼不花、身体十分硬朗,可是走路已明显缓慢了。因而娘仨在游玩中早归晚出,走走歇歇,以歇为主,让这种享受慢慢悠悠,随心所欲。敬芳娘家人听说此事,无不称赞刘秀明生了一位好闺女,闺女找了一个好女婿。什么有眼与没眼、残疾与健康的,这人啊,啥也不如尊老爱幼心眼儿好!

在辉华准备转年春天带着两位老人去苏杭二州时，刘秀明却于这年的春节前去世了。而且之前没有丝毫征兆。她清晨起床后,如往常那样自己认真梳洗了一番,由于夜里没休息好,便躺在炕上睡了个回龙觉。只是这一觉再也没有醒过来,一丝疼痛也未受,脸上始终挂着满意的笑容。众人说,这是老太太修来的福。

经过数年的打拼，金玉已还清了为妻子治病和家中翻盖新房的全部欠款。他的下一步战略目标是,苦干十年,实现小康。不单他和敬芳手中有足够的养老钱,还得为辉宇及孙辈留下一笔可观的积蓄。就在金玉满怀激情实施他的宏伟构想时,一场突如其来的灾难又砸在了他的头上。

二十三

这一年的夏季,金玉一直在北部山区活动。一天傍晚,金玉在赶回客店的路上,碰到一位二十多岁的小伙子喊金玉等一等,他要算卦。金玉说,今天太晚了,明天再算吧。

旁边有人插话道,有钱还不挣,这县城里再晚也能问到路哇!

对,听人劝,吃饱饭。金玉边答应着边停住脚步,之后随着小伙子进了他家。

两卦算罢,小伙子又拎着金玉的马竿把他急匆匆地领出院子。金玉不知道他家院子与大街之间还有一条石砌的排水沟,足足有一人深,上面只架了一张不算宽的水泥板。小伙子没提醒,金玉也决然想不到这县城的街道上还会开沟设渠。他仍旧像走平路那样大步流星,结果一只脚踩在了水泥板的边沿处,身子立时没了平衡,重重地跌进了沟中。金玉并没怎么害怕,他们这帮没眼人,挨摔遭撞不是常事吗?甚至比体质虚弱者患感冒还要频繁。

1954年冬天,他与林松来到遵化县东北部的一个山村。尚未吹笛,他俩就被一位二十八岁的小伙子领进屋子,可能是因为这个季节没什么活计,屋内聚集了一帮串门的年轻人。大伙儿询问算命说书的价格,金玉告诉他们,算命每卦三毛,说书每晚五角。这位领他俩的小伙子说,他手里只有两毛钱,麻烦先生给算一卦吧。金玉见小伙子挺客气,缺一毛也为他算了,而且算得十分认真;接下来另一位要求算命的小伙子,兜里仅有一毛五分钱,金玉也给他算了;再接下来要求算命的是一位刚好年满二十的小伙子,他说自己手里一分钱也没有。金玉耐心解释说,我们算命占卦是在做生意,得靠它养家糊口。对方态度却十分蛮横,说,那事儿我不管,反正得给我算。金玉严词拒绝,林松见事情要闹僵,忙着把活揽了过去。

晚上说书仍然不顺当。这天金玉说的是长篇大鼓《忠良传》,林松为他弹弦。提前讲好每晚三回书,十一点半之前结束。但是这几位小伙子上了瘾,听了三回还要听第四回,听了四回还要听第五回……直让金玉唱到了凌晨三点才告结束。金玉与林松悄悄商定,此处不能再待了。早晨他俩尚未用饭,两位小伙子已经找上门来,询问《忠良传》得说几天能说完。金玉告诉他们需要七个晚上,但是我们不说了。一位小伙子口气强硬地说,那不行。林松怒道,怎么不行?我俩没卖给你。这家主人也劝说金玉、林松留下来。金玉反问道,昨天算命说书的情况您已瞧见,如果换上您是干我们这一行的,还能待吗?

这户房屋位置与今天金玉所遇到的情形一样,出门口就是一道沟,上方架着一座不宽的小桥。由于没人提醒,金玉出门就掉了下去,右手被摔破了三根手指,左腿也让石头硌得疼痛难忍。从这个村到他俩的下一个目的地,短短五里多路程,因为金玉行走困难,且面朝凛冽朔风,林松他俩竟走了整整一天。

此次挨摔金玉最初没当回事儿,他觉得面前这条沟没有遵化县那个山村的深,手脚也没有上次摔得疼,虽称是排水沟,可里面只有泥而没有水,最坏也就是弄脏了衣服,擦破了肉皮。金玉喘了口气,用左手拿着马竿,右手支撑着身体打算爬起来,可是没能成功;再次喘了口气,金玉把马竿放在一旁,两手支撑着坐直了身子,但仍旧站立不起来,右腿好像不再听他的指令;金玉歇息一会儿,又变换了几种姿势,依然无法实现他的目的。这时,他方知事情远远不像他想的那么乐观。千万可别摔折骨头摔断了筋啊!如果那样,不单自己遭罪,还得拖累家人。三年前,蓟县的一位先生不慎掉进山沟摔断了大胯,这是骨科中较难接治的部位。虽经多方医治,效果并不理想,直到现在仍瘫在炕上。本来已经订了婚,女方却因此毁了“合同”。五年前,平谷县的一位盲人外出时为避让一辆货车,滚下山坡,颈部恰巧撞上一块体积不算大的岩石,自此大脑再也支配不了他那健壮的四肢,每日只得与久卧在床的母亲相依相伴了。娘俩一个在炕头,一个在炕脚,默默无语两眼泪,吃喝拉撒全靠他那七十多岁的老爹来照顾。宝坻单忠先生的命运比这二位先生还要悲惨。“文革”中后期,年迈体弱、生活十分拮据的他,干上了收破烂的生意。在一个收获颇丰的黄昏,他背着满满一麻袋碎铜烂铁破鞋臭袜子坐在桥栏杆上休息,由于没有把握好平衡,沉甸甸的麻袋将他仰面坠到桥下,虽说此时河道干涸,单先生没有被当场淹死,五脏六腑和胳膊腿亦完好如常,可却折断了腰椎。从这时起,他不但无法站立行走,而且大小便失禁,被褥一天不洗就臊臭难闻。与他一块过日子的侄子侄媳天天须下地干活,哪有那么多的工夫伺候他?进入炎炎夏日后,单先生浑身溃烂生蛆,不久即活活地沤死了。想到这些,金玉感到后脊骨如有阵阵阴风吹过。他大声呼叫领他算命的那位小伙子,帮忙把他扶起来,可是小伙子却不理不睬。金玉憋足力气,尝试着又进行了最后一搏,最终还是徒劳无获。

这可如何是好呀？但愿自己别步单忠等三位同行的后尘！

二十四

金玉躺在沟底大口地喘着气，浑身的汗毛孔不停地往外淌着汗，热气腾腾的。他这时已十分清楚，凭自己的努力爬上去已属徒劳。稍事休息后，金玉朝沟上面大声喊道，同志，有人吗？没人吱声。同志，谁来帮帮忙把我搀上去！金玉把嗓门儿敞得更大，可是仍然没人答话。就连方才领他算命的小伙子也不知去向。过了一会儿，从这家院里走出来一位中年妇女，劝说金玉别喊了，赶紧自己爬起来吧。

摔坏了，自己起不来了。金玉说，方才那位小伙子呢？快让他帮帮我。

这位妇女说她不认识。

金玉听后顿时火了：不认识，能领你家去算命？

说话间，从院内又走出一位三十岁左右的小伙子，嘴里嘟嘟哝哝地像含着热豆腐。金玉猜想是领他算命那位小伙子的哥哥，央求他帮忙把自己拽上去。小伙子不管，说，你到我家算命你愿意，挨摔与我们有啥关系？

金玉强忍怒火，说我并没有怪你们，只是我自己爬不上去，请你们帮帮忙。围观的人渐渐多了起来，有两位年轻小伙子提议，咱们把这位老先生扶上来送到医院看看。这家大小子阻挡说，不能管，如果你们送他肯定会赖上你们，不单得给他掏钱治病，弄不好他下半辈子生活都得你们管。到那时，你们想走都脱不了身。

金玉再也压不住胸中怒火，骂他太缺德了，自己这辈子走南闯北，还没碰到过他这么坏的人。你自己没有善心也就罢了，怎么还阻挡他人行善呢？这两位陌生小伙子终归没有听这家大小子的，跳进沟里把金玉抱了上来，然后又用自行车驮着他朝县医院走去。多好的年轻人啊！金玉对两位小伙子说，别上医院了，把我送到客店去吧。

店掌柜见状，想去通知云海、马腾。金玉赶紧拦住了，说没有必要，大家都挺忙的。

金玉躺在店中的炕上，接连吃了三日消炎止痛药，病情未见好转。第三天晚上，他试着下炕到外面去方便，右腿仍旧不听使唤，怎么努力也站不起身子。直到这时，他才料到，此次比上次掉进沟里后果严重多了。不是伤了筋，也不是蹭了皮，而是右侧大腿的骨头断了。虽说不至于出现单忠等三位同行那样的严重后果,但是短时间内也不会痊愈。店掌柜和同屋居住的客人商量,马上送金玉到医院去医治。金玉想了想说,我回家去治吧,常言道,伤筋动骨一百天,还是回到宝坻医治方便些。转天早晨,店掌柜帮助金玉雇了一位年轻小伙子背着他上了公共汽车。到达宝坻汽车站后,年轻人又租了一辆三轮车把他直接送回了家。

果然是右腿股骨折了。宝坻县医院骨科的一位大夫熟悉金玉的家庭情况,建议他回家去治吧,在这里还得找人伺候。辉华、辉国不无担心地问,在家里治疗有把握吗?

没问题,旧社会你们瞧见有几个跌打损伤者住过院呀?

家中的西屋已被敬芳打扫得一尘不染。在这里,县医院的这位骨科大夫和放射科一位大夫把金玉摆放好, 只是唰地一抻就把折断的骨头接好了。然后打牵引,又挂上了一块砖,治疗即告结束。金玉一点痛苦的感觉都没有,不禁问道,这样就行了?

行了!大夫说,您老好好躺着,千万别动这条伤腿。过一段时间,我们再为您复诊。

金玉连着向两位大夫说着感谢。他原想这大腿摔断了再接,肯定得受一番皮肉之苦,虽然不会像关公刮骨疗毒那般疼得钻心,可也不会如眼下这么迅捷、这么轻松。对于疼痛,他是做好了充分准备的。

二十五

金玉躺在炕上百无聊赖,除了想他的计划还是想他的计划。这期间,县医院的两位大夫携带袖珍X光机,专程来家中为金玉进行过认真复查,告诉他伤腿恢复得很好,过不了多长时间又能进山盘买卖了。金玉听后自然非常高兴,如同戍疆卫边的将士,他人虽然在床上,可是那颗雄壮不已的心始终没有离开沙场啊。两位大夫走后,金玉对实现自己的计划更加充满了信心。只是这种虚度光阴的日子还得一段时间。如果这时候有客户登门求卦,那该有多好啊!金玉此念一出,就真的来了一位找他算命的,如同炎炎夏日盼冰吃就下了雹子那般及时。

来客悄悄地走进堂屋,故意轻声咳嗽了一声。金玉询问是谁?客人边回应着边进了里屋,见了金玉,亲切问道,您是金先生吧?听说您老把腿摔伤了,现在是否好了?

金玉忙请他坐下说话,告诉他自己的腿已无大碍,你有事可尽管说。

来人讲自己才闻金先生的大名，本想待您老身体彻底康复外出盘生意时再行请教,无奈现在遇到点儿解不开的事情,只得冒昧来贵府讨扰,还请您老见谅。

金玉想,这位客人年岁不大却十分懂礼貌,而且谈吐也非普通百姓可比。他由此猜测,这位小伙子不是中学教师就是国家干部。

客套之后,来人请金玉为他上算一卦。这时小伙子方谈道,昨天他父母请一位姓黄的先生为他算了命,说他这日出生的人,见戊土为夺财,见辛金为伤官,此一生求名求利都非常艰难。而且从他的月柱看,财官更是有气无力,工作干得再好也见不到提升的希望。他父亲还专门把这段话记在了一张纸上。金玉此时已断定,来者是党政干部无疑,从事其他行业的人,是不会把个人升职看得如此之重的。而且从他的综合素质看,将来肯定不会久居人下,当一辈子大头兵。金玉猜测,是不是黄润给他算的卦呢?嗨,无论是算的,自己都有必要为他除疑惑,增信心,决不能让黄润这一杠子把他打晕,这辈子鼓不起翻身的勇气。

金玉说,那位黄先生所言也并非捕风捉影,卦书上是有这么个说法。但是卦书还讲道,你这个命造如果八字中透不出财官的,只要生在春冬水木局中也作财官论。在仕途上发展,倘若自身调控得当,是可以出类拔萃、大有作为的。

小伙子非常高兴,说还是金老先生对算命这行道研究得深,那位孙先生看得就没有您老这么全面。

金玉进一步阐述道,你的八字虽然日柱算不得上乘,可是你的时柱却非常人可比。命理认为,寅为广谷,在方位上属于东北艮方,艮在八卦中为山。作为虎年出生的人,如果碰上你这样的时柱,那可是虎啸风生、威震万里了。我在此送你一段顺口溜:

韬光养晦强自身,随机应变信如神。
待到时运生旺地,紫袍玉带显六亲。

来人默默背诵两遍记下了,说回去后再好好消化吸收,今后就按金老先生指教的去做。之后,他拿出十块钱送到金玉手上。金玉推辞说,用不了这么多钱。来人说,不值得再找零,祝老先生早日康复!金玉则祝他仕途通达,万事如意!

又赢得了一块用武之地,金玉此时忘记了自己是位养伤的病号,坐起身子欲送客人,不慎将坠着牵引的那块砖碰掉。待客人走后,金玉又乘机坐起身子抽了袋烟,才让敬芳帮他把那块砖系好。在接下来的半个月里,又来了四位占卦问命的,金玉时常忽视坠腿的那块砖。每次都是客人走后,敬芳再帮他整理好。

一天,辉华来瞧父亲,发现他的两条腿怎么一长一短呀！金玉这时才想起,准是这几次碰掉牵引的那块砖所致。不几天,县医院大夫又来复查,进一步验证了他的判断。

现在怎么办呢?干我们这行的,可全凭这两条腿走街串巷、张罗买卖。别处出了毛病事小,如果这腿出了毛病,那麻烦可就大了。

大夫讲,方法倒是有。那就是把这条伤腿打折了重接。

哎呀,听着就吓人,辉华首先表示反对。辉国不无担忧地说,这打断腿不同于摔坏腿。在没有心理准备的情况下,摔哪碰哪不理会;一旦知道了要被人打折骨头,多么强硬的人也受不了。敬芳也劝金玉,这么大岁数了,瘸就瘸吧,别再挨那种疼了。

金玉权衡再三,他又一次想到了一边刮骨疗毒一边下棋的关云长,想到了被日寇打得筋骨断、皮肤裂的李玉和,还想到了竹签子扎进十根手指而不吭一声的江姐。当然,他想得最多的仍是他的十年发展规划。

金玉最终决定:打折重接。

二十六

辉宇休假回家时,金玉已经在院子里练步了。了解到父亲摔伤医治的全过程,他的眼睛湿润了。这位能言善辩的哲学研究生,此时此刻却如鲠在喉。他能对父亲说什么呢?感激、感谢、祝福、钦佩……所有的词句,都显得那么轻飘无力。

太阳懒洋洋地照着金家院子,敬芳栽植的几簇青竹已有一人多高,郁郁葱葱的,把萧条的冬季装扮得活泼可人。辉宇搀扶着父亲在院内来回踱着,倒是金玉打破了沉默,问他对象找得怎么样了。

辉宇说,正谈着。

女方条件差不多就定了吧,不要太挑剔,你年龄已不小了。

辉宇回答,知道。瞧见父亲头上沁出一层汗珠,才劝说他老回到屋里。

出了正月，金玉再次进山，当天住在了兴隆县的鹰手营子，转天早上朝兴隆与承德两县交界的老郭家走去。两个多月前，郭家老五捎信说，家中遇到一件比较紧要的事情需与他相商。由于不能行动，金玉不得不推迟了行程。现在，他感觉自己的这条伤腿依如从前——不瘸、不拐、不软、不麻，每天走上百八十里路不在话下。金玉暗自欣赏着自己的决策，由于伤腿的砸断重接，将使得他再奋斗十年的规划成为现实。更令他心悦的是，改革开放的春风拂过中华，大江南北，长城内外，村村落落，无处不显现着盎然春色，飘逸着百花的芬芳。

在到达栾家店时，日头已悬在正南。金玉在一家饭馆遇到了亦想在此用餐的杨青，俩人立即找了个角落坐下来，边吃边聊，甚是欢畅。后来，杨青问道，前次去承德市可否见到田塬？金玉摇摇头说，真不凑巧，听街上人说他们到达那儿时，田老先生刚刚离去，临走时，还在街上为人算了一卦命测了三份字呢。

先是一位五十出头的男子找到他，请求测字。田塬问测啥字，来人说，就测今天这个日子。田塬又问他测啥事？来人介绍，家里的一串祖传宝珠由于系绳断了撒落在地，待找时却少了一颗，不知道飞哪去了，这珠子可是很值钱的。田塬非常肯定地说，这颗珠子是被鸡吃进了肚子。今天是癸酉的日子，申猴酉鸡嘛。来人想了想，说这倒有可能，我家里是养了几只鸡。但不知是哪只鸡吃的呀？是黑鸡。田塬解释道，壬癸均黑，庚辛属白，甲乙为青……你赶快回家去找黑鸡查验一下。不一会儿，这位客户就折了回来，告诉田塬他到家把那只大黑鸡宰了，珠子果真在它的肚子里。

这时，又来了一位四十岁上下的汉子，也因为丢了东西请求测字。没等田塬吱声，一直在旁边看热闹的小伙子抢着说，来，我给您测吧：今天是癸酉日，你所丢的东西肯定是让鸡吃了。来人怒道，放屁！我那个东西小鸡子能吃得进去吗？田塬忙着把活接了过来，告诉他，你那东西可能落在酒店了。来人说，这倒有可能。他是赶大车的，方才把鞭子丢了，等到了家里才发现。这位车把式立即到中午用餐的酒店去寻，鞭子果然落在了那里。在旁边多嘴的小伙子问田塬，这是怎么回事？田塬答道，这癸酉除了与鸡相连，也与酒关系密切。从卦理上讲，癸属水，如果在酉前面放上三点水，不就是个酒字吗？那您怎么知道他中午喝酒了？田塬笑了笑，没再理他。

第三位来测字的是一位三十来岁的小伙子，到了田塬面前，在他手心上写了个国字。田塬问他想问啥事，这位小伙子低声说，遇到些麻烦。田塬皱了皱眉头，说这事有些不好办啊。测字这门手艺因为源于古代，我们这行现在仍在沿用繁体字。这国字中间是个“或”字,读音与灾祸的“祸”字相同;且四面又都有围墙挡着,没有空隙可钻,这足以说明此祸已躲不过了。依我看,你所犯的错误触犯了法律,最好的办法是自首,争取宽大处理吧。来人把卦礼钱递给了田塬,仍旧声音不大说,就听您老的吧。

当时,金玉和石汉、江波听得入了神。倘若如街上人所传,田老先生的测字水平简直达到了出神入化的地步。金玉介绍,他与景坤老师也学过测字,但是与田塬的方法不同。他们是提前把十二个字写在纸上折叠好,然后让客户抽取,像抽帖和抽签那样,再根据对方所抽得的字进行解释推论,完全没有田塬这般及时、这么灵验。

金玉对杨青说,他此行还有一个目标,就是访到田老先生,当面向他老请教。

杨青摇着头说,您的愿望恐怕不好实现喽。我前些天得到确切消息,田老先生已经出家了,在哪个寺院谁也不清楚,即便找到了,他也未必愿意见咱们。因为出家人的目的,就是脱离凡尘俗世。

金玉十分惋惜道,如果找不到田老先生,他的这门绝技将成为咱们这个行道的不解之谜了。

分别前,杨青邀请金玉到兴隆县城去,与云海、马腾等当地盲人聚聚再去别处转悠,这挣钱哪有个头哇?金玉讲,他也很想会会新老朋友们,可是一位朋友让他抓紧去一趟。他猜测,那位朋友肯定遇到了比较急难的事情。杨青对此非常理解。他说,“文革”以来很多人没再算过命,现在就盼着您这样有名望的老先生帮助他们预测一番未来开阔一下思路;还有一些人以前碰到过坎坷或困惑,思想的疙瘩一直解不开,很想问问他们的遭遇是否与命运有关系。金玉说,这几年这种事他遇到不少,有些已超出了占卦算命的范畴,尽力而为吧。

二十七

人们在等待着金玉解疑释惑,这事还真的让杨青猜中了。

金玉与杨青分手不久,就被一位姓刘的老熟人领进了屋子。老刘年岁不到五十,却已满头灰发,一脸褶皱,像个六十岁出头的老汉。他说,这阵子我们一家人常到村口等着大哥,好不容易把您老给盼来了。金玉一听便知他家出事了,而且事情非同小可。两眼红肿的老刘妻子哭着告诉金玉,他家大小子去年正月突然没了，白天还跟他爸爸赶集呢，晚上回来就、就……连晚饭都没吃去。不知道他家为何遭此厄运？由于等不来金玉，便请宝坻的一位年纪轻些的算命先生给算了一卦。

听这位先生讲，我们两口子命太硬，一直克着孩子们呢，大儿子先走了是因为命太软。老刘呜咽着说，我们最担心的就是老二也顶不住我俩的克啊！虽然那位年轻些的先生给我家破了灾，可是我们心里仍然不踏实。

那位先生给你们破了灾？

老刘妻子比较详细地叙述了自己花费八十块钱破灾驱邪的过程。金玉心头咯噔一下，这位先生用的是“掀盘子”，在后棚中属于最简单的一种，其方法是使用一个普通茶碗和十二枚古钱或钢镚，根据占卦人猜测算命先生手中与碗里扣的钱币多少判定卦象，与民间变戏法相类似。其口诀为：

先天喜后天，来人把卦占。
要问吉凶事，全凭卦上断。
人心和碗心，方知假与真……

据金玉所知，此法操作虽说简单，可在现今算命先生中，会这个技艺的仍然不多。莫非是他？

我们知道大哥的手艺比那位先生高，所以天天盼着您老过来，给我家再掐算一遍，看看是不是像先前先生所说的那样。如果有啥妨害赶紧帮我们破除掉，千万保住我家老二别再有个好歹。

如果老二……我就不活了。老刘妻子号啕大哭起来。

这后棚驱灾的事不是骗财坑人吗？你们怎还这般相信？金玉不好直接点破，仔细琢磨着帮助老刘家消除疑惑、增强信心的方法。思来想去，他觉得最直接、最有效的招法，还是“以毒攻毒”。辉宇对于此法曾有过评价，说这也是坚持一切从实际出发，根据对象的接受能力决定释疑解惑的方式方法，它包含着朴素唯物主义的思想哩。金玉让老刘报出他们夫妻和二儿子的生辰，然后为他们逐个排了八字，解析了一番命运。金玉讲得认真细致；老刘夫妇抻长脖子静静听着，眼睫毛全都没动一下。金玉归纳说，你们两口子去年所交的那步运确实不怎么好，不过现在早就过去了，赶紧把心放进肚子好好过日子吧。

老刘夫妇由于刚刚挨过蛇咬，仍然担心井绳会变成蛇。他们一再央求金玉认老二做干儿子，听说你们吃百家饭的人命硬实，可以好好生着他。

金玉讲,他的命与老二并不相生。孩子是土命,如果图吉利,最好认个火命的做干爹。

到哪去找火命人呀?

金玉问老刘,这四周哪座山最雄伟高大?老刘告诉他,西北方向那座山又高又大。金玉用力想象着这座山的景象:壁立千仞,峰插云天;一棵棵古树奇松倚石而起,形无定向;一团团云雾如绵似纱,飘浮缭绕;上端积雪接天映日;山底溪水幽幽,激浪腾烟。天底下难道还有比此更为雄浑壮观、长寿延年的吗?金玉对老刘说,那就让孩子认它吧,山高水长,土见土旺,没有比这高山再硬实的了。

金玉见到郭家老五时,正是掌灯时分。老五让金玉先坐下来吃晚饭,金玉说不急,还是先听听你有啥事找我,能办的咱们立即把它解决了。这样,你我吃饭都踏实。

老五介绍说,去年夏天,一位年纪四十岁上下的算命先生为他儿子掐八字,说他成年之前必犯水灾。听后他着实吃惊不小,当即拿出二十元钱求这位先生给破灾。今年闹山洪时,邻村一个十多岁的孩子被水冲走,他闻听后心头再次一惊,唯恐那位先生道行不够。捎信请金玉来,就是为他儿子消灾祛祸,彻底清除安全隐患。

那位先生是谁?金玉问。

郭家老五记得他姓来,也是宝坻人,具体哪村叫啥名字就不清楚了。听了他的描述,金玉当即断定为他孩子破灾的与在老李家施法的同为一人,就是自己的小师弟来福。当初在是否传授来福后棚这个问题上,他与景坤十分犹豫,一致认为,来福不具备掌握此技的素质。后来,来福又将他父亲搬了出来,金玉在征得老师同意后,才把"掀盘子"这门最简单的后棚手艺传了他。倘若他掌握了设坛请仙、占卜求签、压帖、甩汉符等复杂技艺,不知得诈骗老百姓多少钱财呢。金玉明白,如果直言驱邪破灾那套是假的,老五肯定不信,甚至还会怀疑自己嫌麻烦不愿意管,最好的办法仍然是"以毒攻毒",用迷信手段去掉他的疑心病,像在前边老刘家那样。于是,金玉先为孩子排了一回八字,而后又让老五往坑塘扔了一件肚兜,上面写着孩子的名字。金玉告诉老五,从孩子的四柱看可能有水灾之患,现在我们把它破了,你就不必再悬着那颗心了。不过,平日仍然要多加小心,别让孩子单独到坑塘去洗澡玩耍,无论孩子八字上是否犯水灾,防范都是第一位的。

老五又拾回了他那十足的底气,对于金玉的嘱咐连连点头称是,说现在咱孩子上了双保险,心里踏实了。

金玉略感宽慰的是，今日他所听说的这两件事均发生在冀东盲人协会全体会议之前。但愿来福通过那次会议触及灵魂,彻底抛弃这些诈财的门道。

二十八

在隆化县北部的一个山村,住着一户姓杨的人家。夫妻俩结婚多年没能生育,直到三十岁出头时终于盼来了一个儿子。可是时间不长,这个孩子就夭折了。后来,他俩又生了一个女孩,落生时也没了气。女人为此哭肿了眼睛号哑了嗓子;男方受传统观念的影响,不仅对妻子不施以劝慰,反而把责任全部推在了她身上,说我与村东头的李家老二是同一天出生的,他咋儿女双全,我咋是个绝户呢?还不是因为娶了你这个妨碍包。夫妻俩时常为此争吵,如果男方家庭条件好,恐怕早就离婚了。这家男人曾找过本地的算命先生算过命,有的说他媳妇还能生养,有的说这辈子恐怕不易再抱孩子了。

这天下午,杨家人见到金玉进村后兴奋非常,正如杨青所讲,老早就盼着他来呢。金玉听了他家的情况,又询问了夭折孩子的生辰。

对这位中年男子解释说,人这一生的命运受多种因素的影响,首当其冲的是时辰。你与李二生日虽然相同,但落生时刻不同,命运当然就不一样了。即使在同一时辰出生的人,由于后天环境不一,命运也会有所差别。不然的话,中国得有多少个国家主席呀?

这家男人问后天环境指什么,金玉说,包括社会的,家庭的,还有本人的脾气秉性这几个大的方面。比如说生儿育女这件事,你们想,两口子整天心情舒畅与一天到晚别别扭扭的,哪个更容易怀上孩子生育孩子呢?况且这养育孩子同样也有个后天环境问题,比如接生是否卫生、营养是否到位、生病是否能得到及时治疗等,千万不可把孩子夭折都归结给母亲,全家人都有责任啊!平时我们常讲的有好命还得有好为,说的就是这个理儿。

这家女人最担心的事情终究没有发生。扣在她头上那顶沉甸甸的“妨碍包”帽子,总算被金玉摘掉了。她赶忙到堂屋为金玉洗了一盘上好的苹果端了进来。

男人继续追问,抛开别的因素不说,单从我这八字看,还能有孩子吗?

当然会有。金玉比较肯定地说，按照命书所讲，男有偏官、女有失神当有子。你俩如果没有记错各自的生辰，就不应是绝后的命。杨家夫妇听后，女的、男的脸上都挂上了花儿一样的笑容。金玉叮嘱他俩千万要保持愉快心情，再抓紧找有经验的医生看一看，把外部环境因素搞得好好的，促进自己命运的顺利实现。

金玉在这户人家中又为村里其他人算了一卦抽了两份帖。

时已黄昏，金玉正准备离开此户到不远处的朋友家，一位三十多岁的男子挟着一股冷风闯了进来。听在场的人称他刘三，还有上些年岁的人叫他秃子。刘三要求金玉先别动，为他算卦命再走。金玉把挎包放在炕上，又坐了下来。问过生辰八字后，金玉有些不在意地说，年内你得伤财。

伤了，我今天算命就是要问问还能不能找到？

这事算命算不出来，得占"六摇卦"。

刘三说，占就占呗。金玉告诉他占卦的价钱是六块，比算命可贵多了。

那也占占。刘三十分干脆地应道，咱花钱图的就是个准字，只要别哄骗人就行。

金玉心中立时产生了一种麻秆打狼的感觉，冲这语音即可断定此人绝非忠厚之人，刘三秃子的名字也暗示着其性格的调皮刁钻。实际上，刘三无论为人或长相，都比金玉的想象要歹得多。单从相貌上看，已经没有几根头发的脑袋瓜子剃得精光，一对鹰眼之上几乎见不到眉毛，肥大的鼻子下面镶着两片薄唇；身子生得上长下短，十分健壮，走起路来晃荡荡的。金玉这时有些后悔自己的唐突，与刘三这类人打交道，稍有不慎，都有可能给自己引来预想不到的灾祸。方才既然已从语音上断出其人性格，就应该想法躲避呀，怎么还为这六块卦礼钱去冒风险呢？

二十九

寻物找人，是算命占卦这行里比较难的项目。因为通常预测一个人的命运，在其发生发展进程中有着一定的灵活性——判定以前，可以凭借命理加察言观色；占卜未来，更需要经过时间检验方知其准确与否。而眼下这种寻物的事情，找到找不到，立马见分晓。事情的结果，如同和尚头顶的虱子，谁都能瞧得见，容不得算命先生含糊其辞，偷奸耍滑。当初来福如果不是遇到那位走失的老太太，也不至于被打得五天下不了床。

金玉稳定了一下情绪，心想刘三花这么多钱，不说出些道道是不行的。结果归结果，这占卦的过程起码得让他体会到诡秘与深奥；而且还可断定，刘三所伤之财必是他十分喜欢在意的东西，比六元钱要贵得多。金玉先让刘三摇了六回古钱，之后轻声嘀咕着占卦寻财的口诀，对他又像是对自己：

甲已身边带，
丙丁半悬空，
戊己掉黑地，
庚辛落墙根……

金玉又仔细掐算了一遍，说你丢东西这天是丁酉的日子，此时在半山腰待着呢。像刘三这种人能喜好啥呢？能够待在山腰的是个什么东西呢？金玉试探着问道，它是个活物吧？

是只鹰。

金玉略显宽慰，这第一步总算没有占错。但随后心中的那根弦绷得更紧了：养鹰是为了抓鸡抓鸟抓野兔玩的。大凡养鹰的都是些游手好闲者，刘三果然如自己所猜，不好招惹啊。金玉继续小心往下说着，你明天早些时候起床，寅时能见到它，但是开初逮不到，得到辰时方能把它抓到手中。

啥是银时金时的，直接告诉我几点钟不就结了。

这算命占卦是古代发明的，那时用十二支计时，我们现在还得沿用。如同我们仍然在过旧历年春节一样，完全用外国人那套替代咱们老祖宗的东西还不行。金玉耐心解释说，寅时俗称平旦，是指后半夜的三四点钟；辰时又称食时，就是早晨七八点钟。当然，金玉在此处用古代十二时辰而不用现代钟点的计时方式，还有一层因素是，前者比后者所包含的时间段长，因而他占卦定时的灵活性也大了许多。这一点，他没有透给刘三及屋内其他人。

这四周都是山，我应该往哪个方向找呀？刘三再次猴急地问。

乾、坎、艮、震、巽、离、坤、兑……你丢鹰这天是金日子，赶在兑上，方向应是正西。金玉格外谨慎地往下说着，因为是活物，你在寻找时可以把范围扩大些，偏西的那些山上都寻寻。

刘三把卦礼钱甩给了金玉，恶狠狠地说，我就照你讲的去办，明天如果找不到，咱再见！

金玉在这村子的朋友姓张，年已七十挂零，心眼儿厚道且活泛，金玉称他为大爷。金玉在张大爷家吃过晚饭已经九点多了，躺在炕上仍然惦记黄昏时的这一卦，久久难以安下心来。在寅时刘三带人上山寻鹰时，金玉也于这个时辰醒了。早晨起床后，金玉仍旧坐立不安。如果刘三这小子逮不到鹰，肯定不会与自己善罢甘休，思前想后，走为上策。他说，张大爷，麻烦您把我送过梁，我到那边有些急事。

爷俩走出院子不远，一位年轻媳妇追了上来，请求金玉给她算一卦。金玉连忙推辞说，不行，我有急事得去办。这位媳妇说，占不了您半个钟头，您就只当晚起了一会儿。

张大爷也劝金玉给她算一卦吧，不是外人。

年轻媳妇解释说，因为您算命准我才来的，如果是别的先生，白给我算我也不一定用呢。昨天您给我家那口子占的那卦可真神了，清晨四点钟他们在西山见到了那只鹰没逮到；方才吃过早饭又去了，结果等鹰落在一棵树上，非常顺当地把它逮回了家。

金玉听后，心里那块石头终于落了地。阿弥陀佛，好险的一卦呀，这六块钱挣得真难！

金玉又随张大爷回到他家中，给刘三媳妇算了一卦抽了一副帖。张大爷了解昨天情况后，着实为金玉捏了一把汗。他对金玉说，刘三这小子又嘎又坏，混劲儿上来六亲不认，是人都敢打。就连他这位俊俏媳妇，也是凭横劲儿弄来的。你这是给他占对了卦，不然以后在这一带别想再站脚了。

三十

一天午后，金玉转到了隆化县东部山区。正在他感慨初秋的阳光仍然十分燥热时，忽然刮起了一阵冷风，山路两侧的树叶发出飒飒的声响，阴云迅速吞没了骄阳。不好，雨来了，顺原路返回午前离开的那个村庄吧，起码得一个多小时；沿着山路继续往前走吧，他又不能确切地估算前面的村子距此处究竟有多远。金玉倒不在乎挨雨淋，甭瞧他六十岁出头了，身体硬朗着呢。他所担忧的是山洪，据说一旦山上洪水从上而下倾泻而来，可比平原地区的蓟运河闹水要厉害得多。他曾亲耳听过广播报道，东北几位农民在河滩上挖沙，一阵暴雨挟着洪峰袭来，时间不长河水就由河床漫上了河滩。这几位正在干活的农民因为麻痹大意未及时逃避，全都被洪水冲跑了。权衡再三，金玉决定往回走，毕竟这条路刚刚走了一次。雨点很快就把他浑身上下淋个精湿，稍后并不算宽的山路便积了水。金玉仍担忧着山洪，他试着往道路的一侧摸索上山的小径，只要爬上山就不会被洪水冲走了。但是，他没能找到。雨越下越大，无数根水柱从天而降。金玉仍然在不懈努力着。

四十多分钟后，金玉听到前面仿佛有人在喊他。这不可能吧，深山野岭，又如此大雨，谁会来找他算命占卦呢？到处是雨柱敲击树木、山石、积水的嘈杂声。但是，金玉还是听到确实有人在朝他呼喊着，且声音越来越大。到了近前，金玉方知道是一位二十多岁的小伙子，牵着毛驴专程来接他的。小伙子虽然上身披了一块塑料布，可由于风狂雨急，全身已寻不到一块干爽之处了。这时，山路的雨水已漫到膝盖，而且仍呈快速跃升之势。小伙子来不及向金玉详细解释，赶忙把金玉扶上毛驴，沿着一条小径朝山梁上走去。金玉再次问起小伙子是哪村的，为什么冒雨来这里接他？小伙子回答说，他姓申，父亲在二十多年前曾担任过乡村医生。

金玉想起来了。那是1962年的初冬，他到这一地区盘买卖，一天，这个村的大队干部把他领到大队部，请他为一位社员算算命。金玉按照大队干部提供的四柱，粗略掐算了一番。这是一个他比较熟悉的八字，以前曾遇到过。可是，人与人的情况不同，尽管同为一样的生辰。他试探着问道，求卦之人是男是女？在听到是位女社员后，金玉解释说，依卦理来看，如果是女的命运相当不好，一生上下不着沉，今年恐怕会遇到较大的坎坷。

对，大队干部不禁道出这个字，使金玉觉得求卦之人所遭遇的坎坷比他预想的要大得多。于是，他大着胆子询问大队干部，这位妇女还在世吗？

怎么会不在呢？

即使在世也是大病缠身，不易医治。她眼下正走的是一步绝运：

> 木旺金绝金怕衰，土逢沐浴有大灾。
> 火到死处无人救，水流绝地回不来……

金玉十分肯定地说，就冲她这步运，我看这个人这辈子算是废了。

正是金玉算的这一卦，避免了申乡医的一场官司。事情是这样的，大部干部让金玉算命的那位妇女，身体一直不好，前些天病情突然加重，家人求申乡医为其诊治。用了两天申乡医开的药方，病情不但没有好转，反而胸痛加剧，浑身盗汗。申乡医赶忙为病人打了两针消炎止痛药，只听病人哎哟两声就不治身亡了。患者家属认为是申乡医给下错了药所致;申乡医强调他所用的药绝对安全,再好的医生也治不了该死的病。医患双方为此事争吵不休,正在做调解工作的大队干部瞧见金玉,便如同撞到了秉公执法的黑脸包公,立即把他恭恭敬敬请了进来。在金玉为这位已故妇女算命时,申乡医和患者家属也在场。只是按照大队干部的嘱咐,在金玉解析命理时他们谁都没有吱声。

金玉离开这个村庄三里多路时,申乡医悄悄追了上来,非得塞给他十块钱作为谢礼。金玉坚决不收。他说,我与你们医患双方都是初次见面,全无了解。我们算命先生这样算命占卦,一是依据卦理知识和自身的实践经验,二是遵循矛盾宜解不宜结的原则。你们长期生活在一个土台上,更应该以和为贵。方才的卦礼钱,大队干部已经如数给了我,你完全没有必要再单独谢我。金玉嘱告他,当医生就得好好研究医术,那可是一门板上钉钉的学问,不像我们算命的,说错了再扳回来。悬壶之道自古人命关天,好学还须心细,千万马虎不得啊!

金玉问申乡医的儿子,你父亲的身体还好吧?现在的生意怎么样?小伙子告诉金玉,他爸爸现在身体硬朗得很。自从上次出了那件事后就不再行医,因为他自知不是个心细的人,干些体力活才是他的强项。金玉心想,如果放在当下,他就不会接那种活,涉及人之性命的事应当由司法部门处理,一位算命先生哪能担当得起那么大的责任呀?

山下那条土路的积水仍在快速升高,水流也比先前急多了。小伙子说,他爸爸午后瞧见了金先生一个背影,那时太阳还火辣辣的,没想到突然就下了这么大的雨。方才他们所走的山下这条路,遇到雨水多的时候就是行洪河道。他爸爸算计着金先生怎么也走不出这条沟,就派他来接了。

雨中的山路泥泞难行,待金玉爷俩到达村子时,天空已经转晴,家家户户都开始做晚饭了。袅袅炊烟渐渐融入蓝灰色的天际,淡淡的干柴枯草味和饭菜的香气朝金玉他们爷俩扑来。老申让妻子整了几样好菜,自己又跑到村中小卖部买来了一瓶白酒。金玉进屋后擦了把脸,换了身老申用过的干衣服,就开饭了。这时金玉方知老申小他三岁,听他说话走路的声响,还像个四十多岁的壮年人,底气足得很。金玉问他身体怎么保养得这么好,老申不无戏谑地说,咱这点医术,给旁人瞧病不够用;为自己开个方子、保个健还是有富余的。哈哈……

转天上午,金玉让老申的儿子把他送到村外的大道上,他打算去附近的镇上转转。老申不同意,说这瓶酒您刚刚喝过二两,我们全家没有一个沾酒的，说啥您也得喝完了再走。金玉勉强留了下来，老申瞧着他那不踏实的样子说，怎么这么大年岁了还待不住哇？该享享清福啦。

金玉笑了：生命不息，战斗不止。现在待着还早哪！

三十一

雨后的山乡碧空如洗，景物一新，吸口气都觉得十分清甜。在镇街的一角，金玉正在为两位抽帖的小伙子解析着命理时运，忽然，一只手抽走了他挎兜中的竹板。金玉以为又遇到了宝坻城北那类极"左"分子，厉声呼道：住手，还我板来！

拿他竹板的人与金玉年岁相仿，穿着一身肥大的草绿色旧军装，满是皱纹的脸上留着又黑又硬的胡碴儿，茂密的短发仍见不到几根银丝。他把竹板背向身后，忍住笑容质问金玉，谁让你又在这哄骗人了？

老李，老李，孙子底下就是你。虽然来者装腔拿调，金玉还是听出他是自己的一位老朋友。

老李让金玉做完这份生意到他们村子去，数年不见，大伙都想你呢。听从老李劝告，金玉提前收摊，随着老李来到了他家。信息像是长了翅膀一样，在这个小山村迅即传开了，前来看望金玉的朋友你来我往。临近黄昏，又来了两位求解疑难问题的。其中一位涉及八字命相，金玉轻车熟路，很快给了他一个满意答复；另一位是中年妇女，说话有气无力的。去年她家里打了一眼井，是唐山市一位算命先生给择的日子。虽然新井出了水，可是她家男人在三个月后却被关进大牢。中年妇女询问金玉，是不是她家打井的日子择得不好？那口井能否继续使用？金玉想将此事推出去，他说，以前常为人选择娶媳妇嫁闺女搬家盖房的日子，从来没有经历过打井这种事。

这位妇女哭哭啼啼地央求金玉给算一算。在场的其他人也在一旁劝说，这世上没有金先生不明白的事，您老就行行好吧。

事已至此，再推就伤了和气。金玉问过这位妇女打井的日子，始知唐山那位算命先生是按照五行学说选的水日。这种择日子方法可谓是算命先生的一个独创，即与金有关的事情就用金日，与木有关的事情就用木日，与土有关的事情就用土日……表面上看，似乎有一定道理，但方法又未免太过简单、太过天真，甚至有些荒谬了。仅就打井而言，如果将井打在山顶没有水的地方,你日子选得再好,工程进展得再顺,肯定也没有用。在这类事情上,算命先生择日甚至不如风水先生的观地察形。

前年春节期间,金玉在家乡盘买卖,也曾遇到过择日子打井这类事情,一位三十岁出头的小伙子喜好赌博,由于技艺不佳一直输多赢少。这一天,他为了图吉利,找县城附近的一位算命先生择了个进财的日子。盼到这天到来时,他拿着比平日多出三倍的赌资,兴高采烈地钻进了地下赌场。结果进财日成了伤财时,前后不到三小时,他输掉了全部赌资不算,临时在现场借的两千块钱也全部赔了进去。小伙子气愤难平,欲找给他择日子的那位先生讨个说法,恰巧碰到了金玉。对于问财的卦,金玉没少占,但是他所使用的方法比以五行为日复杂得多,有些类似田塬先生的测字。

1962年的这个季节,也在这个地区,一天傍晚金玉被一位大队饲养员留住了,二人晚饭吃的是烙黏火烧炖豆角。饭后饲养员问金玉,他今夜是否有财?金玉知他可能要去耍钱,便让他报个时辰。饲养员想了想,报的是子时。金玉按照自己所学的那套理论给他作了掐算:

正九寻牛五月鸡,
二八子上画蛾眉,
四月戊上找初一,
唯有十腊寅上起……

金玉讲,此卦正应蛾眉腾黄,诸事大吉,应该有财。饲养员请金玉替他看屋,他要到梁那边去打牌:您说我有财,我这就去试试手气。

金玉觉得,他的这种算法,即便不科学,怎么也称得上是一门小学问呀!起码要背会那套口决的。可眼下有的算命先生的择日方法过于牵强了,不知是谁开的这个先例。金玉粗略数了数那位先生为小伙子择的日子为金,财与金相通嘛,亏他想得出。怎么对这位小伙子解释呢?这些算命先生可都是他的同行和部下啊。金玉思量一会儿说,那位先生择的日子没啥大问题,恐怕与你的命运有关,来,我给你算算吧。

啊、啊,那敢情好。可、可就我手里一分钱也没有了。

这没关系,我今天免费给你算上一卦,谁叫咱们有缘相会呢。金玉认真为小伙子解析了他的八字,然后告诉他,果然是你的命相有问题,没有暴富的运气啊。金玉对他说,你命中土多火旺,秉性直率天真,又易急躁暴怒。如此性格尤其不适合到赌场上去捞钱,通常来看,你自己出牌缺少谋算，别人设套你又看不出来，一旦输了些钱则不管不顾，恨不得立马把钱捞回来。金玉严肃地说，痛改前非、悬崖勒马是你面前的唯一选择。不要再找为你择日的那位算命先生了，再好的日子去赌，也捞不回你失掉的本钱。听大叔的，还是靠勤劳致富吧。不然，你连家中房子都保不住的。

后来金玉了解到，这位好赌的小伙子果然不再涉足赌场，到一家私营企业去打工了。

对面前的这位中年妇女讲些什么呢？金玉迅速捋着自己的思绪，她丈夫被捕当然是触犯了法律，而不是打井日子选得不好；既然她对丈夫入狱如此在意，说明他们夫妻感情很深；她丈夫所犯罪行，十有八九也与流氓或通奸关系不大；与那个好赌的小伙子不同，这位妇女不是事件的始作俑者，甚至还是受害人。

大家热切期盼着金玉开口。老李为金玉的茶杯又续了一次水。

你家打井的日子没啥问题，人们违法犯罪从来与择日没有因果关系。金玉把茶杯放在桌子上，劝导这位妇女说，如今令人痛心的事情已经发生了，这是谁也不愿意看到的，你还要把心放宽些，万万不要想不开。小平同志讲，一切向前看，对于你也十分适合。什么事都应往远处瞅，要多想想孩子，多想想以后的日子。

金玉主动询问了这位妇女和丈夫的生日时辰，扳着手指嘀咕了一会儿，语气更加肯定地说，你们两口子这两年都处在人生的低谷。尤其是你丈夫眼下这步运不怎么好，又逢流年直接作用于命局，正应辰土海火之凶，吃官司也就在所难免了。不过，这步霉运已经过去，下步运光明得很，日子会越来越好。有诗为证：

忙忙碌碌苦中求，何日云开见日头？
待到此难闯过去，合家欢乐无忧愁。

金玉环顾一番四周，尽管他什么都瞧不见。屋内烟气腾腾，气氛严肃，大伙儿仍在盯着他们心目中的高人。金玉进一步提高声调说，在座的各位回去转告众乡亲，千万不能歧视这位妹子，谁这一辈子都不能保证不走背字。他们两口子后半生的命是不错的，浪子回头金不换，一旦她丈夫获得自由，再得之这位妹子的协助，将来她家的日子一定过得不会差。

中年妇女终于露出了笑容，说话底气也比刚来时足多了。她问金玉眼下自己该做点什么。

放下思想包袱,坚定生活信心。你丈夫进去是他的命,你没有必要再埋怨自己和他人,更不必因此抬不起头来。要像没发生这件事那样,精心料理家务照、顾好孩子。金玉还建议她抽时间多去看看丈夫,让他在里面安心改造,争取立功,早些时候回到你们娘儿个身边。

火球似的夕阳把半边天空烧得色彩绚丽斑斓,小山村的前溪后坡、房屋庭院、树木花草,统统罩上了令人如醉如痴的薄纱。这位在押犯的家属随众乡亲轻松愉快地走出院子,融进了金碧辉煌的晚景中。

三十二

陈淼这个时期正在隆化县西北地区活动。这日黄昏,他来到了柳沟营附近,准备趁天未黑越过前面的山梁,那边有几位朋友约他今晚一块聚聚。就在他担心天黑后没处寻人问路时,碰到了刚刚放学回家的中学生尹小松。陈淼求他送自己一程。

学雷锋,做好事,那没问题。小松愉快地答应了,弯腰拎起陈淼的马竿,紧接着朝陈淼吐了吐舌头,笑嘻嘻地说,不过,我送您得有个交换条件。

有条件还叫学雷锋吗?陈淼心想,甭问,这孩子就是个嘎小子,赶路要紧,花钱雇他也得认。

那我给你算一卦吧? 咱们边走边说。

不,我们老师讲,算命占卦是迷信。

陈淼本打算以卦顶钱,见没有成功,又提出给他些零花钱,问他需要多少。

不要!学雷锋哪有要钱的?小松晃动着圆圆的脑袋,仍然嘻嘻地笑着,我只想请老先生给我讲段故事。

好,咱们就讲段故事。陈淼笑得比小松要开心得多,算命盲人别的不敢应,说书讲故事可是他们的第二专业啊!那是在1943年夏天一个漆黑的夜晚,我率领三名儿童团员拿着银光闪闪的红缨枪,挎着半篮子手榴弹,悄悄地摸到了日伪军的驻地。瞅准机会,我们四人大喊一声“杀啊”,分别嗖嗖地甩出自己手中的手榴弹,当场就炸死了六个日本鬼子和五个小伪军。见日伪军追了过来,我大喊一声,赶快撤,我掩护。趴在一个土坡上,我又唰唰地扔出了篮子里仅剩的三颗手榴弹,把小日本炸得鬼哭狼嚎。只是第三颗手榴弹抛得近了些,一块弹片飞进了我的脑袋。当时虽说顶着火气逃脱了追敌，不想伤了视神经，慢慢地就瞧不见东西了。

哎哟，您就是陈先生，蓟县的抗日英雄？我以前常听爸爸讲述您的英雄事迹，真了不起！

后来，我又指挥儿童团……

后来您又指挥儿童团在鬼子门口布了一颗地雷，再后来又活捉了铁杆汉奸的狗爹……陈森还想继续白话他的英雄事迹，却被小松打断了。他说，您的战斗故事，我早就背得滚瓜烂熟了，还是讲些别的吧。

别的讲些什么呢？爷俩边聊边笑边赶路，不觉太阳已钻进山林，天色明显暗了下来，身边的微风也变得愈加阴冷。陈森想了想说，咱们脚下踩的是深山老林，听说新中国成立前常有虎狼出没，对，我就给你讲一段武松打虎的故事吧。

那是在很久很久以前的大宋朝，梁山泊好汉武松这一日来到阳谷县地面，正走得肚中饥渴，望见前面有家酒店。武松进店后要了二斤熟牛肉，接连喝了三大碗酒。

小松说，这武松怎么这能吃呀？我们全家人一顿也吃不了二斤牛肉。

不然怎么称得上是好汉呢？好汉就得能吃能喝，就这么些酒肉还不够他塞牙缝的呢。陈森继续道，可是待武松再买酒时，店家却死活不肯卖给他，说我这门口写得明白：三碗不过冈。你怎么没瞧见？武松听了店家的解释后大笑不止，说我已喝了三碗酒，为啥没醉？在武松的强烈要求和吓唬下，店家只得酒肉管他够。这样，武松前后连喝了十五大碗酒，高出了店家规定的四倍。小松问陈森，武松喝的是啥酒？白的红的还是啤的？

陈森皱了皱眉头，说，他喝的是什么色的酒书中没有说。

小松不以为然地说，如果是啤酒，我爸爸也能喝十五碗，喝完还能打麻将呢。

陈森说，那武松喝的肯定是劲儿非常大的白酒，要不店家怎么会限制客人不得超出三碗呢？

看到武松出门要上景阳冈时，店家连忙伸手阻止，告诉他如今岗上有一只吊睛白额大老虎，甚是凶猛，已连伤了二三十条大汉的性命。武松不但不信，反而说店家留他是想夜里谋财害命。稍后在半路上，武松见到阳谷县告示，方信店家所说句句是实。但他考虑再折回酒店必遭人们耻笑。

小松咯咯地乐了：这耻笑能值多少钱一斤？如果让老虎吃了，那可麻烦大了。陈森叫小松先别吱声，精彩的地方还在后面呢。

于是，武松把毡笠背在脊梁上，夹着哨棒，一步步上了岗子。此刻天已擦黑,他方才喝的那些酒渐渐来了后劲,便寻了一块大青石躺下身来准备睡觉。就在这时,一阵狂风刮来,只听得乱树背后响声如雷,那只大老虎嗖地一下跳了出来……

柳营沟的太阳也很快坠入山中,天空遮上了一层厚厚的黑幔。陈森仍在滔滔不绝地讲着,小松突然止住了脚步。陈森问,怎么啦?

啊,啊……小松惊得发不出声,好不容易才吐出了四个字:前面有、有虎。

陈森笑着说,你别逗了,我这里讲武松打虎就有虎来了?如果真的遇到虎,我就当一回现代的梁山好汉。只是老虎在这地区已绝迹二十多年了,哪里还能寻得见它们的影子?

那只老虎又饥又渴,猛地往上一蹿,朝武松扑来……陈森仍在绘声绘色地讲着。

啊、真、真虎……小松吓得躲到了陈森的身后。陈森摸着小松筛糠的身子,知道他不是在开玩笑,绝迹多年的老虎真的又现身了,而且朝着他俩这对一残一小、手无寸铁的弱者走来了。陈森立即汗流浃背了。

怎么办呢?跑,不是个法子。甭说他俩这种身体状况,就是体格健壮的小伙子也跑不过老虎呀?待在这里静等,也不是个法子。老虎瞧见他俩,怎么会轻易放弃呢?陈森想,自己这么大年纪,又是个瞎子,死倒无所谓。可是这孩子却是早晨八九点钟的太阳,不能因为自己求他领路而遭此厄运啊!陈森这时还想到了自己在群众中保持的光辉形象,想到了上次盲人协会选树的先进典型,想到了日常唠叨的善恶有报、生死轮回的哲理。他下定决心要帮助小松脱险,宁可自己喂虎,也不能给抗日英雄、给盲人脸上抹黑。他急速转动着脑筋,或跑或等,老虎都有可能首先扑向孩子。办法只有一个,让孩子先走,自己留下来等虎。陈森告诉小松,你赶快悄悄地回村喊人,我在这里看着老虎,免得它四处乱窜伤害人。

摸着小松仍在发颤的身子,陈森轻声且坚定地说,别怕,有我这位抗日英雄呢,快走!

三十三

一升高哇,全来了哇……喝酒,喝酒!

没眼人吸引人,没眼人喝酒划拳更加吸引人。左邻右舍听到喧哗声,纷纷赶到老连家观看金玉与朋友们饮酒行乐。原本老李已经为金玉准备了晚饭，正放好饭桌准备就餐时，穿着利落的老连闯了进来，非得请金玉到他家去吃。老李不同意，说明天再到你家去。老连扫了一眼桌上的饭菜，嘿嘿了两声说，就你这破饭还宴请金先生呀？干脆你也随我们一块去，见识见识我家的大席面。

老连家今晚有客人，饭菜果然十分丰盛。金玉和老李进门时，饭桌上已摆放了四凉两热六个菜：酱猪肝、羊杂碎、咸鸭蛋、拌豆角、炒鸡蛋，外加白菜烩豆腐，四位先到的客人正坐在地下的板凳上聊着天。老李笑了，告诉金玉咱们来对了，果然比他家的饭菜强多了。

老连不无炫耀地说，这哪算好呀？真正的硬菜，你弟妹还没做完呢。

老李又拿起柜子上的白酒仔细瞧了瞧，是陕西产的西凤，比我家那二锅头强过好几倍。

老连说，这是刘大夫带来的，不然咱可没这个口福。金玉知道刘大夫在这一带小有名气，人又豪爽好交，平时给他送礼的人不会少。一般人家，是没那么多富余钱买这种名酒喝的。

金玉听出，屋内先来的客人有三位他熟悉，除了刘大夫，还有两位本村的干部，长着憨厚的面孔，接人待客十分随和。以前他们一起讨论过算命说书的事情。金玉询问那位陌生客人贵姓。

刘大夫抢着答道，河北小三，派出所的。

啊，是姓穆吧？与巾帼英雄穆桂英同姓。

不是，他姓穆仁智的穆，他俩是叔侄关系。刘大夫再次替陌生客人做了回答。

穆干警年不满四十，中专毕业，在这山乡中可算是文化人了。他对金玉能猜出他的姓氏且知与穆桂英同宗十分惊讶，以前常有人像刘大夫这样概括自己的姓氏，但一般都不知何意。他试探着问道，金先生从前是干什么的？文化根底不浅啊。

金玉告诉他，自己从年轻坏眼后就算命，小时候曾读过几年书。穆干警十分钦佩金玉的记忆力。几十年过去了，居然没有忘掉这类难写难记的字。金玉微笑着解释说，我们没眼人思想单一，不同于你们有眼人那样满眼五颜六色，所以对从前的事就记得死，有用的知识更不敢轻易忘掉。

酒席桌上，穆干警看到金玉熟练的端杯敬酒和饮用的姿态，再次露出了吃惊的神色：莫非金先生喝酒也是小时候学的？

哪可能呢？我父亲对孩子一贯十分严厉，平日他的酒盅不许我们碰，来了客人连我母亲在内，都只有站旁伺候的份儿，根本上不得饭桌的。金玉不无自豪地说，他开始饮第一盅酒同样与识字有关。

不单穆干警，在场的所有人对金玉的饮酒起因都十分感兴趣。应大伙儿请求，金玉讲述了那件发生在1946年夏天的往事。这日下午，他到了古寅家中，准备转天从新安镇渡口过河奔玉田的林南仓镇。黄昏时，古寅母亲提前为他和古寅各盛一碗饺子吃了，让他俩在西屋好好休息。此刻堂屋中仍在煎炒烹炸，金玉猜测今晚他家一定有重要客人。果然，不一会儿便有三位村干部和他家的大叔进了东屋。金玉从吵嚷声中听出，他们是应邀来为古寅父母与哥哥嫂子分家的。那时普通农户家中钱财不多，不到一小时就快刀斩乱麻地划分好了。可是，这些人中却没人会写分家单。古寅父母讲，有村干部和大叔作证，就甭写了。古寅嫂子坚决不干，空口无凭，分家怎能不立字据呢？村干部又从东到西把村民们数了一遍，仍然找不出一位能应承此事的人。古寅嫂子说，你们这里没有会写的，明天我到娘家去请人。如果这样，古寅家明日还得再破费一桌好饭。双方为此越吵声音越高。

这时，在西屋的金玉走了出来，说我能写。于是，由金玉口述、古寅大叔记录的一份分家单迅速写好了。在场的人无不兴高采烈，非得把金玉扶到饭桌前，与他们一同饮酒。金玉说他不会喝。一位村干部说，连分家单都会写，哪有不会喝酒的？在大家的劝说下，他抿了一口酒，感觉挺辣；在大家的鼓励下喝了第二口，他觉得有一股热流入腹，烧得胸口热腾腾的；接下来，金玉与客人们共同干了三盅酒，他已觉得脑袋有些晕，仿佛在腾云驾雾了，眼前所浮现的也是美妙的事情。看来这酒真是好东西，怪不得历史上有那么多文人骚客嗜酒如命，现实中又有众多凡夫俗子崇尚吃香的喝辣的呢？金玉没料到，此次初识杜康便与之结下了不解之缘。

酒至半酣，谈兴正浓。穆干警突发奇想，问金玉是否会划拳，那种饮酒法才有意思。金玉的回答再次令在场人吃了一惊，而且惊得瞠目结舌。金玉说，没问题，常在酒缸中泡着的人，岂有不会那玩意儿的？

到哇，到哇！金玉拉着穆干警的手上下晃悠着叫着，四季财啦。

五魁首哇！穆干警仓促应答着，输了，认罚。

六六顺哇，七个巧哇，巧七个呀！

八匹马哇，马八匹哇……全来了哇！酒席上的人觉得没眼人划拳新鲜，争着与金玉为对家。几轮下来，金玉自然比其他人多喝了许多，状态也愈加兴奋了。这时，瞧热闹的村民中有人提议，欢迎金先生为大伙唱段大鼓书。穆干警积极响应，他说他这辈子还没有听过金先生的演唱呢。金玉爽快答道，没问题，前提条件是你得自罚三盅酒。大伙对金玉提出的条件，一阵掌声支持。

半醉半醒的金玉此刻思维仍然敏捷。他清了清嗓子说，我今天一不谈古，二不论后，就根据现场情况编唱一个小段，请大伙仔细听了：

明月一轮空中悬，
露如珍珠洒满山，
改革开放政策好，
万家灯火万家欢。
抽烟卷品香茶，
炕头一坐看彩电，
古今中外多少事，
得意哪台就把哪台选。
单表那：
连家今晚宴宾客，
盘盘佳肴解人馋。
更有那红炖狍子和鹿肉，
昔日皇宫方能见。
醇正味美的西凤酒，
以往的百姓怎沾边。
众乡亲前来助咱兴，
喜得这屋里屋外热闹非凡。
再看这：
柜子上的电话连四海，
冰箱内的美食通着天，
远在天涯如咫尺，
火热天也能品那肉冻鲜。
多亏邓小平扶大厦于将倾，
多亏党中央拨乱反正挽狂澜，
多亏在场的各位埋头苦干，

才将我们从前的梦境都实现。
这正是：
政通人和心气欢，
山村处处换新颜，
大家携手朝前奔，
以后的日子肯定一天更比一天甜。

屋子内外的村民拍着巴掌跟随金玉唱道，一天更比那一天甜……

三十四

秋风萧瑟，凉意袭人，转眼已到了秋末冬初时节，飘飘洒洒的落叶为山乡的大道小路铺就了一层金黄色地毯。这天下午，金玉顺着大路来到了隆化县柳沟营附近。一位赶着马车的中年男子见到他吁的一声，把车停了下来，开口询问金玉一行几个人。金玉回答说，只他一位。车把式说，前些天有位盲人到这块儿算命，让老虎吃了。您一个人走路可得多加小心呀！金玉不相信，这么多年了，从没听说这里闹虎哇。现在连狼都见不到了，哪里还寻得到老虎？他心想，不论怎么说，这位车把式是出于对自己的关爱。金玉对车把式表示诚挚感谢后，又继续踏着遍地金叶赶路了。

转天上午，金玉进了东沟。一位七十岁上下的老汉把他领进家中，为孩子算了两卦。临分别时，老汉再次谈到此地正在闹虎的事情，提醒金玉外出活动可得多加小心，千万不要走夜路。金玉仍然将信将疑，问，这块真的会有老虎吗？

那还有假？老汉绷着面孔、睁大眼睛说，前些天一位名叫陈森的算命先生就不幸让虎给吃了。

金玉听后心头一震，进一步问道，您所说的可是蓟县的陈森？

正是那位当年打日本鬼子被炸坏眼睛的少年英雄，想必你们认识？

那是我义弟。金玉确信老虎伤人果有其事，而且伤的是自己的朋友，顿时悲从中来，浑身像散了架一样没了力气。陈森的音容笑貌又浮现在他的脑中：尽管陈森这个人好吹，还凭空编排出自己英勇杀敌的故事，但本质上却是个仗义秉公、热情好客的好人。六十年代初，金玉带古寅、洪江到他家串门，他让父母拿出家中仅有的一点白面招待他们，而他自己和家人却悄悄地啃着高粱面窝头；前年金玉大腿摔伤后，他张罗几位道上的好友，多次拎着营养品到金银窝探望；在算命占卦上，陈淼也一贯支持金玉的主张。改革开放后，他又积极为金玉掌管冀东盲人协会奔走相告。金玉干涸多年的眼睛再次湿润了，他详细了解了陈淼遇难的经过和后事处理情况。老汉讲道，乡亲们接到小松的报信，立即拿着猎枪和棍棒去了现场，没有瞧见那只老虎，只找到了陈淼被老虎吃剩下的脑袋和七零八落的骨头。大伙猜测，一定是陈先生提前算出了自己的死期，怕连累小松才让他赶快离开的。

他哪里会预测人之生死，分明是在舍己救人呀！金玉想，陈淼终于在他有生之年圆了自己的英雄梦，不禁感慨道，老陈，好样的！

金玉无心再揽买卖，到镇上找了家客店住下，第二天早晨便乘车回到兴隆县城。一路上，金玉在为陈淼悲叹，也在为兰云担忧。可怜这位老姑娘呀，刚刚找了个托付终身之人，又遭到了如幸大难，怎能不叫人揪心？在云海家附近，一位正在出摊的修鞋匠叫住金玉，求他为自己和家人算算命。金玉说，今天不行，他还有更重要的事情得办。修鞋匠望着金玉急匆匆离去的背影，嘀咕道，难道还有比挣钱更重要的事儿？神经病。金玉走进云海家，又让他派人把马腾叫了过来，随后，向他俩通报了陈淼的英雄事迹和自己的打算。按照金玉的提议：冀东盲人协会于近期召开全体会议，一是宣传学习陈淼的事迹，在全体盲人中开展学先进、树正气、做奉献活动；二是组织会员为陈淼家里募捐，切实帮助他家解决一些生产生活中的实际困难；三是开展安全教育培训，讨论制订盲人外出的安全保障措施，严防再发生陈淼这样的不幸事件。

你传我，我传他，他再告诉另外的他……盲人们以古老的方式迅速递送着开会的信息。

第三天上午，金玉正在云海家思考着他在全体大会上的讲话及安全措施，陈淼突然高喊着“大哥、二哥”闯进了屋子。云海惊得大呼鬼来了，马腾吓得急忙往金玉身后躲。

没错，是陈淼的声音。金玉觉得事情蹊跷，站起身子问道，陈淼兄弟，你到底是人是鬼？

大哥，我是人呀！陈淼说着上前两步握住了金玉的手：您摸摸，我这不是好好的吗？不知道哪个缺德玩意儿咒我，散布那个让人心惊胆战的谣言。我刚刚娶了兰云，能这样说死就死的吗？

金玉摸到的，是一个活生生的陈淼，圆乎脸，双下颏；比自己稍矮的个头,额头处还落着一块被弹片炸伤的疤痕。他让云海、马腾赶快过来摸摸陈弟,他这不是还健健康康地活着吗?

众人化悲为喜。金玉立即吩咐云海家人到饭店去订桌饭,他们几位要痛痛快快地喝一顿,庆祝陈森“死而复生”。云海问金玉,那咱们的全体会议还开吗?金玉略一打沉,说,如期举行。只是将会议议题改为一项为宜:研究讨论大家外出的安全防范措施。一会儿我们再议议,如今好日子刚刚开头,我们还可以大有作为一番,不能马马虎虎地走了。

金玉这时方想起修鞋匠请他算命的事情,又独自来到了街上。报过生辰时日,金玉夸这位修鞋匠八字不错,接着从命理上对其进行了详批。金玉说他同自己一样赶上了如今改革开放的好光景,只要勤恳劳动,今后的日子会越过越红火。算完后,修鞋匠问得给多少钱。金玉说,按我们当下的行情每卦十块钱,咱们都是做买卖的,你瞧着给吧。

修鞋匠说按规矩办,随手递给了金玉一张大团结,之后感慨道,看来您挣钱比我快多了,我起码得修四五双鞋才顶得上您这一卦。

金玉笑了,告诉他说得有道理。原因在于我们算命的是做生意,你们修鞋的是要手艺;我们是在从事复杂的脑力劳动,你们是在干简单的体力活儿;我们这套本事学两年不一定能掌握,你们那套技术用不了两个月就能够精通。性质不一样啊!

这不是前些年批判的劳心者治人,劳力者治于人的反动谬论吗?

金玉笑得更加开心,说这句话是孔圣人讲的,不会错。他打算在即将召开的盲人协会全体会议上,讲述一下这个故事,让大伙认真算算账,珍惜现在的机遇,刻苦研究新形势下的算命占卦规律。在实践中,鼓劲不泄劲,帮忙不添乱,千万别给政府找麻烦,别拿老百姓的血汗钱不当回事。

三十五

辉宇研究生毕业后,分配在了天津的市直部门。他的婚姻大事,随即被提上了全家及亲朋的日程。看到村里与他同龄人的孩子早就满街跑了,金玉和敬芳十分着急,一再催促辉宇该交女朋友了。为了学业和事业总不能把下一辈人都耽搁了吧?凭辉宇的相貌、性格、学历、工作,谁都认为,他找个理想伴侣是极其容易的事情。如同秋天到苹果园去采摘一个苹果,还不是任意选随便择?甚至闭着眼,都能撞上个称心如意的。母亲劝他,条件差不离就行，找对象主要是为了生儿育女过日子；柯英劝他，抓紧结婚吧，趁着你母亲体格硬朗，好帮你们把孩子拉扯大；叔伯嫂子逗他，大都市的洋妞个个都漂亮，你可千万不要挑花眼；马安的老婆说，这两口子到一块讲的是缘分，不知道哪位有福的姑娘在等着辉宇呢。

世界是普遍联系的，任何事物又都是共性与个性的统一体。这个基本的哲学命题，恰恰反映在了辉宇这位哲学研究生的婚恋上。他找媳妇并没有如周围人想象的那么容易，原因则在于他不是孤立的个体。

辉宇考研不久，就遭遇了两位女大学生的狂追，犹如椰风那样令他抵挡不住。辉宇最终选择了一位姓梅的女孩。小梅天真烂漫，天津海河的水将她滋养得像春苗般鲜嫩，两只汪着水的大眼睛中透着无邪。虽然快入“大三”了，看上去还像个初中生。她的性格一如她的长相，虑事单纯乐观，哪里有她的靓影，哪里就响着咯咯的笑声，好似天塌下来于她都是件新奇的美事。辉宇多次向她介绍自己的家庭情况，包括未来将要压在他两肩上的沉重负担，她的回答仍然是无忧无虑的欢声笑语。辉宇看上的就是她这种可人的长相和性格。

如此女欢男乐地交往了两年。突然有一天，小梅提出要与他分手了，理由是她的父母听说辉宇的家庭情况后，立时翻了脸；她的七大姨、八大姑们同样表示坚决反对两人继续交往；她自己简单想了想，也觉得未来的瞎公公、病婆婆可不是那么好伺候的。小梅告诉辉宇这些时，仍然一脸阳光，照得辉宇几乎睁不开眼。

散就散吧，旧的不去新的不来，再重新找呗。辉宇苦恼了几天便归于平静，更加专心致志于哲学研究了。

辉宇谈的第二位女友是来自北京的花姓同仁，只是她所研究的不是哲学而是中共党史。小花同那株“春苗”相比，却像棵含苞待放的玉兰，端庄而又不失秀美。自幼受京都皇风的熏染，使得她思维活跃，见多识广，能言善辩，堪称地道的才女。有了“春苗”的教训，辉宇与小花交往时间不长，便一股脑儿地端出了自己的出身和家庭状况。

农村人怎么了？毛泽东、周恩来、邓小平、朱德，我们党哪位领袖和将帅不来自农村呀？曹刿说得好，肉食者鄙，未能远谋。小花的回答果然超凡脱俗。

辉宇毕业留城后，提出要把父母接来一块住，哪怕是租房。老人家年岁一年大过一年，让老两口在农村生活，他放心不下。小花说，大可不必，人家毛泽东、周恩来、朱德，哪一位不比你本事儿大，还不是都没有将父母带进城？辉宇讲，据我所知，这些领导的父母都已过世，还怎么带？那许世友的父母可是健在的，怎么仍旧留在了大别山？两人各有论据，越吵越烈,最终为此不欢而散。

这棵“玉兰”,显然没有那株“春苗”乐观开朗。

男子汉大丈夫何患无妻?辉宇对自己在婚恋上的接连失利并未在意,每日从早到晚都是工作、学习,学习、工作,心情如水上公园的湖水一样平静。倒是周围的朋友和同事们替他着急,先是大学好友为他与他们同届的同学小乔牵了条线,后是单位的王姐为他与自己的表妹小容搭了座桥。辉宇觉得,前者长得像仲春的枣花,朴实无华,倘不仔细观察甚至不以为花,怪不得而立之年仍与自己为伍呢;后者生得如夏季水中的一株蒲草,虽说颜色单调些,但也亭亭玉立,耐人端详。只是没有一定的文化素养,是欣赏不了这样的美的。可惜辉宇与这小乔、小容,均只是一面之缘。在与小乔见面时,二人都露出了满意的面容,辉宇悄悄问大学好友,告诉她我家情况了吗?答曰:没。在与小容见面时,二人也露出了满意的表情,辉宇又悄悄问同事,告诉我家情况了吗?回答仍然是没。于是,辉宇便当即告诉了女方自己的家庭情况,以及婚后要接父母来津一起生活的打算。

“枣花”“蒲草”亦如她们的性格,面色平和地与辉宇拜拜了。

两位牵线搭桥人埋怨辉宇,你急着告诉她们那些事干吗?等交往深了,生米做成熟饭再说呗。金玉、敬芳一生恪守诚信为本,他们教育出的孩子怎么会在婚姻大事上耍弯弯绕呢?

三十六

辉宇迟迟不将媳妇领回家,敬芳的心急得如同燃了一把火,开始四处托人在老家为他张罗对象。也就是这时,她及亲朋好友才注意到,晚婚晚育的时代早已过去。像辉宇这般年岁未结婚的姑娘都是些老大难了,要么长相“艰苦”,要么性格孤傲,要么眼光过高。而属于后者的,仅仅是极个别情况。看来,敬芳要找到称心如意的儿媳,只能把目光投向低龄姑娘了。

敬芳托人为儿子介绍的第一位女孩与辉宇没有见面,因为爹是盲人、妈有癌症这句话把她吓得心惊肉跳,顿时面如白纸。敬芳批评媒人说,没有你这样讲话的。

第二位女孩是县直部门的一位办事员,虽然没经过战天斗地的锤炼,却长得滚瓜溜圆,面若蜜枣,比铁姑娘还要铁三分。男女二人见面后,辉宇即把话题转到了家庭状况上,强调自己只哥们弟兄一人,婚后必须与父母一起生活。女方听罢，当即铁着脸道了声拜拜。

第三位女孩是位中学教师，面色红得如同秋后的大高粱，听完辉宇介绍的家庭情况，仍然未等辉宇说不，她先“故的拜”了。

第四位女孩是位护士，虽然五官长得还算俊俏，只是体形圆得像个坛子，两人见面聊了不足一刻钟，辉宇又习惯性地端出了自己的家庭现状和今后打算。女方没容他嘀咕完，便拜拜着起身离去了。

敬芳不相信，凭儿子和家庭的双重实力找不到一位好媳妇。她继续八方托付着媒人。一周过去了，两周过去了，一个月过去了，竟连“铁姑娘”“红高粱”“坛子”那样的女孩也寻不到了。媒人们告诉她，辉宇自身的情况确实够硬实，他们将他的学历、职业、照片在女孩面前一亮，几乎没有哪位说个不字的。只是一提到辉宇的父亲，女孩们的热情就立即从酷暑转到了寒冬，原因是谁也不想找一个瞎公公。即使结婚后不在一起过，于脸面上也不好看啊！恐怕这辈子，在亲戚朋友和同事面前都抬不起头；日后有了下一代，也不能抹去他爷爷是算命瞎子这个黑影。

金玉了解实情后，接连数日寝食难安，心情的悲痛程度丝毫不亚于当初失明时。他想不明白，自恃知古识今、能掐会算、上进王爷府、下入绣女房的算命先生，为何在人们心目中的地位如此低下？自己与他人交朋友、认干亲都是香饽饽，一旦让其成为家庭中的一员怎么就如此之难？凭借自身本事成家立业、生儿育女、含饴弄孙，为何这种再正常不过的生活没眼人却无缘消受？金玉奋斗大半辈子的理想仿佛正在化为泡沫，慢慢地飘向天空，融进乌云。

金玉的心在滴血。

这是一个令人心酸体寒的冬夜，阴云低沉，寒风呼号。黎明时，西北风刮得越发狂猛，呜呜的吼声胜似鬼哭狼嚎，仿佛要把春夏秋三季所积攒的烦闷一股脑儿地发泄出来。它所扬起的沙尘泼在窗上，发出唰唰的响声，像狸猫爪子在不停地抓挠着。金玉一夜未眠。左思右想，权衡再三，他决定效仿田塬，让自己从这个家庭中永远消失；让未来的儿媳妇再也不会因为他这位瞎公公抬不起头，让未来的孙子孙女再也不会因为他这位瞎爷爷脸上无光。

爸爸，您好糊涂哇！辉宇回家听了母亲的叙述，顾不得向单位领导请假，立即踏上了外出寻父的征程。我上大学是为了什么？考研究生是为了什么？来到这世上是为了什么？娶媳妇兴家业又是为了什么？说到底，还不是为了能让您和母亲过上好日子，幸幸福福地安度晚年吗？如果一家人连团聚都做不到，我宁可不要这份工作，我宁愿打一辈子光棍儿！

世态炎凉，辉宇欲哭无泪。

尾声　光明在心

一

2011年重阳节这天，金玉、敬芳夫妇九十大寿暨结婚六十八周年庆贺酒宴，在宝坻宾馆贵宾厅隆重举行。

昨夜，一场如雾如烟的细雨像慧眼巧手的美容师，把宝坻新城装扮得比出水芙蓉还要清新十分。早晨，条条大街小巷、座座高楼平舍，被旭日映得金碧辉煌；街道两旁的行行杨柳松桐、簇簇鲜花珍草，在朝霞中滴翠流芳；宾馆上空天蓝如海，一朵朵洁白的祥云挟着腾腾的仙气从远方缓缓飘来；院内的青竹、果树、绿篱挂着晶莹的雨珠，泛出闪闪的亮光；花园中秋虫的吟唱，与从宾馆毗邻的文化广场荷花池传来的声声蛙鸣此起彼伏，轻弹着一曲欢快和谐的乐章。站在稍高处往北望去，盘山环列如屏，山际缥缈，青蓝如黛，恍如仙境。宝坻古八景之一的蓟界云山，又清清楚楚地呈现在人们眼前。

天人合一。知道根底的人们议论说，如此吉辰美景是大自然献给金玉、敬芳夫妇的一份重礼。

今日的宝坻宾馆也进行了精心布置。从临街大门到贵宾厅的长长大理石路上铺设着鲜红的地毯，两旁摆放着冀东八县市及周边地区盲人代表和各界贤达的祝寿花篮，扑面的馨香沁人肺腑；大厅正面墙壁上悬挂着用九百九十九盏迷你彩灯镶嵌的巨幅寿字，由冀东盲人协会精心设计制作，放射着生动快乐的熠熠光辉；寿字两侧是金玉心理咨询院撰写的寿联，言简意赅，真实恰当地道出了金玉、敬芳夫妇的峥嵘岁月和人们的崇敬之情。

金玉出席记者招待会后，与敬芳一同来到贵宾厅，端坐在巨幅寿字下的八仙椅上。这对夫妇此时身着红底金花黛字唐装，外相酷似现代年画中超凡脱俗的寿星。金老先生较前些年清瘦了一些，面色仍旧白中透红，虽说眼窝略显凹陷，但他那宽阔的额头、浓密的眉毛、挺直的鼻梁、唇线分明的嘴巴，仍然透出一种不卑不亢、睿智豁达、充满自信的大师豪气。敬老太太满面红光，雪白的头发修剪得十分利落，两只明显变细的眼睛亮且有神，笑哈哈地与前来祝寿的人们打着招呼，慈祥善良的本性刻在了她的一举一动中。

古曲“老八板”在大厅上空轻轻飘荡，欢快中透着悲壮沧桑，犹如两位老人相濡以沫、艰难创业、笑对人生的奋斗史，令人遐想万千，心生钦佩与尊敬。

二

早在三个月前,金玉即已宣布解散了用自己名字命名的心理咨询院。景坤临终时,把教育培养年轻盲人的任务交给了他,说咱们这老一辈算命先生人已不多,眼下教书育徒的意义比挣钱还要大。如果年轻盲人不掌握这门独特手艺,就没活可做,无以养家糊口;一些素质低下,技艺不精的算命先生作老师,又误人误已误事业。协会的领导们非常赞成景坤的观点,认为教育年轻盲人的任务非金玉莫属。同时,建议成立金玉心理咨询院为教学平台,以期研究中华民族这份源远流长又争议颇多的文化遗产。后来,各地政府和教育部门纷纷成立了盲人学校,教授青少年没眼人学习掌握一些现代实用技术。特别是伴随着二、三产业的发展,盲人按摩保健业应运而生。金玉认为,算命占卦行业在他们这一代到了寿终正寝的时候了,从而果断停止了授徒活动。

相当一部分盲人对此不解,来福、黄润、石汉、江波等曾专程找金玉进行探讨。金玉没有直接回答他们的问题,反问道,自从新中国成立以来,你们村里出现过几个没眼人呀?来福、石汉、江波连说没有。只有黄润讲,他们邻村有一个生下来就失明的小伙子,去年被父母送进了县博爱学校,听说正在学习推拿技术。金玉说,这就对了。突然,来福好像记起了什么,说咱金银窝解放后也产生了一位失明者。金玉清楚他指的是吕承武。当初他曾张口闭口地称自己为瞎子,谁想时隔不足半年,吕承武的视力降得越来越快。在"揭批查"运动中,受唐山一历史遗案的牵扯,方知他在解放前曾悄悄加入了国民党。社队领导闻后大惊,金银窝原来还隐藏着这么一颗重磅的定时炸弹,随即就把他关进了牛棚,大小批判会都拽上他这个新靶子。气大攻心,又没机会医治,仅仅两个月的时间,吕承武的双眼就彻底失明了。金玉对大伙儿讲,吕承武是个不具普遍性的特例。现在,随着人们生活水平的提高和医疗条件的改善,盲人在全部人口中的比例日益缩减,可择业的渠道却越来越多,我们的思想和行为不能总停留在原来那地方。否则,就会成为历史的绊脚石。

进入新世纪后,金玉对盲人协会工作也基本不再操持。这并不是因为他年岁大了力不从心,而是觉得老一辈算命盲人陆续作古,尚在的盲人也逐渐于家中怡养天年了。作为以规范算命占卦行为、维护算命盲人利益的组织,同样得改弦更张了。近七十年的职业生涯,使金玉越来越怀疑自己这套手艺的科学性,越来越感到所谓的算命大师,只能算作比较合格的心理咨询员。今后即使盲人协会仍旧存在,也应当是没眼人加强交流的一种组织,或许由推拿按摩、吹拉说唱等协会所替代。只是眼下他还不能将自己的这些真实想法公布于世,因为他们这一代盲人有的还健在,他们暂且还得凭借这传统技艺来谋生。

昨天,金玉又郑重宣布了自己算命生涯的终结。在原心理咨询院内,他所接待的最后一位客户,是二十四年前在炕上养伤时遇到的那位属虎的小伙子。此时他已四十有九了。尚未等对方作自我介绍,金玉已辨出了他的声音。虽说九十岁高龄了,可他的记忆力仍然好得出奇。来客十分感谢金玉当年对他的鼓励和指点。正是遵照金玉所教,他在单位踏实工作,恪尽职守,不与同事们计较一时得失,在领导和群众中树立了诚实厚道、任劳任怨、公而忘私的良好形象;私下刻苦学习,深入思考,不断夯实领导干部应备的文史哲知识,锻造了出口成章、多谋善断、外柔内刚的独特素养;在机关干部调整和地方干部新老交替的几个关键时刻,抓住机遇主动作为,终于使自己顺利成为兽中之王,实现了当初金玉为他设定的虎啸风生、威震万里的目标。

来客今日拜访金玉的目的,仍然是问卜自己的前程。金玉已知此人的权位,目前正处于春风得意、前途不可限量之时,言谈举止中又透着深厚的文化理论功底和宽宏的胸襟。在为他批解未来四十年的大运流年情况后,金玉又专门为他赋诗一首:

官至此处仍旺运,再跃两阶非梦云。
位高权重万机理,大是大非首当分。
风光之下暗流涌,荡涤私欲舵把稳。
从来为官为苍生,莫留后路后路顺。

来客掏出手机记下了。这位金老先生讲得太有道理了,且不说自己这般年龄按常规还可再升两级,单就其对自己的告诫,也足以看出他老对官场规律的准确把握。古人云,官大有险,其中第一因素是在大是大非面前应有辨识能力,按照今天的说法就是要讲政治,千万不可迷失方向站错队;亲朋好友及周围众人都瞧着自己风光无限,实际上世间的诱惑,为你布下了层层陷阱,稍有不慎就会造成灭顶之灾,而防范的根本措施则在于去掉一个私字;组织和人民给了你如此高的地位如此大的权力,吃喝住行远远超出了自己的企望，就应该踏踏实实地为党分忧，为老百姓办些事情。想什么后路呀?刘青山、张子善、胡长清、王宝森们,都想在任时为离任后攒足家私,结果还不是堵塞了自己的后路。来客越琢磨越觉得金玉说得深刻到位,与其叫他算命先生,倒不如称其为哲学家、思想家、预言家更贴切些。今后继续照金老先生说的去做,不会有差的。

来客诚恳问金玉,您老还有什么需要叮嘱的吗?

金玉想了想说,敢问贵夫人和家庭主要成员的生辰如何?

来客不知金玉问此何意,但猜测一定与己有较大关系,他老的时间多么宝贵呀,完全可以用寸时寸金来概括。

接下来,金玉按照来客提供的信息,依据与他的四柱生克平衡制约理论,又进行了一番解说。金玉告诉他,你父母和弟弟均为土命,按照卦书所讲,他们全在生扶着你。你们两口皆是金箔金命,夫人的命局是典型的旺夫相,于你尤为有益。《子平真诠》指出,正财为妻,受我克制,夫为妻纲,妻则从夫。就你的八字而言,日支透出吉神用神,表明你们夫妻协力,互敬互爱,且得女命之刚金补之,则为尽美。换言之,你官运亨通在一定程度上也得益于夫人的助济。

哦,原来是这样的。

金玉进一步讲道，我这个人从来不喜好恭维人。只是你生在如此家庭,又遇到如此贤妻,真是幸运得很,你应好好珍惜。许多较有本事的官员,由于家人不争气,结果毁掉了自己的前程。这方面你尽可放心,依他们的脾气秉性,均不是那种抢尖拔上、仗势欺人、贪得无厌之人。不过,你也得注意约束好自己,当今社会,灯红酒绿,物欲横流,特别是你们为官者所遇更多。有些经受不住考验者,在外面拈花惹草,甚至于抛弃滋养他的家人,最终落得个孤立无助、丢官失职、身败名裂的下场。这方面,你同样不可疏忽大意。本来我不必对你讲这些,况且在顺口溜中也露出了此意,可是仔细思忖,还是提醒你一下更为有益。

客人连连点头称是，随后掏出一个信封交给金玉。金玉摸了摸说,不要,倒不是因为你付的卦礼钱太多,而是由于这乃是我此生所算的最后一卦,早讲好了是尽义务的。只要你按我所说的去做,严格管好自己,踏踏实实为老百姓办事,在实践中验证本先生所云,比给我多少钱都令我高兴。

来客打通手机,吩咐司机拿过来两瓶茅台酒。金玉说,这个我收下,如果是公款买的请你把钱补上,不然,我喝着不踏实。

金玉对自己的这最后一卦,遇到如此命相如此素养者十分高兴。

三

庆祝金玉、敬芳夫妇九十大寿暨结婚六十八周年活动的消息不胫而走,周边地区的一些媒体立即感到了这一新闻的重要价值。今天上午,多家报刊电台电视台和网络记者集聚在金玉心理咨询研究院旧址,请求对金老先生进行现场采访。原研究院常务副院长黄润经请示金玉同意,专门在金碧辉煌的宝坻宾馆怀民厅安排了记者招待会,由金玉亲自出面回答记者问题。下面是有关此会的记录摘要:

记者:金老先生,算命占卦这个行道您干了大半辈子了,请问它到底是真还是假?

金玉:这个问题听着十分耳熟,几十年来已有无数人无数次问过我们这一问题,可见它带有很大的普遍性。我的回答仍是那句老话,信则有,不信则无;宁可信其有,不可信其无。

记者:请问金老先生,既然算命占卦无法确定其是有是无,人们为何还要信其有呢?

金玉:我想问一下这位记者先生,世上是否有上帝?是否有菩萨?是否有地狱和天堂?这个恐怕同算命占卦这套东西一样,无法确定。但是许多人都信,甚至有的为其赴汤蹈火在所不惜,据说全世界有三分之一左右的人口信奉基督教。这无非是一种信仰或精神追求而已,与它的存在并没有多大关系。(掌声)我们所从事的行业虽说不能与宗教相提并论,可运用得好同样可以给人们以精神慰藉,与它是否真实存在并不能简单地画等号。

记者:据我们了解,金老先生从事算命占卦这个行业已近七十年光景,对于这套理论肯定非常熟悉。请问您相信它吗?

金玉:你说呢,记者先生?哈哈,既然你猜不出我怎么想的,我对此问题的回答只能使用一句外交辞令:无可奉告。(听众大笑)

记者:金老先生,信与不信,只需一两个字的答案。您能否给我一个明确答案呢?

金玉:不可以!这个你懂得。(热烈掌声)

记者:金老先生,抛开信与不信这个敏感问题,我想问一下算命占卦这个行业对于社会发展究竟能起什么作用?是积极的还是消极的?

金玉:这位女士所提的问题,比刚才那位先生提得好。如果你们不提出这个问题,我也想借此机会,向社会介绍一下算命占卦的作用。本人十分赞同两点论,对待任何事情都应全面地辩证地来进行观察分析。算命占卦也是一样,于社会发展的作用有其积极的方面,也有其消极的方面。如同从古至今的权力,如同现在的互联网,都是一把双刃剑。关键就看你怎么用、会用不会用。比如同一个问题,由于解释的方法和角度不一样,可能就会产生鼓劲或泄劲、感恩或记仇、释惑解疑或火上浇油等两种截然不同的效果。由于许多算命先生注重经济效益而忽视社会效益、甚至于唯利是图,现实中消极作用的占比可能要大一些。我们成立盲人协会,订立那么多规约,集中到一点,就是为了限制算命占卦的消极作用。

记者:请问金老先生,您这么多年中给人算错过命吗?

金玉:当然算错过,而且不止一次。战场上没有常胜将军,算命这个行当更难以做到百发百中。不单我,即使我的老师景坤先生和季炎、林松、田塬那些大师级人物,也都出过差错。一些人说我们这行业纯粹是蒙骗人。现在人们文化素质越来越高,能将事情猜测个八九不离十,把人给蒙蔽住那可是个大本事啊!不信,你们可以试一试。(听众大笑)

记者:金老先生,您能谈谈算命占卦为什么会出差错吗?它是否与算命这套理论本身就不科学有关?

金玉:对于算命这套理论是真科学还是伪科学这个命题,与信与不信同出一辙,我只能用那句"外交辞令"来作答。至于为什么算命占卦出错,原因比较多。我体会,其中主要因素是算命理论与客观实际相脱节造成的,进一步讲,就是没能坚持从实际出发,察情观势,因人而异。引用眼下的一句时髦话,就是没有做到解放思想,实事求是,与时俱进。(热烈掌声)

比如,1990年正月,我在宝坻城东一个村子算命时,这家女主人询问她的女儿是否能考上大学,我算后认为可能性几乎为零。可是,她的女儿在这年就被一所专科学校录取了。后来我才清楚,国家已经调整了招生计划,这大中专学生越招越多,高考过关早已不像过去那么难了。又如,1994年春天,我曾给宝坻的一退休职工算了一卦,他的老伴儿年前刚刚过世,还想再续一个。我认为,这事的可能性不大,哪有快八十的男人还娶媳妇的?儿女们怎么想?旁人怎么看呀?可是他说他正在搞着,两人感情挺好,儿女们也非常支持,很快就要结婚了。

我从那时就感到,社会在快速发展,人们的思想观念转变得很快。作为研究人心理的算命先生,必须了解时事和国家政策,防止凭老经验和主观臆断办事。

记者:请问金老先生,今后我国算命占卦这个行业的发展趋势如何?

金玉:概括来讲是九个字:萎缩,再萎缩,直至消亡。有人不同意我这个看法,特别是在我们盲人圈内。但是,我这样讲是有客观依据的。一是随着医疗水平的提高,盲人会越来越少;二是随着第二、三产业的蓬勃发展,盲人自食其力的门道越来越多,如眼下许多年轻盲人已不再学习算命,而是转向学习推拿和按摩。实在讲,盲人端哪碗饭都不易,但是后一碗饭比前一碗饭要容易些,因为有政府的支持和倡导。这样,等到我的徒弟那一代算命先生作古后,作为行业的算命占卦也可能就走到了尽头。至于一些人将其作为研究和消遣娱乐的工具,那是另一码事。

记者:为什么算命先生大多是盲人?有眼人学习运用这套技艺不是更方便吗?

金玉:我常对徒弟们讲,盲人由于看不见任何东西,可供选择的职业很少,古人才给咱们留下了这样一只饭碗。下面,我就给记者朋友们唠叨一遍这个传说。那是在大汉九年,开国元勋张良于这日黄昏时到城外闲逛,远远瞧见一人边自己抽打自己的嘴巴,边在高声叫骂。张良想,这不是个愚人吗?哪有自己打骂自己的?近前他方知这是位讨饭的盲人。只见他右手拄着个棍子,左手挎着一只柳斗,里面盛有两块被人啃食了一半的糠菜团子。盲人对张良讲,自己迷了路,如果不是遇到您,今天不成为野兽的腹内之食,也得冻死在这郊外。张良听后,把他送回家中,临别时又将身上的钱全部留给了这位盲人。

天下到底有多少盲人呀?这些盲人除了乞讨还能做些什么呢?单靠几位好心人施舍而生存终究不是长远之计啊?张良左思右想,最后借鉴周朝《易经》知识和姜太公占卜方法,编写了一本算命术。这日上朝,他向汉高祖刘邦报告了前些天所遇盲人情况。刘邦说,可以给他们按月发放官饷。张良认为此策不妥,一是盲人太多,朝廷恐怕负担不起;二是一些盲人家中除了年迈父母之外,尚有难以自食其力的妻子儿女,不单要解决他们的自身生活问题,还得让他们能够养家糊口;三是同正常人一样,盲人也是一代接着一代地不断出生,发放官饷终非治本的长久之计。那你有何妙计呀?张良这时方把自己编写的算命术呈给刘邦,说可先安排有眼人教会盲人们这门技术,让他们凭此养家糊口,以后这门手艺即可代代相传。刘邦连声夸赞这个主意好,立即下旨颁布在全国实施。再后来,张良及其后人又增加了占卦、抽贴等不凭出生年月日时预测吉凶祸福、寻人找物的技艺。自此,没眼人就有了算命占卦这一重要的谋生手段,其中姣姣者还能把日子过得好一些,甚至像正常人那样施展自己的宏大报负。

古往今来,有多少没眼人凭此得以生存下去,体面地立足于世上,恐怕谁也说不清。现在看,祖上所留给我们的不仅是吃饭的家什,更是一片实现梦想的希望、一片照亮内心的光明!(掌声)

至于为什么有眼人不学算命占卦,道理很简单:他们完全可以凭借自己的双手自食其力。人们首先必须吃穿住,社会更需要的是物质文化的创造者,而不是算命先生。这也是我们历届盲人协会的一条规矩,绝不能将此手艺传授给有眼人!

记者:请问金老先生,在您和夫人九十大寿暨结婚六十八周年的喜庆之日,此时此刻您老最想对谁说些什么?

金玉:感谢记者们给我这次难得的机会。坐在记者招待会的台上,我十分高兴,也十分激动,确实有许多话想说。如果问我最想对谁说些什么,那就是我要对所有盲人朋友们说句话,¡不论年龄长幼, 不论正在从事什么职业虽然咱们的眼睛失明了,可是心中希望的这盏灯千万不能灭。常言道,哀莫大于心死。身为一位没眼人,如果心中没了光亮,就无法承受世间的种种磨难,即使苟且偷生地活着,也如同在黑洞洞的地狱一般。在此,我也希望全社会健康的人们给我们心中这盏灯不时地添些油, 而不是淋些水;给些氧气,而不是刮阵子阴风,以让它常明不熄,越点越亮,照着我们一直奋斗到人生的尽头!(长时间热烈掌声)

四

中国天津金光万道集团公司董事局主席金辉宇携妻子——天津市重点中学高级教师白洁、儿子——中国人民大学法律系研究生金开,在宝坻宾馆大门口迎接参加庆贺酒宴的各路来宾。三人身着正装,胸佩鲜花,春风满面,代表金玉、敬芳与各位莅临者一一握手致谢。

庆贺酒宴马上就要开始了,辉宇、白洁和金开正准备移步贵宾厅,突然一个熟悉的倩影映入了辉宇的眼帘。来人是个二十岁出头的姑娘,身穿一身十分得体的浅蓝色西装, 胸前挂着一张比身份证大出一倍多的记者证,又黑又亮的大眼闪着机灵的眼神。这不是他的初恋女友小梅吗?倘若放在二十多年前,辉宇一定认为她与小梅是孪生姐妹。年轻女记者径直来到辉宇面前,先主动作了自我介绍,之后提出了单独采访他的请求。咯咯的笑声与小梅亦毫无两致,一直伴随着她的一举一动。辉宇毫不犹豫地拒绝了她的要求,声明今天的主角是父亲,而且方才已举办了记者招待会,他没有资格也没有能力再回答记者提出的问题。女记者讲,她的身份非同一般,金总无论如何也得答应她的请求。辉宇拒绝采访的态度依旧十分坚决,心想,你就是国家主席、联合国秘书长我也不接受。女记者毫不气馁,朝白洁挤了挤眼,未等她表态,就一手挽着辉宇的胳膊,一手搂着辉宇的腰肢将其推到宾馆一楼大厅的茶座上,仿佛此处的主人是她而非金辉宇。瞧着面带怒色又无可奈何的辉宇,女记者笑得更加清甜。她把胸前的记者证举到辉宇跟前。

梅思南,辉宇轻轻念着,可是我并不认识你呀?

金总是不认识我,可是您与我母亲却非同一般的熟悉。

辉宇听她报出其母名字后,脸颊现出了微红。怪不得面前的女记者与小梅如同一人呢!他问思南,你母亲现在怎么样?生活得还好吧?

请您现在不要转移话题。思南咯咯笑着,采访辉宇的意图却愈加坚定。

我不接受采访的理由方才已经亮明,请你不要难为我。辉宇微笑着说,上午的记者招待会已经给了你机会,为何不好好利用呀?

思南说,上午的事我们一会儿再议,就眼下而言,您不接受别人的采访可以,但不接受“俺”的不行。

为什么?

人们常说,一日夫妻百日恩,您与我母亲相恋了两年多,彼此间的感情恐怕深得探不着底。作为您初恋情人的女儿,求您这么点儿事,难道还有理由拒绝吗?

辉宇脸色通红。他纠正思南的话说,我与你母亲只是朋友、兄妹,而非情人关系,我们那时都规矩得很。

咯咯……思南笑中含着怀疑,甚至还有些轻蔑的成分。

辉宇表情变得十分严肃,告诉女记者,这件事不光你母亲可以作证,你父亲肯定也心知肚明。

好啦,我们不说这些事。思南盯着辉宇说,即使您与我母亲没有那种关系,我身为您老同学的孩子求您点儿事总不能拒绝吧?

辉宇抬头看了看宾馆大厅的石英钟,对思南强调说,一是我只能给你二十分钟的采访时间,因为过一会儿庆贺酒宴上还有我的角色;二是我所回答的内容只代表自己而不能代表父亲。内容上与他老人家相悖之处,应以他老人家所讲为准。

思南说，我现在正利用工余时间研究中国古代文化史，其中也包括算命占卦这项，不会将这次采访内容公布于世的。

好！这也是我要强调的第三点，我下面所答内容仅限于你作为研究问题的参考。这样，我回答时才会彻底敞开思想，知无不言，言无不尽。

思南迅速进入了角色，干净利索地提着问题，每个问题都像尖锐的利剑，不屑于层层外衣包裹，直插事物的心脏部位。

针对思南提出的算命占卦是否就是纯迷信的提问，辉宇将自己的看法概括为八个字：不信则无，信也没有。他说，一个人的命运受时代、社会、家庭、本人等诸多因素的影响，怎么能够是他出生这一时刻所决定的呢？甭说全世界，单就中国而言，每分钟得出生多少婴儿？难道说他们此后的吉凶祸福就全一样吗？正如明代《三命通会》所言，况天下之大，九州之广，兆民之众，其八字同者何限，又焉能已例论耶？占卦亦是如此，大千世界，众生芸芸，人们所遇到的事情复杂多变，无奇不有。算命先生用的那几枚古币或竹签所能摇出的就是那六十四种卦象，尽管每次所摇显像不一，单复不同，但是，本人以为同样难以准确预测判定事物的发展趋势。

思南又提出，既然算命占卦理论是非科学的，为什么还那么深奥难懂、不好把握？

据史书记载，占卦即占卜、占星，起源于殷商时期，那时统治者每办一件事之前，都习惯占卜一下天意，推测一番人间的吉凶祸福；算命产生于先秦两汉，主要是以人的出生时间和阴阳五行哲学作为立命的根据，后来唐朝的李虚中和五代的徐子平对这套理论做了较全面的完善发展，使之进一步系统化、规范化。试想，这种在科学极不发达的时代，在广大劳动人民没有多少文化的情况下，由少数人甚至专思愚民之策的统治者不断增补完善推广的理论能不深奥、能不神秘吗？还是马克思讲得好，社会存在决定社会意识，经济基础决定上层建筑。算命占卦这套理论，归根结底是那个愚昧的奴隶和封建社会的产物。辉宇还进一步阐述到，恰恰相反，真正的科学是容易为广大群众所理解和把握的。大道至简，真理是平凡的。你我都学习过辩证唯物主义和历史唯物主义，那是人们认识世界和改造世界的强大思想武器，可是我们读着并没有感到多么难以理解、多么不易运用。列宁有句名言：最高限度的马克思主义等于最高限度的通俗和简单明了。

既然算命占卦理论称不上科学，算命先生为何不敢敷衍，还要花那么大的气力去死学硬背？思南把问题又引申了一步。

当然是为了生计。辉宇看着思南笑了，如此简单的问题还需要我回答吗？转而一想，不对，这个简单问题的背后似乎还隐藏着一个深层次的问题。辉宇说，关于算命占卦的指导原则，父亲有句名言：兴兴兴，天下通。尖尖尖，到处难。半兴半尖，亚赛神仙。我理解，其中兴是客观实际，要因时而动，因人制宜，不能僵化地对待；尖是指命理条文，如金科玉律，不能不会，也不容更改。只有兴与尖结合得好，才能成为合格的算命先生，无论走到哪里都吃得开。实质上，这就是我们常讲的理论联系实际。从此意义上说，算命占卦这套理论无论多么难学，无论是真是假，算命先生都得硬着头皮把它学会。否则，就上不了道，上不了道就没有生意可做，甚至还会被明白人轰下来。因为任何一位算命先生，都不能抛开那套命理而依据其他学问来为客户算命占卦。尽管他们在谈命论运、解疑释惑时常常引用儒释道学说，甚至现阶段国家的方针政策，但是，相对于算命占卦那套理论而言，这些只是毛。皮之不存，毛将焉附？

辉宇进一步阐述道，算命这套理论对于算命先生虽说十分重要，但是它所提供的只是原则性的东西。《孙子兵法》讲，兵无常势，水无常形。时常没有规则，就是最高的唯一的规则。孙子要求人们学习兵法，但宗旨却是忘掉兵法而掌握其精神实质，依据实际运筹战略，排兵布阵。算命先生亦如此，脱离现实死抠书本不善应变者，永远也达不到出神入化、炉火纯青的境地。

怪不得当年母亲那样的津城闺秀会看上这位农村小伙儿呢，原来他有着这般的才貌。思南眼神中透着对辉宇的敬佩。她接下来问道，听说像金老先生他们这些大师有许多算命占卦的精彩故事，或者称预测准确的典型事例，您怎么看待这一问题？

辉宇再次抬头望了一下钟点，说，父亲和景坤、季炎、林松、田塬等大师们确实都有许多可圈可点的经典案例，我自幼就常听周围人讲，后来又亲历了一些。我认为，他们之所以被人们称赞算得准，首要的是兴尖结合得好，且不说父亲1945年正月为郭老板算命、“文革”初期智救金哲和穆荣这类未卜先知或有意为之的事件，就是他老人家在为八阳之女算命、判定四结巴命相孤苦、为刘三占卦寻鹰、鼓励那位虎年出生的党政干部坚定进步信心、给平谷小伙子预测姻缘等被人们传颂的范例，也都是遵循了理论与实际相结合的原则，根据当时情况审慎算出的。至于测字抽帖等手艺，同样离不开对于现实的分析。比如田塬先生在承德市街头为丢失宝珠客户测字,他经分析以为既然左找不到右寻不着,那么,被鸡误认为是米豆而吞食的可能性极大;为车把式测字时,他十有八九嗅到了对方的酒气,因而推测所丢东西遗落在了饭馆;为犯法小伙子测字,则可能是分析评判客户语言神态的结果。总之,没有对客观实际的正确把握,就没有对命局和卦象的精准评判。这应该视为算命占卦的一条铁律。当然,还有一种情况是误传。譬如田老先生在天津刚解放时,为异口同声说猪字的三个小伙子测字之事,很有可能是源于人们的道听途说。

算命先生是否明白或承认自己的那套手艺不科学?这个问题您问过爷爷吗?

思南进一步拉近了自己与辉宇的距离,难道因为母亲是辉宇的初恋女友,还是仅仅是一种礼节性官称?无论出于哪个因素,辉宇都觉得面前这位小记者挺讨人喜欢的,长相和性格都酷似先前的小梅,不同的只是她比她母亲对事业更为执着。

父亲最反对别人问他这个问题。我此前不止一次想就此问题与父亲进行些探讨,可是都被他老人家严词拒绝了。我体会,父亲他们这些人对算命占卦理论的认识是逐步深化的,最初可能确信无疑;后来随着自身实践对命理知识的检验,逐步对其某些部分或全部产生了怀疑;再后来,还有一部分人甚至成了坚定的唯物主义者。父亲对此认识得可能要早一些,不然就不会有土改时不靠神灵靠自身的举动了。母亲患病时他老怒砸佛龛,更是一种无神论的壮举。

思南听得入了迷。如果错过了此次采访机会,该是何等的损失呀?

许多事情内心明白与公开承认不能画等号。辉宇深入阐述道,国有国法,行有行规,算命行业中的一条重要纪律是不能相互扒豁子。如果公开指责算命是伪科学,没有一点儿准,那可不是一般的扒豁子,而是在自掘坟墓了。要知道,从古至今算命占卦都是广大盲人的谋生手段。即便你因为家境好不指望以此赚钱,可是大多数盲人呢?他们对于砸碎自己饭碗的同行能够答应吗?

思南连呼言之有理。她请辉宇喝口茶水喘口气,随后继续问道,如此看来爷爷他们所从事的是迷信职业无疑了呗?

辉宇点了点头,似乎感觉不妥,又紧跟着摇了摇头。瞧见思南不解的表情,辉宇放低声调说,还不能这样给算命占卦下结论。一来以上所讲只是我个人的看法,缺乏足够的实践验证;还有一种可能,那就是宇宙中真的有某种决定物质存在的精神力量,而我们这些门外汉对它的学习浅尝辄止，不求甚解，因而不能像大师们那样用来预测人生和事物的发展。当然，这后一种可能性是很小很小的。

辉宇从沙发椅上站了起来。思南意识到采访时间已满，她瞟了一眼自己腕上的手表，果然前后正好用了二十分钟。思南再次挽上了辉宇的胳膊，跟随他朝贵宾厅走去。思南略有些不好意思地说，我还有最后一个小问题，咱们边走边谈吧。思南讲，她以前从来未近距离接触过算命先生，上午听了爷爷的答记者问，简直把她惊呆了。没想到爷爷他们这些人的理论文化素质这么高，观察分析问题这么透，谈吐会这么深刻幽默，言行举止又这么得体。思南问辉宇怎么看待这一现象？

算命先生也是中华民族大家庭中的一分子，他们之中同样人才济济、卧虎藏龙。特别是在双目失明、有些人又是文盲的情况下，能够学习掌握那套文化人都难以弄通的理论，这本身就是一种优胜劣汰、适者生存的残酷机制。何牛们被大浪无情地淘掉了；余下的必然是意志、能力、天赋超乎寻常者，更何况其中的大师级人物。如果不是突然双目失明，可能父亲会成为颇具实力的企业家或领导干部，吴未会成为赫赫有名的抗日功臣，陈森会成为张嘎式的少年英雄，郑卯会成为誉满中外的一流音乐家……至于民国时期的北大学生林松、支持儿子抗日救亡的私塾先生景坤，其前途更是不可限量。辉宇越讲越激动，他向思南介绍说，近些年一些文学艺术家和新闻工作者常常采访父亲，准备将他老人家的事迹写成小说、见于报端、搬上荧屏。但是据母亲讲，父亲对此很抵触，即使有时碍于情面提供些资料，也只是他老人家经历中的九牛之一毛。实际上，父亲所遭受的痛苦、屈辱、灾难比他讲述的要多得多。我们现在生活中常遇到些困难，甚至也有失意的时候，可是与父亲相比则是判若天渊。正因为如此，每每遇到挫折和困惑，我就想到他老人家，就不由得哼唱一段《红灯记》中小铁梅的那个唱段：我爹爹像松柏意志坚强，顶天立地是英勇的共产党……

爷爷什么也瞧不见了，怎么还会那么坚强、那么自信、那么伟大呀？

辉宇无限感慨地回答道，因为他老人家心间始终闪耀着无限光明啊！

五

中午12:00，庆贺酒宴正式开始。出席者有古寅、云海、尚辰、马腾、郝酉、杨青等与金玉沥雨沐风、同甘共苦几十年的老一辈算命先生；有黄润、来福、江波、石汉等得到金玉耳提面命、身教言传的年轻一代;还有闻讯赶来的林松、郑卯、海龙、吴未等金玉挚朋故友的后辈侄孙。在众多盲人朋友中,古寅来得最早,其形象又格外引人注目。他今年端午节时突发脑中风,虽经抢救已无生命危险,却永远告别了那根随他走南闯北的马竿。今天是孙子用轮椅推着他来的。古寅临行前特意穿了一身崭新的灰色中山装,胡须刮得干干净净,只是头顶谢得仅余两侧屈指可数的几根长发,眼窝也塌陷成了两个黑洞。坐在轮椅上,他不时地用活动尚灵活的右手往上拢一拢右侧的头发,自嘲地笑着:老了,不服老不行呀。见到金玉,古寅立刻来了精神,用力挺着身板,仿佛能从轮椅上站起来似的。

金玉紧紧握着他的手说,你身体这样怎么还来呀?

为哥哥嫂子祝寿,我能不来吗?古寅颤抖着手说,这些年您就是我心中的一盏灯。虽然在坷坷坎坎上,您没怎么好意思指责我,可是从您的行动中,我明确了自己的行动方向,知道了下步应该朝哪走,怎么走,走多远。几次险些沉没于生活的激流漩涡,都硬挺过来了,后来又娶妻生子,混上一家人,这辈子知足了。

马腾、来福、黄润、石汉、江波等也与古寅深有同感。大伙儿说,能遇上金玉这样的老师和朋友,是我们的福分。虽然咱们没眼,可是一块闯天下,谋生存,抱团取暖求光明,没有白来这一世。

金银窝村现任党支部书记银光远、村委会主任银冰这时也来到贵宾厅,向金玉和敬芳夫妇表示祝贺。以个人名义,也代表全村党员和群众。银光远是银君的长子,无论长相还是性格都与其父十分相似,憨厚中蕴含着善良与机灵。他握着金玉的双手,问这问那,久久没有松开。于是,金玉又生出了无限感慨,年轻人都已成事,我们那代人的银君、银潮、银洪、贺全、贺善、文繁、穆荣、穆光……还有自己的哥哥金宝、嫂子柯英都已作古;甚至比自己年岁小些的妹妹金翠、堂弟金礼、妻弟敬山,也先自己而去了。金玉由此又想起了山里的那帮朋友--郭家兄弟、老康夫妇、林松干妈、建筑队的曹队长……转眼十多年未见面了,不知他们如今是否健在,生活得咋样?他这时突然萌生了一个想法:下周就让辉宇为自己安排一辆轿车,请司机拉着他到山里去转一转,看看那些挚友,感受一番那深入他骨髓的万种风情。

最后一位来宾是金哲。金玉三天前到宝坻医院探望过正在做化疗的他,知道自己举办此次活动肯定瞒不了他,便来了个先发制人,叮嘱金哲好好在床上养病,待出院后咱哥俩再聚,谁想他还是来到了现场。金哲发现患淋巴癌已经四个多月了，虽然没耽搁医治，身子还是越来越虚弱，在这天高气爽的季节，他已穿上了厚厚的棉衣。金哲并不忌讳死字，他说自己搞不准还有几天的活头，兴许现在好好的，明天一早就在阎王殿了。他今天为啥来，一是给哥哥嫂子祝寿，二是有句话要对哥哥说：您这辈子可能蒙哄过人，可也办了许多功德无量的事啊。我要到阎王爷那里为您摆功争寿。宁可我在地狱中下油锅，也得让哥哥在阳世上再活一百年！

酒宴开始之后，众人首先共同举杯，给金玉、敬芳敬酒，祝愿二老晚年快乐，寿比南山，万事如意。发自内心的祝福声如雷贯耳，余音绕梁。在辉宇的搀扶下，金玉又逐桌向大家敬酒道谢，步伐依旧那么稳健，声音依旧那么洪亮，酒风依旧那么端正。思南在采访结束后也留了下来，她看着金玉、辉宇父子的不凡气度和敬芳的福态贵相，思绪又飞到了她母亲的身旁：当初如果给金家做媳妇有什么不好呢？只因为有位金老先生就降低了梅家的声望吗？

情深谊重，酒美菜香，斛光交错，喜庆气氛一波高过一波。金玉为众盲人越来越好的生活而欣慰，众盲人为算命行道涌现出金玉这样德高望重的杰出人才而自豪。不知是哪位盲人带的头，大家用大鼓曲调轻轻唱起了那段谜一般的“初试诗”：

学生四柱带三合，
生辰八字福不薄。
本生在西门陪圣驾，
侍奉圣母娘娘一尊佛……